ZRomSD 2,1 (2008)
Herausgegeben von Michael Frings und Andre Klump

Zeitschrift für Romanische Sprachen und ihre Didaktik (ZRomSD)

Heft 2,1

März 2008

ISSN: 1863-1622

ISBN-10: 3-89821-970-4
ISBN-13: 978-3-89821-970-9

ibidem-Verlag
Stuttgart

Bibliografische Information der Deutschen Nationalbibliothek

Die Deutsche Nationalbibliothek verzeichnet diese Publikation in der Deutschen Nationalbibliografie; detaillierte bibliografische Daten sind im Internet über http://dnb.d-nb.de abrufbar.

Bibliographic information published by the Deutsche Nationalbibliothek

Die Deutsche Nationalbibliothek lists this publication in the Deutsche Nationalbibliografie; detailed bibliographic data are available in the Internet at http://dnb.d-nb.de .

Information bibliographique de la Deutsche Nationalbibliothek

La Deutsche Nationalbibliothek a répertorié cette publication dans la Deutsche Nationalbibliografie; les données bibliographiques détaillées peuvent être consultées sur Internet à l'adresse http://dnb.d-nb.de .

ISSN: 1863-1622

ISBN-10: 3-89821-970-4

ISBN-13: 978-389821-970-9

∞

Gedruckt auf alterungsbeständigem, säurefreien Papier
Printed on acid-free paper

Printed in Germany

Die Herausgeber:

Dr. Michael Frings

Universität Trier, Romanistik, Fachbereich II
Universitätsring 15, 54296 Trier
frings@uni-trier.de, Tel.: +49 651 999 24 98

Dr. habil. Andre Klump

Universität Mainz, Romanisches Seminar, Fachbereich 05
Jakob-Welder-Weg 18, 55099 Mainz
klump@uni-mainz.de, Tel.: +49 6131 392 55 04

Inhaltsverzeichnis

AUFSÄTZE

La enciclopedia mental y su implicación en el trabajo de vocabulario en la enseñanza de lenguas extranjeras

Andreas Grünewald (Hamburg) & Bàrbara Roviró (Bremen)

Las conclusiones resultantes de los trabajos de investigación de los últimos 25 años han contribuido a poner el trabajo de vocabulario en el punto de mira, a la introducción de nuevos tipos de ejercicios, a la revisión de los criterios relativos a la selección de vocabulario, así como también a la reforma de los índices de vocabulario en los libros de texto o a la revisión de diccionarios. En el año 1987, Hausmann hablaba ya incluso de la „transición en lo relativo al vocabulario". Por un lado, desde hace algunos años se le viene prestando más atención al tema del trabajo de vocabulario en la didáctica de lenguas extranjeras. Por otro lado se puede constatar que el trabajo de vocabulario forma cada vez menos parte integral de la enseñanza. El aprendizaje de vocabulario se ve a menudo relegado al área de los deberes y a ser tarea de preparación anterior o posterior a la clase, resultando ser en la mayoría de los casos poco efectivo. Según un estudio de Neveling, el 59% de los alumnos afirma que les desagrada aprender y memorizar el vocabulario y señalan que aprender vocabulario es „monótono, aburrido, estúpido, primitivo y pura memorización" (2006, 40).

El propósito de este artículo es la descripción del funcionamiento de la „enciclopedia mental" y de las conclusiones resultantes respecto al trabajo de vocabulario en la enseñanza de lenguas extranjeras. Parece apropiado impulsar los procesos de organización y el funcionamiento de la „enciclopedia mental" en la enseñanza de lenguas extranjeras colaborando al máximo o intentando comprender sus principios de procesamiento.

Pero primero es necesario diferenciar bien la terminología para emplearla de forma precisa en las siguientes explicaciones: *Wortschatzerwerb* (adquisición de vocabulario), *Wortschatzaneignung* (apropiación de vocabulario), *Wortschatzarbeit* (trabajo de vocabulario), *Wortschatzvermittlung* (transmisión de vocabulario) y *Wortschatzlernen* (aprendizaje de vocabulario). De Florio-Hansen diferencia en primer lugar entre **la transmisión del significado** (*Bedeutungsvermittlung*) por parte del profesor y **la deducción del significado** (*Bedeutungs-*

Zeitschrift für Romanische Sprachen und ihre Didaktik 2,1 (2008), 11-26.

erschließung) por parte del alumno. El término **trabajo de vocabulario** (*Wortschatzarbeit*) incluye tanto la transmisión y la deducción del significado como también las fases inmediatas para la práctica, la repetición y la profundización del léxico, es decir „die Gesamtheit der Aktivitäten, die das lexikalische Lernen im Fremdsprachenunterricht betreffen" (De Florio-Hansen 1994, 12).

Börner (1995, 33) entiende **la adquisición de vocabulario** (*Wortschatzerwerb*) como una „irgendwie geartete Aneignung von Wörtern und deren Gebrauchsregeln" – es decir, como la adquisición no controlada – y, en oposición a ella, „die Folgetätigkeit der systematisch erteilten Wortschatzlehre" como **aprendizaje de vocabulario** (*Wortschatzlernen*), es decir, como **la transmisión** controlada e intencionada **de vocabulario** (*Wortschatzvermittlung*).

La diferenciación entre adquisición y aprendizaje ya ha sido sobradamente discutida por la lingüística y por la didáctica de lenguas extranjeras y no será tratada nuevamente aquí. Nosostros no entendemos estos términos como dicotomías, sino como dos extremos en un *continuum*. Respecto a la didáctica de lenguas extranjeras, cuyo aspecto central acostumbra a ser la adquisición de una L2, L3 o Lx, se puede afirmar que la adquisición nunca tiene lugar sin aprendizaje y que el prendizaje a su vez nunca tiene lugar sin la adquisición. Adaptado a nuestro contexto, esto significa que la adquisición de vocabulario no se refiere por definición al léxico en la lengua materna. El término **apropiación de vocabulario** (*Wortschatzaneignung*) supone para nosostros el término de mayor importancia, el que siempre consta de la adquisición no controlada y el aprendizaje o bien autocontrolado o bien controlado por un tercero. El trabajo de vocabulario consiste para nosotros en los procesos de transmisión del significado (*Bedeutungsvermittlung*) y deducción del significado (*Bedeutungserschließung*) descritos por De Florio-Hansen. De ello resulta la siguiente visión general:

Ilustración 1:

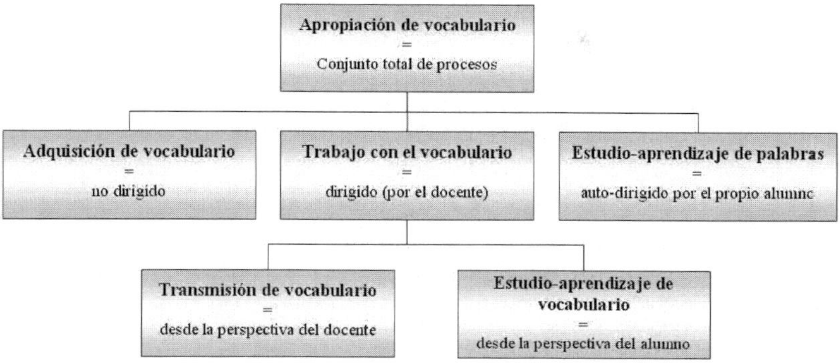

Para responder a la cuestión de como los aprendices de lenguas extranjeras aprenden palabras y su significado y de como las memorizan se recurre a la hipótesis de la „enciclopedia mental". En la lingüística cognitiva se define la „enciclopedia mental" a título general como „Teil des Langzeitgedächtnisses, in dem die Wörter einer Sprache repräsentiert sind" (Schwarz 1992, 81). Presentaremos ahora las diversas hipótesis sobre el funcionamiento de la „enciclopedia mental". A continuación expondremos las conclusiones y las suposiciones de plausibilidad – las cuales se referían en los inicios de la investigación en este campo tan solo a la „enciclopedia mental" de la lengua materna y que se vieron ampliadas en trabajos posteriores mediante el estudio del aprendizaje de lenguas extranjeras – para poder esbozar de este modo un modelo coherente para el trabajo de vocabulario en clase. Para terminar comentaremos las conclusiones referentes al trabajo de vocabulario en las clases de lengua extranjera y la revalorización resultante del significado de las estrategias lexicales demostrándola mediante ejemplos concretos. Con este fin hemos analizado los ejercicios de vocabulario y la presentación de estrategias lexicales en los libros de enseñanza de español de reciente publicación *Encuentros Nueva Edición*, *Línea amarilla*, *Línea Verde* y *¿Qué pasa?*.

La enciclopedia mental

Aitchison (1997) define la enciclopedia mental como un „word store in the human mind". La definición describe la enciclopedia mental como la parte de la memoria larga en la que están representadas mentalmente las palabras de una lengua (o como veremos más adelante, de varias lenguas). Según esta definición se puede describir la enciclopedia mental como un tipo de *Interface* con cuya ayuda le es posible al usuario de la lengua transformar lo pensado, es decir, la estructura de conocimientos representada mentalmente, en algo perceptible a nivel sensitivo (producción del habla) al formular expresiones y textos. A su vez, le permite también transformar la comprensión de expresiones y textos en una representación mental (comprensión del habla).

En el centro de nuestro procesamiento del habla y de su producción se encuentra la enciclopedia mental. Según diversos estudios empíricos, ésta se puede activar mediante distintas sensaciones. Marslen-Wilson (1987) propone, por ejemplo, el llamado „modelo cohorte", en el cual los sonidos escuchados durante el proceso de reconocimiento de las palabras se refieren a posibles palabras. Los componentes fonéticos y de contenido juegan aparentemente un papel crucial. Si en español se escucha, por ejemplo, el sonido inicial [casa], el oyente activa las palabras que comienzan de igual forma, como por ejemplo [casa] – [casabe] – [casabilidad] – [casabla] – [casaca] – [casadero/a]. Ahora bien, según el contexto se consultan también diversos componentes gramaticales y de contenido para – en el corto espacio de tiempo disponible – poder reconocer la palabra con el fin de posibilitar la comunicación. Tarda 1/4 de segundo hasta que todo aquello que sabemos acerca de una palabra y todas las emociones y experiencias ligadas a la misma llegan a nuestro subinsconciente (Jacobs 2006, 581).

Consiguientemente, además de los conocimientos lexicales como forma (lexema), en la enciclopedia mental deben también estar almacenados los conocimientos de contenido (lemma). La activación resulta de estos dos componentes; al almacenar y reactivar una entrada en el cerebro se requieren simultáneamente diversas informaciones: el significado de una palabra (informaciones semánticas), las reglas de elaboración de una oración (informaciones sintácticas), el sonido de una palabra (imagen auditiva como información fonológica) y el aspecto de una palabra (información ortográfica). Aunque el término „enciclopedia mental" parece muy plástico, éste sugiere ante todo las características estructurales y funcionales de un diccionario convencional. El funcionamiento de la enciclopedia mental tiene que ser muy distinto al de una enciclopedia imprimida tradicionalmente. En una enciclopedia imprimida encontramos una sucesión lineal de palabras o términos normalmente ordenados alfabéticamente, la información se presenta en el mismo orden para todas las palabras, las asociaciones con otras entradas son raras (véase ilustración 2).

Ilustración 2:

beber

SP-DE beber [be'βer] i

I intransitives und intransitives Verb

1 *(tomar un líquido: personas)* trinken; *(animales)* saufen;
beber de la botella, beber a morro *(umgangssprachlich)* aus der Flasche trinken;
dar de beber a alguien/a un animal jemandem zu trinken geben/ein Tier tränken;
no, gracias, no bebo nein, danke, ich trinke nicht [*oder* ich trinke keinen Alkohol]

2 *(brindar)* trinken (***por*** **auf+*****Akkusativ***), anstoßen (***por*** **auf+*****Akkusativ***);
beber por el éxito auf den Erfolg trinken;
beber a la salud de alguien auf jemandes Wohl trinken

3 *(información)* begierig aufnehmen;
bebió todos los periódicos en busca de los resultados electorales er/sie hat begierig in allen Zeitungen nach den Wahlergebnissen herumgestöbert;
este autor ha bebido de los novelistas estadounidenses dieser Schriftsteller ist stark von den amerikanischen Romanautoren beeinflusst

II reflexives Verb

■ **beberse** trinken; *(completamente)* austrinken;
beberse un vaso de leche ein Glas Milch trinken;
bebérselo todo alles austrinken

Al contrario que en la enciclopedia tradicional, las entradas de la enciclopedia mental no están clasificadas alfabéticamente. La activación de palabras de uso frecuente es más rápida que la de palabras de uso esporádico y en la búsqueda de las palabras adecuadas se activan a la vez también – distintamente a lo que ocurre en la enciclopedia tradicional – otras palabras „vecinas", es decir, otros nudos conceptuales, a través de distintas relaciones semánticas. Como ejemplo nos sirve *Visual Thesaurus*, donde se intenta copiar el funcionamiento de la enciclopedia mental (véase ilustración 3).

Ilustración 3:

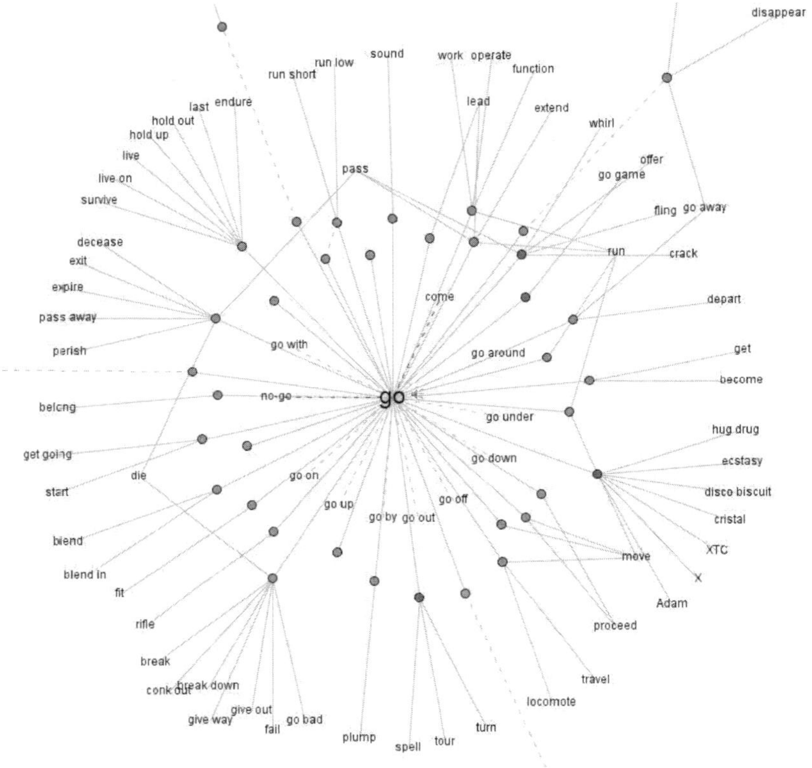

La palabra consultada aparece en el centro de una red de palabras sin orden jerárquico. Las palabras del alrededor están relacionadas con la palabra buscada, pudiendo ser esta relación de naturaleza semántica, morfológica, sinonímica, etc. Si se hace clic sobre la línea de conexión se obtiene información sobre el tipo de relación y si se hace clic sobre otro término de la red tridimensional, éste se convierte a su vez en el centro de una nueva red de palabras.

La pregunta de cómo se almacenan las palabras por separado en la enciclopedia mental y de cómo se pueden activar es de máximo interés para las consecuencias del trabajo de vocabulario en la enseñanza de lenguas extranjeras. Esta información nos proporcionará las indicaciones decisivas para determinar qué tipos de ejercicios se deben usar en clase para trabajar con el vocabulario de manera efectiva. Porque si sabemos cuáles son las informaciones memorizadas requeridas para la activación podremos procesar y preparar justamente estas informaciones de la manera más adecuada. Diversos estudios (véase Aitchison 1997, Börner & Vogel 1994, De Florio-Hansen 2004, Lutjeharms 2004, Raupach 1994, Wolff 2002) nombran de manera uniforme los siguientes componentes:

- **componente fonológico**

La entrada se refiere tanto a aspectos segmentales como a aspectos no segmentales, es decir, a los sonidos y al modelo de entonación de la entrada. El componente ortográfico que representa la escritura de la entrada está relacionado estrechamente con el componente fonológico.

- **componente morfológico**

La entrada se refiere a los aspectos de la formación de palabras. Aquí se constata si, y en todo caso cómo, se puede relacionar a nivel de palabra la entrada en cuestión con otras entradas.

- **componente sintáctico**

Aquí se trata de aspectos como la estructura argumentativa o las características idiosincráticas de la sintaxis de la entrada. Estas informaciones son importantes para el uso de la entrada a nivel de oración.

- **componente conceptual**

En este apartado se trata del significado de la entrada, es decir, de sus relaciones semánticas.

Las siguientes relaciones entre palabras son también de gran importancia para la enseñanza de lenguas extranjeras:

- de jerarquía (hiponimia [término superior e inferior], paronimia [forma parecida, significado distinto]),
- de contrarios (antonimia, de complemento) y
- de sinonimia.

Así pues, el aprendizaje de vocabulario resulta una tarea compleja, ya que es imprescindible memorizar para cada lexema sus características de pronunciación y morfológicas, su categoría lexical, su significado y su uso adecuado a la situación (registro, etc.) así como su uso en contextos con otros lexemas (características de valencia y limitaciones de colocación). Si consideramos que las suposiciones formuladas hasta ahora también son válidas para la L2 o para la enciclopedia mental multilingüe, entonces, los ejercicios de vocabulario deberán tener en cuenta estas modalidades de memorización y de reactivación y se deberán desarrollar los pertinentes tipos de ejercicios.

La enciclopedia mental multilingüe

En la didáctica de lenguas extranjeras el término „enciclopedia mental" se refiere naturalmente al vocabulario a adquirir por el aprendiz de una segunda lengua. En el contexto de la discusión entorno a la enciclopedia mental se dan las siguientes cuestiones centrales que no son tan solo de vital importancia para la investigación relativa al aprendizaje de una segunda lengua, sino también para la didáctica de lenguas extranjeras:

- ¿Cómo estructuramos, organizamos, difundimos y ampliamos nuestros conocimientos lexicales al dedicarse al aprendizaje de más de una lengua?
- ¿Es la enciclopedia responsable de la segunda lengua distinta a la de la lengua materna?
- ¿Funcionan las enciclopedias mentales de la L1 y la L2 por separado o están integradas la una en la otra?

Disipemos la incógnita de antemano: Es imposible contestara estas preguntas de manera uniforme. Existen tres modelos clásicos para describir el funcionamiento de la enciclopedia multilingüe:

Ilustración 4:

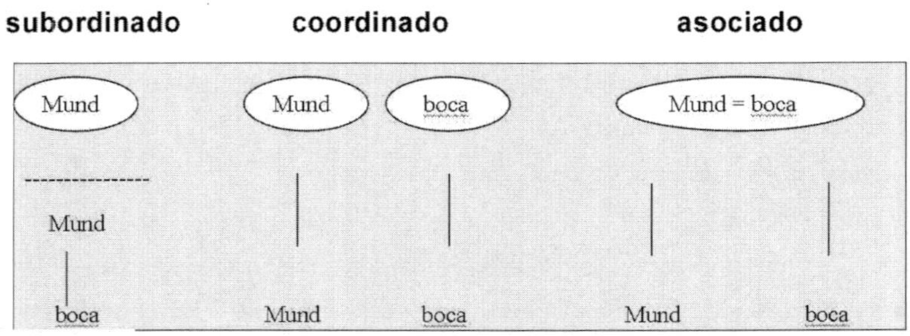

El **funcionamiento subordinado** se corresponde con la asociación tradicional de palabras. No se desarrolla un concepto nuevo para la terminología relativa a la lengua extranjera sino que se utiliza la clasificación según el concepto ya establecido relativo a la terminología en la lengua materna.

En el **modelo coordinado** existen ambos conceptos relativos a la primera y a la segunda lengua, siendo sus términos independientes. Su memoriazción y su procesamiento se suceden de forma paralela.

En el **modelo asociado** se parte de la base de que una fuente conceptual común posibilita dos designaciones distintas. Según Roche (2005, 71), los resultados de su investigación muestran que en el aprendizaje escolar de lenguas extranjeras el vocabulario se aprende o bien casi exclusivamente mediante asociaciones o bien como traducción superficial de la lengua materna, ya que los aprendices cuentan en su mayoría con la forma de organización subordinada de la enciclopedia mental.

¿Pero qué es exactamente lo que influye en la estructuración y el funcionamiento de la enciclopedia mental cuando un hablante aprende una segunda lengua? ¿Cuándo adopta la enciclopedia mental cada una de las tres formas?

Paradis (1987, 2004) propone los siguientes factores:

- **La edad de adquisición**. En ello advierte de la vital diferencia entre la adquisición paralela y la adquisición consecutiva de una segunda lengua.
- **El contexto de adquisición**. En este caso se contrapone la adquisición natural a la adquisición controlada.
- **El contexto de uso**. Es decir, cuando, con que frecuencia y con que motivación se usa la lengua en cuestión.
- **El grado de parentesco** de las lenguas y si se utilizan dialectos, lenguas estándar o de registros distintos.

Con tantos factores de influencia es fácil sacar la conclusión de que la enciclopedia mental de un aprendiz de lengua extranjera es inestable y que está sometida permanentemente a cambios, es decir, que puede por supuesto adoptar diferentes formas de funcionamiento. La investigación sobre el bilingüismo confirma esta suposición. El aprendiz de L2 crea en el transcurso de su desarrollo lingüístico enciclopedias parciales con distintas estructuras en las que las palabras de las dos lenguas no están separadas, marcando su pertenencia a una lengua en concreto mediante la creación de un índice. A la vez también crea otras enciclopedias parciales sometidas a una división por lenguas.

Constatemos, pues, que se perfila que en el aprendizaje de una L2 no se crea una enciclopedia mental enteramente nueva e independiente. Aparentemente se utiliza la misma enciclopedia mental, aunque es necesario tener en cuenta la existencia de diversos subsistemas. Las relaciones entre las palabras de las diferentes lenguas son individuales, muy distintas y dependen del proceso de adquisición, de los parecidos formales y semánticos entre las dos palabras reconocidas por el aprendiz.

No está claro a que se debe el hecho de que el aprendiz establezca estas diversas enciclopedias parciales y es probable que no exista una respuesta concreta a esta cuestión. Factores como el parentesco entre lenguas (el grado de parentesco, las posibilidades de transmisión), las características propias de las palabras (cognatos [*people*, *peuple*, *pueblo*, *popolo*], tipos de morfemas, etc.), el contexto de adquisición del lenguaje, el dominio de la lengua, el uso de la lengua (entorno monolingüe o bilingüe), los estilos individuales de aprendizaje y otros parecidos pueden influenciar la forma de representación de las palabras y las relaciones entre las mismas. Es incluso imposible descartar sistemas mixtos por palabras, como por ejemplo la memorización común de cognatos (palabras con el mismo origen) y de palabras concretas de parecido cultural y a la vez la memorización por separado de algunas denominaciones de términos abstractos en concreto (véase Lutjeharms 2003, Harley 2001).

Las implicaciones para el trabajo de vocabulario en las clases de lengua extranjera

¿Cómo se pueden aplicar los descubrimientos de la lingüística y de la didáctica de lenguas extranjeras a la clase de lengua extranjera? El objetivo del aprendizaje de vocabulario en la clase de lengua extranjera es el almacenamiento de la palabra en la enciclopedia mental. Parece adecuado respaldar los procesos de organización y el funcionamiento de la enciclopedia mental en la clase de lengua intentando copiar al máximo su sistemática. Esto puede suceder de distintos modos.

El surtido del vocabulario a aprender en las clases escolares de lengua viene implícitamente dado por el libro de texto en uso y por el plan de estudios. Los criterios más importantes son el valor de su uso y la frecuencia y la disponibilidad receptiva de un vocablo. Por disponibilidad receptiva se entienden en este contexto palabras que se utilizan poco pero que son entendidas por prácticamente todos los hablantes de una misma comunidad lingüística. Los libros de texto contienen normalmente palabras de alto nivel de uso frecuente, por lo cual los alumnos deberían dominar el vocabulario preferentemente a nivel productivo, es decir, estos vocablos deberían pasar a formar parte del vocabulario activo. Se distingue entre vocabulario receptivo y productivo o entre vocabulario pasivo y activo. Lübke introdujo además en el año 1984 el término del vocabulario en potencia (*potentieller Wortschatz*). Éste comprende palabras que pueden ser deducidas por sí solas mediante la lógica del interlenguaje (véase Reinfried 2006, 175). Como veremos más adelante, este vocabulario en potencia puede ser ampliado mediante la toma de conciencia de la existencia de estrategias de deducción de palabras.

Por ello, la enseñanza y la concienciación sobre estrategias y técnicas de deducción en la clase de lengua deberá ser un tema central, porque de este modo, los aprendices podrán hacerse cargo cada vez más de su aprendizaje a medida que vayan avanzando en el proceso. En el caso ideal, las estrategias y las técnicas de aprendizaje posibilitarán el incremento del aprendizaje autónomo no tan solo en el contexto del aprendizaje institucionalizado en la escuela sino también en épocas posteriores (aprendizaje de por vida = *lebenslanges Lernen*).

House afirma en el año 1995 referente al apartado del vocabulario:

> Zur Erhöhung der prozeduralen Kompetenz im Bereich des Wortschatzes sollten zur Verbesserung der Effektivität des mentalen Lernlexikons Lernstrategien bewußt trainiert werden. (House 1995, 98)

Es justamente el traslado del aprendizaje de vocabulario al sector externo fuera de clase lo que da aún más importancia a la divulgación de estrategias de aprendizaje de vocabulario.

El trabajo de Antje Stork (2003) sobre el tema „Vokabellernen" („Aprender vocabulario") ofrece un buen resumen de los distintos modelos clasificatorios. En él se explica claramente que se utiliza tanto la taxonomía de Oxford (estrategias directas e indirectas) como la de O'Malley & Chamot (estrategias de aprendizaje metacognitivas, cognitivas y socioafectivas). Presentar aquí el listado de las distintas estrategias nos llevaría demasiado lejos, ya que en los distintos modelos encontraríamos hasta 80 estrategias y técnicas diferentes. Pero en casi todas se pueden distinguir estrategias de decodificación y de deducción, estrategias de memorización, mnemotécnicas y estrategias de elaboración (véase Storck 2003, Rampillon 1996, 28ff). Son en particular las estrategias de deducción las que en los últimos años han ido ganando importancia al imponerse la tendencia del autoaprendizaje y la didáctica multilingüe. Las fuentes de deducción más importantes son imágenes que acompañan el texto, las expresiones relacionadas con la lengua materna o con otras lenguas, los internacionalismos, las deducciones morfológicas de palabras ya conocidas de la misma familia, el contexto textual y la cultura general del aprendiz. Estas estrategias de deducción suponen no tan solo estrategias para el trabajo de vocabulario sino también para la comprensión lectora de textos auténticos.

En el análisis de libros de texto de español (*Encuentros Nueva Edición*, *Línea amarilla / verde*, *¿Qué pasa?*) hemos tenido en cuenta ante todo los ejercicios relativos a la adquisición de vocabulario. En principio podemos constatar que todos los libros de texto prestan mucha atención a la presentación de estrategias generales de aprendizaje y de trabajo, y que también tienen en cuenta estrategias lexicales como las mnemotécnicas, las estrategias de elaboración, de clasificación, etc.

Tipos de ejercicios que imitan el funcionamiento de la enciclopedia mental

En los libros de texto encontramos los siguientes tipos de ejercicios asociativos:

- *Cadenas de asociación*: Asociación libre del vocabulario disponible. El alumno / la alumna nombra una palabra, el compañero / la compañera nombra a su vez otra palabra para él relacionada de algún modo con la primera.
- *Asociaciones palabra – imagen (de relevancia personal en la repetición de las palabras)*: Cada alumno / alumna escoge una imagen entre las presentadas. El alumno / la alumna reúne las palabras que se le ocurren en relación a la imagen.

A los alumnos / las alumnas se les presenta en todos los libros de texto la organización del vocabulario en redes de palabras o en *Mind Maps* ordenados por temas. Los *Mind Maps* permiten la presentación de numerosas relaciones paradigmáticas y sintagmáticas. Los ejercicios de relaciones paradigmáticas comprenden ante todo la búsqueda de antónimos y sinónimos, así como de términos generales y particulares y la coordinación y creación de redes terminológicas. En los ejercicios sintagmáticos se trata sobre todo de colocaciones. Los alumnos / las alumnas tienen que establecer redes sintagmáticas (de colocaciones): *problema – tener, afrontar, causar.*

El objetivo de los ejercicios morfológicos es el aprendizaje de modelos de formación de palabras, la creación de derivados y compuestos: *desayunar – el desayuno, el viaje – viajar*, etc.

Otro tipo de ejercicio que aparece a menudo es el relacionado a imágenes. Estas ofrecen la posibilidad de activar en la memoria palabras con significados concretos. En este caso se pueden atribuir palabras a imágenes o viceversa. Además cabe también la posibilidad de que el aprendiz desarrolle asociaciones propias entre imágenes y palabras. Esta variante conlleva una memorización aún más profunda. Los alumnos / las alumnas deben explicar también en todos los libros de texto distintos vocablos. Esto puede suceder dibujando o creando *Mots-Images* (véase Ilustración 5). Las explicaciones de las palabras, siendo aún con elementos hablados o pantonímicos, se corresponden con procesos comunicativos reales al entrar en contacto con hablantes de la lengua meta. Los aprendices se ven no tan solo obligados a preguntar por palabras incomprendidas, sino tambien a formular significados comprendidos para que su comprensión pueda ser corregida o verificada por los demás.

Ilustración 5:

Además, los libros de texto incluyen también ejercicios de pronunciación y de ortografía. Estos tipos de ejercicios también imitan el funcionamiento de la enciclopedia mental. Tal y como hemos afirmado con anterioridad al tratar el „modelo cohorte“ como mecanismo de acceso a la enciclopedia mental, es imprescindible reconocer una palabra en su pronunciación y en su forma de ser escrita. La pronunciación correcta, pues, sirve para identificar los sonidos así como para aprender a diferenciar entre fonemas de forma auditiva y articulatoria. La reconstrucción de palabras con las letras desordenadas o de palabras a las que les faltan letras sirve para la memorización de la ortografía correcta.

Recomendaciones / perspectivas

Si analizamos los ejemplos de los libros de texto más actuales podemos constatar que éstos tienen en cuenta el funcionamiento de la enciclopedia mental en los ejercicios de vocabulario tal y como nos es conocido hasta hoy. ¿Qué tipo de recomendaciones, pues, podemos formular para un trabajo de vocabulario efectivo en la enseñanza de lenguas extranjeras? Nosotros somos de la opinión que hay que integrar el trabajo de vocabulario de manera sistemática en la clase de lengua extranjera. En especial consideramos que hay que practicar de forma continuada las estrategias y las técnicas de aprendizaje relativas al vocabulario. En este caso habrá que tener en consideración tanto las estrategias de decodificación como las estrategias de memorización y de elaboración.

Otra recomendación posible sería la individualización del vocabulario. Aquello que es de especial importancia para el aprendiz deberá ser aprendido de manera persistente. El anexo del número temático „Wortschatz individuell" de la colección *Der Fremdsprachliche Unterricht Französisch* ofreció un *Dico personnel*. En éste, los aprendices pueden anotar su propio vocabulario sobre distintos temas. El *Dico personnel* sirve a los alumnos / las alumnas para aprender el vocabulario de forma individual y agrupado por temas. Reunen el vocabulario que consideran pertinente y lo ordenan por campos temáticos (como por ejemplo hobbys, familia, etc.). Para ello crean un sistema de orden propio. Para cada campo temático los alumnos / las alumnas hacen dibujos o colages o pegan fotografías, etc. En total se les suministran 13 técnicas diferentes de aprendizaje y se usa el vocabulario en contextos de relevancia personal (hablar de sí mismos, etc.). Los alumnos / las alumnas crean también listas individuales de vocabulario al leer textos o novelas. Se da por entendido que se descartan los típicos test de vocabulario.

Por último vemos también en el uso de diccionarios tanto monolingües como multilingües una buena posibilidad de posibilitar al aprendiz la adquisición de vocabulario nuevo de manera cada vez más autónoma. Cualquier aprendiz de una lengua extranjera reconoce enseguida un texto elaborado con la ayuda de un diccionario bilingüe si el uso del mismo no ha sido practicado con anterioridad. No debemos descuidar tampoco el uso de las posibilidades de transferir los conocimientos adquiridos en una lengua extranjera y la utilización de las mnemotécnicas.

Es imprescindible concienciar a los alumnos de la importancia del vocabulario para el proceso de aprendizaje de una lengua extranjera. Tan solo lograrán aprender y ampliar el vocabulario necesario si desarrollan por si mismos la necesidad de comunicarse en la lengua meta.

Literatura

AITCHISON, Jean. 1997. *Wörter im Kopf: Eine Einführung in das mentale Lexikon.* Übers. der 2. Aufl. Tübingen: Niemeyer.

BAUSCH, Karl-Richard & CHRIST, Herbert & KÖNIGS, Frank & KRUMM, Hans-Jürgen. edd. 1995. *Erwerb und Vermittlung von Wortschatz im Fremdsprachenunterricht.* Tübingen: Narr.

BÖRNER, Wolffgang & VOGEL, Klaus. edd. 1994. *Kognitive Linguistik und Fremdsprachenerwerb: Das mentale Lexikon.* Tübingen: Narr.

BÖRNER, Wolffgang. 1995. „Einige Bemerkungen zu Erwerb und Gebrauch des Lernwortschatzes“, in: Bausch et al., 32-39.

BÖRNER, Wolffgang. 2000. „Didaktik und Methodik der Wortschatzarbeit: Bestandsaufnahme und Perspektiven“, in: *Germanistische Linguistik* 155-156, 29-57.

DE FLORIO-HANSEN, Inez. 1994. *Vom Reden über Wörter. Vokabelerklärungen im Italienischunterricht mit Erwachsenen.* Tübingen: Narr.

DE FLORIO-HANSEN, Inez. 2004. „Wortschatzerwerb und Wortschatzlernen von Fremdsprachenstudierenden. Erste Ergebnisse einer empirischen Untersuchung“, in: *Fremdsprachen lehren und lernen* 33, 83-113.

DER FREMDSPRACHLICHE UNTERRICHT FRANZÖSISCH. 2006. *Themenheft Wortschatzarbeit individuell* 83. Seelze-Velber: Friedrich.

HARLEY, Trevor. 2001. *The psychology of language. From data to theory.* Hove: Psychology Press.

HAUSMANN, Franz J. 1987. „Die Vokabularisierung des Lehrbuchs oder: die Wortschatzwende. Präsentation und Vermittlung von Wortschatz in Lehrwerken für den Französischunterricht“, in: *Die Neueren Sprachen* 5/86, 426-445.

HOUSE, Juliane. 1995. „Metapragmatische Bewusstheit, sprachliche Routinen und interkulturelles Lernen beim Wortschatzerwerb im Fremdsprachenunterricht“, in: Bausch et al., 92-100.

JACOBS, Artur. 2006. „Wie arbeitet das Gehirn beim Lesen? Ergebnisse der neurokognitiven Leseforschung“, in: *Forschung & Lehre* 10/13, 580-581.

LÜBKE, Diethard. 1984. „Der potentielle Wortschatz im Französischen“, in: *Praxis des neusprachlichen Unterrichts* 4, 372-379.

LUTJEHARMS, Madeline. 1994. „Worterkennen beim Lesen einer Fremdsprache“, in Börner & Vogel, 149-167.

LUTJEHARMS, Madeline. 2003. „Die Rolle der Übersetzung in die Ausgangssprache für den Wortschatzerwerb in der Fremdsprache“, in: Baumgarten et al. edd. *Übersetzen, interkulturelle Kommunikation, Spracherwerb und Sprachvermittlung: das Leben mit mehreren Sprachen.* Bochum: AKS-Verlag, 127-138.

LUTJEHARMS, Madeline. 2004. „Der Zugriff auf das mentale Lexikon und der Wortschatzerwerb in der Fremdsprache“, in: *Fremdsprachen lehren und lernen* 33, 10-26.

MARSLEN-WILSON, Wiliam. 1987. „Functional parallelism in spoken word recognition“, in: *Cognition* 25, 71-102.

NEVELING, Christiane. 2006. „Wie Jungen und Mädchen französische Wörter lernen – eine Umfrage“, in: *Neusprachliche Mitteilungen* 3, 39-45.

PARADIS, Michel. 1987. „The assessment of bilingual aphasia“, in: *Journal of neurolinguistics* 4/3-4, 531-535.

PARADIS, Michel. 2004. „A neurolinguistic theory of bilingualis“, in: *Journal of neurolinguistics* 18/5. 423-425.

RAMPILLON, Ute. 1996. *Lerntechniken im Fremdsprachenunterricht. Handbuch.* Ismaning: Hueber.

RAUPACH, Manfred. 1994. „Das mehrsprachige mentale Lexikon“, in: Börner, Wolffgang & Vogel, Klaus. edd. *Kognitive Linguistik und Fremdsprachenerwerb.* Tübingen: Narr, 19-37.

REINFRIED, Marcus. 2006. „Wortschatzarbeit – L'empire des mots“, in: Nieweler, Andreas. ed. *Fachdidaktik Französisch.* Stuttgart: Klett, 174-189.

ROCHE. Jörg. 2005. *Fremdsprachenerwerb. Fremdsprachendidaktik.* Tübingen: Francke.

SCHWARZ, Monika. 1992. *Einführung in die Kognitive Linguistik.* Tübingen: Francke.

STORK, Antje. 2003. *Vokabellernen. Eine Untersuchung zur Effizienz von Vokabellernstrategien.* Tübingen: Narr.

WOLFFF, Dieter. 2002. „Das mentale Lexikon. Grundlage der Sprachkompetenz in der Muttersprache und der Fremdsprache“, in: *Der fremdsprachliche Unterricht Englisch* 1, 11-14.

Libros de texto:

Encuentros Nueva Edición. 2003. Band 1. Berlin: Cornelsen.

¿Qué pasa? 2006. Band 1. Braunschweig: Diesterweg.

Línea verde. 2006. Band 1. Stuttgart: Klett.

Línea amarilla. 2006. Band 1. Stuttgart: Klett.

„Der Ton macht die Musik.“ Gesichtsbedrohende Sprechakte im Spanischunterricht

Silke Jansen (Dresden)

1. Kommunikative Kompetenz als Leitziel des Fremdsprachenunterrichts

„Sprechen bedeutet handeln“ – dieser Kernsatz der linguistischen Pragmatik hat spätestens seit der kommunikativen Wende auch Einzug in die Diskussion um Ziele und Inhalte des Fremdsprachenunterrichts gehalten. Kommunikative Kompetenz, gepaart mit interkultureller Handlungsfähigkeit, gilt heute als das übergeordnete Ziel der Ausbildung in den neueren Sprachen. Mit den Zielen haben sich auch Inhalte und Methoden des Fremdsprachenunterrichts gewandelt: Nicht zuletzt dank des Gemeinsamen Europäischen Referenzrahmens für Sprachen ist die Mündlichkeit stärker in den Fokus des Fremdsprachenunterrichtes gerückt, wobei sich Inhalte und Themen an den kommunikativen Herausforderungen orientieren sollen, denen Lerner im Zielsprachenland begegnen. Dieser handlungsorientierte Ansatz wird im Gemeinsamen Europäischen Referenzrahmen wiefolgt charakterisiert:

> Der hier [d.h. für den GER] gewählte Ansatz ist im Großen und Ganzen ‚handlungsorientiert‘, weil er Sprachverwendende und Sprachenlernende vor allem als ‚sozial Handelnde‘ betrachtet, d.h. als Mitglieder einer Gesellschaft, die unter bestimmten Umständen und in spezifischen Umgebungen und Handlungsfeldern kommunikative Aufgaben bewältigen müssen, und zwar nicht nur sprachliche. Einzelne Sprachhandlungen treten zwar im Rahmen sprachlicher Aktivitäten auf; diese sind aber wiederum Bestandteil des breiteren sozialen Kontexts, der allein ihnen ihre volle Bedeutung verleihen kann. Wir sprechen von kommunikativen ‚Aufgaben‘, weil Menschen bei ihrer Ausführung ihre spezifischen Kompetenzen strategisch planvoll einsetzen, um ein bestimmtes Ergebnis zu erzielen.

Auch in den Lehrplänen und Rahmenrichtlinien der deutschen Bundesländer erscheint die Kommunikative Kompetenz als übergeordnetes Ziel der Fremdsprachenausbildung. So heißt es, um nur ein Beispiel herauszugreifen, im Rahmenplan für neuere Fremdsprachen der Hansestadt Hamburg:

> Die Schülerinnen und Schüler lernen die Fremdsprache in kommunikativen Situationen. Der Schwerpunkt des Unterrichts liegt auf dem handlungs- und anwendungsbezogenen Gebrauch der Fremdsprache. Er bereitet die Schülerinnen und Schüler darauf vor, reale Kommunikationssituationen zu bewältigen, denen sie z.B. als Touristen, als Austausch-

Zeitschrift für Romanische Sprachen und ihre Didaktik 2,1 (2008), 27-52.

> und Briefpartner und als zweisprachige Mittler begegnen. (Freie Hansestadt Hamburg 2003, 6)

Der schulische Fremdsprachenunterricht soll seinen Beitrag dazu leisten, indem er seine Inhalte unter den Aspekten der Handlungs- und Anwendungsorientierung auswählt und den zielführenden Gebrauch der Sprache einübt. Die Kenntnis und Beherrschung grammatikalischer und lexikalischer Strukturen ist dafür natürlich unentbehrlich; diese sollen jedoch nicht im Zentrum der unterrichtlichen Aktivitäten stehen, sondern eine dienende, den kommunikativen Funktionen untergeordnete Rolle einnehmen.

Die Fähigkeit zur Bewältigung kommunikativer Aufgaben als höchstes Ziel des Fremdsprachenunterrichts impliziert dabei eine Auffassung von kommunikativer Kompetenz, die – so der Eindruck der Autorin aus Lehrveranstaltungen und persönlichen Gesprächen – in gewissem Sinne der unter Lehramtsstudenten und Fremdsprachenlehrern verbreiteten Ansicht widerspricht, nach der erfolgreiche Fremdsprachenlerner vor allem in der Lage seien, ihre Botschaft „irgendwie rüberzubringen". Als kommunikativ kompetent im Sinne der aktuellen fremdsprachendidaktischen Diskussion kann nur gelten, wer nicht nur in der Lage ist, bestimmte Ausdrucksabsichten mehr oder weniger verständlich zu versprachlichen, sondern die Fremdsprache gleichzeitig zielführend einsetzen und damit eine Interaktion zu einem erfolgreichen Abschluss bringen kann. Dass die Verständlichkeit einer lernersprachlichen Äußerung nicht unbedingt das Gelingen des Kommunikationsaktes impliziert, zeigen u.a. die folgenden Beispiele aus einer lernersprachenpragmatischen Untersuchung zum Sprechakt „Aufforderung" im Französischen, in denen ein deutschsprachiger Student einen französischsprachigen Hochschullehrer um die schnelle Korrektur einer Seminararbeit bittet:

> „Je ne suis pas en l'école pendant quelques jours et pouvez-vous corriger mon travail depuis demain parce que je veux avoir le résultat, oui."
>
> „Est-ce que tu peux corriger mon travail d'ici demain parce que je ne vais pas à l'école après parce que ma mère a un travail pour moi et je dois le faire."
>
> (vgl. Warga 2004, 197)

Die Sprechintention – nämlich die Bitte um die rasche Korrektur der Arbeit – kommt in beiden Beispielen durchaus zum Ausdruck, wobei der Lerner allerdings aufgrund von lernersprachlichen Beschränkungen Äußerungen produziert, die gegen übliche Höflichkeitsstrategien des Französischen verstoßen und auf diese Weise seine Chancen auf einen erfolgreichen Abschluss des Kommunikationsaktes mindern. Beispielsweise fehlen entscheidende Sprechakte zu Beginn der Interaktion, darunter z.B. eine Kontakteröffnungsphase, die das Eindringen in das Territorium des Gegenübers vorbereitet (*Excusez-moi; je suis désolé de vous déranger* o.ä.). Die Bitte als Kernstück der Interaktion wird sehr direkt formuliert, wobei die Begründungen und Rechtfertigungen angesichts des sozialen Gefälles zwischen Student und Professor geringfügig erscheinen. Auch fehlen Höflichkeitsstrategien am Gesprächsausstieg (*Ça serait très gentil de votre part, ça serait magnifique si vous pouviez m'aider* o.ä.), die einen Beziehungsausgleich schaffen und das Gelingen des Sprechaktes positiv beeinflussen könnten.

Die hier zitierten Lerner erweisen sich also nur in eingeschränktem Maße als kommunikativ kompetent, und zwar sowohl im Hinblick auf die oben erläuterten Anforderungen des Gemeinsamen Europäischen Referenzrahmens und der Lehr- und Rahmenpläne als auch im Sinne der Soziolinguistik, aus der Fremdsprachendidaktik und Sprachlehrforschung das wissenschaftliche Konstrukt der Kommunikativen Kompetenz übernommen haben. Der Begriff der Kommunikativen Kompetenz wurde 1972 von Dell Hymes geprägt und ursprünglich ausschließlich auf die Kommunikation in der Muttersprache bezogen. Später haben ihn Fremdsprachendidaktik und Sprachlehrforschung, vor allem im Bezug auf das erweiterte Modell von Canale & Swain, für ihre Zwecke nutzbar gemacht. Kommunikative Kompetenz erscheint darin als übergeordnete Fertigkeit, die sich aus dem Zusammenspiel unterschiedlicher Teilkompetenzen ergibt (vgl. Canale & Swain 1980): Um sprachlich erfolgreich handeln zu können muss ein Sprecher nicht nur die sprachlichen Teilsysteme beherrschen (grammatische Kompetenz), sondern zudem sein Verhalten an die jeweilige Gesprächskonstellation anpassen (soziolinguistische Kompetenz), sein Wissen flexibel einsetzen und erweitern (strategische Kompetenz) sowie ein Gespräch aufrecht erhalten und auf seinen Gesprächspartner eingehen können (Diskurs- und Interaktionskompetenz). Ebenso wie beim übergeordneten Konzept der Kommunikativen Kompetenz handelt es sich bei den Teilkompetenzen weniger um Wissen im deklarativen Sinne, als viel mehr um Können, d.h., prozedurale und operationale Fertigkeiten, die flexibel einsetzbar und auf unterschiedlichste Situationen transferierbar sind.

Situationen wie die oben analysierte Bitte an eine sozial höher gestellte Person erfordern dabei ein besonderes Fingerspitzengefühl und sind schon in der Muttersprache u.U. nicht leicht zu bewältigen. Dennoch wird gerade anhand solcher heiklen Interaktionen die Nützlichkeit des fremdsprachendidaktischen Konstrukts der Kommunikativen Kompetenz besonders deutlich. Angesichts dieser Problematik sollen im Folgenden die Notwendigkeit sowie Chancen und Grenzen eines qualitativen Trainings zur kommunikativen Kompetenz diskutiert werden. Dies wird insbesondere anhand der so genannten *gesichtsbedrohenden Sprechakte* geschehen, eines Typs von Sprechhandlungen, der einerseits ausgesprochen häufig in der Alltagskommunikation vorkommt, andererseits aber auch heikel im Bezug auf das Erreichen des Kommunikationsziels ist und damit für Fremdsprachenlerner besondere Fallstricke beinhaltet.

2. Gesichtsbedrohende Sprechakte in Linguistik und Sprachdidaktik

Das pragmalinguistische Konzept der gesichtsbedrohenden Sprechakte, das den theoretischen Rahmen für die nachfolgenden Überlegungen bilden soll, geht auf die bahnbrechende Studie von Brown & Levinson (1987) zurück. Es basiert auf der grundlegenden Annahme, dass die Beteiligten einer Interaktion stets darauf bedacht sind, ihr öffentliches Selbstbild (*face*) zu wahren. Dazu gehört einerseits das Bedürfnis nach Anerkennung durch das Gegenüber bzw. die Gruppe (*positive face*), andererseits jedoch auch ein Bedürfnis nach Autonomie und Handlungsfreiheit (*negative face*).

So genannte gesichtsbedrohenden Sprechakte (*face threatening acts* oder *FTAs*) bergen nach Brown & Levinson besonderes Gefahrenpotential für die Interaktion, da ihre inhärenten Eigenschaften den Bedürfnissen des *face* mehr oder weniger stark entgegenstehen. So können sprachliche Handlungen wie Widersprechen, Ablehnen oder Kritisieren den Interaktionspartner bloßstellen und damit das positive Selbstbild gefährden, während andere, darunter Bitten, Befehlen oder Anordnen, den Hörer zu einem bestimmten Verhalten verpflichten und somit seinen Handlungsspielraum einschränken. Zu den gesichtsbedrohenden Sprechakten zählen jedoch auch scheinbar grundsätzlich „höfliche“ sprachliche

Handlungen wie Danksagungen oder Komplimente, da diese das *negative face* des Sprechers in Frage stellen, der sich in gewisser Hinsicht selbst herabsetzt und etwas von sich preisgibt.

Da Sprecher und Hörer grundsätzlich ein Interesse daran haben, das positive öffentliche Selbstbild aller an der Interaktion beteiligten Personen zu wahren, muss das gesichtsbedrohende Potential dieser Sprechakte durch besondere Höflichkeitsstrategien abgemildert werden, die entweder auf das positive oder das negative *face* abzielen. Beispielweise kann man durch bestimmte Formen der Anrede, Komplimente o.ä. Anerkennung und Solidarität zum Ausdruck bringen und eine heikle Situation entschärfen, während z.B. indirekte Formulierungen bei Bitten oder Anordnungen das negative *face* insofern schützen, als sie dem Hörer zumindest oberflächlich verschiedene Handlungsalternativen offen lassen. Der Grad der Gesichtsbedrohung und die jeweils angebrachten Maßnahmen zur Gesichtswahrung hängen dabei von der sozialen Konstellation, aber auch von kulturspezifischen Wertungen und Normen ab.

Da die eingesetzten Höflichkeitsstrategien von Sprachgemeinschaft zu Sprachgemeinschaft variieren, bringen sie für Fremdsprachenlerner z.T. erhebliche Schwierigkeiten mit sich. Über die Beherrschung von sprachlichen Strukturen und Redemitteln hinaus müssen sie auch die sozialen Interaktionsnormen der zielsprachlichen Gruppe kennen, in denen sich wiederum spezifische Kulturstandards spiegeln. In der fachdidaktischen Diskussion ist daher in diesem Zusammenhang häufig nicht nur von kommunikativer, sondern von *kommunikativ-interkultureller Kompetenz* die Rede (vgl. z.B. House 1998).

Im Gegensatz zu den augenscheinlichen Unterschieden zwischen den Sprachsystemen sind die Interaktionsnormen in der Regel unbewusst, was nicht nur ihren Erwerb erschwert, sondern auch die Toleranz zielsprachlicher Personen gegenüber Verstößen verringert. Diese werden häufig nicht als spezifische Probleme von Fremdsprachenlernern erkannt, sondern der Persönlichkeit des Lerners angelastet und können so die soziale Beziehung zum Gesprächspartner beeinträchtigen (vgl. Rost-Roth 1994, 37-38). Dies gilt umso mehr für fortgeschrittene Lerner, deren Sprachkenntnisse dem Gegenüber suggerieren, dass er nach zielkulturellen Maßstäben einzuschätzen sei (vgl. Barron 2003, 2). Mögliche negative Folgen für den Lerner sind Sanktionierung, Stereotypisierung, Ausgrenzung oder sogar Diskriminierung (vgl. Rost-Roth 1994, 38) – in jedem Fall jedoch sinkt bei Missachtung der Interaktionsnormen die Wahrscheinlichkeit, dass er seine Interessen durchsetzen kann. Um einen Sprechakt erfolgreich zu bewältigen, müssen Lerner daher in gewissem Maße auch die Höflichkeitsstrategien der Zielsprache oder geeignete Kompensationsstrategien kennen. Kommunikativ-interkulturelle Kompetenz ist somit eine unabdingbare Voraussetzung für fremdsprachliche Handlungsfähigkeit.

Allerdings sind gesichtsbedrohende Sprechakte schon in der Muttersprache heikel und stellen Fremdsprachenlerner daher vor umso größere Herausforderungen. Lernersprachliche Äußerungen weisen daher in der Regel in mehr oder weniger ausgeprägten Abweichungen von den Interaktionsmustern der Zielsprache auf, deren Ursachen außerordentlich vielseitig und häufig nicht eindeutig zu ermitteln sind – zumal es sich bei der Lernersprachenpragmatik um eine relativ junge Disziplin handelt, die bisher kaum Studien zum Spanischen hervorgebracht hat. Untersuchungen zum pragmatischen Verhalten speziell von Spanischlernenden existieren bisher fast nur aus dem angloamerikanischen Raum. Allerdings zeichnen sich in den Studien zu verschiedenen Sprachen und Sprachenpaaren typische lernersprachliche Phänomene ab, die einige allgemeine Schlussfolgerungen zu erlauben scheinen.

Ein zentrales Charakteristikum lernersprachlicher Äußerungen ist die eingeschränkte Verfügbarkeit sprachlicher Mittel, die sich auf pragmatischer Ebene insofern auswirkt, als Fremdsprachenlerner allgemein eine geringere Bandbreite an unterschiedlichen Sprechakten verwenden oder im Sinne der zielsprachlichen Norm erwartete Sprechhandlungen nicht ausführen. Beispielsweise stellt Warga in ihrer Untersuchung zum Sprechakt „Aufforderung“ im Bezug auf abschließende Danksequenzen folgendes fest:

> Bei der mündlichen Datenerhebung war mehrfach zu bemerken, dass Lernende nach den Worten für eine Dankesäußerung suchten, diese aber nicht „finden“ konnten und daher auf ein entsprechendes *closing* verzichteten. (Warga 2004, 212; vgl. auch House 1998, 66ff. & Bardow-Harlig 2002, 14-16)

In Unkenntnis der jeweils angebrachten sprachlichen Routinen realisieren Lerner zudem ritualisierte Sprechakte mitunter durch normabweichende *ad-hoc*-Formulierungen (vgl. z.B. die Beispiele *Je serais très merciable* und *J'aurais heurese si c'était possible* aus Warga 2004, 212-13). Einige Studien (vgl. z.B.

Félix-Brasdefer 2004) scheinen außerdem darauf hinzudeuten, dass lernersprachliche Kommunikation mehr direkte Strategien aufweist als muttersprachliche – eine These, die angesichts der eingangs analysierten Beispiele durchaus einleuchtet, jedoch nicht unumstritten ist. Dazu kommt, dass Fremdsprachenlerner allgemein größere Probleme haben, pragmatisch bedingte sprachliche Phänomene wie z.B. Abweichungen zwischen propositionalem Gehalt und Wortsinn von Äußerungen zu erkennen und einzuschätzen (vgl. Bardow-Harlig 2002, 22-23).

Neben den lernersprachlichen Beschränkungen kann auch Transfer aus der Muttersprache zu Abweichungen vom erwarteten Sprachverhalten führen, wenn sich die Normen für die Notwendigkeit oder die Art der Realisierung eines Sprechaktes in den beteiligten Sprachen unterscheiden. Lerner neigen daher z.B. dazu, Dank oder Bedauern an unpassender Stelle zu äußern, ihn an erwarteter Stelle nicht zu äußern oder dafür unangebrachte sprachliche Formen zu wählen (vgl. Bardow-Harlig 2002,15).[1] Ähnliche Abweichungen sind auch bei falschen Annahmen über die zielsprachlichen Redekonventionen, z.B. aufgrund von Übergeneralisierung, zu erwarten.

Ist sich der Lerner seiner Defizite bewusst, kann er gewisse Strategien anwenden, die sich in der Lernersprache ebenfalls als Abweichungen von der Zielsprachennorm niederschlagen. So mag er u.U. komplett auf die Realisierung eines Sprechaktes, dem er sich sprachlich nicht gewachsen fühlt, verzichten und

---

[1] Insgesamt ist Transfer allerdings auch im Bereich der Pragmatik weniger negativ zu bewerten, als dies traditionell in der Fremdsprachendidaktik und der Kontrastiven Linguistik der Fall ist. Im Bereich von Wortschatz und Grammatik wird das lernökonomische Potential seit einiger Zeit von der so genannten *Mehrsprachigkeitsdidaktik* hervorgehoben (vgl. z.B. Meißner & Reinfried 1998), entsprechende Ansätze für pragmalinguistische Fragestellungen liegen bisher jedoch noch nicht vor. Diese könnten jedoch durchaus vielversprechend sein, denn Lerner kennen aus ihre Muttersprache bereits universelle pragmatische Prinzipien, sind jedoch häufig damit überfordert, diese auch auf die Fremdsprache zu übertragen (vgl. Kasper 1997; Kasper & Rose 2002, 5-6) – dabei ließen sich durch einen erfolgreichen Transfer große Fortschritte erzielen, wie u.a. anhand der eingangs aufgeführten Bitte an einen Hochschullehrer deutlich wird: Auch in der deutschen Muttersprache der Versuchspersonen hätte der gesichtsbedrohende Sprechakt durch bestimmte „gesichtspflegende“ Handlungen entschärt werden müssen, und es ist davon auszugehen, dass sie sich in einer muttersprachlichen Interaktion anders verhalten hätten. Offensichtlich hat ein positiver Transfer – wohl auch aufgrund sprachlicher Defizite – jedoch nicht stattgefunden.

beispielsweise Kritik oder Missfallen für sich behalten. Vielleicht wird er aber auch fehlende sprachliche Routinen durch *ad-hoc*-Formulierungen auszugleichen suchen oder seine Äußerung stärker elaborieren, also z.B. im Rahmen einer Entschuldigung mehr Hintergrundinformationen liefern als eigentlich erwartet werden, was in der Literatur als sogenannter *Verbositätseffekt* dokumentiert ist (vgl. z.B. Warga 2004, 44).

Ob ein Lerner Verhaltensnormen aus seiner Muttersprache auf die Fremdsprache überträgt, aus Unkenntnis der zugrundeliegenden Kulturstandards das gesichtsbedrohende Potential eines Sprechaktes falsch einschätzt oder ihm lediglich die sprachlichen Mittel zu seiner angemessenen Realisierung fehlen, kann im Einzelfall kaum entschieden werden. Die Lernersprachenpragmatik sieht sich in dieser Hinsicht mit denselben Problemen konfrontiert wie die Lernersprachen- und Sprachkontaktforschung insgesamt, da ein und dasselbe beobachtbare Phänomen auf ganz unterschiedliche Ursachen wie lernersprachliche Beschränkungen, Transfer oder Strategieanwendung zurückgehen kann.

Insgesamt lassen die einschlägigen Studien z.T. erhebliche Defizite auf pragmatischer Ebene auch bei fortgeschrittenen Lernern erkennen, so dass davon auszugehen ist, dass sich kommunikativ-interkulturelle Kompetenz nicht mit zunehmender Sprachbeherrschung automatisch einstellt, sondern, ebenso wie alle anderen sprachlichen Kompetenzen, vermittelt und trainiert werden muss (vgl. Kasper 1997, Bardovi-Harlig 2002, Félix-Brasdefer 2004). Dass gezielte Trainingsmethoden zu einer erheblichen Verbesserung der pragmatischen Kompetenz führen können wird durch eine Reihe von Studien eindrucksvoll belegt (vgl. z.B. Bardow-Halig 2002, Liddicoat & Crozet 2001). Untersuchungen zu den spezifischen Problemen von Spanischlernenden mit deutscher Muttersprache sind bisher selten,[2] zeigen jedoch, dass auch der schulische Spanischunterricht seinen Beitrag zur Ausbildung kommunikativ-interkultureller Fertigkeiten leisten kann und muss. Die Vermittlung kommunikativ-interkultureller Kompetenz

[2] Einschlägige Studien konzentrieren sich bisher v.a. auf das Englische als L1 oder L2 in unterschiedlichen Konstellationen. Untersuchungen zum Spanischen gehen daher in der Regel von englischsprachigen Lernern aus (vgl. z.B. Koike 1996, Le Pair 1996, Félix-Brasdefer 2004). Eine der wenigen Studien zum Sprachenpaar Spanisch-Deutsch stellt die Arbeit von Torres & Wolff (1983) dar.

kann dabei entweder *implizit* über geeigneten sprachlichen Input oder *explizit* durch zielgerichtete Aktivitäten geschehen (vgl. Kasper 1997). Eine Verbesserung des fremdsprachlichen Inputs im Sinne eines Bemühens um einen authentischeren Sprachgebrauch in Lehrbuch und Unterrichtskommunikation ist dabei verhältnismäßig unproblematisch zu bewerkstelligen, kann jedoch, wie die genannten Studien zur Lernersprachenpragmatik ergeben haben, allein nur begrenzt zur Ausbildung von kommunikativer Kompetenz beitragen (vgl. House & Kasper 1981). Die Begegnung mit authentischen Texten, die möglichst zahlreiche Lernanlässe bieten, sollte daher durch beobachtende, bewusstmachende und reflexive Aktivitäten, z.B. in Form von Analysen exemplarischer Interaktionen, Paralleltexten, Fallbeispielen o.ä., ergänzt werden, so dass ein generelles Problembewusstsein für eigene und fremde Redekonventionen und die zugrunde liegenden Kulturstandards geschaffen werden kann, die in der Regel unreflektiert bleiben. Damit das auf diese Weise erworbene Wissen integriert und automatisch verfügbar wird, sollte es in inszenierten Kommunikationssituationen wie Rollenspielen, Simulationen etc. oder auch in der realen Interaktion erprobt und eingeübt werden (vgl. z.B. Kasper 1997, House 1998).

3. Gesichtsbedrohende Sprechakte in aktuellen Spanischlehrwerken

Aus diesen Überlegungen ergibt sich die Frage, inwieweit der Spanischunterricht zum systematischen Aufbau kommunikativ-interkultureller Kompetenz beiträgt bzw. beitragen kann. Der Referenzrahmen, Lehr- und Rahmenpläne sind in dieser Hinsicht wenig aufschlussreich, da sie zwar das Ziel definieren, aber den Weg dorthin in der Verantwortung der einzelnen Lehrkraft belassen. Dagegen ist es ausgesprochen instruktiv, sich einmal die gängigen Spanischlehrwerke anzusehen, die aufgrund ihrer Orientierungsfunktion für Fremdsprachenlehrer die pädagogische Praxis in hohem Maße prägen. Dass diese außerdem institutionell an Lehrpläne und Richtlinien gebunden sind, stellt die Lehrbuchautoren vor die Herausforderung, die ambitionierten, aber insgesamt doch recht vage formulierten kommunikativen und interkulturellen Lernziele für die Praxis umsetzen zu müssen. Inwieweit die Lehrwerke dieser Aufgabe gerecht werden und ihren Beitrag zur Ausbildung von Kommunikativer Kompetenz leisten, soll im Folgenden anhand zweier 2006 erschienener Spanischbücher, nämlich *Línea verde* (Klett) und *¿Qué pasa?* (Diesterweg), exemplarisch betrachtet werden. Beide Lehrwerke sind für den Einsatz an Gymnasien oder Gesamtschulen konzipiert, wobei sich *¿Qué pasa?* an Schüler der Klassenstufen 6 oder 7 richtet, *Línea verde* dagegen für Spanisch als 3. Fremdsprachsprache in Klassenstufe 8 oder 9 angelegt ist. Ob die Lehrwerke dem Anspruch der aktuellen fremdsprachendidaktischen Diskussion gerecht werden, soll v.a. anhand der Auswahl der Themen, der Qualität des Inputs (d.h., Authentizität der Texte sowie Anlässe zu interkulturell-kommunikativem Lernen), sowie dem Angebot an bewusstmachenden Aktivitäten und geeigneten Übungen diskutiert werden. Ziel der Diskussion ist dabei weniger, beide Lehrwerke qualitativ zu vergleichen, sondern vielmehr, allgemeine Probleme im Bezug auf die Behandlung pragmatischer Aspekte im Fremdsprachenunterricht aufzuzeigen.

3.1. Aufbau und Auswahl der Themen

Schon ein kurzer Blick in die Inhaltsverzeichnisse zeigt, dass nicht nur grammatisch-lexikalische, sondern auch kommunikative Fertigkeiten systematisch und in gegenseitigem Wechselbezug aufgebaut werden sollen. Neben dem inhaltlichen Schwerpunkt werden auch Ausdrucksabsichten, sprachliche Strukturen sowie übergeordnete Lernstrategien und -techniken als Lernziele der jeweiligen Einheit angeführt.[3] Die sprachlichen Strukturen sind dabei an kommunikative Funktionen gebunden, wie es die „dienende Funktion" der Grammatik erfordert – beispielsweise koppeln beide Lehrwerke die Modalverben an die Fähigkeit, Wünsche und Absichten zu äußern, oder den Sprechakt „Auffordern" an die grammatikalische Kategorie des Imperativs. Ein regelmäßiges Strategie- und Methodentraining in jeder Lektion soll außerdem die Lernerautonomie fördern.

---

[3] *Línea verde* nennt die Kategorien *Thema*, *Kommunikative Fertigkeiten*, *Sprachliche Mittel* und *Methodenkompetenz*; bei *¿Qué pasa?* sind die entsprechenden Rubriken mit *Themen*, *Kommunikation*, *Grammatik* und *Arbeitstechniken* überschrieben. Schon in der Wortwahl wird die stärkere Betonung der kommunikativen Lernziele bei *Línea verde* deutlich (vgl. z.B. den Ausdruck *Sprachliche Mittel*, der die Hinwendung auf einen bestimmten Zweck impliziert, im Verhältnis zu dem eher traditionellen Ausdruck *Grammatik* bei *¿Qué pasa?*).

Es lässt sich also festhalten, dass sich die Lehrbücher durchaus um den systematischen Aufbau von Kommunikativer Kompetenz bemühen. Ihr Vorgehen lässt sich dabei am besten mit dem Adjektiv *onomasiologisch* beschreiben:[4] Ausgehend von bestimmten kommunikativen Handlungen werden geeignete Redemittel und grammatische Strukturen ausgewählt und dargeboten. Mit fortschreitender Progression erweitert der Lerner auf diese Weise kontinuierlich sein sprachliches Repertoire und damit seine Handlungskompetenz, da ihm zunehmend mehr Handlungsalternativen zur Verfügung stehen. Der systematische Aufbau von kommunikativer Kompetenz wird folglich vorrangig als *quantitatives* Problem begriffen: Es geht darum, möglichst viele kommunikative Herausforderungen im Unterricht antizipierend einzuüben, wobei es sich allerdings von selbst versteht, dass eine erschöpfende Behandlung aller denkbaren Kommunikationssituationen nicht realistisch ist.

Ein ausschließlich quantitatives Verständnis von kommunikativer Kompetenz ist allerdings im Hinblick auf einen Fremdsprachenunterricht, der transferierbares Wissen vermitteln und den Lerner zu autonomem Handeln und Lernern führen soll, problematisch. Die Behandlung isolierter kommunikativer Aufgaben mit Hilfe vorgegebener Strukturen, die in Lehrwerken und auch im Unterrichtsgeschehen vorherrschend (und natürlich in gewissem Maße durch die Künstlichkeit der Unterrichtssituation vorgegeben) ist, kann nur ein erster Schritt in der Ausbildung prozeduraler Fähigkeiten und Kommunikationsstrategien sein, wie sie von Canale & Swane als konstitutiv für Kommunikative Kompetenz postuliert werden. Sie sollte ergänzt werden durch ein *qualitatives* Training, das auf eine systematische Ausbildung und Erweiterung derjenigen Fertigkeiten abzielt, die gerade dann zu einer erfolgreichen Bewältigung einer kommunikativen Aufgabe beitragen, wenn diese nicht im Unterricht antizipiert wurde.

Betrachtet man nun die sprachlichen Handlungen, die in den untersuchten Lehrwerken behandelt werden, so stellt man fest, dass es sich bei einem erheblichen Teil um gesichtsbedrohende Sprechakte handelt. *Línea verde* greift z.B. folgende potentiell heikle Sprechhandlungen auf:

---

[4] Die Verwendung von *onomasiologisch* in diesem Kontext lehnt sich an die Begrifflichkeit von Schreiber (2002, 93) an.

Vorschläge machen (Unidad 2B)
sich bedanken (Unidad 3A)
Lob äußern (Unidad 3A)
Bedauern, Ungeduld, Freude äußern (Unidad 3B)
Fragen (freundlich) zurückweisen (Unidad 4)
Rückfragen, wenn man etwas nicht verstanden hat (Unidad 4)
Verpflichtung ausdrücken (Unidad 5A)
jdn. überreden/überzeugen (Unidad 5A)
über Zustände und Stimmungen sprechen (Unidad 5A)
Anweisungen geben (Unidad 5B)
jdn. zu etwas auffordern (Unidad 5B)
Missfallen und Widerspruch ausdrücken (Unidad 5B)
Verständnis zeigen (Unidad 5B)
Vermutungen und Meinungen äußern (Unidad 6)
Absichten und Ziele formulieren (Unidad 6)
Verwunderung und Kritik äußern (Unidad 7A)
auf Einwände reagieren (Unidad 7B)
um etwas bitten (Unidad 8B)

Erwähnenswert in diesem Zusammenhang sind außerdem die Lernziele „Ein Gespräch in Gang halten oder wieder aufnehmen“ (Unidad 4), „Rückfragen, wenn man etwas nicht verstanden hat“ (Unidad 4), „Argumente austauschen und abwägen (Unidad 5A)“, „eine formelle Situation bewältigen“ (Unidad 6) und „ein Verkaufsgespräch führen“ (Unidad 7B), die über die Behandlung isolierter Sprechakte hinaus komplexe und besonders im Fall formeller Situationen auch potentiell heikle Kommunikationssituationen aufgreifen. Sie verweisen direkt auf die Teilkompetenzen Diskurskompetenz sowie strategische und soziolinguistische Kompetenzen und bieten damit Ansätze für ein qualitatives Training, die allerdings – wie noch zu zeigen sein wird – vom Lehrwerk nicht in dem Maße umgesetzt werden, wie es im Sinne eines systematischen pragmatischen Trainings wünschenswert wäre.

¿Qué pasa? behandelt dagegen folgende gesichtsbedrohende Sprechakte:

sagen, das man etwas nicht verstanden hat und um Wiederholung bitten (Unidad 3)
sagen, was einem gefällt oder nicht gefällt (Unidad 6)
etwas vorschlagen (Unidad 7)
Wünsche und Absichten äußern (Unidad 8)
sagen, dass etwas getan werden kann/muss (Unidad 8)
jemanden um Geduld bitten (Unidad 8)
jemanden zur Vorsicht mahnen (Unidad 8)
Furcht und Erschrecken ausdrücken (Unidad 9)
Begeisterung und Überraschung ausdrücken (Unidad 11)
Meinungen äußern (Unidad 11)

Insgesamt sind die Themenbereiche im Bereich *Grammatik* bei *¿Qué pasa?* viel enger abgesteckt und konkreter formuliert als in *Línea verde* (es überwiegen *nomina dicendi* mit unterschiedlichen Ergänzungen),[5] so dass man den Eindruck erhält, dass der oben erläuterte onomasiologische Ansatz hier gegenüber der Vermittlung übergeordneter Kompetenzen noch stärker im Vordergrund steht als bei *Línea verde*.

3.2. Qualität des Inputs

Im Bezug auf den Input fällt auf, dass sich die Lehrwerke – trotz der notwendigen Zugeständnisse an die Progression – spürbar um Authentizität und kommunikative Relevanz bemühen. Es überwiegen dialogische Texte, die Alltagssituationen aufgreifen, die sich im Rahmen der Erlebniswelt von Jugendlichen bewegen (ein Mädchen im Austauschjahr bei *Línea verde* sowie eine spanische Schulklasse bei *¿Qué pasa?*). Gesichtsbedrohende Sprechakte und die zugehörigen Strategien sind in den Dialogen in den meisten Fällen durchaus realistisch wiedergegeben. Drei Beispiele gesichtsbedrohender Sprechakte sollen genügen, um diesen Umstand zu illustrieren.

3.2.1. Sprechakt „Ablehnen"

In *Línea verde* wird der Sprechakt „Ablehnen" ausgehend von einem Telefonat zwischen dem Spanier Mario und der Kolumbianerin Ana Lucía behandelt. Ma-

---

5 Vgl. z.B. die zahlreichen kommunikativen Lernzielen, die den Sprechakte „Frage" repräsentieren und sich eigentlich v.a. auf der Ebene der Lexik (inklusive Fragepronomen) unterscheiden: „nach dem Alter, der Telefonnummer und der Herkunft fragen und darauf antworten", „fragen, wo jemand ist und darauf antworten", „nach dem Befinden fragen und darauf antworten", „fragen, wie etwas ist oder war, und darauf antworten", „nach Gegenständen im Klassenraum fragen", „fragen, wer jemand ist und darauf antworten", „Fragen, wie etwas ist und darauf antworten", „fragen, wie jemand ist oder aussieht, und darauf antworten", „nach der Lage von Orten, Dingen und Personen fragen und darauf antworten", „fragen, welche Verkehrsmittel jemand verwendet, und darauf antworten", „fragen, ob jemand einverstanden ist und darauf antworten", „nach den Schulfächern fragen", „fragen, welche Kleidung jemandem gefällt und darauf antworten", „fragen, wie einem ein Kleidungsstück steht, und sagen, wie jemandem etwas steht", „nach Plänen fragen und darauf antworten", „fragen, wie viel der Einkauf insgesamt kostet", „nach Öffnungszeiten fragen und darauf antworten", „nach dem Geburtstag fragen und darauf antworten".

rio möchte sich mit Ana Lucía verabreden, die jedoch darauf verweist, dass sie wenig Zeit habe und die Frage eines Treffens letztendlich offen lässt:

> Mario: [...] Pero, digo yo, ¿por qué no nos vemos y así nos conocemos...?
> Ana Lucía: Ahora no tengo tiempo, trabajo mucho, y además tengo exámenes y estudio mucho...
> Mario: Bueno, vale, vale. Pero ¿por qué no apuntas mi dirección y teléfono? A lo mejor puedes otro día...
> Ana Lucía: Bueeeno, vamos a ver.
> *Apunta la dirección y se despiden.*
>
> (*Línea verde*, 55)

Anschließend erfährt der Lerner, dass Ana Lucías vage Aussagen eigentlich eine höfliche Form der Absage darstellen und wird vor Missverständnissen gewarnt. Die zugrunde liegenden Interaktionsnormen werden noch einmal explizit in einer Art Merksatz zusammengefasst:

> Ser amable: Lateinamerikaner, Spanier und viele andere empfinden es als unhöflich, etwas direkt abzulehnen. Sie machen stattdessen vage Aussagen, die wie eine Zustimmung erscheinen. Man muss oft sehr genau hinhören, um Missverständnisse zu vermeiden, und vorsichtig sein, was man selbst sagt, um nicht als unhöflich oder unerzogen zu gelten. (*Línea verde*, 56)

Die Sequenz endet mit einer Übung, in der die Lerner Ana Lucías Ablehnung noch einmal analysieren und dann selbst höfliche Ablehnungen formulieren sollen.

Die dargestellte Interaktion ist durchaus realistisch im Sinne der spanischen und hispanoamerikanischen Interaktionsnormen, nach denen eine Ablehnung als stark gesichtsbedrohend empfunden wird, da sie die stillschweigend vorausgesetzte Solidarität zwischen den Gesprächspartnern, das *positive face*, in Frage stellt (vgl. Torres & Wolff 1983, 212). Zu den „viele[n] andere[n]", die eine direkte Ablehnung als unhöflich empfinden, zählen sicherlich auch die meisten Angehörigen des deutschen Kulturkreises – allerdings ist der explizite, bewusstmachende Hinweis an dieser Stelle vor dem Hintergrund der oben skizzierten Ergebnisse der Lernersprachenforschung durchaus begrüßenswert, da es Fremdsprachenlernern häufig schwer fällt, pragmatische Muster aus der Muttersprache auf die Zielsprache zu übertragen (s.o.). Aus sprachrezeptiver Perspektive haben sie zudem besondere Schwierigkeiten, indirekte Sprechakte wie die als Erklärung getarnte Absage richtig einzuschätzen. Dazu kommt, dass im Sinne der *no-*

ticing-Hypothese die im Input enthaltene Information mit großer Wahrscheinlichkeit nur dann verarbeitet und in die eigene kommunikative Praxis integriert werden kann, wenn eine entsprechende Aufmerksamkeitssteuerung erfolgt – ohne die anschließende Bewusstmachung würde es vielen Lernern u.U. entgehen, dass es sich bei Ana Lucías Reaktion auf Marios Vorschlag um eine höfliche Ablehnung handelt. Die Sequenz zum Sprechakt „Ablehnen" in *Línea verde* ist insgesamt gelungen, da sie – neben authentischem sprachlichen Input[6] – bewusstmachende und reflexive Elemente sowie (allerdings nur) eine Übung enthält.

Im Unterschied zu *Línea verde* werden Ablehnungen in *¿Qué pasa?* nicht thematisiert. Weder wird dieser Sprechakt unter den kommunikativen Funktionen im Inhaltsverzeichnis aufgeführt, noch im Zusammenhang mit dem Sprechakt „etwas vorschlagen" (Unidad 7) behandelt. Zwar wird in Unidad 8 eine Übung *¿Puedes o no puedes?* angeboten, in der Vorschläge formuliert und abgelehnt werden sollen (Beispiel: „¿Qué haces hoy? Podemos ir al cine. – No, hoy no puedo, tengo que ayudar en casa."), jedoch geht es hier vorrangig um das Festigen der Formen des Modalverbs *poder*. Es handelt sich um eine klassische Satzmusterübung ohne kommunikative Zielsetzung, da dem Lerner – außer auf lexikalischer Ebene – so gut wie kein Handlungsspielraum für Varianten oder alternative Formulierungen gegeben wird.

3.2.2. Sprechakt „Kompliment"

Das Problem des *noticing* stellt sich u.a. auch in folgendem Beispiel aus *Línea verde*:

> *Hablan un rato. Después los chicos nadan en el mar y las chicas hablan en la playa.*
> Christina: Hablas muy bien.
> Laura: No, no es verdad, pero el español me gusta y estudio mucho.
>
> (*Línea verde*, 19)

[6] Man beachte z.B. auch die gängige Formulierung eines Vorschlags in Form einer Frage mit *¿por qué no ...?*, die durch alternative Formulierungen (*¿qué tal si ...?*, *¿qué te parece ...? Me gustaría...*) ergänzt werden könnte. Eine zusammenhängende Behandlung der komplementären Sprechakte „Vorschlag" und „höfliche Ablehnung" (bzw. Annahme) bietet sich an dieser Stelle an, wird jedoch vom Lehrwerk nicht verfolgt.

Bei einem Ausflug an den Strand wird die deutsche Austauschschülerin Laura von der Spanierin Cristina für ihr gutes Spanisch gelobt und reagiert darauf, indem sie widerspricht und ihre Sprachkenntnisse relativiert. Komplimente zählen nach Brown & Levinson zu den positiven Höflichkeitsstrategien und haben die Funktion, dem Gesprächspartner gegenüber Anerkennung und Solidarität zum Ausdruck zu bringen auf diese Weise sein *positive face* zu stärken. Gleichzeitig bergen sie jedoch gesichtsbedrohendes Potential für den Adressaten, da sie ihn in die Verlegenheit bringen, eine angemessene Reaktion zu zeigen, die wiederum das Gesicht aller Beteiligten schützt. Laut Haverkate (1994, 92-93) kennt das Spanische drei stereotypisierte Reaktionsmuster auf Komplimente:

> I) aceptar el cumplido reduciendo su elogio;
> II) aceptar el cumplido atribuyendo el elogio a una tercera persona;
> III) devolver el cumplido. (Haverkate 1994, 93)

Im Deutschen ist dagegen eine kurze Gratifikation üblich, die u.U. von einer der oben genannten Handlungen begleitet sein kann. Dass das Fehlen einer Danksequenz in dem oben genannten Beispiel typisch für die spanischen Höflichkeitsmuster ist, werden Lerner mit großer Wahrscheinlichkeit nicht ohne expliziten Hinweis aus diesem isolierten Beispiel ableiten können. Auch die Tatsache, dass Komplimente (ebenso wie zahlreiche andere positive Höflichkeitsstrategien) im spanischsprachigen Raum viel üblicher sind als im deutschsprachigen und damit weniger markiert, kann für den Lerner eine interessante Information sein, die ihm das Lehrwerk jedoch ebenfalls vorenthält. Ebenfalls nicht behandelt wird der *piropo* als Sonderform des Kompliments, der sich Fremdsprachenlernern u.a. aufgrund sprachlicher Besonderheiten und seiner starken kulturellen Einbettung kaum erschließt (vgl. Haverkate 2004, 62).[7]

---

[7] Indirekte und metaphorische Redeweisen, die Fremdsprachenlernern in der Regel besondere Probleme bereiten, sind beim *piropo* besonders häufig anzutreffen (vgl. Beispiele wie *¡Si así estás de verde cómo estarás cuando madures! ¿De qué estrella te caíste?*, Achugar 2002, 177). Dazu kommen bestimmte, kulturspezifisch geprägte affektive Komponenten, die bedingen, dass *piropos* innerhalb der spanischen und hispanoamerikanischen Kultur als Komplimente, in anderen Kontexten jedoch als Aufdringlichkeit interpretiert werden (vgl. Achugar 1977, 175).

3.2.3. Sprechakt „Aufforderung“

Der Sprechakt „Aufforderung“ ist grundsätzlich bedrohlich für das *negative face*, denn

> el hablante que emite una exhortación tiene como fin influir en el comportamiento intencional del oyente de forma que éste lleve a cabo la acción descrita por el contenido proposicional de la locución. (Haverkate 1994, 148)

Direktive Sprechakte, d.h. Sprechakte, die den Gesprächspartner zu einer bestimmten Handlung veranlassen sollen, können insofern als gesichtsbedrohende Sprechakte *par excellence* gelten, als sie ganz offensichtlich die Handlungsfreiheit des Gegenübers in Frage stellen. Sie sind sowohl in *Línea verde* als auch in *¿Qué pasa?* durch die sprachliche Handlung „Anweisungen geben“ vertreten, die in beiden Lehrwerken behandelt wird und an die grammatikalische Kategorie des Imperativs geknüpft ist.[8] Der dort gegebene Input ist durchaus authentisch im Sinne einer realistischen Darstellung der Sprechakte, wobei die zugrundeliegenden Interaktionsnormen allerdings wiederum kaum reflektiert werden.

In *¿Qué pasa?* ist die neue Struktur in einen Kontext eingebettet, in dem sie den Lernern selbst am häufigsten begegnet: die Unterrichtskommunikation. Der Lektionstext von Unidad 3 zeichnet eine Deutschstunde in einer spanischen Schule nach, in der die Lehrerin Fátima Fernández Anweisungen wie „Ahora escuchad“, „Repetid en coro“ oder „Ahora abrid el libro en la página tres“ verwendet. Auch die kurze Übungssequenz zum Imperativ, in der die Lerner die Form allerdings nicht aktiv anwenden, sondern lediglich verstehen und wiederholen sollen, ist auf die Kommunikation im Klassenraum zugeschnitten („El vocabulario del/de la profesor/a – Escucha y repite lo que dice el/la profesor/a“, 43).

In dem entsprechenden Dialog aus *Línea verde* (Unidad 5B) wird das Zimmer der Gastfamilie für die deutsche Austauschschülerin Laura hergerichtet. Die einzelnen Personen fordern sich gegenseitig zu bestimmten Handlungen auf, wobei sie fast ausschließlich Imperative verwenden – eine direkte Strategie, die für das

---

[8] Bei wenigen Sprechakttypen ist die Verbindung zwischen kommunikativer Funktion und grammatischer Form so deutlich wie in diesem Fall: „Pocos pragmalingüistas pondrán en duda que la oración imperativa representa el prototipo de la exhortación directa.“ (Haverkate 1994, 162).

Spanisch in seiner europäischen Varietät typisch ist und keinesfalls als unhöflich gilt (vgl. Haverkate 1994, 162ff.):

Madre: […] Pon los escritorios delante de la ventana. Así tienen luz. ¡Oh, ten cuidado! ¡La ventana!

Mario: ¿Y dónde ponemos la cama? ¿Aquí?

Madre: Sí, ponedla debajo de los pósters... Ahí, perfecto. Mario, por favor, quita las muñecas de la estantería y mételas en una bolsa. Así Laura puede poner libros o cedés.

(*Línea verde*, 70)

Im Gegensatz zum oben behandelten Sprechakt „Ablehnen" ergeben sich aus interkultureller Perspektive in diesem Fall durchaus deutliche Unterschiede zum Deutschen, das dazu neigt, Aufforderungen und Befehle indirekt, z.B. in Frageform („Könntest Du bitte…?") zu formulieren oder ihnen durch Abtönungspartikel die Schärfe zu nehmen („Stell es doch dorthin").[9] Diese Abweichungen werden allerdings nicht thematisiert – vielleicht aus der Überlegung heraus, dass hier in der Interaktion mit spanischen Gesprächspartnern kaum Kommunikationsstörungen zu erwarten wären. Trotzdem sollte auch dieser Anlass für eine Bewusstmachung nicht ungenutzt verstreichen, da gerade der Sprechakt „Aufforderung" Lernanlässe aus kulturvergleichender Perspektive bietet: In vielen Ländern Hispanoamerikas werden Aufforderungen und Befehle nämlich als hochgradig gesichtsbedrohend empfunden und müssen daher mit entsprechenden negativen Höflichkeitsstrategien abgemildert werden. Während in Spanien Höflichkeit v.a. auf dem Ausdruck von Solidarität und Anerkennung, also Strategien des *positive face*, basiert (vgl. Haverkate 2004), muss in anderen hispanophonen Kulturen, darunter z.B. Mexiko, die soziale Distanz und der individuelle Freiraum im Sinne des *negative face* gewahrt werden:

> Si consideramos en términos muy globales las posibles diferencias culturales entre las dos comunidades [España y México] en términos de preservación de la imagen, diferencias que se vinculan a las divergencias en sus estilos de interacción, podríamos decir que los mexicanos parecen valorar la reserva en cuanto a la expresión de las emociones negativas, y cierto hermetismo en la comunicación de los deseos y puntos de vista del individuo, sobre todo cuando ellos contrastan con los deseos ajenos. (Curcu & Fina 2002, 109; vgl. Félix-Brasdefer 2004, 297-98)

---

[9] Vgl. in diesem Zusammenhang die Gegenüberstellung von Aufforderungen im Spanischen und Niederländischen bei Haverkate, deren Ergebnisse durchaus auch auf das Sprachenpaar Deutsch-Spanisch übertragbar sind (1994, 163-64).

Spanier haben dort u.U. aufgrund ihres Gesprächsverhaltens den Ruf, grob und unhöflich zu sein,[10] wobei vergleichende pragmatische Studien gezeigt haben, dass unterschiedliche syntaktische und morphologische Muster bei der Formulierung von Aufforderungen in Spanien und Mexiko ganz verschieden, z.T. sogar konträr im Bezug auf den Grad an Höflichkeit eingeschätzt werden (vgl. Curcó 1998). Dazu kommt, dass der spanische Imperativ eine große Bandbreite von kommunikativen Funktionen – von der inständigen Bitte zum strengen Befehl – abdecken kann, die nicht auf grammatisch-lexikalischer, sondern v.a. auf prosodischer Ebene unterschieden werden (vgl. Haverkate 1994, 164 & Haverkate 2004, 60).

Die Behandlung des Sprechaktes „Aufforderung" wäre daher nicht nur geeignet, sprachliche Unterschiede zwischen Spanien, Deutschland und Hispanoamerika zu thematisieren, um Lerner auf einen möglichen interkulturellen Fallstrick vorzubereiten (wie es ein an onomasiologischen Kriterien orientiertes kommunikatives Training erfordern würde), sondern könnte zudem in eine Diskussion der Relativität des Höflichkeitsbegriffs im Sinne der Ausbildung eines allgemeinen Bewusstseins für die Problematik münden.[11]

---

[10] Vgl. z.B. Curcó (1998, 129):

„A pesar de compartir una misma lengua y una gran cantidad de rasgos culturales, es sabido que mexicanos y españoles a menudo notan que sus estilos de interacción verbal no son siempre semejantes. Los estereotipos abundan: los mexicanos consideran a los españoles abruptos, impositivos y descorteses; los españoles, por su parte, encuentran a los mexicanos excesivamente amables y dulces, pero, con frecuencia, insuficientemente claros."

Die Bedeutung des *negative face* äußert sich auch in einer Reihe weiterer Unterschiede zwischen den spanischen und mexikanischen Interaktionsnormen: Beispielsweise ist es in Mexiko üblich, sich beim Busfahrer oder beim Kellner für die erbrachte Dienstleistung zu bedanken, während dieses Verhalten in Spanien übertrieben wirkt. Es kann sogar als unhöflich gelten, da durch den Dank für als selbstverständlich betrachtete Dinge die stillschweigend vorausgesetzte Solidarität in Frage gestellt wird, auf der das spanische Höflichkeitsverständnis basiert (vgl. Haverkate 2004, 61).

[11] Ein entsprechender Ansatz findet sich im dem – allerdings auf die Erwachsenenbildung ausgerichteten – Lehrwerk *Gente*. Anhand eines Textes über einen nordeuropäischen und einen spanischen Geschäftsmann werden typische Verhaltensweisen und kulturelle Unterschiede vorgestellt, die sich leicht im Sinne der oben genannten Unterscheidung von Haverkate interpretieren lassen (vgl. z.B. die Angaben über den Ablauf von geschäftlichen Treffen: „Los españoles siempre hablan de negocios en los restaurantes", dice Wais. „Primero, comen mucho y beben vino. Y luego, al final de la comida, empiezan a hablar

In diesem Zusammenhang können allgemeine Informationen und oder sogar übergeordnete Modelle zur Beschreibung interkultureller Unterschiede von Nutzen sein, die als Hintergrundwissen die Bildung von Hypothesen erleichtern. Im Zusammenhang mit gesichtsbedrohenden Sprechakten ist beispielweise die Unterscheidung in Kulturen positiver und Kulturen negativer Höflichkeit hilfreich, wie sie Haverkate in Anlehnung an die Theorie von Brown & Levinson getroffen hat (vgl. Haverkate 2004). Dass ein Imperativ im europäischen Spanischen – im Unterschied zum Niederländischen, aber auch zum Deutschen – auch ohne entsprechende Abmilderung keinesfalls unhöflich sein muss, erklärt sich laut Haverkate aus der stärkeren Betonung der Solidaritätsdimension, die negative Höflichkeitsstrategien überflüssig macht:

> Los resultados del análisis anterior nos permiten concluir que la preferencia del holandés por el uso del imperativ atenuado concuerda con la índole distanciadora de la cultura; la preferencia del español por el uso del imperativo escueto, por otra parte, es representative de una cultura orientada hacia la solidariedad. Puede sostenerse [...] que a la diferencia señalada subyace un principio pragmático general: en las sociedades donde predomina una etiqueta de solidaridad se sobreentiende el derecho de reducir la libertad de acción del interlocutor. (Haverkate 2004, 60)

Vor diesem Hintergrund lassen sich alle oben diskutierten spanisch-deutschen Unterschiede im Gesprächsverhalten im Bezug auf Komplimente, Aufforderungen, Ablehnungen, Angebote, Anrede usw. kohärent erklären. Mit der didaktisch notwendigen Komplexitätsreduktion können solche allgemeinen Modelle grundlegende kulturelle Unterschiede veranschaulichen und somit den Lernern eine Interpretationsfolie für fremdes Kommunikationsverhalten und sprachlichen Input sowohl im Fremdsprachenunterricht als auch in real erlebter Kommunikation bieten. Das Bilden und Testen von Hypothesen, das im Zentrum der modernen Theorien zum Fremdsprachenlernen steht (vgl. Bleyhl 1998), wird in kommunikativ-interkulturellen Lernprozessen u.a. dadurch erschwert, dass eigene und fremde Kulturstandards weitgehend unbewusst bleiben. Im Wechselbezug zwischen allgemeinen Modellen und exemplarischer Interaktion kann sich

---

del trabajo.“ *Gente*, 88-89). Allerdings vermisst man neben den allgemeinen Ausführungen zum spanischen Gesprächsverhalten konkrete Beispiele sowie Übungen.

jedoch ein grundlegendes Problembewusstsein herausbilden, ohne dass die Verallgemeinerung zur Stereotypisierung führt.[12]

Insgesamt bleiben beim Sprechakt Aufforderung die in beiden Lehrwerken aus kommunikativ-pragmatischer Perspektive durchaus vorhandenen Lernanlässe weitgehend ungenutzt: Die zugehörigen Übungen konzentrieren sich auf die Verbmorphologie und werden kaum in kommunikative Kontexte eingebunden, was es den Lernern erschwert, ihr Wissen in kommunikatives Handeln umzuwandeln. Es findet zudem keine Gegenüberstellung von Imperativkonstruktionen und anderen, teilweise bereits bekannten Formen der Realisierung von Aufforderungen oder verwandten Sprechakttypen statt, wie sie in Hispanoamerika üblich sind und auch in Spanien zum Ausdruck verschiedener Höflichkeitsnuancen verwendet werden können.[13]

4. Fazit

Kommunikative Kompetenz als höchstes Ziel des FSU umfasst weit mehr als die Beherrschung lexikalischer und grammatischer Strukturen für bestimmte, stereotype Kommunikationssituationen: Der Lerner soll autonom handeln und Interaktionen im sozialen Kontext erfolgreich bewältigen können.

Im Fall der so genannten gesichtsbedrohenden Sprechakte wird die Handlungskompetenz der Lerner auf eine besonders harte Probe gestellt, da die Beherrschung sprachlicher Mittel allein noch keine Garantie für einen erfolgreichen Abschluss der Interaktion darstellt. Gerade Höflichkeit als pragmatische Kategorie der Sprache lässt sich nicht in behavioristischer Manier antrainieren, sondern setzt je nach situativer Konstellation flexibel handhabbare Fertigkeiten voraus. Ein quantitativer Ansatz, wie er in den Lehrplänen und Lehrwerken im-

---

[12] Die Problematik der Stereotypisierung im Spannungsfeld zwischen notwendiger Verallgemeinerung und unerwünschter Vorurteilsbildung bleibt eine Gradwanderung, die der Fremdsprachenunterricht kaum umgehen kann. Gerade deshalb ist es wichtig, pragmatische Interaktionsnormen und ihre Wechselwirkung mit sprachlichen Strukturen zu thematisieren und auf diese Weise der Stereotypisierung vorzubeugen – indem z.B. herausgearbeitet wird, dass deutsche und spanische Höflichkeitskonzepte und die zugehörigen sprachlichen Muster unterschiedlich sind, ohne dass allgemein entschieden werden könnte, dass eine der beiden Sprachgemeinschaften generell höflicher ist als die andere.

[13] Vgl. z.B. die bereits bekannte Form *¿Por qué no quitas las muñecas de la estantaría [...]?* oder Alternativen wie *¿(No) podrías quitar las muñecas de la estantaría?*.

plizit propagiert wird, ist daher allein kaum geeignet, Lerner auf reale Kommunikationssituationen vorzubereiten. Im Sinne der Lernerautonomie ist es vielmehr erstrebenswert, dem Lerner transferierbares Wissen an die Hand zu geben, mit dem er nicht nur verschiedenste Kommunikationssituationen bewältigen, sondern den eigenen Lernprozess selbständig steuern kann. Ein grundsätzliches Problembewusstsein für kommunikativ-interkulturelle Unterschiede sowie geeignete Interpretationsmodelle, vor deren Hintergrund er Hypothesen bilden und testen kann, sind dafür ebenso notwendig wie ein solides Repertoire an Kommunikations- und Reparaturstrategien. Diese lassen sich selbstverständlich nur in Bezug auf und anhand von konkreten, authentischen Interaktionsbeispielen ausbilden, die nicht nur Routineformeln und exemplarische Interaktionsmuster anbieten, sondern auch deren kulturelle Einbettung deutlich machen.

Insgesamt lässt sich festhalten, dass die untersuchten neueren Lehrwerke im Prinzip gute Voraussetzungen für die Förderung kommunikativ-interkultureller Kompetenz bieten, da der Input trotz des offensichtlichen didaktischen Charakters der Texte im Hinblick auf die Realisierung gesichtsbedrohender Sprachakte weitgehend authentisch ist und eine Reihe von Lernanlässen bietet, wobei er, zumindest was die hier untersuchten gesichtsbedrohenden Sprechakte betrifft, in *Línea verde* etwas ergiebiger ist als in *¿Qué pasa?*. In beiden Lehrwerken bleiben im Input enthaltene Lernanlässe allerdings häufig ungenutzt, da Anregungen zur metalinguistischen oder strategischen Reflexion – ebenso wie entsprechende Übungsvorschläge – insgesamt spärlich sind. Eine komplette Sequenz aus einem authentischen Beispiel, bewusstmachenden Aktivitäten und anschließender Übungsphase findet sich nur bei der Behandlung des Sprechaktes „Ablehnen" in *Línea dos*.

Kulturelle Besonderheiten auf der Ebene der Redekonventionen werden insgesamt nur punktuell oder überhaupt nicht bewusstmachend aufgegriffen. Sprachliche Höflichkeit wird (außer beim Sprechakt „Ablehnen") explizit nur in Bezug auf das Anredeverhalten thematisiert, das allerdings schon seit geraumer Zeit zum Standardrepertoire der Lehrwerke gehört. Solange die Vermittlung kommunikativ-interkultureller Kompetenz hauptsächlich in der exemplarischen Behandlung einzelner Sprechakte besteht, bleibt sie im Grunde genommen dem onomasiologischen Ansatz verpflichtet.

Trotz deutlicher Fortschritte in Richtung auf eine stärkere Betonung der kommunikativ-interkulturellen Fertigkeiten vor allem in *Línea verde* spiegeln die Lehrwerke daher insgesamt immer noch die allgemeine Tendenz des Fremdsprachenunterrichts wider, pragmatische Inhalte zu Gunsten der sprachlich-grammatischen Kompetenz zu vernachlässigen (vgl. u.a. Barron 2003, 2; House 1997, 81). Die Gründe für dieses Versäumnis sind vielfältig: Pragmatische Aspekte der Fremd- und Lernersprache sind nicht nur, gerade im Bezug auf romanische Sprachen, verhältnismäßig wenig erforscht, sondern mögen – ebenso wie geeignete Methoden für ihre Vermittlung – auch den Fremdsprachenlehrern weniger vertraut sein als beispielsweise die grammatischen Eigenheiten der Zielsprache. Einschlägige linguistische Studien, die erfreulicherweise in den letzten Jahren für das Spanische deutlich zugenommen haben, müssten erst für Unterrichtszwecke nutzbar gemacht werden. Bisher greifen Lehrkräfte wie Lehrwerkautoren daher nur selten auf empirische Untersuchungen zurück.[14]

Mangels bewusstmachender Aktivitäten und Übungen in Lehrwerken liegt es also in der Verantwortung der qualifizierten und interkulturell sensibilisierten Lehrkraft, wertvolle Lernanlässe zu nutzen und passende Übungsformen zu entwickeln. Dazu eignen sich reflexive Aktivitäten anhand beispielhafter Interaktionen ebenso wie die Analyse eigener oder fremder interkultureller Erlebnisse (beispielsweise in Form von *critical incidents*) und Simulationen unterschiedlichster Art (vgl. House 1998, 77ff). Auch hier können einschlägige pragmalinguistische Untersuchungen Anregungen geben, denn die in den oben erwähnten Studien verwendeten Methoden der Datenerhebung wären durchaus auch als Arbeits- und Übungsformen im Fremdsprachenunterricht geeignet – man denke hier nicht nur an die üblichen Fragebögen oder Analysen schriftlicher Paralleltexte, sondern z.B. auch an die Einordnung verschiedener Redemittel für dieselbe Situation auf einer Skala der Höflichkeit, wie sie von Curcó

[14] Laut einer persönlichen Auskunft von Monika Türk, Redaktion *Línea verde*, geht die verhältnismäßig starke Betonung pragmatischer Aspekte in diesem Lehrwerk v.a. auf Anregungen und Reaktionen von Schülern und Lehrern zurück, die sich eine stärkere Berücksichtigung interkultureller Aspekte in Lehrwerken wünschen. Die Auswahl der Themen sowie deren inhaltliche Gestaltung einschließlich der gegebenen Erklärungen beruhen allerdings nicht auf pragmalinguistischen Studien, sondern auf der Intuition der Lehrwerkautoren. Trotz des ingesamt guten Ergebnisses ist hier sicherlich noch Spielraum für Verbesserungen gegeben.

(1998) in ihrer vergleichenden Studie verwendet wird. Solche – zwangsläufig subjektiven – Skalen können ebenso zum Ausgangspunkt für Diskussionen über die Verwendung sprachlicher Mittel und die zu Grunde liegenden Kulturstandards werden wie die Arbeit mit Paralleltexten der gesprochenen Sprache. Die Studie von Monjour (2006) zu Aufforderungsstrategien in spanischen und deutschen Versionen von Almodóvar-Filmen kann hier sowohl in methodischer als auch inhaltlicher Hinsicht Anregungen bieten. Mit entsprechendem Training und den notwendigen Fingerübungen werden Lerner die Klaviatur der interkulturellen Kommunikation mit der Zeit immer besser beherrschen – und auch unvermeidliche Misstöne und Dissonanzen souverän überspielen können.

5. Bibliographie

5.1. Untersuchte Lehrwerke

BADE, Peter et al. 2006. *Línea verde.* Stuttgart & Leipzig: Klett.

MARTOS VILLA, Pilar. 2006. *¿Qué pasa?* Braunschweig: Diesterweg.

5.2. Fachliteratur

BARDOW-HARLIG, Kathleen. 2002. „Evaluating the empirical evidence – grounds for instruction in pragmatics?“, in: Kenneth, R. Rose & Kasper, Gabriele. edd. *Pragmatics in Language Teaching.* Cambridge: University Press, 13-32.

BARRON, Anne 2003. *Acquisition in interlanguage pragmatics. Learning how to do things with words in a study abroad context.* Amsterdam & Philadelphia: John Benjamins Publishing Company:

BLEYHL, Werner. 1998. „Selbstorganisation des Lernens – Phasen des Lehrens“; in: Timm, Johannes. ed. *Englisch lernen und lehren. Didaktik des Englischunterrichts.* Berlin: Cornelsen, 60-69.

BLUM-KULKA, S. & HOUSE, J & KASPER, G. edd. 1989. *Cross-cultural pragmatics: Requests and apologies.* Norwood: Ablex.

BROWN, Penelope & LEVINSON, Stephen C. 1987. *Politeness. Some universals in language usage.* Cambridge: University Press.

CANALE, Michael & SWAIN, Merrill. 1980. „Theoretical bases of communicative approaches on second language teaching and testing“, in: *Applied Linguistics* 1, 1-47.

CURCÓ, Carmen & DE FINA, Anna. 2002. „Modo imperativo, negación y diminutivos en la expresión de la cortesía en español: El contraste entre México y España“, in: Placencia, María & Bravo, Diana. edd. *Actos de habla y cortesía en español.* München: Lincom Europa, 107-141.

FÉLIX-BRASDEFER, J. C. 2004. „La mitigación en el discurso oral de mexicanos y aprendices de español como lengua extranjera“, in: Bravo, Diana & Briz, Antonio. edd. *Pragmática sociocultural: estudios sobre el discurso de cortesía en español.* Barcelona: Ariel, 285-299.

FREIE HANSESTADT Hamburg / BEHÖRDE FÜR BILDUNG UND SPORT. ed. 2003. *Rahmenplan für Neuere Fremdsprachen: Französisch, Italienisch, Russisch, Spanisch. Bildungsplan am neunstufigen Gymnasium Sekundarstufe 1*. Hamburg (www.bildungsplaene.bbs.hamburg.de).

GOETHE-INSTITUT INTER NATIONES. ed. 2002. *Gemeinsamer Europäischer Referenzrahmen für Sprachen. Lernen, Lehren, Beurteilen ; [Niveau A1, A2, B1, B2, C1, C2]*. Berlin & München & Wien: Langenscheidt [zitiert nach http://www.goethe.de/Z/50/commeuro/i3.htm].

HAVERKATE, H. 1994. *La cortesía verbal. Estudio pragmalingüístico*. Madrid: Gredos.

HAVERKATE, H. 2004. „El análisis de la cortesía comunicativa: categorización pragmalingüística de la cultura española", in: Bravo, Diana & Briz, Antonio edd. *Pragmática sociocultural. Estudios sobre el discurso de cortesía en español*. Barcelona: Ariel, 55-66.

HOUSE, Gabriele. 1997. „Kommunikative Bewußtheit und Fremdsprachenlernen", in: *Fremdsprachen Lehren und Lernen* 26, 68-87.

HOUSE, Juliane & KASPER, Gabriele. 1981. „Zur Rolle der Kognition in Kommunikationskursen", in: *Die Neueren Sprachen* 80, 42-55.

HYMES, Dell. 1972. „On communicative competence", in: Pride, J.B. & Holmes, J. edd. *Sociolinguistics*. Harmondsworth: Penguin, 269-293.

KASPER, G. & BLUM-KULKA, S. edd. 1993. *Interlanguage Pragmatics*. Oxford: University Press.

KASPER, Gabriele & KENNETH R. Rose. 2002. „Pragmatics in language teaching", in: idem. edd. *Pragmatics in Language Teaching*. Cambridge: University Press, 1-10.

KOIKE, D. A. 1996. „Transfer of pragmatic competence and suggestions in Spanish foreign language learning", in: Gass, S. M. & Neu, J. edd. *Speech Acts Across Cultures. Challanges to Communication in a Second Language*. Berlin & New York: de Gruyter 257-284.

LE PAIR, R. 1996. „Spanish request strategies: A cross-cultural analysis from an intercultural perspective", in: *Language Sciences* 18, 3-4, 651-670.

MARTÍN PERIS, Ernesto. 2004. *Gente: Kommunikatives Spanischlehrwerk mit handlungsorientiertem Ansatz*. Stuttgart: Klett.

MEIßNER, Franz-Joseph & REINFRIED, Marcus. edd. 1998. *Mehrsprachigkeitsdidaktik. Konzepte, Analysen, Lehrerfahrungen mit romanischen Fremdsprachen*. Tübingen: Narr.

MONJOUR, Alf. 2006. „‚Pasad, pasa' – ‚Kommen Sie bitte rein'. Pedro Almodóvar, los actos de habla y la comparación intercultural", in: Schrader-Kniffki, Martina. ed. *La cortesía en el mundo hispánico. Nuevos contextos, nuevos enfoques metodológicos*. Frankfurt a.M: Iberoamericana/Vervuert, 15-42.

PONS BORDERÍA, Salvador. 2005. *La enseñanza de la pragmática en la clase de E/LE*. Madrid: Arco Libros S.A.

ROST-ROTH, Martina. 1994. „Verständigungsprobleme in der interkulturellen Kommunikation", in: *Zeitschrift für Literaturwissenschaft und Linguistik* 93, 9-45.

SCHREIBER, Michael 2002. „Zum Verhältnis von Grammatik und Pragmatik in Grammatiken des Spanischen, Italienischen und Französischen am Beispiel von Fragesätzen und Frageakten", in: Gil, Alberto. ed. *Gramática y pragmática del español: actas de la sección Grammatik und Pragmatik im Spanischen del XIII. Deutscher Hispanistentag, Leipzig (8. - 11. III. 2001)*. Bonn: Romanistischer Verlag, 91-112.

Torres, G. M. & Wolff, J. 1983. „Interkulturelle Kommunikationsprobleme beim Sprachenlernen, dargestellt an Mißverständnissen zwischen Spaniern und Deutschen", in: *Neusprachliche Mitteilungen* 4, 209-216.

Warga, Muriel. 2004. *Pragmatische Entwicklung in der Fremdsprache. Der Sprechakt „Aufforderung" im Französischen.* Tübingen: Narr.

Die sechste Fertigkeit?
Zum didaktischen Potenzial von Sprachmittlungsaufgaben im Französischunterricht

Andrea Rössler (Berlin)

Einleitung

Als ich im vergangenen Jahr eines Sonntagabends mit meinem Wagen eine Tankstelle in Italien ansteuerte, war diese zwar geschlossen, aber es gab einen Tankautomaten, für den ein großes Schild eine Bedienungsanleitung in fünf modernen Sprachen (Italienisch, Spanisch, Französisch, Englisch und Deutsch) anbot. In technischen Angelegenheiten greife ich gerne auf meine Muttersprache zurück. Ich las also auf Deutsch folgende Bedienungsanleitung und zog zum Vergleich die Übertragung ins Französische hinzu:

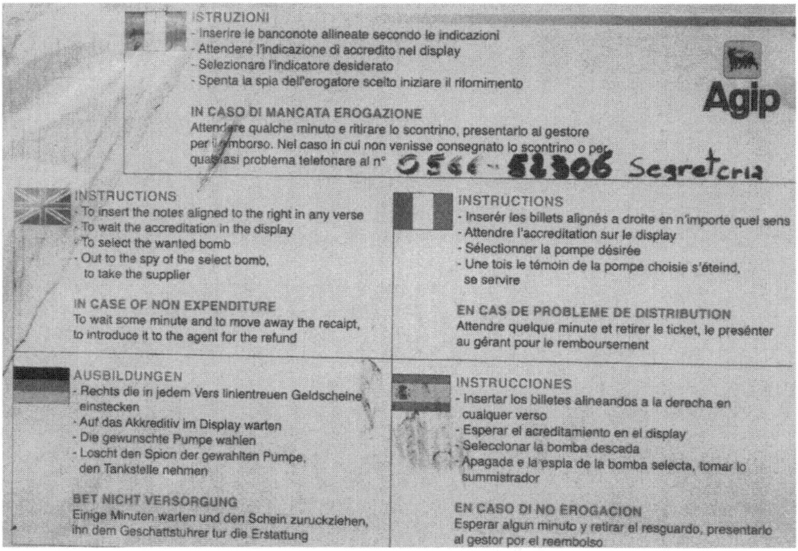

Nach einer kurzen komparatistischen Betrachtung, in der ich die zielsprachlichen Varianten mit dem vermeintlichen italienischen Ausgangstext verglich, kam ich zu dem Schluss, folgende Strategie zur Erreichung meines Handlungsziels walten zu lassen: Ich konzentrierte mich im Wesentlichen auf den italienischen Originaltext, wandte auf diesen diverse Text- und Worterschließungstechniken an, zog gelegentlich kontrastiv die anderen romanischsprachigen Varianten hinzu und verknüpfte die so erzielten Ergebnisse meines Leseverstehens mit meinem Weltwissen die Handhabung von EC-Automaten betreffend. So kam ich am Ende zu dem gewünschten Erfolg: Ich tankte neue Energie. Wäre ich nur Beifahrerin gewesen und hätte einer zweiten, nur des Deutschen mächtigen Person vermitteln müssen, was sie zum Tanken zu tun habe, hätte ich mündlich sprachmitteln müssen, weil eine schriftliche Sprachmittlung als gescheitert zu betrachten war.

Indem ich beide Aktivitäten als Sprachmittlung bezeichne, verwende ich den Begriff in einem weiten Sinn, in dem er sich heute in der fremdsprachendidaktischen Theorie und Praxis eingebürgert hat. Ein kurzer Blick auf die Geschichte des Begriffs zeigt, wie es zu dem derzeitigen Begriffsverständnis gekommen ist.

Was versteht man heute unter Sprachmittlung? – Begriffsgeschichte, Definition und Typologisierung

Im Kontext der Übersetzungswissenschaft und ihrer Didaktik hat sich über Jahrzehnte ein Verständnis des Terminus ‚Sprachmittlung‘ etabliert, der diese Aktivität versteht als „Überführung eines ausgangssprachlichen Textes in einen zielsprachlichen Text“ (Königs 2003, 315) und dabei unterscheidet zwischen Übersetzung (schriftliche Überführung) und Dolmetschen (mündliche Überführung). Als Kriterien für eine gelungene ‚Überführung‘ werden in der Regel semantische, pragmatische und textuelle Äquivalenz angeführt (vgl. House 2003, 155), wobei Äquivalenz weniger als Identität, aber mehr als bloße Vergleichbarkeit meint. Gefordert ist also eine Überführung, die dem Original in seiner Bedeutung und Funktion möglichst genau entspricht, ohne mit ihm identisch sein zu können.

Diese (enge) Begriffsdefinition der Übersetzungswissenschaft hat jahrzehntelang als Richtschnur für das Verständnis und den Einsatz der Aktivität Sprachmitteln – früher folgerichtig Übersetzen genannt – im Fremdsprachenunterricht gedient. Seit Mitte der 1950er Jahre wurde der Sinn von Übersetzungsübungen im Fremdsprachenunterricht deshalb immer wieder kontrovers diskutiert (vgl. dazu u. a. Krings 1995). Vor dem Hintergrund der allgemeinen Entwicklung der

Fremdsprachendidaktik war die kategorische Ablehnung von Übersetzungsübungen mal besonders stark ausgeprägt – so in den 1970er und frühen 1980er Jahren, als eine strikte Einsprachigkeit des Fremdsprachenunterrichts gefordert wurde –, mal weniger stark – als die sogenannte ‚aufgeklärte Einsprachigkeit' die bis heute andauernde Phase der Entdogmatisierung des Einsprachigkeitspostulats einläutete. Interessanterweise sind Übersetzungsübungen trotz der intensiven Diskussion in der fremdsprachendidaktischen Theorie und trotz der zumindest phasenweise rigorosen Ablehnung auch von Praktikern nie ganz aus dem Fremdsprachenunterricht verschwunden. Im Gegenteil: Sie haben dort gleichsam unbeachtet einen Nischenplatz eingenommen, den sie auch im universitären Fremdsprachenunterricht (und da vor allem in der Ausbildung der FremdsprachenlehrerInnen) noch immer belegen, wo ein obligatorischer Teil der Prüfungen für das Erste Staatsexamen nach wie vor in einer Übersetzungsklausur (aus der Muttersprache in die Zielsprache) besteht.[1]

Aber auch im schulischen Fremdsprachenunterricht spielt das Übersetzen weiterhin eine gewisse Rolle, zumal in schriftlicher Form. Zweisprachige Semantisierungen des neu zu erwerbenden Wortschatzes und Übersetzungen einzelner Sätze in die Zielsprache als Teil von Tests und Klassenarbeiten oder Klausuren sind noch immer gängig, wohingegen Übersetzungen kompletter, auch längerer Texte in die Zielsprache oder auch in die Muttersprache äußerst selten eingesetzt werden. Gerade diese Praxis wird aber selbst von Befürwörtern der Übersetzungsübungen im Fremdsprachenunterricht kritisiert, die geltend machen, dass hier weitgehend kontextfreies Übersetzen (in welche Richtung auch immer) eingeübt werde, das in mehrfacher Hinsicht defizitär sei. Mit Blick auf den Wortschatzerwerb und als Verfahren der Bedeutungserklärung verleite das Übersetzen zu nicht unproblematischen Wortgleichungen, die den Zugang zum semantischen Gehalt der fremdsprachigen Wörter oder Wortgruppen gelegentlich auch verstellen können; das Hin-Übersetzen einzelner Sätze als Übungsform zwecks Spracherwerb bzw. als Form der Leistungskontrolle (vor allem morpho-syntaktischer und pragmatisch-stilistischer Strukturen) sei nur bedingt effektiv und nachhaltig, und das Her-Übersetzen als Form der Kontrolle bei-

---

1 Auch in einigen der neuen Bachelor- und Masterstudiengängen für das Lehramt wird an den herkömmlichen Übersetzungsseminaren festgehalten.

spielsweise des Leseverstehens ein eher unzuverlässiges Evaluationsinstrument (vgl. dazu Krings 1995).

Trotz dieser kritischen Töne erlebt die Aktivität Sprachmittlung in neuester Zeit in Theorie und Praxis des Fremdsprachenlehrens und -lernens eine Renaissance. Woran liegt das? Es hat zunächst fremdsprachenpolitische Gründe: Im Jahr 2004 hat die Kultusministerkonferenz (KMK) für alle modernen Fremdsprachen Neufassungen der *Einheitlichen Prüfungsanforderungen* (EPA) verabschiedet, die Aufgaben zur Sprachmittlung als mögliche Formate in den zentralen Abiturprüfungen der Länder vorsehen. Die Inkorporation von Sprachmittlungsaufgaben in die schriftlichen und mündlichen Abiturprüfungen der modernen Fremdsprachen verdankt sich wiederum dem Einfluss, den der GER in den letzten fünf Jahren auf die Fremdsprachenpolitik der KMK und der Länder hatte und in dem die Kategorie Sprachmittlung ausdrücklich als für den Fremdsprachenerwerb relevante Aktivität ausgewiesen wird.[2]

Die *Einheitlichen Prüfungsanforderungen Französisch* betonen die praxis- und lebensweltliche Relevanz, die Sprachmittlungsaufgaben auszeichnen kann, und begründen damit implizit deren Berücksichtigung als Abiturformat.[3] Hier wird der Erkenntnis Rechnung getragen, dass solche Aufgabenformate die Lernenden darauf vorbereiten, in interlingualen und/oder multikulturellen Kommunikationssituationen zwischen den Sprachen und Kulturen angemessen, einfühlsam und erfolgreich zu vermitteln.

Die Ausführungen in den EPA machen zudem deutlich, dass unter Sprachmittlung jetzt neben der textäquivalenten mündlichen oder schriftlichen Überführung (also Dolmetschen und Übersetzen im engeren Sinne, s.o.) von Inhalten einer Ausgangssprache in die Zielsprache auch die sinngemäße, frei zusammenfassende Übertragung (ebenfalls schriftlich oder mündlich) von Inhalten von einer Sprache in die andere gemeint ist.[4] Dementsprechend sind nach dem heu-

---

[2] Vgl. GER (2001, 89f.); zur Definition und Bedeutung der Sprachmittlung im GER siehe das folgende Kapitel des vorliegenden Beitrags.

[3] Vgl. EPA Französisch (2004, 18): „Sprachmittlung, die Überführung eines Inhalts von einer Ausgangssprache in eine Zielsprache, gewinnt im Rahmen einer praxis- und lebensrelevanten Ausrichtung des Französischunterrichts als ein Aspekt der kommunikativen Fähigkeiten und Fertigkeiten an Bedeutung."

[4] In der Übersetzungsdidaktik wird diese Form der Sprachmittlung als „offene Version" eines Ausgangstextes in einer anderen Sprache bezeichnet.

tigen weiten Begriffsverständnis von Sprachmittlung folgende Typen zu unterscheiden:

I. Schriftliche Sprachmittlung: *a* textnah bzw. textadäquivalent (Übersetzung) *b* Informationen frei zusammenfassend (Paraphrase) *II.* Mündliche Sprachmittlung: *a* textnah bzw. textäquivalent (Dolmetschen) *b* Informationen frei zusammenfassend (Paraphrase)

Alle vier Grundtypen sind zudem in beide Sprachrichtungen zu denken, in unserem Fall also jeweils vom Französischen ins Deutsche und *vice versa.* Von Grundtypen ist insofern zu sprechen, als der Ausgangstext, der schriftlich oder mündlich gemittelt werden soll, in drei Varianten vorliegen kann: als mündliche Vorgabe (Gesprächsbeiträge, Vortrag oder Tondokument), als schriftliche Vorgabe oder als diskontinuierliche Textvorlage (graphische/bildliche Vorgabe plus Text).[5]

Ein Blick auf die neue Rahmenplangeneration, die in den letzten zehn Jahren in allen Bundesländern in Kraft getreten ist, und auf die konkreten Aufgabenbeispiele in den EPA zeigt, dass in der aktuellen Unterrichtspraxis die Varianten *I.b* und *II.b* als Aufgabentypen bevorzugt werden. Sprachmittlung im Kontext des schulischen Französischunterrichts meint somit nicht den Erwerb einer schriftlichen und/oder mündlichen translatorischen Kompetenz im engeren Sinn; vielmehr sollen die Lernenden die komplexe Kompetenz schulen, Inhalte einer schriftlichen oder mündlichen Textvorlage in der jeweils anderen Sprache (je nach Ausgangstext ist dies die Mutter- oder die Zielsprache) zusammenfassend wiederzugeben. Eine textäquivalente Übersetzung aus der oder in die Zielsprache wird zwar als Übungsform (und auch als Aufgabenform z.B. im bayerischen Abitur) nicht prinzipiell ausgeschlossen, soll aber – wenn überhaupt – nurmehr punktuell zum Einsatz kommen.

Stattdessen sollen sich die Lernenden nicht nur in der sinngerechten Übermittlung von Inhalten von einer Sprache in die andere üben, sondern diese auch dem pragmatischen Kontext und dem jeweiligen Adressaten angemessen übermitteln. So lässt sich als heute gängiges Verständnis von Sprachmittlung festhalten:

---

5 Vgl. dazu die Übersicht in Staatsinstitut für Schulqualität und Bildungsforschung München 2006, 184.

Sprachmittlung ist die adressaten-, sinn- und situationsgerechte Übermittlung von Inhalten geschriebener und gesprochener Texte von einer Sprache in die andere.

Eine solche weite Definition schließt das textäquivalente Übersetzen und Dolmetschen ein, sofern dies den Anforderungen des Adressaten und der Situation entspricht, stellt es aber nicht in den Mittelpunkt.

An die Stelle der translatorischen Adäquatheit, die vormals die Übersetzungspraxis dominierte, ist jetzt in den EPA und curricularen Vorgaben bzw. Rahmenplänen für den Fremdsprachenunterricht eine am Kommunikationszweck orientierte Adäquatheit getreten. Es hat damit eine Entwicklung stattgefunden, die im Sinne eines handlungs- und lernerorientierten Unterrichts zu begrüßen ist und die Hallet schon 1995 vorausgesehen hat (vgl. Hallet 1995, 282).

Darüber hinaus wird in verschiedenen curricularen Vorgaben[6] explizit darauf hingewiesen, dass es bei Sprachmittlungsaufgaben im Fremdsprachenunterricht auch um die Vermittlung zwischen den Kulturen geht und die Schüler dazu befähigt werden sollen, in mindestens zweisprachigen Kontexten als Sprachmittler kulturell bedingte Missverständnisse zu vermeiden oder auszuräumen. Sprachmittlungsaufgaben übernehmen die Funktion der Vorbereitung auf interlinguale (auch mehrsprachige) und interkulturelle Kommunikationssituationen, in denen die Schüler in die Rolle des Mediators schlüpfen sollen.[7]

Somit sind heute beim Design von Sprachmittlungsaufgaben für den Französischunterricht als wesentliche Kriterien die Simulation eines realitätsnahen, pragmatischen Kontextes und die Erzeugung eines wenn nicht authentischen, so doch zumindest nachvollziehbaren Kommunikationsanlasses[8] zu nennen, der ein sinngemäßes Übertragen von Inhalten einer Sprache in die andere erfordert. Mündliche Sprachmittlungssituationen sollten dabei im Sinne der besonderen

---

6 Z.B. in Hamburg und Berlin; vgl. www.bildungsplaene.bbs.hamburg.de und www.senbjs.berlin.de/schule/rahmenplaene.

7 Ein eindrucksvolles Beispiel aus der Praxis des Englischunterricht hat Hallet in seinem Beitrag aufgezeichnet (vgl. Hallet 1995, 293-296).

8 House weist in diesem Zusammenhang zu Recht darauf hin, dass die Forderung nach Authentizität im Fremdsprachenunterricht gelegentlich überstrapaziert wird und dass „didaktische Authentizität grundsätzlich vorrangig vor außerunterrichtlich hergeleiteter Authentizität ist" (vgl. House 2003, 162); in diesem Sinne sollte auch bei der Kontextualisierung von Sprachmittlungsaufgaben bei den Schülern mit einer „Willing Suspension of Disbelief" (ebd.) zu rechnen sein.

Schulung der Fertigkeit Sprechen in angemessener Weise Berücksichtigung finden, ohne die translatorische Kompetenz eines Dolmetschers notwendig zu machen.

Die Darstellung des aktuellen weiten Verständnisses des Begriffs Sprachmittlung sollte deutlich gemacht haben, dass sich die Renaissance dieses Aufgabentypus in Theorie und Praxis auch den damit verbundenen vielfältigen Anforderungen an die sprachlichen, sozialen und methodischen Kompetenzen der Fremdsprachenlerner verdankt. Um die Auslotung des daraus resultierenden didaktischen Potenzials wird es deshalb im übernächsten Abschnitt gehen. Vorab gilt es jedoch zu klären, welcher fachdidaktischen Kategorie die Sprachmittlung zuzuordnen ist.

Welcher fachdidaktischen Kategorie ist die Sprachmittlung zuzuordnen?

Die Frage scheint zunächst einfach zu beantworten: In einer Vielzahl fachdidaktischer Publikationen neueren und neuesten Datums wird Sprachmittlung als Fertigkeit bezeichnet und damit den anderen Fertigkeiten (Lesen, Schreiben, Sprechen, Hören und Sehen bzw. Hörsehen) an die Seite gestellt; genauso wird in vielen bildungspolitischen Publikationen, die für den Fremdsprachenunterricht relevant sind, verfahren – beispielsweise in den meisten curricularen Vorgaben der Bundesländer, in den EPA Französisch und in den Bildungsstandards für die erste Fremdsprache (Englisch und Französisch).

Im GER dagegen, der über das traditionelle Konzept der Fertigkeiten hinausgeht, wird die Sprachmittlung als *kommunikative Aktivität* eingeordnet. Dieser Kategorisierung folgt auch das Staatsinstitut für Schulqualität und Bildungsforschung in München in seinen bei Cornelsen erschienenen Handreichungen für den modernen Fremdsprachenunterricht *Time to talk.* Andere Landesinstitute (z.B. das Lisum Berlin/Brandenburg) verfahren uneinheitlich und sprechen mal von einer Fertigkeit und mal von einem Aufgabenformat.

Dass sich die Sprachmittlung nicht so einfach in die Reihe der kommunikativen Fertigkeiten – als deren sechste – einstellen lässt, zeigt schon ein Blick auf die unterschiedlichen grammatischen Formen, die zur Bezeichnung der Sprachmittlung einerseits und der kommunikativen Fertigkeiten andererseits gewählt werden: Hören, Sehen, Schreiben, Sprechen und Lesen – allesamt Infinitive, die dem Substantiv Sprachmittlung gegenüberstehen.[9]

Für die Berechtigung der Zweifel an dieser Kategorisierung sprechen freilich noch weitere Gründe: Im Bereich des Fremdsprachenlernens bezeichnet der Begriff der Fertigkeit, nach Portmanns Definition, „die grundsätzlich möglichen Weisen, einen sprachlichen Ausdruck und einen Sinn, eine Intention miteinander zu verbinden" (Portmann 1993, 96). Fertigkeiten sind dementsprechend entweder rezeptiv, also Sinn entnehmend (Hören und Lesen und Sehen) oder produktiv, also Sinn erzeugend, aber nicht beides zugleich. Die Sprachmittlung bedarf jedoch zu ihrer Realisierung der Beherrschung je verschiedener Kombinationen produktiver und rezeptiver Fertigkeiten – sie hat Fertigkeiten als Voraussetzung. Nun könnte man freilich argumentieren, die Summe verschiedener Fertigkeiten ergebe wieder eine Fertigkeit und in diesem Sinne sei Sprachmittlung als Fertigkeit zu kategorisieren. Im Kontext der Fremdsprachendidaktik scheint mir dies aber wenig Sinn zu machen, hätte es doch zur Folge, dass alle komplexen Sprechhandlungen als Fertigkeiten zu verstehen wären, also z.B. auch: Interviewgespräche führen, ein Dokument diskutieren, sich an einer informellen Gesprächsrunde unter Freunden beteiligen usf. Denn alle setzen sie die Beherrschung verschiedener rezeptiver und produktiver Fertigkeiten voraus.

Es scheint mir deshalb für die Fremdsprachendidaktik sinnvoller zu sein, mit Hans-Jürgen Krumm an einem spezifischeren Begriff von Fertigkeit festzuhalten: „Fertigkeiten bezeichnen danach, bezogen auf den Sprachunterricht, den Bereich des Sprachkönnens *unabhängig von spezifischen Sprechhandlungssituationen*" (Krumm 2001a, 61; Herv. A.R.). Dann aber lässt sich die Sprachmittlung nicht als Fertigkeit kategorisieren.

---

9 Auch in Wolfgang Hallets ansonsten sehr erhellendem Beitrag zur Sprachmittlung (vgl. Hallet 1995) spiegelt sich dieses definitorische Problem wider. Einerseits heißt es dort: „In der Umkehrung bedeutet das: über diese vier Grundfertigkeiten hinausweisende *kommunikative Handlungen, also z.B. die Sprachmittlung,* kommen gar nicht erst in den Blick." (Hallet 1995, 279; Herv. A.R.), woraus ersichtlich wird, dass Hallet die Sprachmittlung ebenso wie der GER als Aktivität einstuft, die über die einzelnen Fertigkeiten hinausgeht. Andererseits spricht Hallet selbst im Laufe des Artikels an verschiedenen Stellen immer wieder von der Fertigkeit Übersetzen bzw. Sprachmittlung, die sich aus verschiedenen Teilfertigkeiten zusammensetze.

So empfiehlt es sich, grundsätzlich der Kategorisierung des GER zu folgen, der die Sprachmittlung als eigenständige kommunikative Aktivität einordnet und sie damit ausdrücklich vom nur rezeptiven Sprachgebrauch einerseits und dem nur produktiven Sprachgebrauch andererseits abgrenzt. Eine Aktivität ist sie meiner Auffassung nach, weil es sich um eine Kombination verschiedener Sprechhandlungen mit einem klar definierbaren kommunikativen Ziel handelt, dem der sach-, adressaten- und situationsgerechten Wiedergabe von Inhalten in einer anderen Sprache als der der Vorlage. Ich plädiere daher für die folgende Definition:

Sprachmittlung ist eine komplexe, unter Umständen auch interaktive Aktivität in einer mindestens zweisprachigen Sprechhandlungssituation, zu deren Realisierung sowohl rezeptive als auch produktive kommunikative Fertigkeiten beherrscht und angewandt werden müssen.

Die hier vorgeschlagene Kategorisierung weicht in einer wichtigen Hinsicht von der des GER ab. Denn der GER unterscheidet vier Grundformen kommunikativer Aktivitäten: rezeptiven Sprachgebrauch, produktiven Sprachgebrauch, interaktiven Sprachgebrauch und als vierte die Sprachmittlung. Damit ordnet er die Sprachmittlung nicht dem interaktiven Sprachgebrauch zu. Das aber ist nicht plausibel, denn Sprachmittlung kann durchaus auch eine Form des sprachlichen Interagierens implizieren, z.B. in einer mündlichen Sprachmittlungssituation, in der ein deutschsprachiger Schüler seinem französischen Gastschüler auf dem Bahnhof eine wichtige Durchsage sprachmitteln muss und dieser mehrmals Details nachfragt, also durch Nachfragen eine Interaktion einfordert. Dass der GER die Sprachmittlung nicht den interaktiven Sprechhandlungen zuordnet, scheint mir darauf zurückzuführen zu sein, dass er stark berufsorientiert und deshalb auf traditionelle, im Normalfall nicht interaktive Sprachmittlungsaktivitäten wie Dolmetschen und Übersetzen fokussiert ist.

Sprachmittlung – verstanden als komplexe, unter Umständen auch interaktive Aktivität – weist aber ein viel größeres didaktisches Potenzial auf, als der Hinweis des GER auf Dolmetschen und Übersetzen vermuten lässt.

Lehr- und Lernchancen: Welches didaktische Potenzial für den Französischunterricht steckt in Sprachmittlungsaufgaben?

Vergegenwärtigt man sich die eingangs skizzierte Sprachmittlungssituation an einer Tankstelle in Italien, wird bereits an diesem wenig komplexen Szenario deutlich, welches Potenzial darin für den Erwerb fremdsprachlicher Handlungsfähigkeit steckt: Zur Lösung der Aufgabe sind u.a. die Entwicklung einer Strategie, die Anwendung verschiedener Techniken, die Realisierung rezeptiver und produktiver Fertigkeiten und kontrastive Operationen in einem mehrsprachigen Kontext erforderlich. Ruft man sich zudem in Erinnerung, dass Sprachmittlung immer auch – wenn auch in unterschiedlichem Grad – die Vermittlung/Mediation zwischen den Kulturen bzw. den Individuen verschiedener Kulturen meint, sind eine Reihe von Schlüsselbegriffen gefallen, mit denen sich das didaktische Potenzial dieser Aktivität in ihren diversen Spielarten umreißen lässt: integriertes Fertigkeitentraining, Strategientraining, interkulturelles Lernen, Mehrsprachigkeitsförderung und kontrastives Lernen. Drei dieser Aspekte möchte ich im Folgenden näher beleuchten und abschließend an zwei Aufgabenbeispielen für den Französischunterricht (einem für die Sekundarstufe I und einem zweiten für die Sekundarstufe II) praxisbezogen veranschaulichen.

Integriertes Fertigkeitentraining

Die Standard- und Kompetenzorientierung in der fremdsprachendidaktischen Diskussion der letzten zehn Jahre hat neben vielen positiven Effekten auch den negativen Effekt, dass das Thema der Schulung der fünf kommunikativen Fertigkeiten den fremdsprachendidaktischen Diskurs seit geraumer Zeit dominiert. Dies verdankt sich nicht zuletzt der Festschreibung von detaillierten (Abschluss-)Standards für die fünf Fertigkeiten in den aktuellen curricularen Vorgaben und Rahmenplänen der verschiedenen Bundesländer. Die dort in Anlehnung an den GER und die Bildungsstandards für die 1. Fremdsprache formulierten Standards nehmen diese isoliert in den Blick und haben zu einer wahren Flut von Publikationen geführt, die sich jeweils speziell mit einer Fertigkeit beschäftigen und ein umfangreiches Trainings- und Testprogramm zu deren Schulung und Evaluation anbieten (vgl. dazu Rössler 2007). Teilkompetenzen fremdsprachlichen Handelns (wie Lesen, Hören, Schreiben etc.) werden so zu Lernzielen, die z.B. im Mittleren Schulabschluss (MSA) isoliert abgeprüft werden – eine Form der Leistungsfeststellung, die wiederum Rückwirkungen auf die Unterrichtspraxis haben dürfte.

Nun macht es durchaus Sinn, die verschiedenen Fertigkeiten im Fremdsprachenunterricht auch isoliert einzuüben und durch deren separates Training zu einer Automatisierung sprachlichen Handelns beizutragen. Die für das Fremdsprachenlernen so bedeutsame und keineswegs neue Erkenntnis: „Kommunikatives Handeln lernt man nur, wenn man lernt, kombinierten Gebrauch von verschiedenen Fertigkeiten zu machen" (Krumm 2001, 6), darf dadurch aber nicht längerfristig aus dem Blick geraten. Eine Interaktion der Fertigkeiten und damit ein integriertes Fertigkeitentraining wird jedoch nur durch entsprechende kommunikative Aufgaben erreicht. Im „nur" zielsprachlichen Fremdsprachenunterricht gibt es – das zeigt nicht zuletzt der GER – eine Vielzahl von interaktiven Kommunikationssituationen, die die kombinierte Verwendung rezeptiver und produktiver Fertigkeiten erfordern (wie z.B.: sich am Telefon verabreden, sich Notizen machen, ein Interviewgespräch führen). Ohne Frage wird die möglichst realitätsnahe bzw. als authentisch akzeptierbare Simulation solcher einsprachiger Kommunikationssituationen nach wie vor einen Großteil der Aktivitäten des fremdsprachlichen Unterrichts ausmachen.

Wohl aber bietet die weite Definition des Begriffs Sprachmittlung die Möglichkeit, auch für zwei- oder mehrsprachige Kontexte kommunikative Aufgaben zu entwickeln, die sich eng an reale Situationen anlehnen, Code-Switching und den beständigen Wechsel zwischen rezeptiven und produktiven Tätigkeiten notwendig und damit ein integriertes Fertigkeitentraining möglich machen. Ein Beispiel soll dies illustrieren: Während des Besuchs einer französischen Schülergruppe an ihrer deutschen Partnerschule kommt es aufgrund der Verspätung eines französischen Schülers, der kein Deutsch spricht, zu einem Konflikt mit einem deutschen Lehrer, der wiederum kein Französisch spricht. Die Austauschgruppe des französischen Schülers hat sich aufgrund eines dringenden Termins bereits ohne ihn auf den Weg gemacht. In der Auseinandersetzung zwischen beiden Gesprächspartnern, in der es um die Klärung der Verspätung und den Umgang damit geht, vermittelt ein deutscher Schüler, der gut Französisch spricht. Er muss dazu in beiden Sprachen Gesprochenes verstehen und in die jeweils andere Sprache mitteln (Rezeption und Produktion sowohl auf Französisch als auch auf Deutsch). Zudem muss er gesprächsstrategisch geschickt vorgehen, um durch seine (Sprach-)Mittlung dazu beizutragen, dass der Konflikt nicht eskaliert und eine Lösung gefunden wird. Dazu bedarf es nicht nur interlingualer, sondern auch interpersonaler und sozialer Strategien und damit einer sowohl sprachlichen als auch kommunikativen Flexibiliät, die hohe Anforderungen an den deutschen Sprachmittler stellt.

In der skizzierten mündlichen Sprachmittlungssituation steht der inhaltlich korrekte (sinn-, situations- und adressatengerechte) Sprachgebrauch in einem komplexen kommunikativen Kontext, in dem gemeinsam Bedeutung ausgehandelt werden muss, im Vordergrund. Die Aufgabe bietet den Lernenden keine vorgefertigten Lösungswege an, sondern fördert aktives Problemlösen. Sie erlaubt die integrative Schulung mindestens einer rezeptiven und einer produktiven Fertigkeit und erfüllt insgesamt die Anforderungen, die an eine kommunikative, handlungsorientierte und sprachlernfördernde Aufgabe gestellt werden.

Strategientraining und Einübung von Techniken

Die neue Rahmenplangeneration zeichnet sich u. a. dadurch aus, dass sie die Förderung der Lernerautonomie und Selbstkompetenz der Schüler explizit als Ziele des Fremdsprachenunterrichts formuliert. Dazu gehört z.B. die Vermittlung von Strategiewissen für ein erfolgreiches und zunehmend selbstständiges Bewältigen von Sprachlernaufgaben und das Kennen und Können von Techniken zur Umsetzung solcher Strategien.[10]

Sprachmittlungsaufgaben bieten vielfältige Anlässe zum Erwerb und zur Erprobung von Strategiewissen und zur Einübung einzelner Techniken bzw. Teilfertigkeiten. Je nachdem, ob die zielsprachliche Vorlage, deren Inhalt in die Muttersprache gemittelt werden soll, ein Hör- oder ein Lesetext ist, sind unterschiedliche (zum Teil auch vergleichbare) Techniken anzuwenden, um das

---

[10] Damit folge ich der Unterscheidung zwischen Strategien und Techniken, wie sie Friedrich & Mandel vorgenommen haben: „Eine Strategie ist eine Sequenz von Handlungen, mit der ein bestimmtes Ziel erreicht werden soll. Lernstrategien sind demnach Handlungssequenzen zur Erreichung eines Lernziels [...]. Mit Prozedur bzw. Technik werden dagegen Teilhandlungen bezeichnet, die je nach Situation und Aufgabe in die Strategie integriert werden, um das jeweilige Ziel zu erreichen“ (Friedrich & Mandel 1992, 6).

gewünschte Ziel zu erreichen. Welche Techniken im Einzelnen in welcher Reihenfolge bzw. Kombination ausgewählt werden, hängt nicht nur von der Vorlage selbst, sondern auch von der Situation, dem Adressaten und der Aufgabenstellung ab. Die Gesamtheit dieser Aspekte bestimmt somit die Strategie, die zur Anwendung kommt. Dies sei an zwei Beispielen illustriert.

Ist die Vorlage für die Sprachmittlung ein Lesetext, z.B. ein französischer Zeitungsartikel, dessen Inhalt von einem deutschsprachigen Praktikanten in der Redaktion eines deutschen Printmediums in einem eng gesteckten zeitlichen Rahmen in der Form einer Paraphrase in seine Muttersprache gemittelt werden soll, so kann sich der Praktikant zur Bewältigung dieser Aufgabe verschiedener Lesetechniken bzw. „strategischer Lesehandlungen" bedienen, wie etwa: auf Worterschließungstechniken rekurrieren (Kognate und Internationalismen und Wortbildungsregeln bei der Analyse unbekannter Wörter verwenden), unterschiedliche Lesestile einsetzen wie etwa *skimming* zur Bestimmung von Schlüsselbegriffen und -stellen oder textstrukturierende (auch graphische) Elemente der Vorlage als Anhaltspunkte für die Zusammenfassung nutzen (vgl. Bimmel 2002, 120f.).

Handelt es sich bei der Vorlage um die Redebeiträge eines Franzosen in einem Gespräch mit einem nicht des Französischen mächtigen Deutschen (z.B. in der oben umrissenen Kommunikation zwischen einem deutschen Lehrer und einem französischen Austauschschüler), so können diverse Hörverstehenstechniken zum Einsatz kommen – wie etwa: trotz partiellen Nichtverstehens dem Gesprächsbeitrag zunächst weiter folgen, nachfragen bzw. um Wiederholung bitten oder Intonation und Gestik und Mimik als Verstehenshilfe nutzen. Die skizzierte Gesprächssituation macht zudem die Sprachmittlung mündlicher Redebeiträge aus der Mutter- in die Fremdsprache erforderlich, sodass neben rezeptiven auch produktive Teilfertigkeiten gefragt sind, hier Sprechtechniken zur Wiedergabe fremder deutschsprachiger Rede bzw. deren wesentlicher Inhalte auf Französisch: Umschreibungstechniken für unbekannte Vokabeln nutzen, bei zu komplexem Satzbau im Ausgangstext auf einfachere Strukturen ausweichen oder Gestik und Mimik zur Unterstreichung von Kommunikationsabsichten einsetzen.

Das zweite Beispiel verdeutlicht zudem, dass die genannten Lese- und Hörtechniken im Kontext von Sprachmittlungsaufgaben gegebenenfalls auch im Französischunterricht auf muttersprachliche Texte anzuwenden sind. Das mag zunächst befremden, weil das Lese- und Hörverstehen muttersprachlicher Texte im Fremdsprachenunterricht gemeinhin nicht zu dessen Lernbereichen und -aktivitäten gehört. Auch das Prinzip einer „aufgeklärten Einsprachigkeit" im Fremdsprachenunterricht wurde in der Regel nicht so verstanden, dass es die Integration deutschsprachiger Texte als Unterrichtsgegenstände in den Französischunterricht erlaube. Infolgedessen wurde lange Zeit verkannt, wie durch Sprachmittlungsaufgaben im Fremdsprachenunterricht Eigenkulturelles und Fremdkulturelles offen miteinander ins Gespräch gebracht werden können und damit ein wesentlicher – und vielleicht besonders nachhaltiger – Beitrag zum Erwerb interkultureller Kompetenz geleistet werden kann. Um diesen Beitrag wird es im nächsten Abschnitt gehen.

Sprachmittlung als ein Sonder- und Glücksfall interkulturellen Lernens

Eine zentrale Aufgabe des Fremdsprachenunterrichts ist es, die Schüler auf interkulturelle Begegnungssituationen und die damit verbundenen Kommunikationsprozesse vorzubereiten. Dabei gilt es zu bedenken, dass ein „strict monolingual approach [...] denies the fact that many of the situations in which intercultural communication takes place are not monolingual, but interlingual" (Beile 1991, 22). Sprachmittlungsaufgaben bieten die Chance, interlinguale – auch multilinguale – Kommmunikationssituationen im Fremdsprachenunterricht zu simulieren und damit die Schüler in realitätsnahen Kontexten probehandeln zu lassen. Für ein erfolgreiches Probehandeln in mindestens zweisprachigen Sprachmittlungssituationen benötigen die Schüler neben fremdsprachlichem Wissen und Können im engeren Sinne (deklarativem Sprachwissen und prozeduralem Sprachkönnen) auch ein allgemeines Wissen über die fremde und die eigene Kultur und über die Bedingungen und Gründe für eine (miss)glückende Kommunikation. Zudem sind bestimmte Haltungen und Einstellungen zu fördern wie Offenheit und Neugier, gegebenenfalls auch Berührungsängste und Vorurteile abzubauen bzw. Stereotypen zu vergegenwärtigen. Die Schüler sollen lernen, in Kenntnis und im Bewusstsein kultureller Unterschiede (fremd-)

sprachlich zu handeln, mit dem Ziel, die kulturspezifischen Prägungen der Individuen und ihrer Sprache wahrzunehmen und anzuerkennen und zwischen ihnen zu vermitteln, was nicht heißen muss, sie in jedem Fall kritiklos zu akzeptieren – weder die eigenen noch die fremden.

All dies zusammen genommen wird heute unter dem Begriff der interkulturellen Kompetenz gefasst, deren Schulung auch in monolingualen unterrichtlichen Kontexten angestrebt wird. Gleichwohl weist Hallet zu Recht darauf hin, dass Sprachmittlungsaufgaben einen beachtenswerten Sonderfall interkultureller Kommunikation darstellen, den man zu Unrecht im Fremdsprachenunterricht vernachlässigt hat: „Die Sprachmittlungssituation stellt [...] deshalb einen Sonderfall interkultureller Kommunikation dar, weil der Sprecher hier das Aufeinandertreffen der Rollen des Muttersprachlers und des Fremdsprachlers in seiner Person nicht bloß passiv erlebt, sondern auch in beiden Rollen agiert“ (Hallet 1995, 292). Die Sprachmittlungssituation erfordert demnach das direkte In-den-Dialog-Treten von Eigenem und Fremdem. Dies gilt sowohl für die fremde und eigene Kultur als auch für die fremde und eigene Sprache. So werden interkulturelles und interlinguales Lernen miteinander verknüpft, weshalb z.B. die interkulturelle Wortschatzdidaktik in besonderer Weise greifen kann.

Die interkulturelle Wortschatzdidaktik will dazu beitragen, die Schüler dafür zu sensibilisieren, dass die Bedeutungen von Wörtern und die Inhalte von Begriffen kulturspezifisch geprägt sind. „Fremdsprachenunterricht fällt somit die Rolle zu, fremd- und eigenkulturelle Wortinhalte stärker als bisher zu thematisieren, um dem postulierten Auseinanderfallen von Fremdsprache und -kultur entgegenzuwirken. Der Einbezug von Muttersprachen und -kulturen ist folglich ausdrücklich gewünscht“ (Brunzel 2002, 106). Sprachmittlungsaufgaben können dafür vielfältige Anlässe bieten, die es notwendig machen, die Bedeutung von Wörtern in zwei unterschiedlichen Kulturen und Sprachen miteinander zu vergleichen. Hier kommt zudem in besonderer Weise das weite Konzept der Sprachmittlung zum Tragen, das auch die Paraphrase von Inhalten einer Vorlage in einer anderen Sprache einschließt, denn die Paraphrase lädt im Gegensatz zur Übersetzung im engeren Sinne nicht dazu ein, eine semantische Äquivalenz zwischen Ausgangs- und zielsprachlichem Begriff zu unterstellen und das Fremde damit fälschlicherweise unter einem muttersprachlichen Begriff zu subsumieren, sondern gibt die Möglichkeit, Begriffe zu umschreiben, ggf. auch zu erläutern, weshalb eine äquivalente Übersetzung nicht möglich oder äußerst schwierig ist. Damit werden nicht nur Umschreibungstechniken erlernt bzw. eingeübt, sondern auch *language awareness* und *intercultural awareness* geschult, und die Schüler werden durch die Sprachmittlungssituation dazu angehalten, das interkulturell Auffällige verbal zu thematisieren und damit ins eigene und ins fremde Bewusstsein zu heben.

Zwei Beispiele für die Unterrichtspraxis Französisch

Wie das didaktische Potenzial der Aktivität Sprachmittlung im Französischunterricht der Sekundarstufen I und II – in einen größeren Unterrichtszusammenhang eingebettet – genutzt werden kann, illustrieren die beiden folgenden Beispiele.

Beispiel 1: Le cinéma francophone d'actualité

Das aktuelle französischsprachige Kino in seiner ästhetischen und inhaltlichen Vielfalt ist der Gegenstand der folgenden Sprachmittlungsaufgabe, die bereits in der Sekundarstufe I (in etwa ab dem dritten Lernjahr, 9./10. Klasse) eingesetzt werden kann. Ihr didaktischer Fokus liegt auf dem fremdsprachlichen Leseverstehen, der Erweiterung des passiven französischen Wortschatzes und dem Erwerb soziokulturellen Wissens über mehrere Zielsprachenländer. Nicht zuletzt spielen motivationale Elemente – wie etwa der Einsatz des Internets – in diesem Aufgabenbeispiel eine besondere Rolle.

Die Aufgabe besteht darin, die Internetseiten (s. Webliographie) fünf verschiedener aktueller französischsprachiger Filme aufzusuchen und nach einer ersten Lektürephase einen Film auszuwählen, mit dem man sich in Gruppenarbeit näher beschäftigen will. Zur Auswahl stehen diese Filme: „Ici Najac, à vous la terre" (Dokumentarfilm, Frankreich 2006, Regie: Jean-Henri Meunier); „Mauvaise foi" (Spielfilm, Frankreich 2006, Regie: Roschdy Zem); „Mon frère se marie" (Spielfilm, Frankreich/Schweiz 2006, Regie: Jean Stéphane Bron), „Hors de prix" (Spielfilm, Frankreich 2006, Regie: Pierre Salvadori) und „La raison du plus faible" (Spielfilm, Frankreich/Belgien 2006, Regie: Lucas Belvaux). Die Auswahl soll unter folgendem Gesichtspunkt getroffen werden:

„Dans ton lycée/ton collège il y aura bientôt un club ciné. C'est toi qui dois proposer un film francophone actuel pour l'inauguration du club. Parmi les films proposés, lequel choisis-tu? Justifie ton choix à l'oral devant la classe." Alle Schüler, die denselben Film gewählt haben, finden sich anschließend in einer Gruppe zusammen und bearbeiten gemeinsam die Sprachmittlungsaufgabe: „En groupes, élaborez un prospectus publicitaire bilingue (français-allemand) pour le film choisi. Pour cela, relisez attentivement le site internet du film et décidez quels aspects du film vous allez présenter dans le prospectus et de quelle manière. Préparez et réalisez le prospectus et présentez-le devant la classe."

Die Handlungs- und Produktorientierung liefert den pragmatischen Rahmen, in dem die Sprachmittlungsarbeit sich vollziehen soll, und enthält zur Motivationssteigerung kreativitätsorientierte Elemente z.B. die graphische/mediale Gestaltung des Faltblatts betreffend. Der didaktische Schwerpunkt liegt zunächst auf dem fremdsprachlichen Leseverstehen, bei dem zur Lösung der Aufgabe verschiedene Lesestile bzw. -techniken angewendet werden müssen und zudem Medienkompetenz gefragt ist (die aufzusuchenden Websites sind *hypertextes)*. Die Lesetexte dürften in der Regel für das anzunehmende fremdsprachliche Niveau der Schüler etwas zu schwierig sein, vor allem im lexikalischen Bereich. Viel unbekanntes Vokabular erschließt sich jedoch durch den Kontext, durch textsortenspezifisches Wissen und Weltwissen der Schüler. Eine leichte Überforderung im rezeptiven Bereich ist zudem beabsichtigt, um die Schüler im Umgang mit authentischen Texten zu schulen und ihre Frustrationstoleranz beim fremdsprachlichen Leseverstehen zu erhöhen. Es ist auch nicht das Ziel, das zu rezipierende Vokabular (und gegebenenfalls auch neue syntaktische Strukturen) in den aktiven Sprachgebrauch zu überführen. Vielmehr geht es darum, den passiven Wortschatz zu erweitern, in diesem Fall den Wortschatz zum Themenfeld *Cinéma*.

In einem zweiten Schritt kommen die interkulturelle und interlinguale Wortschatzdidaktik und die kontrastive Grammatik ins Spiel, wenn es darum geht, die von der Website ausgewählten Inhalte zunächst auf Französisch zu präsentieren und dann ins Deutsche zu übertragen. Dabei können die Schüler die französischsprachigen Vorlagen wortwörtlich übernehmen. Sie können sie aber auch vereinfachen. In jedem Fall jedoch müssen sie auswählen und kürzen. Bei der

Übertragung ins Deutsche werden ihnen Besonderheiten des französischen Filmvokabulars im Vergleich zum Deutschen ins Auge fallen (z.B., dass das Französische auf Anglizismen nahezu vollständig verzichtet, wohingegen das deutsche Filmvokabular stark von englischen Ausdrücken geprägt ist: z.B. *der Trailer* versus *la bande annonce, der Soundtrack* versus *la bande originale d'un film* oder *das Team* versus *l'équipe*) und sich Übersetzungsschwierigkeiten im syntaktischen Bereich (z. B. bei den Gerundiumskonstruktionen) ergeben. Um den Lerneffekt zu steigern, der aus dem sprach- und kulturdidaktischen Potenzial der Sprachmittlungsaufgabe erwächst, ist es sinnvoll, die Präsentation des selbst erstellten Faltblattes mit einer mündlichen oder schriftlichen Selbstevaluation des Sprachmittlungsprozesses zu koppeln.

Nicht zuletzt erwerben die Schüler im Verlauf der Aufgabenlösung zielsprachenspezifisches soziokulturelles Wissen. Darauf zielt die Auswahl der Filme ab, die so getroffen wurde, dass a) verschiedene für das aktuelle französische Filmschaffen repräsentative Genres vertreten sind (Dokumentarfilm, Komödie, Drama), b) ein breites inhaltliches Spektrum abgedeckt wird, das dominante soziokulturelle Diskurse frankophoner Gesellschaften widerspiegelt (Leben auf dem Land und Leben in der Vorstadt, multikulturelle Gesellschaften, Einwanderer, Globalisierung); c) Filme aus Frankreich und anderen Ländern mit französischsprachiger Bevölkerung (Schweiz und Belgien) und französischsprachige Filmemacher unterschiedlicher Herkunft Berücksichtigung finden (Pierre Salvadori stammt aus Tunesien, Roschdy Zem ist Sohn marrokanischer Einwanderer, Lucas Belvaux ist Belgier und Jean-Stéphane Bron Schweizer; nur Jean-Henri Meunier ist in Frankreich geboren und aufgewachsen).

Nach der Präsentation der Faltblätter kann in der Klasse darüber abgestimmt werden, welcher Film als Eröffnungsfilm gezeigt werden soll. Ebendiesen schaut man sich gemeinsam im Plenum an und arbeitet dann einsprachig (in der Zielsprache) weiter.

Beispiel 2: L'environnement – Vie à la campagne, dans une petite ville où dans la grande ville au XXIe siècle?

Die Wahl des Lebensraumes – in der Groß- oder Kleinstadt oder auf dem Land – ist für die jugendlichen Französischlerner in der gymnasialen Oberstufe ein Thema, das sie mit Blick auf ihre nahe Zukunft persönlich interessieren dürfte.[11] Aspekte dieses Themas wie Landflucht/Entvölkerung einzelner Landstriche, Zurück-zur-Natur-Bewegung, Kleinstadtidylle, multikulturelles Großstadtleben oder Leben in der Vorstadt bieten die Möglichkeit, im Fremdsprachenunterricht Eigenkulturelles, Fremdkulturelles und Transkulturelles[12] – also Entwicklungen, die sich kulturübergreifend in verschiedenen geographischen Räumen in ähnlicher Weise vollziehen – zur Sprache zu bringen.

Sprachmittlungsaufgaben ermöglichen es, zunächst Eigenkulturelles zu Wort kommen zu lassen und es als Ausgangspunkt zu nehmen für die Beschäftigung mit derselben Problematik in einem oder mehreren zielsprachlichen Ländern. So erfolgt der Einstieg in die Thematik in dem ausgewählten Beispiel mit dem deutschsprachigen Zeitungsartikel „Stadt ohne Schwellen", der beispielhaft für das Land Brandenburg die demografische Situation von Wittenberge – das ungefähr eine Zugstunde nordwestlich von Berlin gelegen ist und knapp 20.000 Einwohner hat – und deren Auswirkungen auf die Infrastruktur und das Zusammenleben der Generationen in der Stadt vorstellt:

Der Tagesspiegel, 20.2.2007, S. 13

Stadt ohne Schwellen

Jeder vierte Einwohner von Wittenberge ist über 65. Die Gemeinde hat sich darauf eingestellt.
Alle Neubauten müssen barrierefrei sein

VON MARION HARTIG

WITTENBERGE – Als die alte Dame den Laden betritt, weiß Petra schon, was kommt. „Schneiden und Dauerwelle, bitte" wird die Seniorin sagen, so wie die meisten Kundinnen, die sich vor den großen Spiegel setzen. Dabei würde die Frisörin gerne endlich mal wieder mit Gel und Farbe arbeiten und einen modernen Schnitt machen. Aber junge Kunden mit außergewöhnlichen Wünschen sind rar in ihrem Salon. Und das dürfte auch in Zukunft nicht anders werden.

Petra lebt in Wittenberge, ungefähr eine Zugstunde nordwestlich von Berlin. Die 20000-Einwohner-Stadt an der Elbe ist heute so etwas wie ein Zukunftsmodell: Hier wird vorgelebt, was laut Statistik in einigen Jahrzehnten im ganzen Land Brandenburg Realität sein wird: Mehr als jeder vierte Bürger ist 65 Jahre oder älter. Das Durchschnittsalter beträgt 49 Jahre – in Brandenburg sind es 44 Jahre. Der durchschnittliche Bundesbürger ist dagegen erst 42 Jahre alt, ebenso der Berliner.

Dass Wittenberge überaltert ist, liegt, wie überall in Deutschland, vor allem daran, dass immer weniger Kinder zur Welt kommen und die Menschen immer älter werden. Nur, dass es hier auch noch weniger Arbeit gibt als anderswo. So sehen noch mehr junge Menschen für sich keine Zukunft und ziehen weg. „Das hat nach der Wende angefangen", sagt Bürgermeister Klaus Petry. Er sitzt im Rathaus, das wie eine Burg aussieht, in einem Büro mit schweren Möbeln aus Holz. Die großen Industrieanlagen wurden dicht

11 Zudem ist dieses Thema ein zumindest fakultativer Inhalt in den curricularen Vorgaben für den Französischunterricht der Oberstufe in nahezu allen Bundesländern.

12 Zur Unterscheidung zwischen diesen drei Diskurssphären des Fremdsprachenunterrichts vgl. Hallet 2002.

gemacht, das Nähmaschinenwerk, das Zellwollewerk, die Speiseölmühle. Tausende von Arbeitslose zogen mit ihren Familien gen Westen.

Die Leere, die sie hinterlassen haben, hat die Stadt mit EU-Geldern und Fördermitteln des Landes so gut wie wegsaniert. Und bei der Gelegenheit hat sich Wittenberge auch gleich als Seniorenstadt fit gemacht.

Man erkennt das zum Beispiel daran, dass die Menschen seltener mit gesenktem Kopf durch die Straßen laufen: Es gibt keine Stolperfallen, die Bordsteinkanten sind abgesenkt. Fahrradfahrer können, ungefährdet vom Straßenverkehr, fast überall auf Radwegen fahren. Wer den Bürgermeister im Rathaus in seinem Büro besuchen will, kommt ohne Anstrengung in den ersten Stock: mit dem Fahrstuhl. Wenn in Wittenberge neu gebaut wird, soll es barrierefrei sein – bequem zu benutzen auch für Menschen, die weniger mobil sind, sagt Bürgermeister Petry. Das gilt für private Gebäude ebenso wie für öffentliche.

Und das ist nicht alles, was die Stadt für ihre alternde Bevölkerung getan hat. In der Fußgängerzone, über einem Drogeriemarkt, ist betreutes Wohnen möglich. Ein paar hundert Meter weiter, direkt am Park, steht ein neues Altenpflegeheim. Daneben das Gesundheitszentrum. Etwas weiter ein modernes Gebäude aus Glas, das sanierte Schwimmbad.

Der Bürgermeister, ein Mann mit schütterem Haar, rutscht auf seinem Holzstuhl nach vorn. Wittenberge, ein Paradies für Senioren? So etwas hört der 62-Jährige dann doch nicht gern. „In seiner Stadt soll sich jeder wohlfühlen", sagt er. Es nutze doch allen, wenn die Bürgersteige niedrig sind. Klaus Petry spricht nicht über demographische Probleme, sondern über „Chancen". Viele Senioren bleiben heute lange körperlich und geistig fit. „Sie gestalten das Leben in der Stadt mit", sagt der Bürgermeister. Sie engagieren sich im Seniorenbeirat, spielen Tischtennis, hören klassische Musik im Kulturhaus oder lernen französisch in der Volkshochschule. Die Stadt entwickle sich aus dem Bedarf ihrer Bürger.

Wie es in Wittenberge weitergeht, wenn die heute noch mobilen Alten bald nicht mehr so gesund und beweglich sind, das kommt in Petrys Zukunftskonzept jedoch nicht vor. Darüber wird man in der Stadt wohl erst nachdenken, wenn es so weit ist. „Noch haben wir eine ganz vernünftige Mischung von alt und jung", sagt er.

Petry findet auch nicht, dass die jungen Menschen schlechter wegkommen als die älteren. Das Geld, das die Stadt für sie ausgibt, gehe an erster Stelle in Bildung. Außerdem hat Wittenberge Jugendzentren, eine Musikschule, ein Kino und eine Skaterbahn. „Alle sind zufrieden, von Neid unter den Generationen, wie man das in den Zeitungen oft liest, keine Spur", sagt Klaus Petry.

Das sieht nicht jeder in Wittenberge so. In der Einkaufsstraße, einige hundert Meter vom Rathaus entfernt, schiebt eine junge Mutter einen Kinderwagen vor sich her. „Es wird viel für die Alten getan, für die Jugendlichen aber wenig", sagt sie. Die würden abends immer in der City rumhängen, weil es kaum einen anderen Platz gebe, wo sie sich treffen können. Sandra und Jakob sehen das ähnlich. Sie ist 16 Jahre, er 17. Sie lernen an der Musikschule Saxophon und Bratsche, ab und zu gehen sie ins Kino. Nach dem Abitur wollen sie vielleicht in Berlin studieren. Nur nicht in Wittenberge bleiben.

Dieser Artikel soll ins Französische gemittelt werden. Die Aufgabenstellung ist die folgende: „Vous restez à Paris pendant un an en raison d'un échange scolaire et vous suivez les cours de Première dans un lycée. En cours de géo, vous traitez le sujet suivant 'L'environnement – Vie à la campagne, dans une petite ville où dans une grande grande ville au XXIe siècle'. On vous demande de faire un exposé sur ce sujet mais en tenant compte de la perspective allemande. Vous décidez de présenter l'exemple ‚Wittenberge' et vous vous basez sur les informations données dans l'article joint ‚Stadt ohne Schwellen' (Ville sans barrières). Préparez l'exposé et présentez-le en cours."

Diese Sprachmittlungsaufgabe stellt folgende Anforderungen an die Oberstufenschüler: Sie müssen eine Strategie entwickeln, die festlegt, mit welchen

Techniken und Hilfsmitteln sie den vorliegenden deutschsprachigen Lesetext, dessen wesentliche Inhalte es ins Französische zu mitteln gilt, rezipieren und wie sie die ausgewählten Inhalte in einem mündlichen französischen Kurzvortrag adressaten-, sinn- und sachgerecht präsentieren. Rezeptive Fertigkeiten in der Muttersprache und produktive Fertigkeiten in der Zielsprache sind zu kombinieren. Die Mittlung der ausgewählten Inhalte in die Fremdsprache verlangt nicht nur lexikalisches und grammatisches Wissen, sondern auch die Fähigkeit der Einfühlung in die potenziellen Zuhörer, also die Bereitschaft zu einem Perspektivenwechsel: Welche Begriffe sollten den französischen Schülern durch Umschreibungen erläutert werden (z.B. „betreutes Wohnen")? Welches soziokulturelle Wissen über Deutschland kann vorausgesetzt werden, welches eher nicht (wissen die französischen Oberstufenschüler, dass Brandenburg ein neues Bundesland rund um die Hauptstadt Berlin ist, und können sie sich von der wirtschaftlichen Situation brandenburgischer Kleinstädte ein realistisches Bild machen?). Wo kann auf vergleichbare Phänomene in der französischen Provinz Bezug genommen werden? Was ist spezifisch für die deutsche Problematik? Zudem ist methodische Kompetenz im Lernbereich „Produktiver Umgang mit Texten und Medien" gefragt: Wie gestalte ich meine Kurzpräsentation? Auf welche Medien greife ich dabei zurück? Womit steige ich ein? Wie strukturiere ich den Hauptteil? Welche fremdsprachlichen Register wende ich wann an? Auf welche idiomatischen Wendungen des Französischen kann ich in diesem pragmatischen Kontext zurückgreifen? etc.

Die Aufgabenstellung zeigt, wie Strategielernen, integriertes Fertigkeitentraining, Methodenkompetenz sowie interlinguales und interkulturelles Lernen in einem sprachmittlerischen Kontext ineinandergreifen können. Die Sprachmittlungsaufgabe bereitet zudem den Boden für eine kontrastive Beschäftigung mit vergleichbaren soziokulturellen Phänomenen im Zielsprachenland Frankreich.

Fazit und Ausblick

Gerade weil die interkulturelle Handlungskompetenz heute in den meisten curricularen Vorgaben der verschiedenen Bundesländer als oberstes Lernziel des Französischunterrichts festgeschrieben ist, sollte der Sprachmittlung im oben definierten weiten Sinn im Unterricht wieder mehr Raum gewährt werden. In einem Spiralcurriculum, das sich vom Anfangsunterricht in der Sekundarstufe I bis zum Abitur erstreckt, sollte sie eine angemessene Berücksichtigung finden.

Dabei bietet die Verankerung der Sprachmittlung in der Neufassung der EPA (und damit in den verschiedenen Zentralabituren der Länder und auch im MSA) die bildungspolitische Chance, die „methodische Restkategorie" Übersetzung (Krings 1995, 326) aus ihrem Nischendasein zu befreien und in Theorie und Praxis auf ihre Funktionalität hin zu befragen. Dazu könnten auch qualitative empirische Studien – z.B. aus dem Bereich der Lernaufgabenforschung – beitragen, die Aufschluss darüber geben, wie Fremdsprachenlerner Sprachmittlungsaufgaben lösen, welche Sprachlernprozesse damit initiiert werden und wie nachhaltig die dabei erzielten Lerneffekte sind.

Soweit ich sehe, ist dies ein fremdsprachendidaktisches Forschungsgebiet, das in den letzten Jahren – nicht nur mit Blick auf den Französischunterricht – wenig Beachtung gefunden hat. Auch konkrete Aufgabenvorschläge für den Fremdsprachenunterricht sind bisher nur sporadisch erschienen.[13] Genauso wenig ist darüber nachgedacht worden, ob und wie sich die unterschiedlichen Typen von Sprachmittlungsaufgaben in ein Stufenmodell einfügen lassen, das den sukzessiven Aufbau und die allmähliche Vertiefung der Sprachmittlungskompetenz von der Sekundarstufe I bis zum Abitur adäquat abzubilden vermag.

Nicht zuletzt sind Konsequenzen für die Fremdsprachenlehrerausbildung an den Hochschulen zu ziehen. Dort wird noch immer ein besonders traditionelles und enges Verständnis von Sprachmittlung in die praktische Lehre umgesetzt und in Abschlussklausuren abgeprüft. Stattdessen sollte die Aktivität Sprachmittlung in ihrem weiten Begriffsverständnis zum Gegenstand fremdsprachendidaktischer Seminare werden und gleichzeitig in der sprachpraktischen Aus-

[13] Ich habe bisher nur zwei Publikationen gefunden: die Handreichungen des Lisum Berlin/Brandenburg und die Publikation *Time to talk* des Staatsinstituts für Schulqualität und Bildungsforschung München, beide aus dem Jahr 2006 (s. Bibliographie).

bildung der Fremdsprachenlehrer eine größere Rolle spielen. Dabei sollten Aufgabenformate zum Einsatz kommen, die – freilich mit anderen, den Studenten und der Fachlehrerausbildung angemessenen Inhalten – den im schulischen Unterricht einsetzbaren vergleichbar sind, sodass die Studenten zum einen ihre eigenen Fremdsprachenkenntnisse erweitern und vertiefen können und zum anderen einen authentischen Einblick gewinnen in das facettenreiche didaktische Potenzial, das diese Aktivität für den Französischunterricht bietet.

Bibliographie

BACHMANN-MEDICK, Doris. 1997. „Einleitung: Übersetzung als Repräsentation fremder Kulturen“, in: ead. ed. *Übersetzung als Repräsentation fremder Kulturen*. Berlin: Schmidt, 1-18.

BEILE, Werner. 1991. „Interlingual exercises for intercultural communication“, in: *Der fremdsprachliche Unterricht* 25/1, 22-30.

BIMMEL, Peter. 2002. „Strategisch lesen lernen in der Fremdsprache“, in: *Zeitschrift für Fremdsprachenforschung*, 13/1, 113-141.

BRAMMERTS, Helmut & KLEPPIN, Karin. 2000. „Übersetzen im Tandem und Kooperatives Dolmetschen in mehrsprachigen Lerngruppen“, in: *Fremdsprache Deutsch* 23, 40-46.

BRUNZEL, Peggy. 2002. *Kulturbezogenes Lernen und Interkulturalität. Zur Entwicklung kultureller Konnotationen im Französischunterricht der Sekundarstufe I.* Tübingen & Basel: Narr.

ETTINGER, Stefan. 1988. „Kehrt der Sprachunterricht wieder um? Die Übersetzung im schulischen und universitären Fremdsprachenunterricht der letzten Jahre“, in: *Fremdsprachen lehren und lernen* 17, 11-27.

EUROPARAT/RAT FÜR KULTURELLE ZUSAMMENARBEIT. 2001. *Gemeinsamer europäischer Referenzrahmen für Sprachen: lernen, lehren, beurteilen.* Berlin u.a.: Langenscheidt.

FAISTAUER, Renate. 2001. „Zur Rolle der Fertigkeiten“, in: Helbig, Gerhard & Götze, Lutz & Henrici, Gert & Krumm, Hans-Jürgen. edd. *Deutsch als Fremdsprache. Ein internationales Handbuch.* 2. Halbband. Berlin & New York: de Gruyter, 864-871.

FINKBEINER, Claudia. 2003. „Lernstrategien und Lerntechniken im Fremdsprachenunterricht“, in: Bach, Gerhard & Timm, Johannes-Peter. edd. *Englischunterricht.* Tübingen & Basel: A. Francke, 225-252.

FRIEDRICH, Helmut Felix & MANDEL, Heinz. 1992. „Lern- und Denkstrategien“, in: ead. edd. *Lern- und Denkstrategien.* Göttingen: Hogrefe, 3-54.

HALLET, Wolfgang. 1995. „Interkulturelle Kommunikation durch kommunikatives Übersetzen. Lernziele des Übersetzens im schulischen Englischunterricht“, in: Beyer, Manfred & Diller, Hans-Jürgen & Kornelius, Joachim & Otto, Erwin & Stratmann, Gerd. edd. *Realities of Translating. Anglistik und Englischunterricht.* Heidelberg: Winter, 277-312.

HALLET, Wolfgang. 2002. *Fremdsprachenunterricht als Spiel der Texte und Kulturen. Intertextualität als Paradigma einer kulturwissenschaftlichen Didaktik.* Trier: Wissenschaftlicher Verlag.

HOUSE, Juliane. 1998. „Kontrastive Pragmatik und Interkulturelle Kompetenz im Fremdsprachenunterricht“, in: Börner, Wolfgang & Vogel, Klaus. edd. *Kontrast und Äquivalenz. Beiträge zu Sprachvergleich und Übersetzung*. Tübingen: Narr, 62-88.

HOUSE, Juliane. 2003. „Übersetzen im Unterricht“, in: Schneider, Günter & Clalüna, Monika. ed. *Mehr Sprache – mehrsprachig – mit Deutsch. Didaktische und politische Perspektiven*. München: Iudicium, 153-164.

KLEIN-BRALEY, Christine. 1982. „Die Übersetzung als Testverfahren in der Staatsprüfung für Lehramtskandidaten“, in: *Neusprachliche Mitteilungen* 35, 94-97.

KÖNGIS, Frank G. [4]2003. „Übungen zur Sprachmittlung“, in: Bausch, Karl-Richard & Christ, Herbert & Krumm, Hans-Jürgen. edd. *Handbuch Fremdsprachenunterricht*. Tübingen & Basel: A. Francke, 315-317.

KRINGS, Hans P. 1987. „Der Einfluß des Hin-Übersetzens auf fremdsprachliche Lernprozesse – Neue Fragen auf alte Antworten“, in: Addison, Anthony & Vogel, Klaus. edd. *Lehren und Lernen von Fremdsprachen im Studium: Beiträge zur zweiten Göttinger Fachtagung ‚Fremdsprachenausbildung an der Universität‘*, Bochum, 71-98.

KRINGS, Hans P. [3]1995. „Übersetzen und Dolmetschen“, in: Bausch, Karl-Richard & Christ, Herbert & Krumm, Hans-Jürgen. edd. *Handbuch Fremdsprachenunterricht*. Tübingen & Basel: A. Francke, 325-332.

KRUMM, Hans-Jürgen. 2001. „Die sprachlichen Fertigkeiten: isoliert – kombiniert – integriert“, in: *Fremdsprache Deutsch* 24, 5-12.

KRUMM, Hans-Jürgen. 2001a. „Aktuelles Fachlexikon. Fähigkeiten – Fertigkeiten“, in: *Fremdsprache Deutsch* 24, 61-62.

LADMIRAL, Jean-René. 1998. „Übersetzung und interkulturelle Kommunikation“, in: Colin, Lucette & Müller, Burkhardt. edd. *Europäische Nachbarn – vertraut und fremd: Pädagogik interkultureller Begegnungen*. Frankfurt a.M. & New York: Campus, 99-110.

PORTMANN, Paul R. 1993. „Rezeptive und produktive Fertigkeiten“, in: *Deutsch als Fremdsprache* 30/2, 96-99.

PORTMANN, Paul R. 2001. „Aufgaben statt Fragen. Sprachenlernen im Unterricht und die Ausbildung von Fertigkeiten“, in: *Fremdsprache Deutsch* 24, 13-18.

RÖSSLER, Andrea. 2007. „Standards ohne Stoff? Anmerkungen zum Verschwinden bildungsrelevanter Inhalte aus den curricularen Vorgaben für den Französisch- und Spanischunterricht“, in: *Beiträge zur Fremdsprachenvermittlung* 46, 3-20.

STAATSINSITITUT FÜR SCHULQUALITÄT UND BILDUNGSFORSCHUNG MÜNCHEN. 2006. *Time to talk! Parlons! Parliamo! ¡Tiempo para hablar! Eine Handreichung zur Mündlichkeit im Unterricht der modernen Fremdsprachen*. Berlin: Cornelsen.

SEKRETARIAT DER STÄNDIGEN KONFERENZ DER KULTUSMINISTER DER LÄNDER IN DER BUNDESREPUBLIK DEUTSCHLAND (KMK). 2004: *Einheitliche Prüfungsanforderungen in der Abiturprüfung Französisch*. Beschluss der Kultusministerkonferenz vom 1.12.1989 i. d. F. vom 5.2.2004.

SEKRETARIAT DER STÄNDIGEN KONFERENZ DER KULTUSMINISTER DER LÄNDER IN DER BUNDESREPUBLIK DEUTSCHLAND (KMK). 2003. *Bildungsstandards für die erste Fremdsprache (Englisch/Französisch) für den Mittleren Schulabschluss*. (Beschluss der Kultusministerkonferenz vom 04.12.2003). www.kmk.org/schul/Bildungsstandards/1.Fremdsprache_MSA_BS_04-12-2003.pdf

WELLER, Franz-Rudolf. 1991. „Vom Elend schulischer Übersetzungslehre. Anmerkungen zur Rolle der Übersetzung in neueren Lehrwerken für den Französischunterricht", in: *Die neueren Sprachen* 90, 497-524.

Webliographie der französischsprachigen Filme

www.ocean-films.com/icinajac/note.htm [Ici Najac, à vous la terre]
www.allocine.fr/film/fichefilm_gen_cfilm=108526.html [Hors de prix];
www.tfm.distribution.com/horsdeprix/
www.allocine.fr/film/fichefilm_gen_cfilm=109177.html [Mauvaise foi];
www.mauvaisefoi-lefilm.com
www.allocine.fr/film/fichefilm_gen_cfilm=59775.html [La raison du plus faible]
www.monfreresemarie.ch

Französische Tagespresse multimedial – eine Unterrichtssequenz für die Oberstufe

Daniel Reimann (Bamberg/Eichstätt)

1. Theoretische Vorüberlegungen

1.1 Curriculare Vorgaben und vorhandene Lehrmaterialien

Medienerziehung gilt in diesen Jahren unbestritten als ein übergeordnetes Lernziel nicht nur der gymnasialen Bildungsgänge. In der Art und Weise, wie verbreitete Oberstufen-Lehrwerke dieses Ziel für den Französischunterricht umzusetzen versuchen, ist allerdings festzustellen, dass unbeschadet der Tatsache, dass dem Unterricht in „landeskundlichen" Sequenzen nach wie vor sehr häufig Pressetexte zugrunde gelegt werden, eine theoretische Auseinandersetzung mit dem Medium Presse viel seltener und weniger intensiv angeregt wird als z.B. mit den jüngeren Medien „Fernsehen" oder „Internet". Man könnte diesen Befund, überspitzt formuliert, als ein „Presse-Paradox" bezeichnen. Dieses ist insofern bedauerlich, als Intentionen, die hinter den mitunter ohne einen Blick auf die Quellenangabe eingesetzten Pressetexten stehen (können), dann leichter erkannt werden, wenn die Schülerinnen und Schüler über ein Wissen zu den einzelnen Presseorganen bzw. Quellen verfügen; außerdem sind die Oberstufenschüler oft vom mitunter recht allgemein gehaltenen Diskurs über die „globalen" Medien TV und Internet etwa aus dem Englischunterricht derart saturiert, dass die Thematisierung von Spezifika der französischen Presselandschaft und ihrer Tradition einen Frankreich-bezogenen Attraktivitätsgewinn für den Unterricht auf der Oberstufe mit sich bringt. Verknüpft man diese dann mit einer Einführung in die Online-Angebote der französischen Presseorgane, erfolgt ein zusätzlicher Motivationsschub. Dies konnte bei der wiederholten Durchführung der im Folgenden kurz skizzierten Unterrichtssequenz festgestellt werden, die zwischen 2004 und 2007 in mehreren Lerngruppen der 11. und der 12. Jahrgangsstufe (zweite und dritte Fremdsprache) eingesetzt wurde.

Zeitschrift für Romanische Sprachen und ihre Didaktik 2,1 (2008), 79-96.

1.2 Eingrenzung des Themas und Zielsetzung der Unterrichtsreihe

In der 11. Jahrgangsstufe, insbesondere in der 3. Fremdsprache, kommt dem systematischen Spracherwerb nach wie vor eine bedeutende Rolle zu. Daher wurden die inhaltlichen Ziele insofern eingeschränkt, als:

* eine Konzentration auf die Tagespresse erfolgte (mit Ausblicken auf Zeitschriften und weitere Medien),
* eine Eingrenzung auf die Gegenwart vorgenommen wurde (mit punktuellen historischen Ausblicken),
* Argumentationsstrategien in Pressetexten nur exemplarisch textanalytisch untersucht wurden (i.e. textsemantische Aspekte der Analyse von Pressetexten außerhalb der Unterrichtsreihe im engeren Sinn sowie in den folgenden Jahrgangsstufen stattfinden).

Die fachlichen Ziele innerhalb der beschriebenen Unterrichtssequenz bestanden also weniger im Umgang mit bzw. in der Analyse von Pressetexten, als vielmehr im Aufbau eines Metawissens und einer Metakompetenz im Hinblick auf einen späteren reflektierten Umgang mit Einzeltexten. Unter diesen Zielen sind besonders hervorzuheben:

* Einblicke in die gegenwärtige Situation der französischen Tagespresse (Titel der großen Zeitungen, ggf. thematische Spezialisierung, politische Ausrichtung, Bedeutung der Regionalpresse, teilweise historische Grundkenntnisse),
* Grundzüge der Struktur französischer Tageszeitungen und ihres Layouts,
* Kenntnis und kritischer Umgang mit den Online-Versionen großer Tageszeitungen (auch im Vergleich mit der gedruckten Ausgabe),
* Grundkenntnisse über den Vertrieb der Zeitungen in Frankreich und kreativer Umgang mit dem «Kommunikationsort *kiosque à journaux*»,
* exemplarische Erkenntnisse über die Funktion rhetorischer Mittel in der Pressesprache am Beispiel der Metonymie,
* Fähigkeit, Informationen aus der Tagespresse zu ausgewählten Themen über einen begrenzten Zeitraum zu verfolgen und zu resümieren,

und, als grundlegende Voraussetzung zum Erreichen der genannten Ziele,

* Aufbau einer entsprechenden metasprachlichen Kompetenz in Grundzügen,

sowie, aus den genannten Aspekten resultierend,

* bewusster Umgang mit dem Medium Tageszeitung in seinen heutigen, diversifizierten Erscheinungsformen und den darin vermittelten Informationen,
* Reflexion des eigenen Medienkonsums und Fähigkeit, sich in französischer Sprache darüber auszudrücken.

1.3 Fachwissenschaftliche sowie fachdidaktische und methodische Kontextualisierung

1.3.1 Zum fachwissenschaftlichen Kontext

Eine fundierte landeswissenschaftliche Grundlegung würde den Rahmen dieses Beitrages sprengen. Hier erfolgen nur einige grundlegende Hinweise auf für die Lehrkraft hilfreiche Informationsquellen: Kurze Überblicksdarstellungen zur ersten Einführung liefern z.B. Große & Lüger (2002), Liehr (2003), Lüsebrink (2003) und Bundeszentrale für politische Bildung (2005). Unter den zahlreichen konzisen französischen Einführungen sei auf Charon (1996) verwiesen, ein immer wieder neu aufgelegtes Standardwerk ist Balle (1997); regelmäßig aktualisiert wird auch Albert (2004). Innerhalb der deutschsprachigen Romanistik darf nunmehr der Beitrag Stefani-Meyer (2004), im grundsätzlich empfehlenswerten Sammelband Lüsebrink (2004), als grundlegende Überblicksdarstellung gelten, die auch historischen Entwicklungen und deren technischen Voraussetzungen gebührend Raum schenkt. Als Standardwerke des deutschen Blickes auf die französische Presselandschaft dürfen die beiden Kompositbände Große & Seibold (1996a) sowie Große & Seibold (2003) angesehen werden. In Große & Seibold (2003) sei besonders verwiesen auf Westhoff (2003) und Dippon & Große (2003) zur überregionalen bzw. regionalen Presse in Frankreich (jeweils im Vergleich mit Deutschland) sowie Seibold (2003) über die Internetauftritte von französischen und deutschen Tageszeitungen und Zeitschriften, dazu auch Große (2001) sowie allgemein Bucher (2001). Weiterführend kann auch auf Koch & Schröter & Albert (1994) hingewiesen werden (v.a. unter zum Aspekt der wechselseitigen deutsch-französischen Wahrnehmung in den Massenmedien). Das neu aufgelegte Frankreich-Lexikon (Schmidt 2005) liefert *sub vocibus* monographische Darstellungen zu den großen französischen Tageszeitungen. Für eventuelle Vertiefungen im Rahmen von Oberstufenkursen (z.B. Seminarfach) sollten insbesondere die differenzierten Betrachtungen Große (1996) zu Layout und Semiotik der Titelseiten[1] sowie Große & Seibold (1996b) zum Versuch einer Ty-

[1] Hierzu vgl. auch das Übungsangebot des CLEMI auf der *fiche* „La ‚Une' du journal" (www.clemi.org/formation/fiches/fiche6.html (12.08.2005)) sowie das sehr schöne, in meine Unterrichtsreihe aus Zeitgründen nicht integrierte interaktive „Quiz de la Une" (*Libération* vs. *Le Monde*)

pologie journalistischer Texte unter rhetorischen Gesichtspunkten (*informer*, *conseiller*, *juger/persuader*, *louer/vanter*, bes. 46) und zu einer Übersicht über sprachliche Kriterien zur Identifikation von „information vs. opinion“ (59f.) berücksichtigt werden.

Es soll an dieser Stelle lediglich auf zwei verhältnismäßig junge Erscheinungen in der französischen Presselandschaft hingewiesen werden, die von der Forschung bisher nur ansatzweise bzw. unzureichend erfasst worden sind und die in der Unterrichtsreihe zumindest in Grundzügen reflektiert wurden: die Internet-Auftritte von Tageszeitungen sowie die sog. kostenlosen Tageszeitungen wie *Metro* und *20 minutes*. Nachdem in den Vereinigten Staaten die *New York Times* bereits 1994 eine Online-Version vorgelegt hat, tritt das Phänomen in Frankreich mit der digitalen Ausgabe von *Le Monde* im Jahr 1995 im europäischen Vergleich verhältnismäßig früh auf. Dann aber stockt die Entwicklung in Frankreich und setzt sich erst ab 1998/1999[2] wirklich fort. Inzwischen verfügen die meisten größeren Tageszeitungen über Online-Versionen, die sich teils durch Werbung, teils durch für den Benutzer kostenpflichtige Informations- oder Zusatzangebote finanzieren und bei den Benutzern eine hohe Akzeptanz genießen (so konnte die *Association pour le Contrôle de la Diffusion des Médias* im Dezember 2007 für *Lemonde.fr* etwa 37 Millionen Zugriffe registrieren – zum Vergleich: die *Pages Jaunes* brachten es auf 62 Millionen, vgl. www.ojd.com (14.01.2008)). Handelte es sich ursprünglich meist einfach um die digitale Version der gedruckten Ausgabe, haben die Online-Auftritte der Tageszeitungen heute oft eigene Redaktionen und einen vom gedruckten Vorbild unabhängigen Aufbau.

Ein weiteres, in Frankreich erst im Jahr 2002 aufgetretenes Phänomen ist das der *quotidiens gratuits d'information*. Es wird bisher von der deutschen Sekundärliteratur nur punktuell rezipiert (z.B. Bundeszentrale für politische Bildung 2005, 35), in Frankreich aber u.a. von der dem *Premier ministre* unterstellten *Direction de Développement des Médias* genau beobachtet. Diese kleinformatigen Tageszeitungen werden werktags in den Ballungsräumen – zuerst und insbesondere natürlich in und um Paris –, an viel besuchten Orten wie den Métro-Sta-

---

(www.clemi.org/formation/fiches/fiche6_docs/unes_interactives.html (12.08.2005)).

2 Vgl. Seibold (2003, 357) & Große (2001).

tionen kostenlos verteilt oder ausgelegt und bieten in aller Kürze wichtige Informationen des Tages (die Lesezeit soll nicht länger als 20 Minuten, also etwa die Dauer der U-Bahn-Fahrt zur Arbeitsstelle betragen). Auf dem deutschen Markt gibt es derzeit keine vergleichbaren Zeitungen.

Die 1995 in Schweden gegründete, inzwischen international weit verbreitete *Metro* (Modern Times Group, Jan Stenbeck) erscheint montags bis freitags, seit 2002 in Paris und Marseille, seit 2003 in Lyon, seit 2004 auch in Toulouse, Bordeaux und Nizza, seit 2005 in Nantes, Rennes und Strasbourg; 2006/2007 hatte sie laut OJD eine Auflage von gut 730.000 Exemplaren – *Le Monde* hatte eine verkaufte Auflage von durchschnittlich etwa 360.000 Exemplaren (vgl. www.ojd.com (14.01.2008)).

Auch das in der Schweiz begründete Konkurrenzblatt *20 Minuten* bzw., in Frankreich, *20 minutes* ist in Paris seit 2002 präsent. Die Auflage beträgt derzeit etwa 740.000 Exemplare, von denen deutlich über die Hälfte (450.000) in der Hauptstadt verteilt werden bzw. ausliegen. Seit 2004 ist *20 minutes* wie *Metro* auch in Marseille, Lyon, Toulouse, Bordeaux sowie in Lille, seit 2005 auch in Nantes präsent (www.20minutes.fr). Diesen Zahlen stehen im Jahr 2006/2007 z.B. folgende verkaufte Auflagen der traditionellen Tageszeitungen gegenüber: *Ouest France*: etwa 790.000 Exemplare, *Le Parisien* und *Aujourd'hui en France*: etwa 530.000, *Le Monde*: etwa 360.000, *L'Equipe*: etwa 350.000, *Le Figaro*: etwa 350.000, *Libération*: knapp 150.000, *Les Echos*: etwa 140.000, *France-Soir*: ca. 23.000 (vgl. www.ojd.com (14.01.2008)).

1.3.2 Zum fachdidaktischen und methodischen Kontext

Die jüngere romanistische Fachdidaktik bzw. die methodische Literatur hat meines Wissens kaum Konzepte für die Behandlung von Printmedien im Französischunterricht vorgelegt. Keines der beiden etwa in Bayern derzeit für den Unterricht in der 11. Jahrgangsstufe genehmigten[3] Lehrwerke – *Parcours* (vgl. Seiten 69-74) und *Nouveaux Horizons 1* (Ausgabe B) (vgl. Seiten 109-111) – bietet ausreichend Material, um diesen Bereich der Altersstufe entsprechend systematisch zu vertiefen. Ein früher monographischer Band, Lüger (1979), kann

---

[3] Stand: 04.01.2008; vgl. www.km.bayern.de/imperia/md/content/pdf/lernmittel/gym.pdf (14.01.2008).

inzwischen keine Aktualität mehr beanspruchen. Die in der Vergangenheit von verschiedenen deutschen Verlagen herausgebrachten landeskundlichen Lesehefte zum Thema setzen teilweise andere Schwerpunkte und sind spätestens seit dem Ende der Ära Hersant im Jahr 2004 überwiegend so veraltet, dass damit nur noch in Auszügen gearbeitet werden kann: Neben der Geschichte des Pressewesens (Steinbrink & Steinbrink 1978, 7-10) wurde in den siebziger Jahren besonderes Gewicht auf das grundlegende Konzept der Pressefreiheit sowie auf die Konzentration der Printmedien (Michaelsen 1973, 13-20, Steinbrink & Steinbrink 1978, 24-43 bzw. 13-23) gelegt, welche freilich beständigem Wandel ausgesetzt ist. Großerohde & Rang (1991, 6-46) legen einen Reader vor, der interessante methodische Anregungen liefert, dessen Texte aber aufgrund ihrer Länge und Schwierigkeit eher für die Kollegstufe als für die 11. Jahrgangsstufe geeignet scheinen und wiederum teilweise veraltete Daten enthalten. Das skizzierte Defizit mag auch Astrid Hillenbrand wahrgenommen haben, als sie vor einigen Jahren die Unterrichtsreihe „La presse française sur Internet“ veröffentlichte (Hillenbrand 2002). Indem sie aber ausschließlich die digitalen Versionen der französischen Tageszeitungen berücksichtigte, bleibt in ihrem Vorschlag die Presse in ihrem eigentlichen, d.h. gedruckten, Wesen außen vor. Das Themenheft *La presse à l'école* des *Fremdsprachlichen Unterrichts Französisch* (3/1998) wiederum erwies sich für die Konzeption der Unterrichtseinheit nicht als hilfreich, obschon es einige interessante Unterrichtsvorschläge, insbesondere ausgehend von Jugendzeitschriften, enthält.[4] Diese sind aber eher für den Französischunterricht der ausgehenden Mittelstufe geeignet. Unterrichtsreihen für den Erwerb der angestrebten Metakompetenz im Umgang mit der Tagespresse gibt es in der jüngeren Literatur meines Wissens nicht. Hier gibt die bereits erwähnte Unterrichtsreihe Hillenbrand 2002[5] brauchbare Anregungen.

---

[4] Vgl. Grenier, Régis: „Les magazines pour jeunes: une mine de documents authentiques“, 18-21; Giron, Olivier: „La presse française pour la jeunesse“, 22-27; vgl. auch eine Annäherung über *faits divers* bei Egas, Pascale: „Travailler avec les faits divers“, 12-15.

[5] Hillenbrand, Astrid: „La presse française sur Internet“, in: *Lehrer online*, 30.01.2002, www.lehrer-online.de/la-presse.php (14.01.2008). Auch die verdienstvolle Anregung Hillenbrands scheint mir sowohl fachlich – warum wird *Le Figaro* außen vorgelassen? – als auch methodisch leicht modifizierenswert, so wie natürlich auch meine hier vorgestellten Anregungen weiter bearbeitet werden könnten.

2. Beschreibung der Unterrichtssequenz

Am Anfang der ersten Stunde erfolgt ein Brainstorming zu der Frage „Quels médias connaissez-vous?“. Um das Wort „les médias (m.)“ werden so innerhalb kurzer Zeit Begriffe wie „la télé“, „la radio“, „les journaux (m.)“, „le portable“, „Internet (m.)“, „les revues“ wiederholt und in einer Art Mindmap festgehalten. Dann wird eine Umfrage zum Medienverhalten der Klasse durchgeführt, die eine Überarbeitung von Hillenbrand (2002) darstellt. Der Tandem-Fragebogen führt, unter Berücksichtigung auch anderer Medien, direkt zu dem auf die (Tages-)Presse bezogenen Leseverhalten der Schülerinnen und Schüler und thematisiert bereits die Online-Versionen von Tageszeitungen. Die Schüler sollen den Fragebogen kurz still durchlesen und unbekanntes Vokabular erfragen. So werden neben dem o.g. Tafelbild folgende Wörter festgehalten: *le journal → les journaux, le quotidien, l'hebdomadaire* (m.), *le magazine, les faits divers* (m.). Bei der Durchführung des Interviews befragt jeder Schüler seinen Nachbarn und notiert dessen Namen und dessen Aussagen auf sein Arbeitsblatt. Nach dieser Phase der Partnerarbeit stellen die Schüler im Plenum die Antworten ihres jeweiligen Interviewpartners vor, wobei die in der ersten Person erfolgten Äußerungen in die dritte Person umgewandelt werden müssen. Nach der Besprechung stehen infolge eines vom Lehrer gelenkten Gesprächs voraussichtlich zusätzlich folgende Ausdrücke an der Tafel: *en regardant la télé, en écoutant la radio, en lisant un journal, en consultant Internet.* Am Ende der Stunde kann folgende Hausaufgabe erteilt werden: Jeder Schüler soll sein eigenes Medienverhalten ausgehend von dem Fragebogen darstellen; zu diesem Zwecke gibt jeder einzelne seinem Interviewpartner den Fragebogen mit dessen eigenen Antworten. Ziel ist die Umformulierung von Fragen und stichwortartigen Antworten in einen zusammenhängenden Text.

Die zweite Stunde der Sequenz wird eingeleitet, indem einige Schülerinnen und Schüler ihre Hausaufgabe vortragen. Daraus wird folgender Sprechanlass abgeleitet: „Quels sont les avantages de chaque média? Quels sont les inconvénients de chaque média?“. Da diese Frage später wiederholt aufgegriffen wird, werden die Ergebnisse der Diskussion zu diesem Zeitpunkt nicht an der Tafel festgehalten. Vielmehr geht es hier darum, möglichst viele Schülerinnen und Schüler zu einer, wenn auch nur kurzen, freien mündlichen Äußerung anzuregen. Hauptziel dieser Stunde sind die Definition der Begriffe „Presse“ und „Medien“ sowie die Einführung in bzw. die Vertiefung von Strategien des Umgangs mit dem einsprachigen Wörterbuch. Zu diesem Zweck schließt sich an die beschriebene Einleitung eine kurze Phase der Stillarbeit an, in der jeder Schüler zunächst eine Definition von „la presse“, dann von „les médias“ formulieren soll. Einige Schülerlösungen werden im Plenum vorgetragen und gemeinsam besprochen bzw. korrigiert. Daraufhin wird ein Arbeitsblatt ausgegeben, das eine leicht didaktisierte Versionen entsprechender Beiträge im *Petit Robert* enthält (vgl. Anhang); diese werden gelesen und mit den eigenen Lösungsvorschlägen verglichen. Daraufhin werden die Artikel genau analysiert und die Metasprache zum Gebrauch des Lexikons eingeführt bzw. wiederholt. Auf einer Folie können entsprechende Ausdrücke (z.B. *l'entrée, le renvoi → renvoyer, les expressions idiomatiques (f.)*) an die richtige Stelle geschrieben und von den Schülern übertragen werden. Ferner kann in dieser Stunde ein *vocabulaire thématique* zum Thema ausgegeben werden.[6] Außerdem wurde zur Einübung der schriftlichen Textproduktion folgende Hausaufgabe gestellt: „Commentaire personnel: Lisez-vous régulièrement un journal? Oui/non? Pourquoi?“.

Im Mittelpunkt der dritten Einheit, für die im Idealfall eine Doppelstunde verfügbar ist, steht die Bekanntschaft mit französischen Zeitungen in ihrer Printversion. Diese Objekte der Authentizität üben auf die Schüler einen besonderen Reiz aus. Die Stunde wird mit der Frage „Quels journaux français connaissez-vous?“ eingeleitet. Dann wird ein Blatt mit Arbeitsaufträgen ausgegeben und als Folie an die Wand projiziert und besprochen, eventuelle Wortschatzfragen geklärt (vgl. Anhang). Die Leitfragen betreffen einerseits den Gesamteindruck von der jeweiligen Zeitung, verlangen aber auch eine exemplarische vertiefte Auseinandersetzung mit einem frei wählbaren Beitrag. Ggf. werden einige einsprachige Lexika aus der jeweiligen Schulbibliothek zur Verfügung gestellt. Die Schüler sollen in Kleingruppen von bis zu vier Personen zusammenarbeiten. Folgende Tageszeitungen werden den Schülern kurz präsentiert und dann den Gruppen zur Auswahl gestellt: *Le Figaro*, *Le Monde*, *Libération*, *La Croix*, *France Soir*, *Ouest France*, *Les Echos*, *L'Equipe*, *Metro* und *20 minutes* (beide

[6] Dieses kann, wie die anderen hier nicht im Anhang abgedruckten Materialien, beim Verfasser bezogen werden: danielreimann@yahoo.it.

für eine Gruppe). Abschließend – nötigenfalls auch in der Folgestunde – ist in jedem Fall ausreichend Zeit für die Präsentationen der Ergebnisse durch die einzelnen Gruppen zu gewähren, die große Freude daran haben, die anhand authentischer Dokumente recherchierten Ergebnisse vorzustellen. Als Hausaufgabe am Ende der Stunde wird dann eine kreative Umsetzung der erzielten Ergebnisse verlangt, indem ein hypothetischer Leser der jeweils untersuchten Zeitung erfunden und kurz charakterisiert werden soll.

Die vierte Stunde dient insofern der Ergebnissicherung und der Vertiefung der in der dritten Stunde gewonnenen Erkenntnisse, als in ihr eine Übersicht über die wichtigsten französischen Tageszeitungen ausgegeben, in Partnerarbeit arbeitsteilig erarbeitet (*Examinez: - l'histoire du journal, - la tendance politique, - d'autres particularités*) und anschließend im Plenum besprochen wird. Außerdem werden anhand von Statistiken die Auflagenstärken von Tageszeitungen in Frankreich und Deutschland im Vergleich gezeigt; wichtig ist hier, dass die Schüler die Übermacht der Bild-Zeitung in Deutschland erkennen, was Anlass zu einer Reflexion über die Boulevardpresse in der Bundesrepublik gibt. Am Ende der Stunde werden zentrale Ergebnisse durch die beiden Fragen „*Quels sont les journaux les plus réputés?*» und «*Quels sont les journaux les plus lus?*" sichergestellt. Angesichts der Ankündigung einer Rechenschaftsablage über Grundzüge der französischen Zeitungslandschaft sowie zu vertieften Kenntnissen über eine, frei wählbare große Tageszeitung kann von der Stellung einer schriftlichen Hausaufgabe abgesehen werden.

Nach der Rechenschaftsablage ähnelt die fünfte Unterrichtseinheit im Aufbau sehr der dritten, mit dem grundlegenden Unterschied, dass nunmehr die Online-Ausgaben verschiedener französischer Tageszeitungen zu untersuchen sind. Der Fragebogen zielt nun zusätzlich auch darauf ab, die Schüler für Unterschiede zwischen Print- und Digitalversion zu sensibilisieren (vgl. Fragen 3 und 4) und zu einem eigenen Urteil über die beiden Versionen zu gelangen (Frage 5). Vorab werden den Schülern, aus Zeitgründen deduktiv, einige grundlegende Termini zu Layout und Inhalt einer Internetseite wie *la barre de navigation (verticale/ horizontale)*, *la recherche plein texte* oder *les archives (f.)* mit auf den Weg gegeben. Es ist für die Schüler besonders reizvoll, wenn jede Gruppe die zuvor in der Druckversion untersuchte digitale Zeitung analysiert, so dass ihre Mitglieder zu Experten für Tageszeitungen in ihren beiden Erscheinungsformen werden. Aus der Besprechung der Fragen 3 und 4 ergibt sich ein resümierendes Unterrichtsgespräch, aus dem Tafelbilder wie das folgende hervorgehen können:

le journal imprimé	**le journal en ligne**
- est plus complet	- les articles sont plus courts
- est bien écrit - est mieux structuré	- est écrit plus simplement/est plus facile à comprendre
- on peut le lire partout	- on met du temps pour allumer l´ordinateur/se connecter à Internet/accéder à la page du quotidien
- feuilleter un journal imprimé est plus facile que lire sur l´écran	- il est plus actuel parce que les nouvelles sont mises à jour régulièrement
- l'acheter chez le marchand de journaux peut être une habitude/ un rite (cf. le Petit Prince : «il faut des rites»)	- on choisit les articles que l´on veut lire - …
- …	
=> donne une impression statique	=> donne une impression dynamique

Die Aufgabe 5 wird in der Stellung der schriftlichen Hausaufgabe wieder aufgegriffen, in der ein *commentaire personnel* zur Frage: „Se contenter d'un journal en ligne – qu'en pensez-vous?“ verlangt werden kann.

Zu Beginn der folgenden Unterrichtseinheit erfolgt ein Unterrichtsgespräch über Vertriebswege der Zeitungen in Deutschland und in Frankreich, in dem die Schüler aufgrund des bereits vorher vorhandenen oder im Laufe der Unterrichtsreihe erworbenen Vorwissens schnell von selbst auf die zentrale Rolle des *kiosque à journaux* und der *maison de la presse* kamen. Im Mittelpunkt der Stunde steht die Aufgabe, in Gruppen zwischen vier und sechs Personen ein Gespräch an einem Zeitungskiosk zu entwickeln. Die vollkommen offene Aufgabenstellung hat sich für diese Situation als sehr fruchtbar erwiesen. Am Ende der Stunde haben alle Gruppen die Gelegenheit, ihre Texte vorzutragen.

Die Unterrichtsreihe kann optional u.a. um folgende Elemente ergänzt werden: In einer weiteren Unterrichtseinheit kann auf das Vorwissen der Schüler aufgebaut werden und die französischen Bezeichnungen gängiger Stilmittel können selbst erschlossen werden, wodurch gleichzeitig Wortbildungsmechanismen erkannt werden. Zu jeder Stilfigur (*anaphore, asyndète, antithèse, chiasme, ellipse, enallage, hyperbate, hyperbole, ironie, litote, métaphore, métathèse, mé-*

tonymie, périphrase, pléonasme, synesthésie, zeugme, im Schülerheft mit Artikel und ggf. Genus) wird ein französisches Beispiel notiert; die *figures de rhétorique* sind dann auch Bestandteil späterer Rechenschaftsablagen. Während der Arbeit an den Stilfiguren wird bereits auf die Bedeutung der Metonymie in der Medien- und Pressesprache hingewiesen. Diese steht im Zentrum einer weiteren Unterrichtseinheit, in der die Schülerinnen und Schüler wiederum entdeckend im Internet arbeiten konnten. Auf der Seite www.culture.gouv.fr/culture/dglf/presse/mots_journalistes.htm (14.01.2008) stellt das französische Kulturministerium ein Korpus von 20 Zeitungstiteln vor, die jeweils eine oder mehrere Metonymien enthalten (z.B. *l'Elysée, le quai d'Orsay, l'équipe tricolore* etc.). Durch Anklicken von „Voir la ‚traduction'" gelangt man zu einer Auflösung des Satzes, in der die betreffende Metonymie in standardsprachliches Französisch ‚rückübersetzt' ist und unter der sich eine Erklärung der jeweiligen Metonymie findet. Die Schüler sollten z.B. in Partnerarbeit Hypothesen anstellen und erst dann auf „*Voir la traduction*" klicken, wenn sie sich auf eine Lösung festgelegt haben. Dann sollen sie die jeweiligen Erklärungen lesen und schließlich eine Liste von zehn Metonymien (einschließlich ihrer Übersetzung) erstellen, die sie für besonders bedeutend und lernenswert halten. Zur Versprachlichung ihrer Erkenntnisse sollte man den Schülern den Ausdruck „*par xyz on entend abc*" mit auf den Weg geben. Zur Ergebnissicherung oder am Beginn der Folgestunde zur Wiederholung wird eine Folie mit folgenden (erfundenen) Schlagzeilen aufgelegt, die von den Schülern „übersetzt" und erklärt werden mussten:

Beau temps dans tout l´Hexagone (Météo France)
L´Elysée accueille le chancelier allemand (Le Figaro)
Les Tricolores champions du monde (L´Equipe)
Bercy compte son argent (Les Echos)
La Dame de Fer fête son anniversaire (Le Parisien).

Zusätzlich werden auf der Folie folgende Redemittel bereitgestellt, mit denen die Schüler ihren Übersetzungs- und Erklärungsbeitrag einleiten sollen.

Dans «Le Figaro» on peut lire …
Sur la Une du Figaro se trouve un article sur …
Le Figaro titre: «…»

In den folgenden Stunden kann das Dossier mit der Arbeit an literarischen Texten abgerundet werden. Hier werden zum einen traditionelle Textarbeit, zum anderen kreative Verfahren eingesetzt (z.B. Einstieg durch die Vorgabe von Schlüsselwörtern mit Möglichkeit der Hypothesenbildung, Anregung, ein Gedicht zu verfassen).[7]

Sinnvoller Weise kann die Unterrichtsreihe über Presse auch in ein Langzeit-Projekt überführt werden und dazu dienen, die Aktualität Frankreichs regelmäßig punktuell ins Unterrichtsgeschehen einzubeziehen: Nach Abschluss der Einheit kann jede Woche einem Schüler auf freiwilliger Basis die Möglichkeit gegeben werden, eine fünf- bis zehnminütige „Presse-" oder „Wochenschau" zu liefern. Diese Aufgabe besteht darin, zwei bis drei in verschiedenen französischen Tageszeitungen – auch in deren Online-Versionen – recherchierte Themenkomplexe des jeweils einwöchigen Berichtszeitraumes vor den anderen Schülern der Klasse zusammenzufassen. Die Quellen sind zu benennen; außerdem gehört es zu der Aufgabe der Schülerin bzw. des Schülers, pro Themenkomplex etwa fünf bis höchstens zehn Wörter oder ggf. auch Namen zur Verständniserleichterung zu besprechen.

3. Abschließende Wertung und Ausblicke

Grundsätzlich ist festzustellen, dass die skizzierte Unterrichtssequenz bei den Schülern immer wieder auf sehr großen Zuspruch stößt. Dies betrifft natürlich insbesondere die Untersuchung der gedruckten und der online verfügbaren Tageszeitungen, aber auch die Analyse der Metonymien im Internet. Ich gehe daher davon aus, dass diese Einheit eine Grundlage darstellt, um sich auf der Oberstufe in sinnvoller und vertiefender Weise mit Pressetexten auseinander zu setzen und so das eingangs konstatierte „Presse-Paradox" zu überwinden.

Bibliographie

Fachwissenschaftliche Beiträge

ALBERT, Pierre. 2004. *La presse française*. Paris: La documentation française.
BALLE, Francis. [8]1997. *Médias et Sociétés. De Gutenberg à Internet*. Paris: Montchrestien.

[7] Eine genauere Darstellung würde den Rahmen dieses Aufsatzes sprengen. Als Ausgangstexte eignen sich u.a. medien- und pressebezogene Ausschnitte aus Michel Tournier, *Le bonheur en Allemagne?*, Philippe Delerm, *La première gorgée de bière et autres plaisirs minuscules* sowie Stephan Eicher, *Déjeuner en paix*.

BUCHER, Hans-Jürgen. edd. 2001. *Die Zeitung zwischen Print und Digitalisierung*. Wiesbaden: Westdeutscher Verlag.

BUNDESZENTRALE FÜR POLITISCHE BILDUNG. ed. 2005. *Frankreich*. Bonn (Informationen zur politischen Bildung; 285).

CHARON, Jean-Marie. 1996. *La presse quotidienne*. Paris: La Découverte.

DIPPON, Peter & GROßE, Ernst Ulrich. 2003. „La presse quotidienne régionale en France et en Allemagne“, in: Große & Seibold, 151-192.

FRENKEL, Cornelia & LÜGER, Heinz-Helmut & WALTERSDORFF, Stefan. 2004. *Deutsche und französische Medien im Wandel*. Landau: Knecht.

GROßE, Ernst Ulrich. 1996a. „La vitrine des journaux: Sémiotique de la Une“, in: Große & Seibold, 15-31 (= Große 1996).

GROßE, Ernst Ulrich. 2001. „Frankreichs Tagespresse. Vom schwarzweißen ‚Blätterwald‘ zur bunten Vielfalt der Print- und Online-Angebote“, in: Bucher,103-127.

GROßE, Ernst Ulrich & LÜGER, Heinz-Helmut. ^{5}2002. *Frankreich verstehen*. Darmstadt: Wissenschaftliche Buchgesellschaft.

GROßE, Ernst Ulrich & SEIBOLD, Ernst. edd. ^{2}1996 bzw. ^{1}1994. *Panorama de la presse parisienne. Histoire et actualité, genres et langages*. Frankfurt a.M. et al.: Peter Lang (= Große & Seibold 1996a).

GROßE, Ernst Ulrich & SEIBOLD, Ernst. 1996a. „Typologie des genres journalistiques“, in: Große & Seibold, 32-60 (= Große & Seibold 1996b).

GROßE, Ernst Ulrich & SEIBOLD, Ernst. edd. 2003. *Presse française, presse allemande. Études comparatives*. Paris: L'Harmattan.

KOCH, Ursula E. & SCHRÖTER, Deltlef & ALBERT, Pierre. ^{2}1994. edd. *Deutsch-französische Medienbilder. Images médiatiques franco-allemandes – Un dialogue entre journalistes et chercheurs. Journalisten und Forscher im Gespräch*. München: Fischer.

KOLBOOM, Ingo & KOTSCHI, Thomas & REICHEL, Eduard. Edd. ^{2}2003. edd. *Handbuch Frankreich. Sprache – Literatur – Kultur – Gesellschaft*. Berlin: Schmidt.

LABEL FRANCE 12, 1994 („La presse à la française“).

LIEHR, Günter. 2003. „Massenmedien in Frankreich“, in: Kolboom & Kotschi & Reichel, 525-532.

LÜSEBRINK, Hans-Jürgen. ^{2}2003. *Einführung in die Landeskunde Frankreichs*. Stuttgart & Weimar: Metzler.

LÜSEBRINK, Hans-Jürgen et al. 2004. *Französische Kultur- und Medienwissenschaft. Eine Einführung*. Tübingen: Narr.

RASSAT, Marc. 1994. „Internationalisation de la presse magazine: historique, situation actuelle et perspectives d'évolution“, in Koch & Schröter & Albert, 51-73.

SCHMIDT, Bernhard et al. ^{2}2005. *Frankreich-Lexikon. Schlüsselbegriffe zu Wirtschaft, Gesellschaft, Politik, Geschichte, Kultur, Presse- und Bildungswesen*. Berlin: Schmidt.

SCHMITT, Michael & GROßE, Ernst Ulrich. 2003. „L'internationalisation de la presse magazine“, in: Große & Seibold, 241-266.

SEIBOLD, Ernst. 2003. „Un beau rêve qui tourne au cauchemar? Une approche innovante des versions en ligne des quotidiens et magazines“, in: Große & Seibold, 345-377.

STEFANI-MEYER, Georgette. 2004. „Printmedien“, in: Lüsebrink, 53-84.

WESTHOFF, Veronika. 2003. „La presse suprarégionale en France et en Allemagne“, in: Große & Seibold, 43-82.

Fachdidaktische und methodische Beiträge

EGAS, Pascale. 1998. „Travailler avec les faits divers", in: *Der fremdsprachliche Unterricht Französisch* 33, 12-15.

GIRON, Olivier. 1998. „La presse française pour la jeunesse", in: *Der fremdsprachliche Unterricht Französisch* 33, 22-27.

GRENIER, Régis. 1998. „Les magazines pour jeunes: une mine de documents authentiques", in: *Der fremdsprachliche Unterricht Französisch* 33, 18-21.

HAGGE, Helmut P. & LEUPOLD, Eynar & VIGNAUD, Françoise. 1998. edd. *La presse à l'école*. Seelze: Friedrich (*Der fremdsprachliche Unterricht Französisch*; 33).

HILLENBRAND, Astrid. „La presse française sur Internet", in: *Lehrer online*, 30.01.2002, www.lehrer-online.de/la-presse.php (14.01.2008).

LÜGER, Heinz-Helmut. 1979. *La presse française – ein landeskundliches Paradigma für den Französischunterricht*. Gerbrunn: Lehmann..

REIMANN, Daniel. 2005. „La stampa quotidiana italiana – eine medienkundliche Unterrichtssequenz für die Oberstufe", in: *Italienisch* 54, 72-93.

VIGNAUD, Marie-Françoise. 1998. „Presse, radio et télé, au service de l'info", in: *Der fremdsprachliche Unterricht Französisch* 33, 28-32.

Lehrwerke und Unterrichtsmaterialien

Oberstufenlehrwerke

ADER, Wolfgang et al. 1997. *Études Françaises – Nouveaux Horizons 1. Ausgabe B*. Stuttgart: Klett.

KRAMER, Karin et al. 2000. *Reflets de la France. Nouvelle Edition*. Berlin: Cornelsen.

MÖßER, Thomas et al. [2]2004 ([1]1998). *Parcours. Französisch für die Oberstufe*. Berlin: Cornelsen.

Landeskundliche Themenhefte

GROßEROHDE, Paul & RANG, Hans-Joachim. 1991. *Les mass media en France*. Berlin: Cornelsen.

MICHAELSEN, Hinrich. 1973. *La presse française*. Berlin: Cornelsen-Velhagen & Klasing.

STEINBRINK, Christoph & STEINBRINK, Joelle. [2]1978. *La presse en France*. Frankfurt a.M. et al.: Diesterweg.

La presse et les médias en France

Définitions
(et quelques notes sur l´usage du dictionnaire monolingue)

PRESSE [pRɛs] n.f. – 1050 ; de *presser* [...]
II. (déb. XIIe) **1.** Dispositif, mécanisme destiné à exercer une pression sur un solide pour le comprimer ou y laisser une impression. [...] **2.** SPECIALT Machine destinée à l´impression typographique. [...] SOUS PRESSE. *Mettre sous presse :* donner à imprimer ou commencer à imprimer. *À l´heure où nous mettons sous presse. Ouvrage sous presse*, à l´impression. – (Dans le nom d´une maison d´édition) *Les Presses de la Cité, Presses Universitaires de France (PUF).*
3. (1765) Ce que la presse typographique imprime, impression de textes. *Liberté de la presse :* liberté d´imprimer et de diffuser. « *Y a-t-il rien de plus tyrannique par exemple, que d´ôter la liberté de la presse ?* » (Volt.). *Lois sur la presse.* [...] ◊ PRESSE PERIODIQUE, ABSOLT PRESSE : l´ensemble des publications périodiques et des organismes qui s´y rattachent. [...] *Agence de presse*, chargée de fournir des informations aux journaux. *L´Agence France-Presse (A.F.P.)* [...] – *Presse écrite* (journaux), *presse parlée* (radio), *presse télévisée* (télévision) => **média.** [...] *La grande presse :* la presse à grand tirage (les grands quotidiens d´information). *La presse parisienne. La presse de province. La presse du soir. La presse à sensation. La presse du cœur :* les magazines sentimentaux. *La presse féminine.*
PAR METON. Les journalistes. [...] *Conférence de presse.* ◊LOC. *Avoir bonne, mauvaise presse :* avoir des commentaires flatteurs ou défavorables dans la presse. [...]

MÉDIA [medja] n.m. – 1965; abrév. de l´anglais *mass media* « *moyens* de communication de *masse*». Moyen de diffusion, de distribution ou de transmission de signaux porteurs de messages écrits, sonores, visuels (presse, cinéma, radiodiffusion, télédiffusion, vidéographie, [...], télécommunication, Internet, etc.) => **communication, information**. *Les nouveaux médias.* – Plus cour. au pl. *Campagne publicitaire utilisant plusieurs médias* (=> **multimédia**). *Événement largement couvert par les médias. Un événement médiatique* (=> **médiatique ;** 2. **médiatiser**).

(d´après: *Le nouveau Petit Robert. Dictionnaire de la Langue Francaise.* Paris: Le Robert 1993, s.v. presse; média).

Sondage: Comment vous informez-vous?

1. Quel(s) média(s) préfères-tu pour t´informer sur les choses qui t´intéressent ?
   o Internet
   o la télé
   o la radio
   o des quotidiens (m.)
   o des magazines (m.)
   o ______________________________

2. Lis-tu régulièrement …
   … des quotidiens? o oui o non
   Si oui, lequel/lesquels ? ______________________________

   … des hebdomadaires ? o oui o non
   Si oui, lequel/lesquels ? ______________________________

   … des magazines ? o oui o non
   Si oui, lequel/lesquels ? ______________________________

3. Qu´est-ce que tu lis surtout dans un journal ?
   o la politique
   o l´économie (f.)
   o le sport
   o la culture
   o les faits divers (m.)
   o les informations locales
   o ______________________________

4. Pourquoi lis-tu des journaux ou des magazines ?
   o pour me distraire (sich zerstreuen)
   o pour m´informer
   o pour savoir ce qui se passe autour de moi
   o pour pouvoir discuter avec mes amis ou en famille
   o ______________________________
   o ______________________________

5. Quel journal/quels journaux ou quel(s) magazine(s) lis-tu régulièrement ?
   ____
   ____

6. As-tu déjà lu un journal en ligne (eine Onlinezeitung) ?
   ____

La presse française – examinons un quotidien !

(________________________)

Examinez:

1. les rubriques
   (quelle(s) rubrique(s) domine(nt) ?)

2. quel type d´article prévaut ?
   (la nouvelle, le compte-rendu, le commentaire, l´interview, etc.)

3. la mise en page
   (la taille des caractères; en couleur/en noir et blanc;
   le rapport entre texte et images; des photos/ des caricatures)

4. Choisissez un article et examinez-le :
   Comment les faits sont-ils présentés dans «votre» journal ?
   (de façon approfondie/superficielle; objective/subjective;
   partiale/impartiale; introduits par des titres incitatifs/informatifs, etc. ?)

5. Essayez de classer le journal
   (est-ce un quotidien national/régional/local, un quotidien conservateur/progressiste; un quotidien d´information/économique/sportif; un quotidien «sérieux»/«populaire», etc. ?)

6. A votre avis, à quels lecteurs ce journal s´adresse-t-il ?

Devoir : Faites le portrait d´un lecteur/ d´une lectrice hypothétique de votre journal: Où le lit-il ? Il/ Elle le lit seul/e ou en compagnie ? Comment le lit-il/ -elle (de façon approfondie/ superficielle; feuilleter – durchblättern/ survoler – überfliegen) ? Quel est son métier ? Quels sont ses loisirs ?

Quotidiens en ligne

(__________________________)

Allez sur le site du quotidien que vous avez examiné la dernière fois et répondez aux questions suivantes :

1. Quelles sont les nouvelles les plus importantes qui se trouvent sur la page d'accueil ?

2. Parcourez les titres. Quelle sorte d´information domine ? (politique, sport, faits divers etc.)

3. Comparez la mise en page de l´édition en ligne avec celle de l´édition imprimée du journal. (le langage, le rapport entre texte et images, les couleurs)

4. Quel service supplémentaire le quotidien en ligne propose-t-il à ses lecteurs ?

5. Pour conclure, quelle version du journal préférez-vous ? Celle en ligne ou celle sur papier ?

« Il faut garder son calme et ses nerfs et utiliser des mots qui ne blessent pas. » (N. Sarkozy) – Aktuelle Aspekte des politischen Sprachgebrauchs in Frankreich

Andre Klump (Mainz)

1. Einleitung

Unser Nachbarland Frankreich blickt in diesen Tagen auf ein Jahr 2007 zurück, das auf der politischen Bühne durch die Präsidentschafts- und Parlamentswahlen geprägt war und mit Staatspräsident Nicolas Sarkozy und Premierminister François Fillon eine neue politische Führung sowie eine konservative Mehrheit im Parlament, Senat und Verfassungsrat hervorgebracht hat.

Der Wahlkampf – insbesondere um das Amt des Präsidenten – wurde mit eröffnenden Grundsatzreden der Kandidaten, zahlreichen Massenwahlkampfveranstaltungen, Interview-Fernsehsendungen, Internetvideos und omnipräsenten Wahlkampfslogans instrumenten- und strategienreich geführt und hat wie auch die anschließenden programmatischen Reden vor dem Parlament und der Nationalversammlung gezeigt, dass das Ringen um die politische Macht in Frankreich zugleich auch immer ein politischer Kampf um die Sprache ist.

Im Rahmen dieses Beitrags sollen nunmehr anhand von Wahlslogans, markanten Schlagwörtern, Personifikationen von Politik, metasprachlichen Äußerungen und intertextuellen Bezügen einige sprachliche Facetten des letztjährigen politischen Geschehens in Frankreich aufgezeigt werden.

2. Sprache und Politik[1]

Der Themenkomplex Sprache und Politik stellt in der modernen Sprachwissenschaft einen eigenständigen Forschungsbereich dar, der die Sprache und das sprachliche Handeln in der öffentlich-politischen Kommunikation beschreibt. Sowohl die lexikonorientierte als auch die textbezogene Richtung der Sprache-und-Politik-Forschung haben durch die kommunikativ-pragmatische Wende der

[1] Als allgemeine Einführungen in den Themenkomplex „Politischer Sprachgebrauch“ eignen sich besonders Dieckmann (1969) und Girnth (2002).

Zeitschrift für Romanische Sprachen und ihre Didaktik 2,1 (2008), 97-106.

70er Jahre eine Erweiterung um die kontextuelle Dimension erfahren und stellen heute gemeinhin einen Bezug zur konkreten Sprechsituation her.

Die politische Sprachverwendung ist durch bestimmte Merkmale wie Öffentlichkeit, Eigen- und Fremdgruppenbezogenheit, Einstellungs- und Bewertungsäußerungen sowie Konsens- und Dissensstreben gekennzeichnet. Aus den diversen Handlungsfeldern des politischen Geschehens ergeben sich entsprechende Textsorten, in denen die kommunikativen Verfahren des Werbens, Überzeugens, Argumentierens, Legitimierens und Profilierens in unterschiedlicher Gewichtung zur Anwendung kommen.

3. Analysierte Texte

Die für diese Studie ausgewerteten Textgattungen der Wahlkampfrede und -debatte, Antrittsrede, Regierungserklärung und Stellungnahme aus dem Zeitraum November 2006 bis Oktober 2007 stehen ganz im Zeichen des Wahlkampfs bzw. des programmatischen Ausblicks und werden daher vorrangig durch die informativ-persuasive Sprachfunktion bestimmt. Die Untersuchung konzentrierte sich dabei auf den politischen Sprachgebrauch der beiden aussichtsreichsten Präsidentschaftskandidaten, Ségolène Royal und Nicolas Sarkozy, sowie den des neu gewählten französischen Ministerpräsidenten François Fillon:

Analysierte Texte

1) L'interview de Nicolas Sarkozy (*Le Figaro*, 29 novembre 2006)
2) Programme « Ensemble tout devient possible » de Nicolas Sarkozy (2 avril 2007)
3) L'interview de Ségolène Royal (*Le Monde*, 30 avril 2007)
4) Débat télévisé entre Ségolène Royal et Nicolas Sarkozy (2 mai 2007)
5) Allocution de Nicolas Sarkozy à l'occasion de la cérémonie d'installation (16 mai 2007)
6) Discours au parlementaires de la majorité de François Fillon (22 mai 2007)
7) Déclaration de politique générale de François Fillon (3 juillet 2007)
8) Intervention de M. le Président de la République devant les parlementaires de la majorité (3 octobre 2007)
9) Vœux en direct de M. Nicolas Sarkozy, Président de la République (31 décembre 2007)

4. Aspekte des gegenwärtigen politischen Sprachgebrauchs

> « La politique est, depuis la nuit des temps, une affaire de jeu avec les mots. Platon déjà fustigeait les sophistes, ces antiques "conseillers en communication" qui monnayaient leurs services linguistiques auprès des politiciens de l'époque, leur enseignant comment accommoder la Vérité à leurs fins. Les choses n'ont guère changé. »[2]

Dass politisches Handeln auch immer zugleich sprachliches Handeln ist, zeigt sich gerade im Wahlkampf, der insbesondere durch das Herausstellen der eigenen Position und das Abwerten der gegnerischen bestimmt wird. Im Folgenden werden verschiedene Aspekte des sprachlichen Ringens um Expressivität, Einfluss und öffentliche Wirkung aufgegriffen und anhand von konkreten Beispielen aus dem französischen Wahljahr 2007 illustriert.

4.1. Wahlslogans

Mit dem offiziellen Beginn des Präsidentschaftswahlkampfes am 9. April 2007 setzte die Phase der Plakatierung öffentlicher Werbebotschaften ein, die durch einprägsame und wirkungsvoll formulierte Wendungen verdichtet wurden. Während François Bayrou als Kandidat der UDF mit dem Slogan „La France de toutes nos forces" die Nation und die Kraft aller in den Vordergrund rückte, beschränkte sich der Vorsitzende des Front National, Jean-Marie Le Pen, auf den ebenso kurzen wie unmissverständlichen Appell „Votez Le Pen". Nicolas Sarkozy von der konservativen gaullistischen UMP hingegen beabsichtigte mit seinem Motto „Ensemble tout devient possible" bei den französischen Wählern ein Gemeinschaftsgefühl sowie Vertrauen in künftige Projekte zu wecken. Dem französischen Ausdruck *slogan* in seinem vollen Bedeutungsumfang, zu deutsch: 'Slogan' aber auch: 'Schlagwort', entspricht am ehesten das von der sozialistischen Kandidatin Ségolène Royal geprägte Nominalgefüge „La France présidente". Dieses betont neben der Nation auch ihre Weiblichkeit und steht als elliptische Bildung für die Wendung „La présidente pour toute la France". Royal selbst schlüsselte den Wahlslogan in einem späteren Interview wie folgt auf:

> « Je veux *une France rassemblée* et pas les Français dressés les uns contre les autres. Je veux être *présidente d'une France apaisée et énergique.* »
>
> (Ségolène Royal, 30 avril 2007)

---

[2] Calvet & Véronis (2006, 9).

4.2. Schlagwörter

Als das bedeutendste und auffälligste sprachliche Phänomen der öffentlich-politischen Kommunikation gilt das sog. „Schlagwort", das insbesondere seit Erscheinen der viel beachteten Arbeit von Walther Dieckmann im Jahr 1969 ein zentrales Untersuchungsfeld der Sprache-und-Politik-Forschung darstellt. Zu den politischen Schlagwörtern zählen gemeinhin diejenigen Ein- oder Wenigwortausdrücke, die politische Sachverhalte, Lösungen und Visionen in prägnanter und zumeist leicht verständlicher Form bezeichnen und sich in der öffentlichen Auseinandersetzung als hochfrequent erweisen. Im Gegensatz zu den sog. Symbolwörtern, die historisch gewachsen und eng mit den Wertvorstellungen einer Volksgemeinschaft verwurzelt sind (wie z.B. *démocratie*, *liberté*, *droits de l'homme*), bezieht das aus einem ursprünglich unmarkierten Ausdruck entstandene Schlagwort seinen expressiven Charakter aus der politischen Aktualität des mit ihm verbundenen Sachverhaltes.[3]

4.2.1. *Rupture tranquille*

Wohl kaum ein Ausdruck hat bereits im Vorfeld des offiziellen Präsidentschaftswahlkampfes die Wogen derart hoch schlagen lassen, wie jener der „rupture tranquille", also der von Nicolas Sarkozy ins Spiel gebrachte „allmähliche, sanfte Bruch" mit dem aufwendigen französischen Sozialsystem. Nachdem Sarkozys Forderungen nach einer Abkehr von der bisherigen französischen Politik von einem Großteil der Bevölkerung aus Angst vor tiefgreifenden strukturellen Veränderungen abgelehnt wurde, versuchte er den negativ konnotierten Ausdruck *rupture* in seinem Interview vom 29. November 2006 aufzuwerten und zugleich mit Hilfe des positiv besetzten Adjektivs *tranquille* abzuschwächen. Das Programm der *rupture tranquille* sollte fortan für einen langfristigen politischen Richtungswechsel zur Überwindung von Ungerechtigkeit und Fortschrittsfeindlichkeit stehen:

> **« Le mot *rupture* fait-il encore partie du vocabulaire de Nicolas Sarkozy ? »**
> « Oui car je veux *rompre* avec une façon de faire de la politique. *Rompre*, ce n'est pas la crise.[...] Je veux *rompre* avec l'idée que l'on peut travailler moins et gagner plus, qu'en accueillant tout le monde, on peut intégrer convenablement, qu'on démocratise l'en-

---

[3] Vgl. Toman-Banke (1996, 54) und Girnth (2002, 52-53).

seignement en abaissant le niveau des diplômes. A mon poste de ministre, j'ai profondément changé les choses. Je veux remettre la société française en mouvement. [...] Je veux une *rupture tranquille.* »

4.2.2. Schlagwörter zum Ausdruck politischer Vorgehensweisen

In der öffentlich-politischen Kommunikation werden gegenwärtig in Frankreich zahlreiche Ausdrücke verwendet, die auf der Basis des Substantivs *politique* gebildet wurden. Im Gegensatz zu ihren deutschen – vorrangig auf dem Verfahren der Nominalkomposition beruhenden – Entsprechungen wie *Energiepolitik, Kommunalpolitik, Parteipolitik* verbinden die französischen Ausdrücke das Lexem *politique* mit diversen Substantiven in präpositionalen Komposita wie auch mit relationellen Adjektiven. Auch besteht die Möglichkeit, diesen Ausdruck im Plural im Sinne von 'politische Maßnahmen, Anstrengungen' zu verwenden. Die folgenden Bildungsmuster fanden sich alleine in den öffentlichen Äußerungen von Nicolas Sarkozy:

a) *politique* + *de* + Substantiv: *la politique ...*
de sécurité, de santé publique, d'immigration, de la fin de vie (2), *de l'immigration commune, de l'énergie, de la sécurité commune, des sanctions, d'union de la communauté internationale* (4), *de réforme, de baisse du pouvoir d'achat, de hausse des impôts* (8), *de civilisation* (9)

b) *politique* + Adjektiv: *la politique ...*
économique, migratoire, industrielle, énérgétique (2), *salariale des branches* (4), *coloniale, sociale, monétaire* (8)

c) *politiques* + *de* + Substantiv / + Adjektiv: les politiques ...
de solidarité, antérieures, sociales ambitieuses (2), *publiques* (8)

In den vorgenannten Beispielen wurde die Politik entweder durch das Ziel oder den Gegenstand des entsprechenden politischen Handelns, den Bereich, in dem sich dieses Handeln vollzieht oder durch den Handlungsträger charakterisiert. Politische Schlagwörter, die den Ausdruck *politique(s)* als Kernelement führen, werfen demgegenüber zumeist ein Schlaglicht auf die dem politischen Handeln zu Grunde liegenden Verhaltensweisen und Maximen. Gerhard Schröder kündigte 2001 die „Politik der ruhigen Hand“ an, Angela Merkel vier Jahre später die „Politik der kleinen Schritte“.[4] Nicolas Sarkozy prägte in diesem Jahr starke politische Gegensatzpaare, mit denen das eigene Tun ungemein positiv und das der Gegnerin entsprechend negativ dargestellt wurde. So lehnte er konkret die

---

4 Vgl. Girnth (2002, 58f.) und Skirl & Schwarz-Friesel (2007, 76-77).

Formen der *politique d'austérité*, der *politique de rigueur*,[5] der *politique de sacrifices* oder der *politique sacrificielle* ab und beschwor im Gegenzug die von ihm initiierte *politique de réforme* bzw. *politique d'effort*:

- « L'objectif, c'est de mettre en place *une politique d'effort* où tout le monde a quelque chose à gagner et non *une politique sacrificielle*, où tout le monde a quelque chose à perdre. »
- « Si, je crois dans la rigueur de la gestion, mais je récuse *la politique de rigueur*, qui est *une politique d'austérité, une politique de sacrifices*. »
- « Il y a, en revanche, une volonté de réforme, une stratégie de réforme, *une politique de réforme*. » (alle in 8)

Die vorgenannten deutschen Beispiele basierten auf der Organmetaphorik und sollten mit dem Bild der „ruhigen Hand" und „der kleinen Schritte" bestimmte positive Merkmale wie Stetigkeit, Verlässlichkeit und Reflexion evozieren. In Frankreich waren es demgegenüber mit *rigueur* 'Strenge, Unerbittlichkeit, Unnachsichtigkeit, Unnachgiebigkeit', *austérité* '(Sitten-)Strenge, moralische Strenge' und *sacrifices* '(finanzielle) Opfer' primär negativ konnotierte Abstrakta, die zur Diskreditierung des politischen Handelns der Fremdgruppe dienten.

Ein analoges – und zugleich positiv besetztes – Bildungsmuster zur *politique de réforme* findet sich in der Wendung *gouvernement d'ouverture* (6), die François Fillon vor den Parlamentswahlen in Aussicht stellte.

4.3. Personifikation von Politik und hyperbolische Wendungen

Um den sehr abstrakten Begriff der Politik den Wählern näher zu bringen bzw. vertrauenswürdiger und transparenter zu gestalten, bedienten sich die politischen Akteure immer wieder der rhetorischen Figur der Personifikation. So sollte beispielsweise laut Sarkozy die Politik wieder „rehabilitiert" und die Franzosen wieder ihr „versöhnt" werden (a). Schließlich hätten viele Franzosen den Eindruck, dass sich die Politik „über sie lustig mache" (b). Auch „traue" sich die Politik seit geraumer Zeit nicht, offen über bestimmte traditionelle Werte wie Arbeit, Rechtschaffenheit, Brüderlichkeit zu „sprechen" (c). Insofern habe man laut François Fillon nunmehr die Möglichkeit, der Politik wieder „Leben einzuhauchen und neuen Auftrieb zu verleihen" (d).

[5] Die Ausdrücke *politique d'austérité* und *politique de rigueur* wurden bereits in den 80er Jahren des vergangenen Jahrhunderts verwendet (vgl. Eggs 1991, 93/99/130).

Das Stilmittel der Personifikation wurde zudem bewusst eingesetzt, um die vermeintlich negative Interpretation des zentralen Begriffs der *rupture* frühzeitig zu unterbinden. Ziel der *Rupture*-Politik sei demnach nach Sarkozy weder ein Bruch, der eine Gesellschaft „misshandele", noch eine Reform, die sie „demütige" (e). Die Politik wird demnach als menschliches Wesen betrachtet, dessen Verhalten man durch Maßnahmen positiv oder negativ beeinflussen kann:

a) « C'est la seule manière de *réhabiliter la politique*, de *réconcilier les Français avec la politique.* » (8)
b) « Tant de Français [...] voulaitent exprimer par leur vote le rejet d'une politique dont ils avaient le sentiment qu'*elle se moquait d'eux.* » (8)
c) « Cela fait des années que *la politique n'ose même plus en* [= des valeurs] *parler.* » (2)
d) « Nous avons aussi la chance de pouvoir *redonner plus de souffle et plus de cœur à la politique.* » (6)
e) « Je veux la réforme. Je veux qu'elle soit une rupture. Mais je ne veux pas *une* [sic] *rupture qui brutalise une société* qui n'en n'a pas besoin. Je ne veux pas d'*une réforme qui humilie.* » (8)

Eine emotionale Wirkung ganz anderer Art, nämlich die Furcht vor der drohenden Katastrophe, wurde zuweilen durch hyperbolische Wendungen erzielt. Frankreich müsse – so Nicolas Sarkozy in TV-Rededuell mit Ségolène Royal – zwar ein „offenes Land" („un pays ouvert") bleiben, könne aber keineswegs das „ganze Elend der Welt" („toute la misère du monde") aufnehmen. Auch würde der EU-Beitritt der Türkei dem „Tod des politischen Europas" („la mort de l'Europe politique") gleichkommen. Ähnlich drastische Worte wählte Premierminister Fillon am 21. September 2007, als er anlässlich seines Besuchs auf Korsika Frankreich als „État [...] en situation de faillite" charakterisierte. Selbst mit einem negativ besetzten Nominationsausdruck aus dem Bereich des Finanzwesens (zu deutsch: „Bankrott") versuchten die Akteure demnach, das Szenario des Endzeitstadiums zu beschwören, um das eigene politische Handeln zu legitimieren.

4.4. Metasprachliche Äußerungen

Der „Kampf mit und um die Sprache" in der aktuellen französischen Politik manifestiert sich besonders deutlich in denjenigen Äußerungen, bei denen an Stelle der politischen Sachverhalte einzelne sprachliche Aspekte in den Vordergrund gerückt werden. Eine besondere Thematisierung erfuhren in den hier zu Grunde liegenden Texten zum einen bestimmte Wörter oder Zitate, zum anderen die Art und Weise des individuellen Sprechstils.

Es waren vorrangig eigene, z.T. ambige und provozierende Schlüsselwörter und -thesen, mit denen die politischen Akteure im Interview und in der politischen Diskussion konfrontiert wurden. Gerade Ségolène Royal brachte im Rahmen des TV-Duells immer wieder frühere Ausdrücke und Aussagen Sarkozys ins Spiel, die eine konzeptuelle Umdeutung erfuhren bzw. deren inhärente Programmatik grundsätzlich in Frage gestellt wurde:

Ségolène Royal:

- « En 2002, Monsieur Sarkozy, vous aviez parlé de la *tolérance zéro*, les Français s'inquiètent beaucoup de la montée des violences et des agressivités dans la société française. »
- « C'est *zéro délinquant*, vous l'avez dit en 2002. »
- « Vous dites "Je vais remettre à plat la loi Fillon.", cela signifie que vous revenez sur ce qui a été le travail du gouvernement Balladur et du gouvernement Raffarin pour obtenir le financement pérenne de nos régimes de retraite. »

Nicolas Sarkozy:

- « Mme Royal ose employer le mot "immoral." C'est un mot fort. »

Nicolas Sarkozy nutzte derweil die Gelegenheit, seine Deutung bestimmter Begriffe unmissverständlich zu formulieren, um diesbezüglich keine (weitere) metasprachliche Diskussion aufkommen zu lassen:

Nicolas Sarkozy:

- « Un mot sur une expression que les Français ont peut-être mal compris, c'est le *bouclier fiscal*. Si je suis président de la République, j'en fixerai un à 50 %. Mon idée est que nul en France ne doit se voir prélever plus de la moitié de ce qu'il a gagné dans l'année. Au fond, on travaillerait du 1er janvier au 30 juin pour l'Etat, et à partir du 1er juillet jusqu'au 31 décembre pour sa famille. Cela me semble raisonnable. »
- « Je voudrais aussi une *République irréprochable*. Qu'est-ce que cela veut dire ? Cela veut dire une République où les nominations seront le fait de la compétence et non pas de la connivence. »

Die sprachkritischen Bemerkungen im Fernsehduell zwischen Ségolène Royal und Nicolas Sarkozy bezogen sich überdies explizit auf die jeweilige Ausdrucksweise der Kontrahenten. So wurde Sarkozy wiederholt vorgeworfen, sich zu sehr in Wortspielen zu ergehen und Begriffe aus dem Kontext zu reißen:

Ségolène Royal:

- « *Ne jouez pas sur les mots ni sur la misère des gens.* »
- « *Ne retirez pas les phrases de leur contexte.* »

Im Gegenzug forderte Sarkozy seine politische Gegenspielerin dazu auf, die Ruhe zu bewahren und verletzende Worte zu vermeiden:

Nicolas Sarkozy:

- « Il faut garder son calme et ses nerfs et *utiliser des mots qui ne blessent pas.* »

Überdies warf er ihr mehrfach vor, unpräzise zu argumentieren, um die Maxime der Sprachpräzision schließlich für sich zu reklamieren:

Nicolas Sarkozy:

- « Mme Royal [...] risque [...] ne pas être assez *précise.* »
- « La *précision* n'est pas inutile dans le débat public pour que les Français comprennent ce qu'on veut faire. »
- « Je pense que les Français attendent de nous de la *précision.* »
- « C'est une *précision* bouleversante. Vous ne pouvez pas donner de chiffre ? »
- « Je veux être *précis*, concret. »

4.5. Intertextualität und analoge Strukturen

Keine politische Rede steht für sich, sondern auch immer im Kontext anderer politischer Äußerungen. Die hieraus resultierenden textuellen und sprachlichen Verknüpfungen können entweder in Form von offenen Anspielungen oder verdeckten Analogien zu Tage treten.

So diente unzweifelhaft der Mitterrandsche Wahlslogan „Force tranquille" aus dem Jahre 1981 als Vorbild für Sarkozys Schlagwort der „Rupture tranquille". Zudem könnte auch der formal und semantisch vergleichbare Ausdruck der „Révolution tranquille", der die Epoche der Modernisierung und des Identitätswandels im Québec der sechziger Jahre des vergangenen Jahrhunderts bezeichnet, hierfür Pate gestanden haben.

Übereinzelsprachliche Parallelen sind zuweilen nur schwer zu identifizieren und bleiben häufig im Verborgenen. Vergleicht man beispielsweise bestimmte Wahlkampfzitate von Ségolène Royal und Nicolas Sarkozy mit entsprechenden Schlüsselthesen aus den Antrittsreden von Angela Merkel (30. November 2006) und Horst Köhler (1. Juli 2004), so zeigen sich inhaltliche und formale Übereinstimmungen, die eventuell in einen chronologischen Zusammenhang gebracht werden könnten:

S. Royal: « Je *veux être au service de la France.* » (Débat, 02.05.2007)
A. Merkel: „Ich habe gesagt: *Ich will Deutschland dienen.*" (Antrittsrede, 30.11.2005)

N. Sarkozy: « *Ensemble* tout devient *possible.* » (Leitspruch des Wahlprogramms)
A. Merkel: „Überraschen *wir* uns also damit, was *möglich* ist." (Antrittsrede, 30.11.2005)
H. Köhler: „*Wir* können in Deutschland vieles *möglich* machen." (Antrittsrede, 01.07.2004)

5. Schlussbetrachtung und Ausblick

Die Verknüpfung von Sprache und Politik wurde in der deutschsprachigen Romanistik in den letzten Jahrzehnten primär im Hinblick auf die Sprach- und Sprachenpolitik untersucht. Im Zentrum dieses Beitrags standen demgegenüber die sprachlichen Partikularismen der gegenwärtigen politischen Diskussion in Frankreich. Ob kulturbezogene Schlag- und Schlüsselwörter wie dt. *Elterngeld*, frz. *passeport culture* oder span. *política del agua*, ob bevorzugte rhetorische Mittel in der Rede, spezifische Textsorten wie die Antrittsrede oder Neujahrsansprache, der Schlagabtausch in der öffentlichen Debatte und auch die (möglicherweise unfreiwillige) Entstehung und Verbreitung von Neologismen wie im Falle von *bravitude* (Ségolène Royal) – an diesen sowie den im Rahmen der vorliegenden Studie konkret beleuchteten Aspekten lässt sich ablesen, wie vielfältig der politische Sprachgebrauch ist und welche zahlreichen einzel- und übereinzelsprachlichen, historischen und synchronen Ansätze sich hieraus für weitere Forschungsvorhaben ergeben.

Bibliographie

CALVET, Louis-Jean & Véronis, Jean. 2006. *Combat pour l'Élysée. Paroles des prétendants.* Paris: Seuil.

DIECKMANN, Walther. 1969. *Sprache in der Politik. Einführung in die Pragmatik und Semantik der politischen Sprache.* Heidelberg: Winter.

EGGS, Ekkehard. 1992. *Die Inszenierung von Politik. Debatten mit Politikern im französischen Fernsehen 1980-90.* Rheinfelden: Schäuble.

GIRNTH, Heiko. 2002. *Sprache und Sprachverwendung in der Politik. Eine Einführung in die linguistische Analyse öffentlich-politischer Kommunikation.* Tübingen: Niemeyer.

SKIRL, Helge & SCHWARZ-FRIESEL, Monika. 2007. *Metapher.* Heidelberg: Winter.

TOMAN-BANKE, Monika. 1996. *Die Wahlslogans der Bundestagswahlen 1949-1994.* Wiesbaden: DUV.

Il gerundio attributivo: una lacuna nella descrizione del gerundio italiano*

Stefan Barme (Trier)

La principale funzione del gerundio *non*-perifrastico delle lingue romanze è la funzione *avverbiale*, la quale conosce differenti varianti semantiche (gerundio con valore modale, causale, concessivo, ipotetico, ecc.):

francese:

(1) „Hier, il est rentré chez lui *en chantant*." (valore modale)
(Klein & Kleineidam 1983, 250)

(2) „*En travaillant en usine*, il aurait des heures de travail régulières." (valore ipotetico)
(Klein & Kleineidam 1983, 249)

italiano:

(3) „Paolo ha fatto ripartire la macchina *spingendola*." (valore strumentale)
(Lonzi 1991, 571)

(4) „*Pur essendo incompetenti*, vogliono insegnare agli altri." (valore concessivo)
(Lonzi 1991, 585)

portoghese:

(5) „...despediram-se *apertando as mãos*..." (valore modale)
(Barme 1996, 66)

(6) „...*não me lembrando eu dos preços da época* não sei quantos cartuchos se podiam comprar com cinco mil pesetas..." (valore causale)
(Barme 1996, 39)

rumeno:

(7) „Vine *plîngînd*." (valore modale)
(‚Viene piangendo')[1]
(Caragiu 1957, 85; mia traduzione)

* Ringrazio Maria Carlotta Li Causi dei ritocchi stilistici.

[1] Traduciamo solo gli esempi di lingue/varietà romanze generalmente poco conosciute, come il rumeno, l'occitano, il sardo, il sursilvano, ecc.

Zeitschrift für Romanische Sprachen und ihre Didaktik 2,1 (2008), 107-118.

(8) „*Însurându-te târziu*, vei avea copii mici la bătrâneţe." (valore ipotetico)
(‚Sposandoti tardi, avrai bambini piccoli quando sarai vecchio')
(Taloş & Taloş 1999, 86; mia traduzione)

spagnolo:

(9) „Inés recitó el poema de Lorca *temblando*." (valore modale)
(Fernández Lagunilla 1999, 3445)

(10) „Inés recitó el poema de Lorca muy bien, *aun estando enferma*." (valore concessivo)
(Fernández Lagunilla 1999, 3445)

In quasi tutte le lingue romanze moderne, così come nel tardo latino e nella lingua creola papiamentu (di base ibero-romanza), il gerundio può anche assumere funzione *attributiva*. Al contrario del gerundio avverbiale che modifica il verbo della predicazione primaria (*gerundio di predicato*; cfr. (7)) o tutta la predicazione (*gerundio di frase*; cfr. (2)) (cfr. Lonzi 1991, 571s.; Mengozzi 1998, 284-288), il gerundio attributivo si riferisce a un sostantivo o un sintagma nominale, come dimostrano i seguenti esempi:

tardo latino:

(11) „Angeli *canendo* (= canentes) eum deferunt in excelsum."
(Gregorio di Tours (ca. 540-594) citato dal Rohlfs 1969, 107)

francese:[2]

(12) „Et dans cette affaire il n'existe pas un seul Français *ayant* autorité pareille à la sienne."
(Kindt 2003, 59)

catalano:

(13) „Els nens, *jugant* al parc, no van adonar-se que plovia."
(‚I bambini, che giocavano sul campo di giochi, non notavano che pioveva')
(Röntgen 1990, 67 ; traduzione S.B.)

occitano:

(14) „Mon conhat, *amant la pesca*, manja pas cap de peis."
(‚Mio cognato, un pescatore appassionato, non mangia neppure pesci')

[2] Nel francese solo il participio presente (*ayant*, *étant*, ecc.) può assumere funzione attributiva, mai il *gérondif* (*en ayant*, *en étant*, ecc.) (cfr. Barme, in preparazione).

(Cichon 1999, 95; traduzione S.B.)

portoghese:

(15) „Carros *precisando* de reparos…“
(Gärtner 1998, 537)

rumeno:

(16) „Interjecţii *însoţind* un vocativ.“
(‚Interiezioni che accompagnano un vocativo‘)
(*Gramatica Academiei* citata da Edelstein 1972, 104)

sardo:

nuorese:

(17) „abba *buddinde*“
(‚acqua bollente‘)
(Mensching 1992, 53)

campidanese:

(18) „…e genti *passillendi* in is arburadas…“
(‚…e gente che passeggiava lungo i viali…‘)
(Franciscu Carlini, *S'omini chi bendiat su tempus*, 2001, 62; traduzione nell'originale)

spagnolo:

(19) „compramos la casa *teniendo* los techos rotos“
(Donni de Mirande 1983, 201)

sursilvano:

(20) „Igl ei remarcabel con paucs documents *partenend* la veta da nos singuls poets nus havein rimnau e preservau.“
(‚Il est étonnant que les documents concernant la vie de chacun de nos poètes, que nous avons collectionnés et conservés, soient si peu nombreux‘)
(Liver 1982, 79; traduzione nell'originale)

papiamentu:

(21) „...e plantashi ta yen di hende *ta kòrta* i piki tabaku.“
(‚la piantagione è piena di gente che taglia e raccoglie foglie di tabacco‘)
(Kouwenberg & Muysken 1995, 214; mia traduzione)

E nell'italiano? Tanto nella grammaticografia dell'italiano quanto nella letteratura romanistica le descrizioni del gerundio *non*-perifrastico dell'italiano standard moderno presentano unicamente i tre seguenti tipi di gerundi che assumono differenti funzioni semantico-sintattiche: il gerundio *avverbiale*, il gerundio *coordinato* e il gerundio *predicativo*. Tutti gli autori affermano che la principale funzione del gerundio *non*-perifrastico dell'italiano moderno è la funzione *avverbiale* (cfr., ad esempio, Lyer 1934, 274; Serianni 1988; Sensini 1988; Schwarze 1988; Lonzi 1991; Mengozzi 1998; Veland 2003). Vi sono perfino autori che sostengono che „le frasi gerundive hanno in italiano *esclusivamente* valore avverbiale" (Salvi 1988, 122; corsivo mio). Questa posizione radicale tuttavia non è condivisa della maggior parte degli autori che, come per esempio Lonzi (1991), menzionano anche il *gerundio coordinato* che non ha funzione avverbiale, ma sostituisce un verbo finito ed è in genere sostituibile da una frase coordinata:

(22) „Siamo partiti all'alba, *arrivando solo a tarda sera*." (= ...*e* siamo arrivati...)
(Lonzi 1991, 588; corsivo mio)

(23) „L'ha detto solo a Giovanni, *Giovanni essendo uno dei suoi fratelli*."
(Lonzi 1991, 589; corsivo mio)

(24) „Lo salutò, *andandosene via deluso*." (= ...*e* se ne andò...)
(Mengozzi 1998, 285; corsivo mio)

Solo pochi autori, come ad esempio Policarpi/Rombi (1983) e Serianni (1988), rimandano al fatto che oltre ai gerundi avverbiali e coordinati si incontrano qua e là in scrittori moderni, come ad esempio Bassani, Bernari, Verga e Tomasi di Lampedusa, costruzioni del tipo:

(25) „sicuramente quando tornerò la troverò *piangendo*"
(Bernari citato da Serianni 1988, 408)

(26) „Lodovico scorse Giovanni e Maria in piedi *ciarlando* affabilmente."
(Ojetti citato dal Migliorini 2002, 637)

(27) „Rosaria...vide la padrona in uno stato spaventevole, *frugando* nei cassetti e negli armadi."
(Verga citato dal Migliorini 2002, 637)

in cui il gerundio ha funzione di *attributo* (complemento predicativo) del oggetto accusativo dopo verbi di *percezione* o verbi come *trovare*, *incontrare*, ecc. (*gerundio predicativo*; cfr. Barme, in preparazione). Vari autori sottolineano che questo gerundio predicativo si incontra soltanto *molto raramente* nella lingua *letteraria* dell'italiano moderno e alcuni affermano perfino che è (*pressoché*) *scomparso* nell'italiano contemporaneo:[3]

> „En italien on ne le rencontre que *très rarement* dans la langue écrite; mais même ici c'est un archaïsme voulu."
> (Lyer 1934, 231; sottolineato mio)

> „...i costrutti *vidi un uomo corrente* e *vidi un uomo correndo* non appartengono più alla lingua moderna."
> (Tekavčić 1972, 539)

> „Nell'italiano moderno il gerundio predicativo è *pressoché scomparso* e le grammatiche tradizionali sconsigliano l'uso del gerundio con soggetto diverso da quello della frase reggente. Rari sono gli esempi che si possono trovare qua e là in scritti di autori a cavallo tra l'Ottocento e il Novecento [...] e rarissimi gli esempi nella letteratura contemporanea."
> (Scarano 2002, 123; cfr. anche Policarpi & Rombi 1983, 312)

È da sottolineare, tuttavia, che queste affermazioni non si basano su studi empirici. Il seguente esempio del gerundio predicativo incontrato in Internet mostra che questo tipo di gerundio può apparire anche in registri più informali:

(28) Se preferisci restare in spiaggia *troverai gente giocando* Beach Volley da tutte le parti.
(http://www.hotelrivieramaya.com/italiano/playaactivities.html; 19.07.2006)

Negli esempi (25)-(28) la semantica delle frasi e il contesto ci dicono che solo gli oggetti diretti possono essere interpretati come soggetti delle rispettive frasi gerundive. Però, normalmente, nell'italiano moderno, al contrario del portoghese, dello spagnolo, del rumeno e del francese (nel caso del participio presente), il soggetto della frase gerundiva *dipendente* (*non-assoluta*) è di solito identico a quello della frase principale (proposizione reggente/predicazione primaria) e questo vale anche per i casi in cui il gerundio segue un verbo di percezione:

(29) „L'ho visto *uscendo* dal negozio."

---

3 Nell'italiano antico, invece, l'uso del gerundio predicativo è ben documentato. Appare principalmente dopo i verbi *vedere*, *udire* e *trovare* (cfr. Škerlj 1926, 215-218; Lyer 1934, 221s.): „e vede la tempesta *sormontando*" (Chiaro Davanzati citato dal Migliorini 2002, 151); „E vidi spirti per la fiamma *andando*" (Dante, *Purgatorio* 25, 124 citato da Lyer 1934, 233).

(‚l'ho visto quando (io) sono uscito dal negozio')
(Reumuth & Winkelmann 1993, 175)

(30) „Pietro sente i bambini *cantando*."
(‚Pietro sente i bambini mentre (lui) canta')
(Mayerthaler & Fliedl & Winkler 1995, 215)

Nell'italiano standard moderno il gerundio predicativo normalmente viene sostituito da altre costruzioni: dall'infinitivo o dalla cosiddetta frase pseudo-relativa (cfr. Scarano 2002; Barme, in preparazione). In alcuni casi può apparire anche il participio presente che *non* ha, come di solito si afferma (cfr. Scarano 2002, 124), completamente perso il suo valore verbale (cfr. Barme, in preparazione).

infinitivo:

(31) „L'ho visto *uscire* dal negozio."
(Reumuth & Winkelmann 1993, 175)

frase pseudo-relativa:

(32) „L'ho visto *che usciva* dal negozio."
(Reumuth & Winkelmann 1993, 175)

participio presente:

(33) „Si lasciò andare contro la spalla di lei e la sentì *tremante*, volle premerle il braccio con la fronte."
(Strudsholm 1998, 65)

(34) „Aveva gli occhi accesi, le dita si agitavano dentro i guanti, Castiglia le aveva appoggiato le palme sulle ginocchia e le sentì *tremanti*."
(Strudsholm 1998, 65)

Dopo i ‚verbi d'incontro', come ad esempio *trovare* e *sorprendere*, e dopo *vedere* può seguire anche una costruzione infinitiva introdotta dalla preposizione *a*:[4]

(35) „*Trovavano* sempre il pettirosso *a beccuzzare* sul davanzale."
(Skytte & Salvi & Manzini 1991, 537)

(36) „Vorrei proprio *vederti a traversare* la Manica a nuoto."
(Skytte & Salvi & Manzini 1991, 537)

---

4 Dopo verbi di percezione questa struttura appare anche in alcune varietà diatopiche dell' italiano (cfr. Skytte & Salvi & Manzini 1991, 537).

Né nelle grammatiche né nella letteratura romanistica viene menzionato il fatto che il gerundio predicativo non è l'unica costruzione gerundiva dell'italiano moderno in cui il gerundio assume funzione *attributiva*. Come dimostra il seguente esempio, tratto anch'esso da Internet, nell'italiano contemporaneo il gerundio può anche funzionare come attributo dell'*aggiunto* del nucleo nominale di un oggetto preposizionale:

(37) - Nel mio sito ci sono anche i miei quadri.
- Li ho visti. Ce n'è uno che ricorda l'*Urlo* di Munch.
- È il quadro dello stupore della gente *vedendo* uno che vola...
(http://www.extremworld.com/elisa1.htlm; corsivo mio; 16.11.2005)[5]

È vero che in (37) la frase gerundiva potrebbe essere sostituito da una frase *temporale* (*...quando vede uno che vola*), però, dato che il gerundio non si riferisce al verbo della predicazione primaria (*è*), bensì modifica esclusivamente al sostantivo *gente*, si tratta senza dubbio di un gerundio attributivo, cioè di un gerundio attributivo-*specificativo*, sostituibile da una frase relativa specificativa / restrittiva (*...della gente* che vede *uno che vola...*). Inoltre, i seguenti esempi, trovati anch'essi nell'ambito di una rapida ricerca in Internet, mostrano che nell' italiano standard contemporaneo un gerundio attributivo può anche modificare altri elementi nominali:

(38) „Insieme all'acre odore di polvere che dileguava, andava sorgendo un dolce odor di garofani; passava *della gente cantando.*" (Giovanni Verga) (http://it.wikisource.org/wiki/Mastro_Don_Gesualdo/Parte_prima/Cap_III; 19.07.2006)

(39) „La reazione fu di entusiasmo e la pista si riempì *di gente ballando Casino.*" (http://www.salsasocialclub.com/interviste/alvarez_int.html; 19.07.2006)

(40) „L'errore di Tanzi è stato di non scendere in politica. Se avesse fondato ‚Forza Latte' e si fosse fatto *una bella legge obbligando tutti a mettere nel latte gli Omega 3* non starebbe così..." (http://www.letterealdirettore.it/forum/showthread.php?t=10500; 02.08.2006)

(41) „Diana ci ha fornito *un ottimo libro contenendo una collezione di test e risultati vari* che vanno a spiegare tanti dei processi che avvengono nel plantacquario." (http://www.aquagarden.it/2006/aprile/podio.html; 04.10.2006)

---

[5] Estratto di un'intervista con la cantante italiana Elisa di febbraio del 2001.

(42) „*La tabella contenendo le righe di ogni modulo* ha, nella parte superiore e nella parte inferiore, alcuni pulsanti per l'inserimento di nuove voci, la cancellazione di voci selezionate, ecc.“ (http://wpoffice.webprofessional.it/site/wpoffice_webprofessional_it/capire_wpoffice.doc?PHPSESSID=da3f7405b4a3f4aec52bf8a2b7ecdd14; 02.08.2006)

In questi esempi i gerundi (le frase gerundive) sottolineati assumono chiaramente ed esclusivamente una funzione attributiva e si riferiscono a elementi nominali che svolgono differenti funzioni sintattiche: in (38) e (39) il gerundio modifica l'oggetto preposizionale, in (40) e (41) l'oggetto accusativo (che non segue un verbo di percezione) e in (42) il soggetto. Negli esempi (38)-(42) il gerundio specifica/identifica l'elemento nominale a cui si riferisce, in modo che in questi casi ci troviamo di fronte – così come in (37) – ad un gerundio attributivo-*specificativo* (restrittivo) che si può sostituire con una frase relativa specificativa / restrittiva (*passava della gente che cantava*; *si riempì di gente che ballava Casino*; *...legge che obbliga...*). I gerundi attributivi-*specificativi* degli esempi (37)-(42) contraddicono la sopracitata affermazione di Salvi secondo la quale il gerundio italiano può esclusivamente svolgere funzione avverbiale e contraddicono anche Lepschy & Lepschy (1984, 135), che affermano: „il gerundio [...] non può avere la funzione aggettivale del participio presente“.

Questo uso attributivo del gerundio italiano potrebbe essere dovuto all'influenza del *gerund* dell'inglese (*the articles* ***dealing*** *with the food industry...*; *the streets were filled with people* ***dancing****...*, ecc.) e/o del *participe présent* del francese („*Les personnes* ***désirant*** *participer à ce voyage sont priées de nous prévenir immédiatement*“ (Dethloff & Wagner 2002, 287); „*souvent la réforme contredit les lois* ***existant*** *déjà*“ (citato da Togeby 1983, 64)). Bisogna tuttavia rilevare che già nell'italiano antico esisteva un gerundio attributivo e che questo, oltre all'oggetto accusativo, poteva modificare anche il *soggetto*, essendo invece più rara la relazione con altri elementi nominali (cfr. Rohlfs 1969, 107).[6]

[6] L'uso di un gerundio attributivo che non si riferisce all'oggetto diretto esiste anche in alcuni dialetti dell'italiano (cfr. Lyer 1934, 274; Rohlfs 1969, 107), come ad esempio nel siciliano: *pisci cantannu* ‚rana‘ (‚pesce che canta‘) (cfr. Rohlfs 1969, 107). Inoltre, l'impiego di un gerundio attributivo-specificativo che modifica il soggetto della frase è anche documentato nel latino dell'alto medioevo: *Filius nascendo est Deus* (Albertus M. *in sent.* 1, 18, 7 p. 504b, 26 citato da Bork 2005, 29).

Al contrario dei gerundi in (37)-(42) il gerundio attributivo in (43) non è di carattere *specificativo/restrittivo*, ma ci fornisce informazioni addizionali sulla frase nominale a cui si riferisce („la parola *cagna*"):

(43) „In italiano, ad esempio, la parola *cagna*, **esprimendo con una modificazione (morfema radicale più morfema grammaticale) il genere femminile**, limita la portata del proprio contenuto semantico a favore della forma *cane*, meno specifica e, in quanto tale, utilizzabile per entrambi i generi."
(Ferreri 1988, 21; grassetto mio)[7]

Negli studi di romanistica questo tipo di gerundio è generalmente denominato gerundio attributivo-*esplicativo* (cfr. Barme, in preparazione), sostituibile con una frase relativa *non*-restrittiva. Bisogna rilevare che il gerundio attributivo con funzione *esplicativa* è spesso caratterizzato da una *connotazione* causale, come si può verificare anche nel nostro esempio: in (43) la frase gerundiva potrebbe essere sostituita da una frase relativa *non*-restrittiva (*...la parola* cagna*, che esprime...*), ma anche da una frase avverbiale con valore causale (*...siccome/dato che esprime..., limita la portata...*).[8] La sua funzione sintattica (primaria), tuttavia, è chiaramente quella di un complemento *attributivo*(*-esplicativo*) del sintagma nominale „la parola *cagna*".

Quanto sopra esposto porta alle seguenti conclusioni: Gli esempi (37)-(43), pur essendo pochi, dimostrano che la *opinio communis*, secondo la quale il gerundio *non*-perifrastico dell'italiano standard contemporaneo assume funzione attributiva *esclusivamente* nelle (raríssime) costruzioni col gerundio *predicativo*, non riflette la realtà linguistica. Nell'italiano d'oggi il gerundio può (in certi contesti) modificare anche un oggetto accusativo che *non* segue un verbo di percezione, un oggetto preposizionale, un soggetto e un aggiunto di un nucleo nominale di un oggetto preposizionale, assumendo in questi casi o valore attributivo-*specificativo* o funzione attributiva-*esplicativa*. Questi impieghi attributivi rappresentano una lacuna nella grammaticografia italiana e anche nella letteratu-

---

[7] Si tratta qui dell'estratto di un articolo linguistico (sul gerundio italiano) scritto da una linguista italiana.

[8] È da sottolineare che un gerundio *attributivo* con *connotazioni avverbiali* (causali, temporali, ecc.) già appare nel tardo latino, però soltanto molto raramente (cfr. Škerlj 1926, 63): „*(Dauid)* in centesimo (psalmo) et plus contra allofylum *pugnando disseritur*"; „*Judaeorum populus* impietatem gentilium *sequendo* a diuina scriptura *accusatur*" (S. Filastrio (IV secolo d.C.) citato da Škerlj 1926, 62s.).

ra romanistica. Allo stesso tempo relativizzano la tesi secondo la quale il gerundio italiano *non*-perifrastico rivela, dal punto di vista diacronico, un impoverimento sintattico e semantico (cfr. Policarpi e Rombi 1983). Stando così le cose, dobbiamo constatare che uno studio dettagliato con un'estesa base empirica che ci informi sul grado di produttività e sulla diffusione di queste strutture nella lingua italiana contemporanea rappresenta un *desideratum*.

Riferimenti bibliografici

BARME, Stefan. 1996. *Textbezogene Untersuchung zum „gerúndio" im europäischen Portugiesisch.* Mainz/Germersheim: Johannes Gutenberg-Universität – Centro de Estudios Latinoamericanos (CELA).

BARME, Stefan. in preparazione. *Das Gerundium im innerromanischen Vergleich: Funktion und Vorkommensfrequenz* nicht-*periphrastischer Gerundialphrasen in graphisch-distanzsprachlichen Texten des Französischen, Italienischen, Portugiesischen, Rumänischen und Spanischen.*

BORK, Hans Dieter. 2005. „Gérondif, participe présent, adjectif verbal – ein (nicht nur) terminologisches Verwirrspiel", in: Bursch, Horst & Bursch, Wiltrud. edd. *Souvenirs: zum 100. Geburtstag von Harri Meier (1905-1990).* Bornheim/Bonn: Paffenholz, 18-29.

CARAGIU, Matilda. 1957. „Sintaxa gerunziului romînesc", in: *Studii de gramatică*, vol. 2. București: Editura Academiei Republicii Populare Romîne, 61-89.

CICHON, Peter. 1999. *Einführung in die okzitanische Sprache.* Bonn: Romanistischer Verlag.

DETHLOFF, Uwe & WAGNER, Horst. 2002. *Die französische Grammatik: Regeln – Anwendung – Training (mit CD-ROM).* Tübingen & Basel: Francke.

DONNI DE MIRANDE, Nélida Esther. 1983. „Sobre el uso del gerundio en Rosario (Argentina)", in: *Philologica Hispaniensia in honorem Manuel Alvar*, vol. 1: *Dialectología.* Madrid: Gredos, 191-207.

EDELSTEIN, Frieda. 1972. *Sintaxa gerunziului românesc.* Bucureşti: Academiei Republicii Socialiste România.

FERNÁNDEZ LAGUNILLA, Marina. 1999. „Las construcciones de gerundio", in: Bosque Muñoz, Ignacio & Demonte Barreto, Violeta. edd. *Gramática descriptiva de la lengua española*, vol. 2: *Las construcciones sintácticas fundamentales / Relaciones temporales, aspectuales y modales.* Madrid: Espasa Calpe, 3443-3503.

FERRERI, Silvana. 1988. „Gli ‚aspetti' del gerundio", in: *Italiano e oltre* I, 21s., 31s.

GÄRTNER, Eberhard. 1998. *Grammatik der portugiesischen Sprache.* Tübingen: Niemeyer.

KINDT, Saskia. 2003. „Le participe présent en emploi adnominal comme prétendu équivalent de la relative en *qui*", in: *Langages* 149, 55-70.

KLEIN, Hans-Wilhelm & KLEINEIDAM, Hartmut. 1983. *Grammatik des heutigen Französisch.* Stuttgart: Klett.

KOUWENBERG, Silvia & MUYSKEN, Pieter. 1995. „Papiamento", in: Arends, Jacques & Muysken, Pieter & Smith, Norval. edd. *Pidgins and creoles: an introduction.* Amsterdam & Philadelphia: Benjamins, 205-218.

LEPSCHY, Anna Laura & LEPSCHY, Giulio. [2]1984. *La lingua italiana: storia, varietà dell'uso, grammatica*. Milano: Bompiani.

LIVER, Ricarda. 1982. *Manuel pratique de romanche: sursilvan – vallader. Précis de grammaire suivi d'un choix de textes*. Chur: Lia Rumantscha / Ligia Romontscha.

LONZI, Lidia. 1991. „Frasi subordinate al gerundio", in: Renzi, Lorenzo & Salvi, Giampaolo. edd. *Grande grammatica italiana di consultazione*, vol. 2: *I sintagmi verbale, aggettivale, avverbiale. La subordinazione*. Bologna: il Mulino, 571-592.

LYER, Stanislav. 1934. *Syntaxe du gérondif et du participe présent dans les langues romanes*. Paris: Librairie Droz.

MAYERTHALER, Willi & FLIEDL, Günther & WINKLER, Christian. 1995. *Infinitivprominenz in europäischen Sprachen*, vol. 2: *Der Alpen-Adria-Raum als Schnittstelle von Germanisch, Romanisch und Slawisch*. Tübingen: Narr.

MENGOZZI, Alessandro. 1998. „Le gérondif et le participe passé dans l'expression du circonstant en italien", in: Rémi-Giraud, Sylvianne & Roman, André. edd. *Autour du circonstant*. Lyon: Presses Universitaires de Lyon, 281-293.

MENSCHING, Guido. 1992. *Einführung in die sardische Sprache*. Bonn: Romanistischer Verlag.

MIGLIORINI, Bruno. [10]2002. *Storia della lingua italiana*. Milano: Bompiani.

POLICARPI, Gianna & ROMBI, Maggi. 1983. „Altre metodologie per la sintassi: tipi di gerundio e tipi di participio", in: Leoni, Federico Albano et al. edd. *Italia linguistica: idee, storia, strutture*. Bologna: il Mulino, 309-331.

REUMUTH, Wolfgang & WINKELMANN, Otto. [4]1993. *Praktische Grammatik der italienischen Sprache*. Wilhelmsfeld: Egert.

ROHLFS, Gerhard. 1969. *Grammatica storica della lingua italiana e dei suoi dialetti*, vol. 3: *Sintassi e formazione delle parole*. Torino: Einaudi.

RÖNTGEN, Karl-Heinz. 1990. *Einführung in die katalanische Sprache*. Bonn: Romanistischer Verlag.

SALVI, Giampaolo. 1988. „Italienisch: Syntax", in: Holtus, Günter & Metzeltin, Michael & Schmitt, Christian. edd. *Lexikon der Romanistischen Linguistik*, vol. 4: *Italienisch, Korsisch, Sardisch*. Tübingen: Niemeyer, 112-132.

SCARANO, Antonietta. 2002. *Frasi relative e pseudo-relative in italiano: sintassi, semantica e articolazione dell'informazione*. Roma: Bulzoni.

SCHWARZE, Christoph. 1988. *Grammatik der italienischen Sprache*. Tübingen: Niemeyer.

SENSINI, Marcello. 1988. *La grammatica della lingua italiana*. Milano: Mondadori.

SERIANNI, Luca. 1988. *Grammatica italiana – italiano comune e lingua letteraria*. Torino: UTET.

ŠKERLJ, Stanko. 1926. *Syntaxe du participe présent et du gérondif en vieil italien (avec une introduction sur l'emploi du participe présent et de l'ablatif du gérondif en latin)*. Paris: Champion.

SKYTTE, Gunver & SALVI, Giampaolo & MANZINI, Maria Rita. 1991. „Frasi subordinate all' infinito", in: Renzi, Lorenzo & Salvi, Giampaolo. edd. *Grande grammatica italiana di consultazione*, vol. 2: *I sintagmi verbale, aggettivale, avverbiale. La subordinazione*. Bologna: il Mulino, 483-569.

STRUDSHOLM, Erling. 1998. *Relative situazionali in italiano moderno: una reinterpretazione della cosiddetta pseudorelativa sulla base di un approccio combinato, formale e funzionale*. Münster: LIT.

TALOŞ, Florica & TALOŞ, Ion. 1999. *Einführung in die rumänische Sprache*. Bonn: Romanistischer Verlag.

TEKAVČIĆ, Pavao. 1972. *Grammatica storica dell'italiano*, vol. 2: *Morfosintassi*. Bologna: il Mulino.

TOGEBY, Knud. 1983. *Grammaire française*, vol. 3: *Les formes impersonnelles du verbe et la construction des verbes*. Kopenhagen: Akademisk Forlag.

VELAND, Reidar. 2003. „L'uso del gerundio nell'italiano contemporaneo", in: Quesada Pacheco, Miguel Ángel & Veland, Reidar. edd. *Miscellanea di studi in onore di Kolbjørn Blücher in occasione del suo settantesimo compleanno* (= *Tribune*, Skriftserie for Romansk Institutt Universitetet I Bergen; vol. 14). Bergen: Universitetet I Bergen, 151-166.

Rezensionen

Arntz, Rainer & Ré, Andrés. 2007. *Kontrastsprache Portugiesisch. Ein neuer Weg zum Portugiesischen auf der Grundlage des Spanischen.* Wilhelmsfeld: Gottfried Egert Verlag, 250 p. incl. Lösungen.

Es gibt nach wie vor nur wenige Publikationen, die sich für die Verbreitung des Portugiesischen, einer trotz ihrer hohen Sprecherzahl weitgehend in Lehre und Forschung vernachlässigten romanischen Sprache, einsetzen. Daher ist es sehr zu begrüßen, daß zwei Dozenten am Institut für Angewandte Sprachwissenschaft der Universität Hildesheim ein modernes Lehrbuch des Portugiesischen vorlegen, das zudem noch die wichtigsten Varietäten des Portugiesischen – das brasilianische Portugiesisch, das Portugiesische in Angola und Mosambik sowie das Kreolportugiesische der Kapverden – berücksichtigt.

Das Lehrbuch orientiert sich explizit an der neuen didaktischen Methodik der Interkomprehension, einer auf Bodmer (1943) und Wandruszka (1969) zurückgehenden Idee, Ähnlichkeitsbeziehungen zwischen den Sprachen für Sprach- und Übersetzungswissenschaft sowie Fremdsprachendidaktik nutzbar zu machen. Für die romanischen Sprachen wurde dieser Ansatz v.a. an der Universität Frankfurt mit dem Projekt *EuroComRom* (Klein & Stegmann 2000) ausgearbeitet. Die darin begründete Methode basiert auf der engen Verwandtschaft der romanischen Sprachen, aufgrund derer die allen gemeinsamen Internationalismen und panromanischen Lexeme einerseits und die einzelsprachspezifischen „Profilwörter" mit Hilfe der sogenannten „sieben Siebe" (internationaler Wortschatz, panromanischer Wortschatz, Lautentsprechungen, Graphie und Aussprache, panromanische syntaktische Strukturen, morphosyntaktische Strukturen, Wortbildung) erschlossen und transferiert werden können sollen.

Es ist kein Geheimnis, daß die Kenntnis einer romanischen Sprache den Erwerb einer weiteren romanischen Sprache erleichtert, aber durchaus auch behindern kann, da von Bekanntem auf allzu ähnliches geschlossen wird, was sich oft als Irrtum herausstellt. Je enger verwandt die romanischen Sprachen sind, desto öfter entpuppen sich vermeintliche Übereinstimmungen als Fallen. Genau hier will nun das o.g. Lehrbuch ansetzen; Personen mit Spanischkenntnissen soll der Zugang zum eng verwandten Portugiesisch ermöglicht werden, indem ausgehend von den Gemeinsamkeiten und Unterschieden beider Sprachen eine Lernstrategie aufgebaut wird.

Ich habe selbst in Lehrveranstaltungen zur Lusitanistik erlebt, wie hilfreich es sein kann, auf bereits vorhandenes Wissen aus den meist voraufgegangenen Hispanistikseminaren zuzugreifen, die Diversität in der Parallelität aufzuzeigen und bewusst zu machen. Auch die Studenten selbst ziehen von sich aus automatisch solche Vergleiche, ein Vorgang, der sich kognitiv als erfahrungsbasiertes Lernen erklären lässt. Dennoch bin ich überzeugt, dass man zu einer umfassenden Portugiesischkompetenz nur dann gelangt, wenn man sich dieser Sprache selbst von Grund auf nähert, zunächst die Grundlagen und nach und nach das tiefere Sprachwissen und -verständnis erwirbt.

Bevor ich zu einer detaillierten Rezension des Lehrbuchs übergehe, muss ich daher gleich zu Beginn kritisieren, dass dem Fach Portugiesisch mit dem Titel Unrecht getan wird (der Inhalt und der Aufbau des Buchs korrigieren dies dann aber erfreulicherweise). Portugiesisch ist keine „Kontrastsprache“! Man kann es auch OHNE Spanischkenntnisse erlernen! Auch wenn die Autoren auf S. VIII selbst bedauern, dass Portugiesisch in Deutschland und Europa im Schatten des Spanischen steht, leisten sie in gewisser Weise mit dem Titel diesem Tatbestand Vorschub – zumindest solange, wie nicht auch für die Gegenrichtung – Spanisch als „Kontrastsprache“ für Portugiesischsprecher – ein solches Lehrwerk in Betracht gezogen wird.

Das Portugiesische hatte sich seit den 90er Jahren rapide und stabil an deutschen Universitäten einen Platz erobert (vgl. dazu die Übersichten über Lusitanistiklehrveranstaltungen an deutschsprachigen Universitäten in der Zeitschrift *Lusorama*, für die Jahre 2002-2004 online abrufbar unter www.lusorama.de/Sonstiges/Lehrangebot/lehrangebot.html), bevor es nun im Zuge der Modularisierung von Studiengängen wieder massiv zurück- und gar „abgewickelt“ wird, ein bedauerlicher Trend, der möglicherweise ein Lehrbuch wie das hier zu besprechende in gewisser Weise sogar rechtfertigt.

Aber wenden wir uns dem Werk selbst zu, das – und das soll vorweggeschickt werden – ein methodisch durchdachtes, modernes, in seiner Textauswahl bestechend variantenreiches und klar strukturiertes Lehrbuch darstellt. Es ist in drei Module unterteilt: Modul 1 soll grundlegende Einblicke in die portugiesische Sprache vermitteln und unter Bezugnahme auf das Spanische besonderen Wert auf die passive Texterschließungskompetenz legen (hier wird also eine rezeptive Lesekompetenz angestrebt). Modul 2 setzt bereits weitgehendes Vertrautsein mit den Strukturen des Portugiesischen voraus und will eine produktive Kompetenz, v.a. im dialogischen Gespräch, aufbauen. Laut Vorwort [XI] soll der Lernende hier anhand von vielfältigem Übungsmaterial an die portugiesische Alltagssprache herangeführt werden. Modul 3 schließlich widmet sich der Herausbildung einer übersetzerischen Kompetenz und bezieht sich v.a. auf das Fachtextwissen. Insgesamt entspricht das Aufsteigen von einer passiven Lesekompetenz zur aktiven Schreib- und Sprechkompetenz den Erkenntnissen der modernen Fremdsprachendidaktik. Jedoch wird das Lehrbuch nicht immer den im Vorwort skizzierten eigenen Zielsetzungen gerecht.

So wird auf S. XI „vielfältiges Übungsmaterial" versprochen; schaut man sich die Übungen an, so reduziert sich die Vielfalt allerdings auf die gängigen Typen: Einsatz- und Ersatzübungen, Auswahlübungen, Fragen zur Texterschließung, Übersetzungsübungen und Wortfindungsübungen, die sich nicht von anderen Lehrbüchern unterscheiden. Hinsichtlich der modularen Progression ist zu kritisieren, dass Übersetzungsübungen (ins Portugiesische!) bereits in Modul 1, also im passiven Teil (vgl. S. 88) vorkommen.

Des Weiteren wird auf S. XII der „systematische Vergleich" mit dem Spanischen explizit erwähnt, der ja für den Ansatz des Lehrbuchs sogar eine basale Prämisse darstellt. Leider wird der Vergleich mit dem Spanischen nur in Modul 1 und auch da nicht systematisch gezogen. So wird z.B. bei der Abhandlung des Konditional [101-103] nicht auf das Spanische verwiesen, wo die gleiche Funktionsverteilung vorhanden ist; ebenso hätte man auf die Parallelen bei der Passivbildung [59-60] oder bei der Bildung und Verwendung des Konjunktivs Imperfekt [139-140] hinweisen müssen. Ab dem Modul 2 fehlt der Vergleich zum Spanischen sowieso völlig, was zwar der Progression hin zur immer aktiveren Kompetenz entspricht (die grammatischen, passiven Grundlagen wurden in Modul 1 gelegt), jedoch fragt man sich, inwieweit hier die Methode der Interkomprehension überhaupt noch zur Anwendung kommt.

Im Modul 3 wäre ein Vergleich von spanischen und portugiesischen Paralleltexten zu erwarten gewesen, zumal sich das Lehrbuch insbesondere an die Übersetzerstudenten an der Universität Hildesheim wendet, die doch in der Regel mit Fachtexten konfrontiert werden. Lediglich auf den S. 98-100 sowie auf S. 110 (also im Modul 1) werden Fachtextvergleiche gezogen, allerdings leider an übersetzten Texten, in denen Interferenzen aus dem Deutschen jeweils nicht auszuschließen sind. Die markierten und annotierten Unterschiede gehen bei einem solchen Übersetzungsvergleich oft, wie auch auf S. 100 richtig bemerkt, auf das Konto der Übersetzer. Hier handelt es sich also nicht um einen Paralleltextvergleich; ein Paralleltextvergleich hätte aber gut in Modul 3 gepasst.

Die „echten“ Kontraste zwischen Spanisch und Portugiesisch wie z.B. im Pronominalbereich (Pro- versus Enklise, Mesoklise) oder bei den typisch portugiesischen Phänomenen wie persönlicher Infinitiv, Konjunktiv Futur und iteratives zusammengesetztes Perfekt hätten m.E. in einer explizit kontrastiven Darstellung auch drucktechnisch besonders hervorgehoben werden müssen, sei es am Buchrand durch Aufmerksamkeitssignale oder durch gesonderte Abschnitte in den einzelnen Modulen.

So gehen die wirklichen Unterschiede zwischen den beiden Sprachen oft ein wenig unter, bspw. wenn auf S. 7 (und ganz kurz auf S. 19) auf Genusunterschiede hingewiesen wird. Aus der riesigen Menge von Belegen hierfür werden ganz wenige Beispiele ausgewählt. Hier hätte ich eine systematische Gegenüberstellung erwartet, aus der auch das Regelhafte hätte erkannt werden können, z.B. sind portugiesische Substantive auf *-gem* feminin, während die verwandten spanischen Nomina auf *-je* bzw. *-gen* maskulin sind: *a garagem – el garaje, a mensagem – el mensaje, a origem – el origen*, etc. Wenn solche regelhaften Unterschiede zwischen Spanisch und Portugiesisch klar hervorgehoben worden wären, würde das Lehrbuch besser seinem kontrastiven Ansatz gerecht werden können.

Ein weiterer grundlegender Unterschied der beiden Sprachen liegt im Gebrauch der Verben *ser* und *estar*, der teils der gleiche ist, teils aber abweicht (z.B. *Onde é a escola?* vs. *Donde está la escuela?*); hinzu kommt im Portugiesischen das Verb *ficar*, das beide Verben des Seins ersetzen kann (*Onde é/fica a escola? Estou/Fico triste.*) und sich in dieser Funktion grundlegend vom teilweise synonymischen sp. *quedar* unterscheidet. Dieser wesentliche Unterschied wird auf S. 10 (auf drei Zeilen) m.E. viel zu knapp abgehandelt. Auch die Anrede hätte ein ausführlicheres Kapitel verdient, ist doch auf diesem Gebiet das Portugiesische viel archaischer, aber auch variantenreicher als das Spanische.

Was die lexikalischen Unterschiede anbelangt, so werden sogenannte „gute" und „schlechte" Freunde unterschieden, eine mir nicht geläufige und auch nicht sinnvolle Unterteilung. Zu den „guten Freunden" werden bspw. Ausspracheunterschiede wie zwischen *a gente* vs. *la gente* (worin der Unterschied liegt, wird hier auf S. 18 allerdings nicht erklärt), die o.g. Genusunterschiede *a viagem* vs. *el viaje* oder morphologische Divergenzen wie ptg. *norueguês* vs. sp. *noruego* gezählt. Solche Divergenzen werden in der Linguistik normalerweise unter die (strukturellen) „falschen Freunde" subsumiert.

Einige der aufgezählten lexikalischen Unterschiede sind hingegen eher kontextuell bedingt und ergeben sich aus der verschiedenen Distribution polysemer Lexeme: So gibt es im Portugiesischen *descoberta* neben *descobrimento*, letzteres fokussiert eher den Prozess und ersteres eher das Resultat der Entdeckung; hingegen vermittelt die Gegenüberstellung von ptg. *descoberta* und sp. *descubrimiento* [17] den Eindruck, hier handele es sich um einen lexikalischen Kontrast. Unter allen richtigen und wichtigen Unterschieden im Wortschatz, die auf den S. 34-35 dargestellt sind, leuchtet mir die Kontrastierung von ptg. *latir* vs. sp. *ladrar* nicht ein; auch im Portugiesischen geht *cão* 'Hund' eine lexikalische Solidarität v.a. mit dem Verb *ladrar* ein; *latir* ist weitaus seltener.

Ich habe mich in meiner Rezension auf die kritischen Punkte konzentriert, die sich in meinen Augen aus der Diskrepanz zwischen der intendierten kontrastiven Darstellung zum Spanischen und dem interkomprehensiven Ansatz einerseits und dem tatsächlichen Aufbau der Kapitel andererseits ergibt. Insgesamt überwiegt aber der positive Eindruck. Wie eingangs erwähnt, besticht dieses Lehrbuch durch eine sehr gute und moderne Textauswahl und durch darauf abgestimmte Erläuterungen und Übungen, die ab Modul 2 durchgängig in Portugiesisch abgefasst sind. Wohltuend hebt es sich von den anderen vorwiegend touristisch orientierten Portugiesischlehrbüchern auf dem Markt ab. Somit empfehle ich es ohne Vorbehalt für den universitären Portugiesischunterricht. Da es auch die Lösungen zu den Übungen bereithält, eignet es sich ebenfalls zum Selbststudium. Insofern liegt uns also mit dem hier rezensierten Buch ein sehr gutes Lehrwerk für alle, die Portugiesisch lernen wollen, vor, und zwar nicht (nur) für diejenigen, die Spanischkenntnisse besitzen. Eine Bibliographie fehlt leider.

Bibliographie:

BODMER, Frederick. 1943. *The loom of language. A guide to foreign languages for the home student*. London: George Allen & Unwin Ltd (Primers for the Age of Plenty; 3).

WANDRUSZKA, Ulrich. 1969. *Sprachen, vergleichbar und unvergleichlich*. München: Piper.

KLEIN, Horst & STEGMANN, Tilbert D. 2000. *EuroComRom – Die sieben Siebe. Romanische Sprachen sofort lesen können*. Aachen: Shaker (Editiones EuroCom; 1).

ANNETTE ENDRUSCHAT (MÜNCHEN)

Begenat-Neuschäfer, Anne. ed. 2007. *Belgien im Blick: Interkulturelle Bestandsaufnahmen / Regards croisés sur la Belgique contemporaine / Blikken op België: Interculturele Beschouwingen.* Frankfurt a.M. et al.: Lang. (Belgien im Fokus; 1), XX + 512 p.

Der vorliegende Sammelband eröffnet eine Schriftenreihe, die Belgien, den „Raum der Begegnungen zwischen der ‚romanischen' und der ‚germanischen' Kultur [...] mit seiner das Land durchziehenden Sprachgrenze" [V], deutschen Lesern in seinen verschiedenen geschichtlichen, sprachlichen und kulturellen Erscheinungsformen näher bringen soll. Der Einleitungsband gilt sinnvollerweise den Kulturaspekten.

Die ersten drei Aufsätze liefern den geschichtlichen Hintergrund. Jean-Marie Cauchies behandelt „La «Belgique» avant la Belgique: une longue marche mouvementée au cœur de l'Occident" [3-19], wobei der Bogen vom Vertrag von Verdun (843) bis zur Augustrevolution von 1830 reicht, die die endgültige Lostrennung von den Niederlanden (und schließlich 1839 auch vom Großherzogtum Luxemburg) bedeutete. Xavier Mabille zieht „Les grandes lignes de l'évolution de l'État belge depuis 1830" [21-40]. Es ist sehr schön, dass neben der sozusagen kanonisierten Darstellung der Unabhängigkeitsbewegung von den Niederlanden auch dem „Orangisme", also der Treue zum niederländischen Königshaus, die nötige Aufmerksamheit geschenkt wird, dass „Centre et périphérie" als eine der treibenden Kräfte der Staatsentwicklung herausgestellt werden und dass die Umgestaltung von einem Einheitsstaat in einen Bundesstaat, damit verbunden die Dezentralisierung, trotz aller Querelen insgesamt in einer bemerkenswert friedlichen Weise erfolgt ist. Eine nicht sehr positive „Anteilnahme" der nationalistischen Raumdiskussion des rechten Spektrums in Deutschland an den Vorgängen in Belgien beleuchtet Thomas Müller in seinem Beitrag: „Belgien im «Westmark»-Diskurs. Einblicke in die Westpolitik der alldeutschen und jungkonservativen Bewegung 1880-1940" [41-64].

Ein zweiter Block aus drei Aufsätzen ist der Politik gewidmet. Karl-Heinz Lambertz, der Ministerpräsident der Deutschsprachigen Gemeinschaft Belgiens, liefert eine „Einführung in das belgische Bundesstaatsmodell" [67-73]; dieses Ergebnis eines typisch „belgischen Kompromisses" [68] bietet neben vielen in der Kompliziertheit der Institutionen liegenden Gefahren eine einmalige Chance innerhalb der europäischen Gemeinschaft. „L'histoire et les institutions de la communauté française – Wallonie – Bruxelles" steht im Zentrum eines Beitrages von Charles-Etienne Lagasse [75-88]. Hierbei geht es vor allem um die Einbeziehung der *Communauté française* in die internationalen Strukturen der Frankophonie. Edi Clijsters, der diplomatische Repräsentant der flämischen Regierung in Deutschland, stellt die verschiedenen Strukturen des neuen Staatsmodells dar: „Das föderale Belgien: mehr Autonomie = weniger Konfliktstoff" [89-108]. Die vor allem sprachlich-kulturell begründeten niederländische, französische und deutsche Gemeinschaft (*communauté/gemeenschap*) und die wirtschaftlich definierten Regionen (*régions/gewesten*) Flandern, Wallonien, Brüssel bilden ein einmaliges Modell im Europa der Gegenwart.

Zwei Beiträge gelten der Geographie und Wirtschaft: Axel Wieger behandelt „Das Städtewesen in Belgien" [111-141] in historischer Sicht – starker Urbanisierungsgrad mit wertvollem historischen Erbe – und unter strukturellen Gesichtspunkten – Fehlen stadtplanerischer Traditionen, wenig Bewusstsein für historische Bebauung, planloses Zubauen attraktiver Flächen wie etwa des Küstenstreifens, Leerstände in unattraktiv gewordenen Innenstädten. Jean-Paul Detaille sieht „Wallonien am Scheideweg" [143-154]: Nach einem beispiellosen wirtschaftlichen Niedergang dieser alten Industrieregion und nach einem Zurückfall gegenüber Flandern ist jetzt die Zeit gekommen, das „Schicksal in die eigenen Hände zu nehmen" [153] und mit dem sogenannten Plan Marshall eine ökonomische Restrukturierung zu versuchen.

Die vierte Gruppe von Kapiteln ist „Sprachmythos und Sprachräume“ überschrieben. Richard Baum liefert den Auftakt mit „Belgien und der Mythos der Sprache“ [157-184]. Hier geht es nicht so sehr um den Sprachkontakt, sondern um das Aufeinandertreffen mehrerer Kulturgemeinschaften, die sich in Schriftsprachen manifestieren, wobei im 19. Jahrhundert das Französische „die Sprache universellen Schrifttums, eines Schrifttums universeller Dimension“ [174] war, das noch nicht wirklich etablierte Schriftniederländische des südlichen Raumes eben noch nicht. Was Herr Baum unglücklicherweise nicht erwähnt, ist die Tatsache, dass sich am Anfang des 21. Jahrhunderts eine andere Situation bietet, die das Aufeinandertreffen der Kulturgemeinschaften anders gestaltet: Das Niederländisch ist längst völlig etabliert als eine von immerhin gut 20 Millionen Menschen gesprochene europäische Kultursprache, in die heute auch alles übersetzt wird, was übersetzenswert ist, und das Französische, in Europa die Muttersprache von vielleicht 60 Millionen Menschen, hat seine Universalsprachenfunktion längst eingebüßt – die Sprecher beider Sprachgemeinschaften in Belgien schalten heute am liebsten auf das Englische um, wenn sie Verständigungsprobleme vermeiden wollen, und dort, nicht im mythenbeladenen Wettstreit um die Rolle des Niederländischen oder der Französischen in einem etwas obsoleten Sprachenkampf, liegt das eigentliche sprachliche Problem Belgiens heute. Der etwas antiquierte Charakter des Aufsatzes von Herrn Baum wird durch die von ihm herangezogene Literatur unterstrichen: Die von braunen Flecken nicht freie Sprachideologie von Leo Weisgerber hat in der heutigen Linguistik wirklich keinen Umlaufwert mehr, und zur Ausgliederung von Dialekten ist nach Paul Meyer (1875) und Gaston Paris (1888) noch ziemlich viel Entscheidendes gesagt worden. Der Beitrag von Hugo Dyserink trägt den Titel: „An der Grenze zwischen ‚Romania‘ und ‚Germania‘? Der belgische Kulturraum in komparatistisch-imagologischer Sicht“ [185-208]. Hier wird eine sehr moderne Perspektive angelegt: Die Handhabung des Französischen als Literatursprache hatte bei flämischen Intellektuellen im 19. Jahrhundert eine kurze Blüte, aber das Bild einer „nationalen Literatur Belgiens“ in französischer Sprache war nur eine Chimäre: Dieses Bekenntnis zu einer belgischen Nation war ohne Kontakt zu den breiten Volksschichten, die stattdessen sich bemühen mussten, ihren Platz im gesamtniederländischen Sprachkontinuum zu finden. „Flandern bzw.

die *Vlaamse Gemeenschap* kennt eine typische Übergangssituation: mit Bezug auf das Verhältnis von französischer zu niederländischer Sprache ein ständig sich vergrößernder Rückgang der erstgenannten; und im letztgenannten Bereich eine alles andere als flott verlaufende Entwicklung vom Dialektgebrauch zu einer korrekten Beherrschung der Hochsprache. [...] Die Sprechenden, die sich bemühen, die niederländische Hochsprache zu verwenden (bzw. der Überzeugung sind, dies bereits zu tun), greifen regelmäßig bzw. zumindest stellenweise auf den Dialekt zurück" [206]. Roland Willemyns behandelt „175 Jahre Sprachplanung und Sprachenpolitik in Belgien" [209-231]; der Akzent ist hier auf die Implantierung des Niederländischen gelegt, das inzwischen „den Status der Prestigesprache" [224] des nördlichen Belgien erworben hat, so dass – wie in den Niederlanden selbst (Poldernederland) – eine Destandardisierungstendenz einsetzte, die zu einer Art Zwischensprache (*Verkavelingsvlaams*) führte. Der abschließende Beitrag dieses Abschnitt stammt von Joop van der Horst und bietet einen kurzen Überblick über „Het Nederlands in België" [233-241], das sich nach langer Hintansetzung durch das Französische erst in der zweiten Hälfte des 20. Jahrhunderts wirklich durchsetzen konnte: Aber weiterhin gibt es eindeutig „een noordelijke (Nederlandse) en een zuidelijke (Belgische) standaardtaal" [240], wobei die südliche Standardform noch längst keine allgemein akzeptierten Züge angenommen hat und weiterhin im Status einer „Zwischensprache" verbleibt.

Drei Beiträge tauchen im Kapitel über „Kunst und Medien" auf: Sandrine Séquaris-Thies beschäftigt sich mit „L'art et l'architecture belges de 1830 à nos jours" [245-269], und Philippe Leruth behandelt die prekäre Lage der gedruckten Presse im Zeitalter der medialen Umwälzungen: „La révolution du câble ou trente ans de mutation de la presse belge" [303-322]. Von besonderem Interesse ist für jeden, der im schulischen oder akademischen Unterricht Belgien zum Gegenstand einer Veranstaltung macht, sicherlich der Beitrag von Albert Barrera-Vidal über „La B[ande] D[essinée] en communauté française de Belgique. Essai de présentation systématique" [271-302]. Hier werden die drei Strömungen der belgischen Comics (Flandern mit Suske en Wiske von Willy Vandersteen = J. F. M. Willebrord, Wallonien mit Spirou und den Schtroumpfs von Rob-Vel = Robert Velter und Pierre Culliford, Brüssel mit Tintin von Hergé = Georges Remi) herausgestellt, beleuchet (auch kritisch, was die Rechtslastigkeit von Hergé anbelangt) und in ihren historischen Zusammenhang gestellt. Eine sehr nützliches „classement typologique“ mit einer Übersicht über die wirklich zahlreichen in Belgien entstanden Comics schließt den informativen Beitrag ab.

Drei Kapitel sind dem Bildungswesen in Belgien gewidmet. Joseph Dries betrachtet die „Schule als Spiegel politisch-gesellschaftlicher Entwicklunmgen, Anmerkungen zum Unterrichtswesen in Belgien“ [325-348]. Es wird vor dem Hintergrund einer Geschichte des Schulwesens gezeigt, dass die gesellschaftlichen Verwerfungen der letzten 170 Jahre ihre exakte Wiederspiegelung in den verschiedenen Organisationsformen der Schule gefunden haben. Heute verfolgen die drei Kulturgemeinschaften jeweils andere Modelle: Die Ostkantone kupfern deutsche Vorbilder ab, die Flamen lassen sich von den angelsächsischen Ländern und von Skandinavien beeinflussen, die Wallonen sind weiterhin ideologischen Vorgaben verpflichtet. Eine der ideologischen Säulen, das katholische freie und subventionierte Schulwesen, das sich in einer Umstrukturierung in Richtung auf einen gemäßigten Pluralismus befindet, wird von Guido Meyer behandelt: „Das katholische Unterrichtswesen in Belgien – Indentitätssuche in einem veränderten gesellschaftlichen Kontext“ [349-360]. Ein für alle Lehrpersonen in Deutschland wichtiger Aspekt wird von Erwin Klein angesprochen: „Belgien im Französischunterricht – ein naheliegendes Thema von der Interkulturalität zu einer europäischen Intrakulturalität“ [361-378]. Trotz der Tatsache, dass Belgien – immerhin ist Nordrhein-Westfalens frankophones Nachbarland nicht etwa Frankreich, sondern Wallonien – im nordrhein-westfälischen Französisch-Lehrplan nicht gesondert erwähnt wird, wird gezeigt, wie der Reichtum an belgienbezogenen Themen im Projektunterricht einen Platz finden kann; als Modell für ein Belgien-Projekt wird eine Brüssel-Fahrt mit Vor- und Nachbereitung vorgeschlagen.

Von den fünf Aufsätzen zur Literatur behandeln zwei die französischsprachigen Werke, drei die niederländischsprachigen. Marc Quaghebeur äußert sich „À propos des spécificités littéraires de la Belgique francophone“ [381-390], wobei die besondere Situation der französischen Literatur Belgiens, Ausdruck einer „francophonie [...] foncièrement différente de celle qui caractérise la nation française“ [385] zu sein, am Beispiel von Charles de Costers *Ulenspieghel* charakterisiert wird. Anne Begenat-Neuschäfer stellt „Die Literatur Belgiens in französischer Sprache seit der Staatsgründung 1830“ [411-425] dar. Der mythische Topos „eines lebensbejahenden Flandern, in dem sich die Vorzüge der Germanität und der Latinität vereinen“ [416], worin sich der nationale Gedanke eines belgischen Staates des 19. Jahrhunderts wiederzufinden glaubte und in den auch viele flämische Intellektuelle ihr Vertrauen setzten, verkehrte sich im 20. Jahrhundert in sein Gegenteil: „Die Gruppe der gebürtig niederländischsprachigen Dichter, die in französischer Sprache schreiben, stirbt mit der zunehmenden Einsprachigkeit der autonomen Regionen im Föderalstaat aus” [419] – Flanderns internationale Sprache ist nicht mehr das Französische, sondern, was Anne Begenat-Neuschäfer vornehm übergeht, das Englische. Sonja Vanderlinden gibt unter dem Titel „Sensualität und Mystik“ eine Einführung in die niederländischsprachige Literatur Belgiens [391-409]. Den Dichter des traditionell-katholischen Landlebens, Felix Timmermans, behandelt Marcel Janssens in seinem Beitrag „Van Pallieter tot Boer Wortel“ [427-441]. Pallieter (1916) ist ein Lobgesang auf das pralle flämische Leben, der Bauer Wortel aus dem *Boerenpsalm* (1936) „is een mens geworden Pallieter, een verdiepte Pallieter, een creatie van de inmiddels zelf gerijpte auteur“ [438]. In berührender Weise berichtet Geert van Istendael aus seinem eigenen Leben, in dem die Tatsache, dass die Sprache in der Realität Brüssels nicht im Singular vorkommt, ihre Spuren hinterlassen hat: „In Brussel heeft het woord taal geen enkelvoud“ [443-446].

Der abschließende Block von zwei Aufsätzen beschäftigt sich mit dem Verhältnis von Belgien und Deutschland. Hubert Roland wählt einen imagologischen Ansatz mit einer Zäsur im Jahre 1914: „175 Jahre deutsch-belgische Wechselbeziehungen in Kultur und Literatur: Bilder und Wirklichkeit“ [449-471]. Die Regionalsprache des Raumes Aachen-Limburg, die eine natürliche Verbindung zwischen dem (dem Deutschem zugerechneten) Ripuarischen und der (dem Niederländischen zugerechneten) limburgischen Variante des Brabantischen herstellt, steht im Zentrum des mit vielen Beispielen versehenen Beitrages von Leo Wintgens, „Eine Landschaft sprechen lassen... Historische Wechselwirkungen in Sprache und Literatur der Kernregion Lüttich-Maastricht-Aachen“ [473-498].

Der vorliegende Band ist sehr instruktiv und gut aufbereitet: Besonders zu loben sind die informativen Kurzfassungen in den drei offiziellen Sprachen Belgiens am Ende jedes Beitrages, die eine schnelle Übersicht ermöglichen. Zu den Sprach-, Kultur- und Literaturfragen Belgiens gibt es eine Flut von Literatur, so dass man wirklich nicht erwarten kann, eine bibliographische Berücksichtigung aller Werke zu finden. Dass freilich die in deutscher Sprache erschienene Literatur, die ja doch überschaubarer ist, weitgehend unberücksichtigt bleibt, ist ein kleiner Wermutstropfen in dem ansonsten ansprechenden Cocktail, den Anne Begenat-Neuschäfer für den ersten Band ihrer neuen Reihe „Belgien im Fokus“ zubereitet hat. Veniant sequentes!

JOHANNES KRAMER (TRIER)

Behr, Ursula. 2007. *Sprachenübergreifendes Lernen und Lehren in der Sekundarstufe I. Ergebnisse eines Kooperationsprojektes der drei Phasen der Lehrerbildung*. Tübingen: Narr (Giessener Beiträge zur Fremdsprachendidaktik), 219 p.

Die von Ursula Behr vorgelegte Publikation spiegelt die Ergebnisse eines in Thüringen eingerichteten Projektes wider, in dessen Mittelpunkt die Frage steht, wie man unter schulischen Rahmenbedingungen mehrere Sprachen erfolgreich lernen kann.

Im Eingangskapitel [8-17] fasst die Autorin, die gleichzeitig Leiterin der Projektgruppe ist, das gegenwärtige Gewicht mehrsprachigkeitsdidaktischer Fragestellungen in der schulischen Praxis zusammen und zieht eine ernüchternde Bilanz. Bereits vorliegende Konzepte einer schulischen Mehrsprachigkeitsdidaktik haben Behr zufolge bisher weder eine unterrichtliche Breitenwirkung noch eine curriculare Verortung erfahren, so dass Fremdsprachen in der Regel nach wie vor unabhängig voneinander gelehrt und gelernt werden. Da die existierenden Konzepte schwerpunktmäßig auf romanische Sprachen ausgerichtet sind und sich darüber hinaus auf den gymnasialen Fremdsprachenunterricht konzentrieren, entstand im Jahr 2002 die Idee, in Thüringen ein Projekt zum Entwurf eines Übungsinstrumentariums zu installieren, mit dessen Hilfe sprachliches Schubkastenlehren und -lernen aufgebrochen und Synergien zwischen Muttersprache und Fremdsprache(n) aufgebaut werden können. Dabei sieht sich Behr ebenso dem Konzept einer integrativen Didaktik und Methodik der Mehrsprachigkeit wie der Interkomprehensionsdidaktik verpflichtet. Das vorrangige Ziel ihrer Arbeit sieht die Autorin in einem „Beitrag zur unterrichtspraktischen und unterrichtsdidaktischen Förderung von individueller Mehrsprachigkeit unter den Bedingungen des schulischen Fremdsprachenunterrichts“ [10]. So sollen praxisrelevante Anregungen vermittelt werden, die auf Schülerseite zu einer bewussteren Wahrnehmung, Reflexion und Verknüpfung verfügbaren sprachlichen, soziokulturellen und strategischen Wissens sowohl in der Mutter- als auch in den modernen Fremdsprachen führen. Neben der Zielsetzung der Arbeit geht Behr im 1. Kapitel auf die sprachenpolitischen und mehrsprachigkeitsdidaktischen Begründungszusammenhänge für ihr Projekt ein, bevor sie es mit Ausführungen zur methodischen Herangehensweise abschließt.

Im 2. Kapitel [18-33] wird das der Arbeit zu Grunde liegende Verständnis von sprachenübergreifendem Lernen beschrieben und in den Kontext lern- und spracherwerbstheoretischer Argumentation gestellt. Dabei unterscheidet Behr zwischen sprachenübergreifendem Lernen als a) Konzept zur Förderung von Mehrsprachigkeit und Sprachlernbewusstheit im Sinne eines Ziels von Schule und b) als Lernstrategie für das Verstehen und Sich-Verständigen im Sinne eines persönlichen Lernziels. Nach der Beschreibung der beiden Ebenen führt Behr für das Verständnis sprachenübergreifenden Lernens aus Lernersicht wesentliche Aspekte auf (z.B. Sprachlernstrategien, Inferenzen, Kognition, Reflexion), die die Funktion eines lern- bzw. spracherwerbstheoretischen Bezugrahmens erfüllen.

Im 3. und umfangreichsten Kapitel [34-161] erfolgt die Beschreibung der im Rahmen des Projektes in Thüringer Schulen durchgeführten Untersuchungen. In der Eingangsuntersuchung wurde der Frage nachgegangen, inwieweit Schülerinnen und Schüler der Klassenstufe 7 Strategien sprachenübergreifenden Lernens zwischen Muttersprache, erster und zweiter Fremdsprache nutzen. Für die Beantwortung dieser Frage wurden eine schriftliche standardisierte Befragung (N=145) und gelenkte Interviews mit Schülerinnen und Schülern (N=70) sowie Lehrkräften (N=14) durchgeführt. Im Rahmen der Fragebogenuntersuchung sollten die Probanden 31 Aussagen zu Aspekten sprachenübergreifenden Lernens aus der Sicht der ersten Fremdsprache Englisch und der zweiten Fremdsprache Französisch oder Russisch mittels eines vierstufigen Antwortformats (von „stimmt völlig zu" bis „stimmt überhaupt nicht") bewerten. In diesem Zusammenhang mussten die Lernenden, die anhand von Kriterien wie Schulart, Geschlecht, Leistungsstand ausgewählt worden waren, den eigenen Fremdsprachenerwerbsprozess reflektieren und dabei einschätzen, inwieweit Erschließungs-, Transfer- und Kompensationsstrategien einerseits in Bezug auf das Deutsche zur ersten sowie zweiten Fremdsprache und andererseits in Bezug auf das Englische zur zweiten Fremdsprache angewendet werden. Die darauf folgenden gelenkten Interviews bestanden aus zwei Teilen: Im ersten Teil wurden den Probanden Fragen zu Vorlieben für bestimmte Fremdsprachen, zur persönlichen Bedeutung sprachenübergreifenden Lernens u.a. gestellt. Der zweite Gesprächsteil hatte Testcharakter, wobei die folgenden Aufgaben zu lösen waren: Erkennen von Internationalismen in verschiedenen Sprachen und Zuordnen der deutschen Bedeutung, Erschließen von Wörtern aus verwandten Sprachen, Erkennen von Wortarten in verschiedenen Sprachen, Erkennen und Vergleichen von Satzgliedern in verschiedenen Sprachen sowie sinngemäßes Übertragen muttersprachig vorgegebener Aussagen in der ersten und jeweiligen zweiten Fremdsprache. Hinsichtlich der Auswertung der Eingangsuntersuchung hält Behr fest, dass Schüler der 7. Klassenstufe sprachenübergreifendem Lernen sehr aufgeschlossen gegenüberstehen und durchaus in der Lage sind, ihren Spracherwerbsprozess zu beschreiben bzw. zu reflektieren – und dies, obwohl sie insgesamt einen Sprachunterricht erhalten, „der sprachenübergreifendes Lernen eher nicht anregt und fördert" [80]. Die Probanden verfügen über Techniken sprachenübergreifenden Lernens vor allem im Bereich der Wortschatzerschließung, die sie jedoch eher intuitiv und punktuell anwenden; ein systematisch aufgebautes Repertoire scheint nicht zur Verfügung zu stehen. Interessant ist, dass die erste Fremdsprache beim sprachübergreifenden Lernen eine untergeordnete Rolle spielt – die dominierende Bezugsbasis für den Sprachvergleich bei der Worterschließung stellt das Deutsche dar. Auch die zweite Fremdsprache wird kaum genutzt, wenn es darum geht, Wörter aus verwandten Sprachen zu erschließen. Die ebenfalls im Rahmen der Eingangsuntersuchung durchgeführten Lehrerinterviews wurden mit dem Ziel verbunden, Anhaltspunkte dafür zu erhalten, inwieweit Sprachenlehrer für sprachenübergreifendes Lernen sensibilisiert sind. Wie kaum anders zu erwarten, fallen die Ergebnisse hierzu ernüchternd aus: Obwohl bei den Lehrkräften eine grundsätzliche Offenheit für sprachenübergreifendes Lernen besteht, bestimmt es kaum den Unterricht des Deutschen sowie den der ersten und zweiten Fremdsprachen; sprachenübergreifende Fachkonferenzarbeit ist eher die Ausnahme. Zu ähnlichen Ergebnissen ist Frings (2006) im Rahmen einer Befragung von rheinland-pfälzischen Lehrenden gelangt.[1]

Die ein Jahr nach der Eingangsuntersuchung durchgeführte Folgeuntersuchung stellt die Frage nach Strategien zum sprachenübergreifenden Lernen nunmehr in den Kontext der Erprobung eines Unterrichtsmaterials. Die zentrale Fragestellung in den mit 45 Probanden geführten Schülerinterviews lautet: „(Inwieweit) Vermag der Einsatz eines sprachenübergreifenden Übungsangebotes Reflexionsprozesse bei Schülerinnen und Schülern zu verstärken und Techniken bzw. Strategien sprachenübergreifenden Lernens (v.a. auf lexikalischer Ebene) bewusst zu machen und gezielt anzuwenden?“ [93]. Im ersten Teil des Interviews wurden den Probanden Fragen zu den außerschulischen Anwendungsgelegenheiten für die erlernten Fremdsprachen, zur Nachhaltigkeit von Übungen des erprobten Unterrichtsmaterials u.a. gestellt. Im zweiten Teil, der wieder Testcharakter hatte, sollten die Lernenden u.a. Internationalismen erkennen und benennen, thematische Zusammenhänge von Wörtern aus verschiedenen Sprachen erschließen sowie Satzstrukturen in der Muttersprache und den erlernten Fremdsprachen erkennen und vergleichen. Die Auswertung der Tests ergab, dass der Einsatz sprachvergleichender Übungen Reflexionsprozesse bei Schülerinnen und Schülern anregt und unterstützt sowie den Grad der Sensibilisierung für den Sprachvergleich erhöht. Auffällig war, dass die von den Probanden praktizierte Dekodierung in erster Linie auf Einzelwortebene über die subjektiv wahrgenommene Similarität im graphematischen und phonematischen Bereich zur Muttersprache erfolgt. Im Vergleich zur Eingangsuntersuchung wächst in diesem Zusammenhang deutlich die Rolle des Schrift- und Lautbildvergleichs zur ersten

---

[1] Frings, Michael. 2006. *Mehrsprachigkeit und Romanische Sprachwissenschaft an Gymnasium? Eine Studie zum modernen Französisch-, Italienisch- und Spanischunterricht.* Stuttgart: *ibidem* (Romanische Sprachen und ihre Didaktik; 2).

Fremdsprache und auch zunehmend zur zweiten erlernten Fremdsprache. Letzteres erfolgt vor allem bei verwandten Sprachen – ein für die Gestaltung des Unterrichts romanischer Tertiärsprachen bedeutender Befund. Die Ergebnisse der Folgeuntersuchung zeigen jedoch auch, wie wichtig es ist, die Erschließungsstrategien der Lernenden nicht im Bereich von Oberflächenmerkmalen zu belassen, sondern eine zusätzliche Erschließungsüberprüfung im semantischen und syntaktischen Kontext anzuregen. Mittels der nach einem Jahr durchgeführten zehn Lehrerinterviews sollte erkundet werden, ob bzw. inwieweit das Verständnis von sprachenübergreifendem Lernen durch die Materialerprobung eine Veränderung erfahren hat und ob der Materialeinsatz die bisherige Unterrichtspraxis beeinflusst hat. Die Ergebnisse unterstreichen die Sinnhaftigkeit des Materialeinsatzes in hohem Maße, denn für die beteiligten Lehrkräfte kann „eine deutliche Schärfung der subjektiven Theorie von sprachenübergreifendem Lernen im Hinblick auf den zwischensprachlichen Transfer und die Nutzung von Synergieeffekten festgestellt werden" [161]. Dass die Lehrkräfte von der Bedeutung sprachenübergreifenden Lernens überzeugt sind, es aber als etwas Zusätzliches betrachten, das der „Abarbeitung von Lehrbuchlektionen" [161] unterzuordnen ist, unterstreicht die Notwendigkeit einer curricularen Implementierung. Zudem ist eine verstärkte Öffnung einzelsprachlicher Lehrwerke für sprachenübergreifendes Lernen wünschenswert.

Das 4. Kapitel [162-183] ist dem unterrichtsdidaktischen Zugang zum sprachenübergreifenden Lernen gewidmet. Die Autorin erörtert in diesem Zusammenhang u.a. den übungstheoretischen Ansatz, die Inhalte eines Übungsinstrumentariums, den Anspruch an das Übungsdesign sowie die Frage der Leistungseinschätzung. Im abschließenden Kapitel [184-188] stellt Behr weiterführende Überlegungen zum sprachenübergeifenden Lernen und Lehren in der Sekundarstufe I an. So weist sie z.B. auf die Notwendigkeit der Kooperation der Unterrichtenden von Sprachen hin, die u.a. auch dabei hilft, das vermeintliche Defizit bezogen auf Sprachen, die man selbst nicht beherrscht, zu mindern. In diesem Bereich ist sicherlich nach wie vor Aufklärungsarbeit zu leisten: Niemand erwartet von einem Französischlehrer, dass er über perfekte Spanischkenntnisse verfügt. Was wohl aber von einem jeden Fremdsprachenlehrer erwartet werden kann, ist die Bereitschaft, sich mit einer Portion Neugier auf scheinbar fremde

Sprachen einzulassen, mit ihnen zu experimentieren und sich von den zahlreichen Parallelen überraschen zu lassen.

Erfreulich ist, dass Ergebnisse der Projektarbeit bereits Eingang in die Ausbildung von Lehramtsstudierenden fremdsprachlicher Fächer an der Universität Jena, in die Lehrerfortbildung und die Lehrplanentwicklung in Thüringen gefunden haben. Es wäre daher wünschenswert, wenn die Ergebnisse der Thüringer Arbeitsgruppe auch andernorts zur Kenntnis genommen und zur curricularen Verortung sprachenübergreifenden Lernens führen würden.

Ursula Behr wird ihrem Ziel, einen Beitrag dazu zu leisten, „das wenig differenzierte Gesamtziel ‚Entwicklung von Mehrsprachigkeit‘ mit unterrichtspraktischen Zugängen zu versehen“ [9] in jeder Hinsicht gerecht. Ihre Arbeit stellt zweifelsfrei einen Gewinn für die Mehrsprachigkeitsforschung dar.

FRANK SCHÖPP (WIESBADEN)

FÄCKE, Christiane. 2006. *Transkulturalität und fremdsprachliche Literatur. Eine empirische Studie zu mentalen Prozessen von primär mono- oder bikulturell sozialisierten Jugendlichen.* Frankfurt a.M. et al.: Lang (Kolloquium Fremdsprachenunterricht; 25), 303 p.

Zielsetzung des Fremdsprachenunterrichts ist, den Schülerinnen und Schülern die Kompetenz zu kommunikativem Handeln in der Fremdsprache zu vermitteln. Dabei reicht aus nahe liegenden Gründen das Erlernen einer an Normen ausgerichteten Sprachrichtigkeit allein nicht aus. Erst wenn durch ergänzendes landeskundliches Wissen um den kulturellen Hintergrund der Gesprächspartner ein Verständnis für deren Erwartungen und Verstehensmuster vorhanden ist, kann von der umfassenden Kompetenz gesprochen werden, den Horizont der eigenen Kultur gewinnbringend mit dem Verstehen einer Fremdperspektive zu verbinden.

Der schulische Literaturunterricht hat dabei prägende Funktion. Die Auseinandersetzung mit fremdsprachiger Literatur fördert die Fähigkeit des Fremdverstehens in herausgehobener Weise. Vor diesem Hintergrund unternimmt es Christiane Fäcke, ein Modell für den fremdsprachigen Literaturunterricht zu entwickeln, das zum einen die neuere literaturwissenschaftliche Theoriebildung produktiv aufnimmt und deren Diskussionen durch ausführliche empirische Beobachtungen im schulischen Kontext ergänzt. Hieraus entsteht ein didaktisches Modell, das den aktuellen Anforderungen an schulische Vermittlung literarischen Wissens gerecht wird und gleichzeitig eine Perspektive für den Bildungsprozess aufweist, dem die Schule verpflichtet ist.

Auf theoretischer Ebene bietet dabei das von ihr favorisierte subjektorientierte Lektüremodell den Schülerinnen und Schülern die Möglichkeit, den eigenen Erfahrungshintergrund in ihre Rezeption einzubringen. Dies ist ein deutlicher Schritt weg von historisch-gesellschaftlichen Interpretationsmodellen, die häufig ein Kontextwissen voraussetzen, das den Jugendlichen für die eigene Interpretation nur eingeschränkt zur Verfügung steht. Entsprechend fremd bleiben ihnen häufig die Ergebnisse der literarischen Interpretation. Damit wird Fäckes Modell zum einen der Forderung nach stärkerer Individualisierung von Lernprozessen gerecht, zum anderen ermöglicht es die Berücksichtigung der wachsenden Heterogenität der Schülerschaft. Wenn die PISA-Studie die mangelnde Förderung von Schülern mit Migrationshintergrund kritisiert hat, so bietet sich in einer an der fortschreitenden Pluralisierung von Lebenswelten ausgerichteten Theorieperspektive die Gelegenheit, die unterschiedlichen kulturellen Hintergründe und Erfahrungshorizonte der Schülerschaft produktiv in den Unterricht einzubeziehen. Fremdsprachige Literatur wird zum Medium individueller Subjektivierungsprozesse.

Die Untersuchung gibt dabei zunächst einen umfassenden Überblick über den zentralen Begriff ‚Interkulturalität' und dessen Entwicklung zu einer stärker als Prozess beschriebenen ‚Transkulturalität'. Auch der für die literartheoretische Diskussion zentrale Begriff der ‚Subjektivität' wird historisch und philosophisch fundiert, um danach fruchtbar in die Diskussion über postmoderne Bedingungen der Bildung von Individualität eingebracht zu werden. Dieser Methodenapparat, der wesentliche Positionen der literaturwissenschaftlichen Beschäftigung mit ihrem Gegenstand für die Schule fruchtbar macht, wird im weiteren Gang auf seine konkrete Anwendbarkeit im Unterricht überprüft.

Hierzu dient ein methodisch fundiertes und umfassendes Methodenrepertoire der empirischen Studie. Die benutzten Beobachtungsinstrumente ermöglichen dabei einen Einblick in die mentalen Prozesse der an der Untersuchung teilnehmenden Schülerinnen und Schüler. Damit wird eine in didaktischen Fragen oft zu Recht angemahnte empirische Basis für die Forschung geschaffen und einer theoretischen Diskussion um Präferenzen in der Positionierung literaturdidaktischer Modelle ein realer Entscheidungsrahmen gegeben. Die Ausarbeitung eines solchen Untersuchungsmodells und die Adaption einer an ethnologischen Untersuchungen ausgerichteten Forschungsmethodik für die Fachdidaktik stellt sicherlich ein großes Verdienst der vorliegenden Arbeit dar.

Als Korpus für die Untersuchung wurden vier Werke ausgesucht, die eine der Lebenswelt der Schülerinnen und Schüler nahe stehende Problematisierung von kulturell plural verfassten Welten schildern. Gewählt werden dabei *No pasó nada* von Antonio Skármeta, *La jeune fille au balcon* von Leïla Sebbar, *La Civilisation, ma mère !* von Driss Chraïbi und *Le Racisme expliqué à ma fille* von Tahar Ben Jelloun. Diese Bücher thematisieren jeweils unterschiedlich die Wechselwirkungen verschiedener kultureller Normsysteme.

Der folgende Teil stellt detailliert die Untersuchungsergebnisse dar. Hier kommen die teilnehmenden Schülerinnen und Schüler ausführlich zu Wort und geben einen umfassenden Einblick in die von ihnen mit den Büchern verbundenen Kontexte und Erwartungshaltungen. Mit seinem Detailreichtum und der Materialfülle ist dies eine eindrucksvolle Dokumentation der Möglichkeiten, die aus der didaktischen Position Fäckes erwachsen können. Tatsächlich gelingt es ihr, die Forderung nach transkulturellen Verstehensprozessen einzulösen und die Wirkungsweise der Interaktion unterschiedlicher, individuell bestimmter Erwartungshorizonte der Schülerinnen und Schüler mit der jeweiligen Lektüre und ihrer Thematik zu zeigen. Die Streuung der an der Untersuchung teilnehmenden Schülerinnen und Schüler hilft dabei, einen Eindruck von der Bandbreite unterschiedlicher Verstehensmodi zu geben.

An die Darstellung der Fallbeispiele schließt eine vergleichende Analyse an, die Generalisierungen vorschlägt, um den Begriff des ‚transkulturellen Verstehens' zu schärfen. Dabei werden zum einen die verschiedenen Formen der Integration je eigener Kontexte beschrieben, zum anderen werden aber auch die auftretenden mentalen Prozesse deutlich differenziert. Damit wird das empirisch gewonnene Material für die Präzisierung der aus der literaturwissenschaftlichen

Theorie abgeleiteten Prämissen genutzt, ohne dass das Anliegen der Untersuchung, einen qualitativen Beitrag zur Beschreibung individueller Rezeptionsmechanismen zu liefern, aus den Augen verloren wird.

Eine abschießende Evaluation der Ergebnisse und der zur Durchführung der Untersuchung erarbeiteten Methodik schließt die Arbeit ab und zeugt erneut von dem Bemühen um Transparenz und Intersubjektivität im Vorgehen und in der Präsentation der Ergebnisse. Gleichzeitig kann an dieser Stelle Fäcke ihre eigenen Präferenzen und die Perspektive für die Entwicklung schulischen Literaturunterrichts präzisieren.

Vor dem Hintergrund des eingangs skizzierten Problemfeldes, in dem sich die Arbeit situiert, kann ein ausgearbeiteter Versuch, literaturwissenschaftliche Entwicklungen der vergangenen Jahre und kulturwissenschaftlich orientierte Behandlungsweisen von Literatur im schulischen Unterricht nutzbar zu machen, nur nachdrücklich begrüßt werden. Das Engagement für subjektzentrierte Lektüremodi, die dem individuell geprägten Erfahrungshorizont der heutigen Schülergeneration entsprechen, ermöglicht eine Weiterentwicklung der fremdsprachigen Literaturdidaktik und eine Aktualisierung ihrer Positionen auch in Hinblick auf aktuelle universitäre Forschungen. Hinzu kommt, dass ein derart auf die Begegnung mit dem Anderen ausgerichteter Unterricht, dessen Ziele in der Öffnung von Bedeutungsgefügen und einer Sensibilisierung für die spezifische Problemlage hybrider Kulturen liegen, heutige Schülergenerationen auf die Anforderungen einer verstärkt pluralistisch ausgerichteten Welt vorbereitet.

Diese Funktion speziell dem Fremdsprachenunterricht zuzuschreiben erscheint plausibel, wenn zum einen die hohe Anzahl profilierter Autorinnen und Autoren im Bereich der postkolonialen Literaturen der an Schulen unterrichteten Sprachen in Betracht gezogen wird und zum anderen auf den Umstand verwiesen wird, dass die Aneignung eines fremdsprachigen Textes stets bereits eine hohe Bereitschaft zur Auseinandersetzung mit fremden Bedeutungsgefügen voraussetzt. Damit wird ein Literaturunterricht favorisiert, der national ausgerichtete Kanones ebenso überwindet wie monologisch ausgerichtete Bedeutungsrekonstruktion als Ziel einer Beschäftigung mit Literatur.

Als Wehmutstropfen bliebe allenfalls anzuführen, dass eine derart grundlegend an konstruktivistischen Modellen ausgerichtete Didaktik enorm aufwändig ist und die Durchsetzung an Schulen sicherlich auch immer an dem pragmatisch Machbaren gemessen werden muss. Doch die Fallbeispiele zeigen, zu welchen Erfolgen ein solches Vorgehen führen kann. Zudem gelingt in beeindruckender Weise, dem fremdsprachigen Literaturunterricht eine grundsätzliche Bildungsfunktion zuzuschreiben, die seine tragende Funktion neben dem reinen Sprachunterricht und der Vermittlung von Landeskunde unterstreicht.

JOCHEN FRITZ (HAMBURG)

Gómez-Pablos, Beatriz & Ollivier, Christian. edd. 2007. *Aktuelle Tendenzen in der romanistischen Didaktik*. Hamburg: Kovač, 278 p.

Der von Beatriz Gómez-Pablos und Christian Ollivier herausgegebene Sammelband umfasst elf Beiträge und stellt laut Vorwort die erste Publikation der 2004 gegründeten Arbeitsgruppe „Didaktik der romanischen Sprachen“ an der Salzburger Romanistik dar. Darin kommen nicht nur Mitglieder dieser Gruppe, sondern auch AutorInnen zu Wort, mit denen Kooperationen bestehen. Abgesehen von einem Beitrag zur Interkomprehensionsdidaktik und dem Schlussartikel beschäftigen sich die Beiträge mit didaktischen Fragestellungen in Bezug auf eine romanische Sprache bzw. ein romanisches Land. In den meisten Fällen handelt es sich dabei um das Italienische bzw. um Italien (fünf Beiträge). Aspekte der Didaktik des Spanischen werden in zwei Beiträgen behandelt; das Französische und das Portugiesische sind jeweils mit einem Artikel vertreten. Dieser breite romanische Ansatz schlägt sich auch in der Sprachwahl nieder: Die knappe Mehrheit der Artikel ist zwar auf Deutsch geschrieben, es finden sich jedoch auch drei italienische und je ein spanischer und ein französischer Text.

Inhaltlich lassen sich die Beiträge folgenden drei Themenbereichen zuordnen: 1) konkrete didaktische Ratschläge zur Unterrichtsgestaltung, 2) Lehrwerksanalysen und 3) institutionelle Rahmenbedingungen des Fremdsprachenunterrichts. Eine Sonderstellung nimmt der Artikel zur Interkomprehensionforschung ein.

In der ersten Gruppe von Beiträgen untersucht Isolde Seeleitner, wie die Arbeit mit literarischen Texten im Spanischunterricht vor dem Hintergrund eines ganzheitlichen Ansatzes unter Berücksichtigung affektiver Faktoren anders konzipiert werden kann. Ziel ist das „lustvolle Erleben von literarischen Texten“ [45], wobei Seeleitner unterstreicht, dass literarische Texte nicht nur sprachsystemische, sondern auch soziokulturelle und interkulturelle Inhalte vermitteln. Nach theoretischen Ausführungen zum ganzheitlichen Lernen und nach Überlegungen zur Text- und Methodenwahl beschreibt sie, wie eine Unterrichtseinheit über drei Gedichte von Antonio Machado aussehen könnte. Ihr Beitrag illustriert, was eine der Stärken dieses Sammelbandes ausmacht: Die gelungene Verbindung von Konzepten zum Lehren und Lernen fremder Sprachen und ihrer praktischen Umsetzung im Alltag des Fremdsprachenunterrichts.

Mit der Didaktisierung von italienischen Liedern befasst sich Iris Nagl Buratto. Dabei geht es ihr weniger um die konkrete Umsetzung einer didaktischen Methode, sondern vielmehr darum, wie soziokulturelle und historische Aspekte der *italianità* anhand von Liedern vermittelt werden können. Nach Hinweisen auf Forschungsliteratur über den Einsatz von Liedern sowie einem Überblick über das bereits zahlreich vorhandene didaktische Material [65] führt die Autorin kenntnisreich und relativ detailliert durch die Geschichte des italienischen Lieds und ordnet Texte relevanten Themenbereichen zu (*questione meridionale*, Lieder über die Mafia etc.). Sie beendet ihren Beitrag mit verschiedenen Anregungen zur Aufbereitung von Liedern für den Italienischunterricht [85-90].

Christian Ollivier berichtet vom Versuch, das Internet für die Verbesserung der Schreibfertigkeit der Lernenden zu nutzen und sie so im Rahmen des handlungsorientierten Ansatzes des Gemeinsamen Europäischen Referenzrahmens für Sprachen als „sozial Handelnde“ eine kommunikative Aufgabe ausführen zu lassen. 15 österreichische Französischstudierende sollten im März 2006 in der französischsprachigen Ausgabe von Wikipedia einen Artikel zu ihrem Heimatort schreiben. Das Ergebnis war, dass die schriftlichen Produktionen in der Fremdsprache im Vergleich zu traditionellen Hausübungen weniger Fehler enthielten [212]; sie wurden anschließend von anderen Wikipedia-NutzerInnen korrigiert. Die Rolle des Lehrenden, der als alleiniger Rezipient die erfolgreiche Ausführung beurteilt, erfährt bei solchen Übungen eine Veränderung: Hier ist er nur mehr Experte, der die Lernenden bei der Erfüllung ihrer kommunikativen Aufgabe unterstützt. Die Studierenden selbst empfanden diesen Aufgabentypus als sehr motivationsfördernd.

Dem Themenbereich „Lehrwerksanalyse“ können die Artikel von Beatriz Gómez-Pablos und Michaela Rückl zugeordnet werden. Im Beitrag von Gómez-Pablos, der aufgrund seiner Präzision und Klarheit sicher einer der besten Artikel des Sammelbandes ist, beschäftigt sich die Autorin mit einem bisher wenig erforschten Bereich: Sie analysiert sieben für FremdsprachenlernerInnen vereinfachte Ausgaben des 1554 anonym erschienenen Schelmenromans *El lazarillo de Tormes*, eines Klassikers der spanischen Literatur. Sie vergleicht die Ausgaben systematisch und berücksichtigt dabei äußere Aspekte (Umfang, Illustrationen, Zusatzmaterial), angegebenes vs. tatsächliches Lektüreniveau, grammatisches und lexikalisches Schwierigkeitsniveau (auch Worterklärungen), Vereinfachungsstrategien (Reduzierung und Modifizierung des Originaltextes, was hier auch auf eine Eliminierung der Archaismen hinausläuft) und Zusatzübungen. Als Ergebnis dieser Analyse kann festgehalten werden, dass die verschiedenen Adaptationen für Anfänger- bzw. mittleres Niveau beträchtlich divergieren und sich die Frage stellt, ob die jeweiligen Versionen in der Praxis tatsächlich dem – von den Herausgebern auch nur teilweise explizit – theoretisch definierten Niveau entsprechen.

Michaela Rückl erläutert anhand der CD-Rom zum auch von ihr verfassten Lehrbuch *Le m@nderò un messaggio ... – Computergestützte Lerneinheiten für bimodales Fachsprachentraining*, wie bimodales Fachsprachentraining in die Praxis umgesetzt werden kann. Nach Darlegung der Prämissen des bimodalen Modells in der Fremdsprachendidaktik zeigt Rückl, wie die Konzeption des erwähnten, wirtschaftssprachlich ausgerichteten Lehrwerks zur Förderung der Lernerautonomie und zum interkulturellen Lernen beiträgt, wie im Lehrbuch der Authentizitätsanspruch der Texte eingelöst wird und wie Multimedialität und Interaktivität integriert werden.

Von den fünf Beiträgen, die sich im weitesten Sinn mit den Rahmenbedingungen des Fremdsprachenunterrichts befassen, gehen zwei auf die Situation in Italien ein. Cristina Bosisio untersucht, inwieweit der Fremdsprachenunterricht in Italien das vom Europarat geforderte Ausbildungsziel „mehrsprachige Kompetenz“ umsetzt. Auch wenn die Autorin konstatiert, dass hinsichtlich der geltenden Bestimmungen Italien die Vorgaben des Europarats erfüllt, stellt sie in der schulischen Praxis des Landes noch Defizite fest. Bosisio schlägt zur Umsetzung des Mehrsprachigkeitskonzepts Veränderungen in der LehrerInnenausbildung vor. Diese betreffen unter anderem eine sprachliche Ausbildung von Lehrenden aller, also auch nicht-sprachlicher Fächer, das so genannte C.L.I.L. (*Content and language integrated learning*) sowie das Erlernen verwandter Sprachen. Die Lehrenden sollen so verstärkt die mehrsprachigen Kompetenzen ihrer Schüler fördern.

Graziano Serragiotto vertieft die Problematik des fremdsprachigen Unterrichts in nicht-sprachlichen Fächern (CLIL) in Italien. Dieser von den Lernenden sehr positiv beurteilte Unterricht in der Fremdsprache wird besonders in mehrsprachigen Regionen (Friaul-Julisch Venetien, Aostatal und Südtirol) sowie in Latium und in der Lombardei praktiziert. Serragiotto erläutert, welche verschiedenen Typen von CLIL in Abhängigkeit von der Lehrendenkonstellation denkbar sind und welche Probleme bei der Durchführung auftreten (fremdsprachiges Material, Bewertung). Da es bisher keine ministerielle Zertifizierung dafür gibt, macht er Vorschläge, wie LehrerInnen zum CLIL ausgebildet werden könnten. Gleichzeitig betont der Autor in der Konklusion, dass CLIL immer auf dem Prinzip der Freiwilligkeit der Lehrenden basieren solle. In diesem klaren und anschaulichen Artikel wird allerdings leider nicht thematisiert, in welchen Fremdsprachen denn CLIL betrieben werden kann oder soll.

Ausgangspunkt des Beitrags von Enrica Rigamonti ist der – im Gegensatz zur Schweiz und zu Deutschland – zögerliche Einsatz des europäischen Sprachenportfolios in der Erwachsenenbildung in Österreich. Rigamonti führt dies u.a. auf die Theorielastigkeit bei der Vorstellung des Portfolios in der Lehrerfortbildung zurück. Nach Aufzeigen seiner positiven Aspekte (selbstgesteuertes Lernen seitens des Lernenden, neue Rolle des Lehrenden etc.) ermutigt die Autorin zur Verwendung des Portfolios in der Erwachsenenbildung, indem sie von ihren persönlichen, positiven Erfahrungen von seiner Verwendung im Unterricht berichtet. Dabei zeigt sie konkrete Möglichkeiten seines Einsatzes, aber auch problematische Aspekte (Verweigerung einzelner KursteilnehmerInnen) auf.

Der einzige Beitrag zum Unterricht des Portugiesischen als Fremdsprache von Elóide Kilp kann in zwei Teile gegliedert werden. Im ersten Teil, der auch einen kurzen historischen Überblick über die Methoden der Fremdsprachenvermittlung umfasst, vertritt Kilp die Vorteile eines mündlich zentrierten Unterrichts und legt Prinzipien zu dessen Umsetzung dar. Im zweiten Teil zeigt sie, wie diese theoretischen Einsichten zur kommunikativen Kompetenz im brasilianischen Sprachzertifikat CELPE (*Certificado de Proficiência em Língua Portuguesa para Estrangeiros*) ihren Niederschlag finden. Kilp beschreibt die Prüfungsanforderungen und -aufgaben sowie die verschiedenen Niveaus des CELPE und veranschaulicht in einer Tabelle den Kriterienkatalog mit den einzelnen Deskriptoren [196-197], der der Beurteilung des zweiten, individuellen Teils der CELPE-Prüfung zugrunde liegt (v.a. mündliche Sprachproduktion). Ein direkter Vergleich mit dem Europäischen Referenzrahmen für Sprachen unterbleibt, da er sich „trotz oder gerade wegen der vielen Informationen" [198] schwierig gestaltet.

Im Schlussartikel von Ollivier, Rückl und Seeleitner, der einer der interessantesten Beiträge des Sammelbandes ist, werden auf der Grundlage einer Befragung die Anforderungen dargelegt, die an AbsolventInnen des Lehramtsstudiums in Fremdsprachen in Österreich gestellt werden. Die Ergebnisse der Befragung basieren auf den ausgefüllten Fragebögen von 49 LehrerInnen, die eine romanische Sprache oder Englisch unterrichten und in der LehrerInnenausbildung und -fortbildung stark involviert sind. Die Befragten sollten ihre Erwartungen in Bezug auf die künftigen LehrerInnen hinsichtlich deren sprachpraktischer, interkultureller, literaturwissenschaftlicher und sprachwissenschaftlicher Kompetenzen aber auch in puncto Sozial- und Selbstkompetenz skalieren. Auch wenn die Studie lediglich explorativen Charakter hat, zeichnet sich ab, dass sprachliche, interkulturelle und fachdidaktische Kenntnisse im Vergleich zu den allerdings auch hoch bewerteten Kenntnissen in Sprach- und Literaturwissenschaft noch höhere Werte erzielt haben. Die AutorInnen sind mit ihren aus der Befragung abgeleiteten Rückschlüssen angenehm zurückhaltend. Sie weisen unter anderem darauf hin, dass der Umfang der sprachpraktischen Ausbildung von Lehramtsstudierenden zur Erlangung des vielfach geforderten Kompetenzniveaus C2 unzureichend ist. Weiters wäre es wichtig, Unterrichtspraktikum und universitäre Ausbildung stärker zu verzahnen. Wenn Bredella 2003 für Deutschland berichtet, dass „Referendaren an der Schule [...] geraten [wird] alles zu vergessen, was sie an der Universität gelernt haben [...]" (265), ist dies Ausdruck einer unfruchtbaren und unsinnigen Opposition von Theorie und Praxis bei der

Ausbildung der FremdsprachenlehrerInnen. Diese Opposition könnte durch die erwähnte engere Kooperation der Institutionen entschärft werden.

Peter Doyé untersucht schließlich die Bedeutung des Faktors Sprachverwandtschaft für gelingende Interkomprehension. Er präzisiert, dass „Verstehen" in der Interkomprehensionforschung das „volle" Verstehen schriftlicher und mündlicher Äußerungen in der Fremdsprache und nicht nur ein bruchstückhaftes Globalverstehen bezeichnet. Doyé beschreibt dann zwei empirische Untersuchungen zum Lese- und Hörverstehen fremdsprachiger Texte. ProbandInnen waren niedersächsische RealschülerInnen bzw. Anglistikstudierende, denen jeweils ein niederländischer, ein romanischer (spanischer bzw. französischer) und ein slawischer (tschechischer bzw. russischer) Text vorgelegt bzw. vorgespielt wurden. Dabei wurden die niederländischen Texte am besten, die slawischen Texte am wenigsten verstanden; die romanischen Texte belegten das Mittelfeld. Diese Ergebnisse belegen empirisch die – intuitiv nicht ganz überraschende – Hypothese, dass für erfolgreiche Interkomprehension nicht nur die Fähigkeiten des Dekodierens und Interpretierens relevant sind. Auch die Verwandtschaft von Ziel- und Ausgangssprache bzw. das Vorhandensein von Internationalismen in beiden Sprachen sind von großer Bedeutung, wobei in dieser Studie die Ausgangssprache die Muttersprache der ProbandInnen war.

Beträchtlich gemindert wird der Gesamteindruck des Werkes, dessen einzelne Beiträge hier kurz zusammengefasst wurden, durch die mangelnde editorische Sorgfalt, mit der der Sammelband erstellt wurde. Aufgrund eines offensichtlich falsch eingestellten Silbentrennungsprogramms finden sich in allen Beiträgen unschöne Worttrennungen, die den Lesefluss bisweilen behindern (z.B. „Aufnahmebereitschaft" [44], „grun-dsätzlich" [83], „Te-xtsorten" [241]). Auch zahlreiche andere Mängel in der Darstellung und Rechtschreibung deuten darauf hin, dass ein abschließendes Korrekturlesen wohl nur sehr oberflächlich vorgenommen wurde bzw. den EditorInnen oder dem Verlag an der grafischen Darstellung wenig gelegen haben dürfte. Die tabellarischen Darstellungen im ersten Beitrag von B. Gómez-Pablos werden unterbrochen und verteilen sich nicht selten auf zwei Seiten; Diakritika werden nicht („Praha – Stovezate mesto" [163]), Absätze mitten im Satz gesetzt [142]; in den Bibliografien werden manchmal aus nicht nachvollziehbaren Gründen Buchtitel nicht kursiviert (so z.B. Butzkamm

2003, Mezzadri 2003 [244-245], Decker 1996, Fritz 1991 und Kilp 2003 [200-201]) oder im Text erwähnte Autoren fehlen gänzlich (Oelkers 2004 [266]). Gravierender sind Fehler wie falsche Getrennt- und Zusammenschreibungen („che possono es seredisgiunte", „dicontenuto", beide 148) oder fehlende Worte und unvollständige Sätze (90: „Als sehr emotionsgeladenes Ausdrucksmittel schaffen es Lieder [...] die Begeisterung der Studierenden zu wecken und diese zu motivieren, sich mit einem fremdsprachigen Text auseinanderzusetzen und.").

Natürlich ist es illusorisch zu glauben, ein sprachlich und orthografisch „fehlerfreies" Buch schreiben zu können – und in einigen Beiträgen wird ja auch deutlich, dass „Fehler" (beim Fremdsprachenerwerb!) nicht immer negativ konnotiert zu sein brauchen. Trotzdem hätte intensiveres Korrekturlesen durch einen deutschen Muttersprachler dem Werk zu großem Vorteil gereicht. Dies schmerzt umso mehr, als durch solche „Äußerlichkeiten" die Stärken des Buches ein wenig relativiert werden: der darin implizit vertretene gesamtromanische Ansatz in der Didaktik, die Wiederaufwertung literarischer Werke für die Praxis des Fremdsprachenunterrichts, die durch dessen einseitige kommunikative Ausrichtung bisweilen stark marginalisiert werden und wurden, und das in vielen Beiträgen gut ausgewogene Verhältnis von Theorie in Praxis, das den Sammelband angenehm von einseitig theorielastigen Werken oder bloßen „Rezeptsammlungen" für den Unterricht abhebt.

HOLGER WOCHELE (WIEN)

Haase, Martin. 2007. *Italienische Sprachwissenschaft.* Tübingen: Narr (Bachelor-Wissen).

Eine neue Einführung in die italienische Sprachwissenschaft ist ein seit längerem immer wieder angemahntes Desideratum, denn unter den bisher häufig zugrunde gelegten deutschsprachigen Einführungen ist Geckeler & Kattenbusch (1992) inzwischen in mancher Hinsicht veraltet, Kattenbusch (1999) etwas knapp gehalten und Blasco Ferrer (1994) als Handbuch konzipiert, das als Hochschullehrbuch wenig Anklang gefunden hat.

Dass die vorliegende Einführung in der neuen Reihe Bachelor-Wissen erschien, macht sie zu einem sehr ansprechend gestalteten Werk, das mit seiner Marginalspalte, den zahlreichen Karten und Grafiken sowie Merkkästen weit von der oft als „Blei-Wüste" beschimpften Erscheinungsform traditioneller Lehrwerke entfernt ist, die der heutige Student in der Regel weniger zu goutieren weiß. Natürlich muss dabei einiges an Wissensvermittlung auf der Strecke bleiben, so dass die Deklaration des Buchinhalts zum Bachelor-Wissen (= Wissen eines Bachelor-Absolventen?) durchaus Fragen aufwirft. Doch spricht Haase im Vorwort auch nur von Grundkenntnissen, die in Einführungsveranstaltungen erworben werden müssen, und verweist auf mögliche „zusätzliche Proseminare, die das Einführungsseminar ergänzen" [9]. Ferner empfiehlt er den Studenten zurecht, „sich über die Literaturhinweise weitere Quellen zu erschließen [...], denn es ist wichtiger denn je, sich auf verschiedene Weise Zugang zu einem Thema zu verschaffen" [9]. Diese Hinweise sind dann bewusst knapp gehalten, „auf die Angabe von Spezialliteratur wird generell verzichtet" [9f.], nicht aber z.B. auf Haase (1994), der – zumal ohne Verweise auf das Italienische (dafür aber auf das Japanische, Baskische, Koreanische, ...) – nicht unbedingt zu den italianistischen Grundlagentexten gehört. Die für den studentischen Käufer zweifellos attraktive Titulierung der Reihe als „Bachelor-Wissen" erscheint aus der Sicht des Lehrpersonals also nicht unproblematisch, zumal es in Deutschland für ein geisteswissenschaftliches Fach keinen allgemeinverbindlichen fixierten Kanon dessen gibt, was zum Wissen eines Bachelors gehört. In den Worten des Autors soll das Buch denn auch nur „ein solcher roter Faden" sein, den er zurecht als „sicherlich hilfreich" [9] betrachtet, während auf der Buchrückseite erklärt wird, der Band gehe „auf alle wesentlichen Facetten der Sprache im Allgemeinen und des Italienischen im Besonderen" ein, was auf 192 Seiten natürlich nur schwer geleistet werden kann.

In insgesamt vierzehn Lehreinheiten gegliedert, die vierzehn Seminarsitzungen entsprechen sollen, berücksichtigt die Einführung vier größere Themenblöcke: „Sprache und Linguistik" mit den Einheiten Sprache (1), Linguistik und Philologie (2), Varietätenlinguistik (3) und Geschichte des Italienischen (4), „Text und Satz" mit den Einheiten Textlinguistik und Pragmatik (5) sowie Syntax (6), „Wort und Laut" mit den Einheiten Semantik (7), Flexion (8), Wortbildung (9), Phonetik und Phonologie (10) sowie Phonologische Prozesse (11) und schließlich „Varietätenlinguistik des Italienischen“ mit den Einheiten der dialektalen Gliederung in Oberitalien (12), Mittel- und Unteritalien (13), der übrigen romanischen Sprachen Italiens und dem Regionalitalienischen (14). Wie andere Bände der Reihe wird auch dieser unter www.bachelor-wissen.de durch weiteres Material ergänzt; versprochen werden „Sprachaufnahmen und die Lösung der Übungen“ [10] – gerade erstere sind sehr willkommen, bislang aber nur in bescheidenem Ausmaß tatsächlich im Netz.

Nicht nur wegen dieser zumindest beabsichtigten medialen Integration ist die vorliegende Einführung mehr als eine „Neubearbeitung“ der bereits existierenden; immer wieder wird von den bislang vorliegenden Einführungen abgewichen, werden eigene Akzente gesetzt und nicht zuletzt eigene Beispiele gebracht. So wird z.B. auf die früher übliche Illustrierung der progressiven Assimilation durch *sammuco* < *sambuco* verzichtet, die auch botanisch-kulinarisch wenig versierten Italianisten das Wort für ‚Holunder‘ kennen ließ (während beispielsweise der Galloromanist terminologisch oft noch nicht bis fr. *sureau* vorgestoßen war). Ebenso positiv hervorzuheben sind die „Hinweise zur Erstellung sprachwissenschaftlicher Arbeiten“, inklusive Vorgaben zum Zitieren von Webseiten, oder der auf S. 10 formulierte Anspruch, auch die italienische Terminologie zu berücksichtigen, der allerdings nicht systematisch umgesetzt ist. Höchst ansprechend und dem kulturwissenschaftlichen Anspruch des Italianistik-Studiums dienlich sind die in den Übungen verwendeten Textbeispiele. So wird gleich zu Beginn ein Auszug aus *Fratelli d'Italia* (mit einem Bild von Goffredo Mameli) gebracht [22], an den nachfolgende Übungen immer wieder anknüpfen, oder später (inklusive einem Bild von Giuseppe Verdi) auch Verse aus Falstaff [131] oder (wieder inklusive Bild des Autors) Zeilen von Orlando di Lasso [182]. Insgesamt ist die neue Einführung somit ein gelungenes Werk, dessen Autor mit dem begrenzten Raum relativ gut umgeht und mit einem ausgeprägten „esprit de synthèse“ viele Informationen für den Studenten leicht verständlich vermittelt.

Doch bleibt die Schwerpunktsetzung bei einer Einführung bekanntlich immer eine undankbare Aufgabe, so dass z.B. die Frage im Raum steht, ob „den besonderen Anforderungen der Italianistik entsprechend“ tatsächlich „großer Wert auf die Varietätenlinguistik gelegt" werden muss [9], zumal Haase fast ausschließlich deren geolinguistische Seite im Blick hat, obgleich z.B. italienischsprachige Einführungen auch soziolinguistische Aspekte adäquat berücksichtigen (cf. z.B. Graffi & Scalise 2002, D'Achille 2003, Sobrero & Miglietta 2006). Da diese bei Haase nur am Rande erwähnt werden, sind Missverständnisse natürlich nicht auszuschließen. So ist zu lesen: „Die regionalen (bis dialektalen) Merkmale sind in nähesprachlichen Registern [...] stärker ausgeprägt. Solche Register werden unter der Bezeichnung *italiano popolare* zusammengefasst"[181] und damit eine irreführende Erklärung des *italiano popolare* etabliert (cf. die gängigen Definitionen „il moto di esprimersi di un incolto" (De Mauro 1970, 49), „il tipo di italiano imperfettamente acquisito da chi ha per madrelingua il dialetto" (Cortelazzo 1972, II), „persone non istruite e che per lo più nella vita quotidiana usano il dialetto" (Berruto 1993, 58) – keines der diese vielzitierten Definitionen enthaltenden Werke erscheint in der Bibliographie Haases). Auch bei der Aussage: „Inzwischen haben sich über die Medien Ansätze für eine gesamtitalienische Ausgleichssprache ergeben, die als *italiano dell'uso medio* bezeichnet wird" [182] bleiben Präzisierungen aus, wie z.B. ein Verweis auf Sabatini (der auch nicht in der Bibliographie erscheint) oder auf vergleichbare Konzepte wie Berrutos *neo-standard* oder Mionis *italiano tendenziale*, und v.a. fehlen sprachliche Beispiele, was gerade im Vergleich zur Darstellung der Dialekte etwas verwundert, bei denen auch die innere (jeweils auf eigenen Karten dargestellte) Gliederung der einzelnen Regionen Berücksichtigung findet.

Wäre eine tatsächliche Betrachtung der soziolinguistischen Varietäten nicht der des sardischen Vokalismus und Konsonantismus vorzuziehen? Wäre sie nicht wichtiger als eine umfassende Aufzählung der indogermanischen und nicht-indogermanischen „Trümmersprachen" (ein nicht unbedingt verbreitenswerter, da unglücklicher Terminus, der die Sprachen auf das reduziert, was heute von ihnen erhalten ist)? Je nach Interessen des einzelnen Lesers mag die Antwort hier verschieden ausfallen, ebenso bei den Fragen, inwiefern die fehlende Berücksichtigung des *italiano all'estero* oder der italienischen Lexikographie (lediglich in den Literaturhinweisen zur Semantik findet sich ein Hinweis auf Devoto & Oli 1996; der Zingarelli ist nur in der Gesamtbibliographie aufgeführt) als Lücke empfunden wird, inwieweit die detaillierte Darstellung der Dialekte die knapp gehaltenen Bemerkungen zur Textlinguistik und Pragmatik oder zur Semantik aufwiegt, oder bei der Frage, ob die besonders knappen Ausführungen zur Sprachgeschichte dieser zumindest im Rahmen des hier Möglichen gerecht werden.

Angesichts der notwendigen räumlichen Begrenzung muss also wohl immer wieder manches im Pauschalen bleiben, was dem Lehrenden einen größeren Diskussionsspielraum einräumt, so z.B. auch wenn bei Fachsprachen „klare terminologische Festlegungen“ [13] als Charakteristikum angeführt werden, obwohl der Hinweis auf die Polysemantik der linguistischen Terminologie die schönsten Gegenbeispiele liefern würde, oder wenn etwas verwirrende Ausführungen zur Kreolisierung gegeben werden [180], die letztendlich entbehrlich sind, da die regionalitalienischen Varietäten keine Kreols darstellen.

Doch fallen solch weniger gelungene Passagen Haases insgesamt kaum ins Gewicht, so dass diese Anmerkungen das Verdienst des vorliegenden zugleich informativen wie optisch sehr attraktiven Buches nicht schmälern sollen. Sicherlich wird die lang ersehnte Einführung bei Lehrenden und v.a. Lernenden der italienischen Sprachwissenschaft hochwillkommen sein!

BERRUTO, Gaetano. 1993. „Varietà diamesiche, diastratiche, diafasiche“, in: Sobrero, Alberto. ed. *Introduzione all'italiano contemporaneo.* II: *La variazione e gli usi.* Roma, Bari: Laterza, 15-24.

BLASCO FERRER, Eduardo. 1994. *Handbuch der italienischen Sprachwissenschaft.* Berlin: Schmidt.

CORTELAZZO, Manlio. 1972. *Avviamento critico allo studio della dialettologia italiana.* III: *Lineamenti di italiano popolare.* Pisa: Pacini.

D'ACHILLE, Paolo. 2003. *L'italiano contemporaneo.* Bologna: il Molino (Itinerari).

DE MAURO, Tullio. 1970. „Per lo studio dell'italiano popolare unitario“, in: Rossi, Annabella. ed. *Lettere da una tarantata.* Bari: De Donato.

DEVOTO, Giacomo & OLI, Gian Carlo. 1996. *Il Dizionario della lingua italiana.* Firenze: Le Monnier.

GECKELER, Horst & KATTENBUSCH, Dieter. 1992. *Einführung in die italienische Sprachwissenschaft.* Tübingen: Niemeyer (Romanistische Arbeitshefte; 28).

GRAFFI, Giorgio & SCALISE, Sergio. 2006. *Le lingue e il linguaggio. Introduzione alla linguistica.* Bologna: il Molino (Manuali).

HAASE, Martin. 1994, 1998. *Respekt. Die Grammatikalisierung von Höflichkeit.* München: Lincom Europa.

KATTENBUSCH, Dieter. 1999. *Grundlagen der italienischen Sprachwissenschaft.* Regensburg: Haus des Buches Lindner (Basiswissen Sprachwissenschaft; 1).

SOBRERO, Alberto & MAGLIETTA, Annarita. 2002. *Introduzione alla linguistica italiana.* Roma, Bari: Laterza (Manuali di base).

URSULA REUTNER (AUGSBURG)

Hafner, Jochen. 2006. *Ferdinand Brunot und die nationalphilologische Tradition der Sprachgeschichtsschreibung in Frankreich.* Tübingen: Gunter Narr, 360 p.

Diese in der Reihe *Romanica Monacencis* erschienene Arbeit ist das Ergebnis dreier Jahre intensiver Auseinandersetzung mit Brunots *Histoire de la langue française* und ihrem Entstehungskontext, so der Verfasser in seinem ausführlichen Vorwort (IX). Das Promotionsprojekt wurde nach dem frühen Tod der Tübinger Romanistin Brigitte Schlieben-Lange von Wulf Oesterreicher und weiteren Münchner Romanisten betreut und begleitet und im Oktober 2004 vom Promotionsausschuss der Ludwig-Maximilians-Universität München als philosophische Dissertation angenommen.

In seiner Arbeit stellt Jochen Hafner einen bedeutenden französischen Philologen des ausgehenden 19. und beginnenden 20. Jahrhunderts vor, dessen vielbändige Sprachgeschichte zwar vielen Galloromanisten in Frankreich und im deutschsprachigen Raum bekannt sein dürfte; diese tun sich dennoch häufig schwer, Brunot im Rahmen der historischen Sprachwissenschaft adäquat einzuordnen, worauf Hafner mehrfach hinweist. Auch für den Verfasser dieser Zeilen war Brunot vor der Lektüre von Hafners Dissertation vor allem ein „Monument“ der französischen Philologie, den er ein wenig unscharf meist mit dem Begriff der traditionellen Sprachwissenschaft in Verbindung brachte – dank Hafners Arbeit stellt sich ihm der Sachverhalt jetzt jedoch anders dar.

Dem bereits kurz erwähnten Vorwort [IX-XII] folgt eine ausführliche Einleitung [5-21], in der sich Hafner mit dem Begriff der „Nation“ gegen Ende des 19. Jahrhunderts und vor allem mit dem Aspekt der „Alterität“ auseinandersetzt. Schon an dieser Stelle [5-6] stellt er die damaligen Embleme und Identifikationsfiguren „Germania“ und „Marianne“ gegenüber, Bilder einer Abgrenzung, die auch für den Lothringer Brunot von größter Bedeutung waren. Darüber hinaus enthält das einleitende Kapitel einen knappen Forschungsüberblick, der auf die neuesten Publikationen zur französischen Kulturwissenschaft und Romanistik verweist [15], die jedoch, wie Hafner bedauert, Brunot entweder gar nicht oder nur am Rande erwähnten. Hierzu bemerkt der Verfasser, dass dieses wohl daran liege, dass Brunot kein Romanist im klassischen Sinne war und man wohl auch nicht von einer klassischen sprachvergleichenden Romanistik in Frankreich sprechen könne und dass die von Brunot gewählte Form der Sprachhistoriographie sich im Grunde quer zu den gängigen Disziplinen Linguistik, Geschichte, Politikwissenschaft oder Soziologie stelle [15-16]. Dieser Aspekt zieht sich im übrigen zu Recht wie ein roter Faden durch die gesamte Arbeit und macht klar, warum es noch heute schwer fällt, Brunot wissenschaftlich entsprechend einzuordnen.

Im zweiten Kapitel, das sich mit der Biographie Brunots befasst und die Überschrift *Von den Vogesen zur Sorbonne: Ferdinand Brunots Leben und Werk* trägt [23-43], gibt Hafner einen guten Überblick über Brunots Vita. Aus dem französisch-deutschen Grenzgebiet stammend, war dieser von Kindheit an mit der französisch-deutschen ‚Erbfeindschaft' konfrontiert, ohne jedoch, wie andere Autoren und Politiker der III. Republik, zu einem Deutschenhasser zu werden. Brunot war im übrigen, worauf Hafner mehrfach hinweist, nicht nur Philologe, sondern u.a. auch Politiker, zeitweise sogar Bürgermeister eines eher links orientierten Pariser Arrondissements.

Im dritten Kapitel geht Hafner auf Brunots Umgang mit dem Mittelalter und der deutschen philologischen Tradition ein [45-79]; er zeigt ihn als einen Verfechter der historisch-vergleichenden und späteren junggrammatischen Position, die jedoch streng genommen im Gegensatz zu der später von ihm vertretenen *philologie française* stand.

Im vierten Kapitel [81-141], das unter dem Titel *Die Französische Revolution, die Republiken I und III, das Centenaire und Brunots Sicht auf ein bewegtes Zeitalter* steht, geht es Hafner darum, Brunot als einen Verfechter der Ideale der Revolution zu beschreiben. Obwohl er niemals die Auswüchse der revolutionären Vorgänge billigte, blieb er doch Zeit seines Lebens ein Republikaner. Hafner spricht in diesem Kontext von *Brunot Républicain* [102] und verleiht ihm den Titel eines *citoyen-linguiste* [97], dem es immer, wie den Spachpolitikern der Revolutionszeit, um das Französische als Nationalsprache ging. In diesem

Zusammenhang geht Hafner auf Brunots Haltung gegenüber Abbé Grégoire [121-129] ein, den er als Vorbild für die eigene Position in Bezug auf die Expansion der französischen Sprache ansieht. So wie Grégoires Maßnahmen auf den Prinzipien der Aufklärung und der *égalité* basierten, will auch der Republikaner Brunot keinen Zwang bei der Verbreitung des Französischen ausüben. Allerdings bleibt Brunot diesem aufklärerischen Prinzip nicht immer treu, worauf Hafner in seinen Ausführungen zur französischen Sprachpolitik im Elsass in einem eigenen Abschnitt [114-121] verweist. So lehnt Brunot das sprachpolitische Pamphlet eines gewissen Rousseville zwar ab, der das Deutsche als barbarisch bezeichnete und für die Vertreibung derjenigen Elsässer plädiert hatte, die weiterhin Deutsch und nicht Französisch sprechen wollten, doch Brunot greift angesichts der Ereignisse im Zweiten Weltkrieg auf eine ähnliche Wortwahl zurück [120].

Im fünften Kapitel [143-222], das sich mit Brunots Beitrag zu Sprachbewusstsein und nationaler Identität in Frankreich beschäftigt, unterzieht Hafner das Gesamtwerk einer kritischen Betrachtung und befasst sich nicht nur mit der monumentalen vielbändigen Sprachgeschichte, sondern auch mit der Vielzahl kleinerer Publikationen Brunots, die, wie der *Précis de grammaire historique* oder die Arbeit über *La pensée et la langue* deutlich machen, dass die Bandbreite des Brunotschen Werkes gewaltig ist und weit über die Sprachgeschichte hinaus reicht. Und Hafner hat Recht, wenn er zu Beginn des Kapitels anmerkt, dass Brunot mit seinem Werk tiefe Spuren in dem Sprachbewusstheit der Franzosen hinterlassen habe [143]. Allerdings weist er an dieser Stelle zugleich darauf hin, dass er in Frankreich niemals eine vergleichbare Verehrung genossen hat wie Ramón Menéndez Pidal in Spanien und er auch, anders als dieser, keine starke wissenschaftliche Schule hinterlassen hat – Hafner kommt im übrigen in Kapitel sechs noch ausführlich auf diese Problematik zu sprechen.

Der Verfasser geht anschließend auf die Wirkungsgeschichte von Brunot ein und behandelt ausführlich Brunots 1932 erschienene *Observations sur la grammaire de l'Académie française* [150-156]. Wie bekannt, lässt Brunot in der Tat kein gutes Haar an dieser ersten Grammatik der *Académie française*, obwohl seine kritischen Ansichten auch von anderen Zeitgenossen geteilt wurden. Allerdings ist Brunots Kritik besonders bissig, wobei zu fragen ist, ob hier nicht auch gekränkelte Eitelkeit ein Rolle gespielt hat – Hafner weist nachdrücklich darauf hin [155], dass Brunot niemals Mitglied der *Académie française* geworden ist.

Der Titel des sechsten Kapitels – *Le grand ouvrage de Ferdinand Brunot auquel nous avons eu l'honneur de collaborer* – Mitarbeiter, Schüler, Nachfolger und Fortsetzer [223-243] scheint Hafners weiter oben genannter These zu widersprechen, geht es hier doch offensichtlich um eine Vielzahl von Persönlichkeiten, die für die Fortsetzung des wissenschaftlichen Erbes Brunots stehen. Bei genauer Betrachtung zeigt sich jedoch, dass es in der Tat nur wenige Wissenschaftler waren, deren Forschungen in direkter Beziehung zu Ferdinand Brunot stehen. Hafner nennt hierzu nur seinen Schweizer Mitarbeiter Alexis François, mit dessen Worten er das sechste Kapitel beginnen lässt und Brunots Schüler Charles Bruneau. Was Bruneau, den designierten Nachfolger Brunots betrifft, so spricht Hafner hier sogar vom Verfall der Brunotschen Sprachgeschichtsschreibung, setzt hinter diese unglückliche Formulierung jedoch vorsichtshalber ein Fragezeichen [229]. Bruneaus Ansatz war bekanntlich ein anderer als der seines Lehrmeisters, doch finden sich in dem von ihm verfassten zwölften Band der *Histoire de la langue française* viele Aspekte einer Sprachgeschichtsschreibung, die auch von Ferdinand Brunot hätten stammen können.

Im siebten Kapitel [245-273], das der Zukunft der Sprachgeschichtsschreibung und der Vollendung der *Histoire de la langue française* durch das CNRS (1985-2000) gewidmet ist, befasst sich Hafner mit der gegenwärtigen Sprachgeschichtsschreibung in Frankreich und metahistoriographischen Fragestellungen. Den Abschluss der Dissertation bilden eine ausführliche Bibliographie [281-343] und ein *Index nominum* [340-360].

In seinem kurzen Schlusskapitel [275-280] weist der Vf. darauf hin, dass seine Arbeit eine Forschungslücke schließen soll, die noch hundert Jahre nach Erscheinen des ersten Bandes von Brunots Sprachgeschichte in Frankreich und Deutschland klaffte. Mit dieser vorzüglichen Arbeit hat Hafner das angestrebte Ziel voll und ganz erreicht.

MICHAEL SCOTTI-ROSIN (MAINZ)

Jamet, Marie-Christine. 2007. ***A l'écoute du français. La compréhension orale dans le cadre de l'intercompréhension des langues romanes.*** **Tübingen: Narr (Giessener Beiträge zur Fremdsprachendidaktik), 200 p.**

Cet ouvrage est la thèse de doctorat en linguistique et didactique des langues, que Madame Jamet a rédigée sous la direction du Prof. Paolo Balboni et soutenue en mars 2004 à l'Université Cà Foscari de Venise (Italie).

« Et si l'intercompréhension était une anti-Babel ? », d'emblée l'intercompréhension est le mot clé de cette étude et le questionnement résonne comme l'espoir d'un futur plus serein pour les quelques 7000 langues de notre monde ! Madame Jamet explique en introduction que l'intercompréhension a un rôle à jouer dans l'apprentissage des langues et qu'elle se fonde sur le développement de compétences séparées et sur la proximité des langues. Les objectifs déclarés sont d'utiliser « les ressemblances des langues pour acquérir plus vite une habileté réceptive, à l'écrit et pourquoi pas à l'oral. » [11] et de « stimuler le transfert positif, c'est-à-dire la reconnaissance d'un élément de la langue cible à travers la langue maternelle. » [13]. Elle inscrit également son étude dans la perspective de développer une didactique de l'intercompréhension au service des apprenants et du plurilinguisme et conclut son introduction en précisant les grandes lignes de sa démarche : centration de sa recherche sur la langue parlée en se limitant au couple italien/français et application au discours oral des principes de l'analyse contrastive pré-didactique énoncés par Louise Dabène.

Les chapitres 1 et 2 traitent les problèmes de phonétique qui se posent en intercompréhension à partir d'une recherche sur le lexique dans une perspective de compréhension de l'oral. Le concept de transparence, avec référence en particulier aux travaux de Degache et Masperi, la perception auditive et le décodage sont les paramètres qui permettent de mieux cerner les relations entre intercompréhension et perception auditive. L'expérimentation de reconnaissance sur 200 mots français isolés, ayant la même origine que le mot italien correspondant, par des italophones, a porté aux conclusions suivantes : la transparence joue, les mots longs et les monosyllabiques sont moins bien reconnus, la complexité syllabique est réelle entre les deux langues. Au plan didactique, il serait utile de disposer d'un classement des mots en fonction de leur transparence sonore et de leur fréquence afin d'anticiper les difficultés et de créer des activités d'écoute ciblées. Le chapitre 3 intitulé « Les spécificités du discours oral : une perspective comparative » étudie la compréhension orale des mots en discours, dans une perspective linguistique, et en reprenant ce qui a été fait pour l'écrit par *Eurom4*, *Galatea* et *EuroComRom* à savoir la plongée dans l'authentique. Madame Jamet pose clairement les problèmes intrinsèques de l'oral comme flux sonore, le transfert positif ou négatif d'une langue à l'autre, le traitement des informations de type acoustique, phonologique, morphologique, syntaxique, lexical et sémantique. Le domaine du discours oral, la transparence et opacité de la chaîne sonore, la transparence et opacité de la chaîne syntagmatique sont les entrées qui guident la reconnaissance des difficultés annoncées dans la pratique. La conclusion résume efficacement les problèmes potentiels et parfois réels qui seront rencontrés dans une approche de l'intercompréhension orale. En particulier, comment éviter que l'auditeur étranger soit submergé par les contenus et accorde moins d'attention à la forme ?

Sous le titre « Comprendre et intercomprendre : une question de stratégies », le chapitre 4 aborde le thème sous l'angle des activités cognitives mises en jeu dans le processus de compréhension. Une présentation informative et formative, riche et claire, pour expliquer la construction du sens qui accompagne toute activité orale. Les stratégies sont au cœur de l'analyse que Madame Jamet propose, en effet elles mettent en jeu les savoir faire de l'auditeur dans sa propre langue et exigent souvent une capacité de réaction rapide faisant appel à la mémoire, ce qui est l'occasion de rappeler les apports des recherches sur la mémoire. Enfin le dernier point, « la compréhension en LE/L2 et son évaluation », pose les problèmes et les stratégies de décodage de l'oral en citant les travaux de Monica Masperi et de Marie Hédiard et consacre deux paragraphes aux techniques et aux modalités d'évaluation pour l'oral très pratique et didactique. Un tableau de repérage des erreurs observables liste les différents cas de perception/réception et permet d'envisager une pédagogie active et positive de l'erreur. C'est dans le chapitre 5, le dernier, que Madame Jamet apporte des études de cas pour illustrer ses propos et ses hypothèses constructives pour l'intercompréhension de la langue parlée. Le présupposé est le suivant : comment un locuteur italophone, confronté à des variétés de discours différents, réagit spontanément ? Cela implique de noter ce qui est réussi et ce qui ne l'est pas, d'identifier les obstacles et les stratégies. Ces observations s'inscrivent dans un projet didactique sur l'oral à partir des ressemblances entre les langues. Le test a été fait sur douze textes authentiques radiophoniques impliquant une réception sans interaction possible et sans aide d'images. Organisation de l'écoute, présentation des textes, transferts positifs, difficultés rencontrées, stratégies de compréhension et réflexion, autant de points traités avec clarté et sens pratique.

Dans sa conclusion, Madame Jamet ouvre la voie à une didactique de l'intercompréhension orale sur la base de sa thèse de doctorat. Les présupposés pour l'intercompréhension orale sont confirmés, l'entraînement à la compréhension orale doit être régulier, gradué et guidé. Son développement ne peut que bénéficier de sa relation à l'écrit et enfin elle termine par une question qui pose le problème du développement de la compréhension orale fondé sur les mécanismes d'intercompréhension et simultanément sur plusieurs langues. Elle qualifie elle-même son étude de « parcours pré-didactique » et reste favorable à l'élaboration d'une méthode pour l'intercompréhension orale.

L'ensemble de ce travail de recherche est caractérisé par la détermination et la grande motivation pour le sujet choisi. La structure est claire, les analyses précises et accompagnées de réflexions efficaces et constructives ainsi que de références scientifiques choisies et pertinentes. Chaque chapitre est accompagné d'une introduction-résumé de ce qui va suivre et d'une conclusion structurée et essentielle ce qui permet une excellente accessibilité de lecture. Outre la thématique de l'intercompréhension qui va dans le sens du plurilinguisme et des réalités de nos sociétés, les textes concernant la compétence d'écoute apportent des informations utiles pour tout enseignant aux prises avec le désir professionnel d'aider l'apprenant à dépasser les difficultés de l'exercice et en regardant du côté des langues affines, une méthodologie et une entrée originale sont à exploiter. En outre, les considérations scientifiques et pratiques de Madame Jamet s'inscrivent dans la perspective de l'intercompréhension telle qu'elle a été développée et validée empiriquement par Michael Frings dans son ouvrage intitulé *Mehrsprachgkeit und Romanische Sprachwissenschaft an Gymnasien ? Eine Studie zum modernen Französisch-, Italienisch- und Spanischunterricht* (Stuttgart: *ibidem*-Verlag) et démontrent la pertinence et l'actualité du sujet. A signaler une bibliographie thématique et une sitographie riches et très bien organisées.

MARIE-FRANÇOISE VIGNAUD (BOURG-LA-REINE, FRANCE)

Leupold, Eynar. 2007. *Handlungswissen Unterricht* (5 Bände). Seelze-Velber: Kallmeyer & Klett.

Die fachdidaktische Literatur des Französischen hat in den ersten Jahren des neuen Jahrtausends Quantensprünge vollzogen: War bis vor sechs Jahren die *Fachdidaktik Französisch* von Werner Arnold aus dem Jahre 1973 das Referenzwerk, so hat Eynar Leupold 2002 mit seinem Grundlagenwerk *Französisch unterrichten* einen grundlegenden Beitrag zur Innovation des Französischunterrichts geleistet. Seitdem überschlagen sich die Ereignisse: 2006 gibt Andreas Nieweler eine *Fachdidaktik Französisch* heraus, im Frühjahr 2007 Hans-Ludwig Krechel eine *Französisch-Methodik*. Im Sommer 2007 legt Eynar Leupold selbst nach und das hier vorzustellende fünfbändige Opus *Handlungswissen Französisch* vor, in dem er praxisorientiert Prämissen für das Gelingen von gutem Unterricht aufzeigt.

Die vorliegenden fünf Bände *Handlungswissen Unterricht* beleuchten diverse relevante Felder des modernen Französischunterrichts. Als „update" können sie ohne Einschränkung dienstjungen wie -älteren KollegInnen empfohlen werden, um ihren Unterricht an aktuellen Entwicklungen und Erkenntnissen zu adaptieren. Ferner profitieren ebenfalls Studierende und ReferendarInne(n) von der Lektüre, die sie umfassend und kompetent auf die berufliche Tätigkeit vorbereitet.

Band 1: *Kompetenzentwicklung im Französischunterricht. Standards umsetzen – Persönlichkeit bilden.* 159 p.

Gegenwärtige Entwicklungen kann nur verstehen, wer geschichtliches Hintergrundwissen hat. Diesem auch für die Didaktik des Französischen gültigen Prinzip hat sich Eynar Leupold verpflichtet, wenn er im ersten von insgesamt sechs Kapiteln seines Buches **„Vom Sprachsystem zum Lerner: Veränderungen**

des Französischunterrichts“ [11-20] zunächst kausalchronologisch einzelne Phasen des Französischunterrichts in den letzten 60 Jahren nachzeichnet, deren Kenntnis unabdingbare Vorausaussetzung für das Verständnis von Innovationen sowie des aktuellen fachdidaktischen Diskurses ist: In den 1950er Jahren, in denen die „Direkte Methode“ dominierte, die *cum grano salis* auf dem Behaviorismus beruhte und in den 60er Jahren von der audio-lingualen Methode und der Orientierung am entstehenden *Français Fondamental* abgelöst wurde, stand das *Sprachsystem* im Mittelpunkt des an einer präskriptiven Norm ausgerichteten Unterrichts. In den 70er Jahren wurde die Unzulänglichkeit der Vermittlung isolierter Strukturen erkannt. Die sog. „Kommunikative Wende“, die Erkenntnisse der Sprechakttheorie sowie das Dokument *Un Niveau-Seuil* (1976) des Europarates sollten den Fremdsprachenunterricht nachhaltig prägen, so dass situationsbezogener Umgang mit der Fremdsprache, die Realisierung eigener Sprechabsichten sowie der inhaltliche Gehalt eine Aufwertung erfuhren. In den 90er Jahren führten Dimensionen wie interkulturelles Lernen, Mehrsprachigkeit, Frühbeginn des Fremdsprachenunterrichts und die Nutzung der Neuen Medien zur Aufgabe eines uniformen methodischen Vorgehens und zur Ausrichtung des Lehr- und Lernprozesses an grundlegenden didaktischen Prinzipien wie Lerner-, Handlungs- und Prozessorientierung sowie Erkenntnissen des Konstruktivismus.

Nach der Jahrtausendwende sorgten u.a. eine wachsende Mobilität in Europa sowie die Ergebnisse der nicht unmittelbar auf den Fremdsprachenunterricht ausgerichteten OECD-Studie, der ‚Pisa-Studie‘, für die Forderung nach internationaler Vergleichbarkeit von Leistungen: Die Antwort des Europarates war der im Jahre 2001 publizierte **Gemeinsame Europäische Referenzrahmen (GER)** für Sprachen, der nun nicht mehr vornehmlich das Sprachsystem oder die Sprechsituation sondern den Lerner und seine Kompetenzen berücksichtigt. Der schwerfällig zu lesende GER ist seit seinem Erscheinen in allen europäischen Ländern d a s Dokument für fachdidaktische und administrative Entscheidungen, die den Fremdsprachenunterricht betreffen, so dass Leupold gut daran tut, ihm ein eigenes Kapitel zu widmen (Kapitel 2 [21-45]), in dem er ihn hinsichtlich seiner Genese, Leitideen und Bedeutung für die Unterrichtspraxis näher beleuchtet. Es ist durchaus empfehlenswert, diese eingängige und in Unterkapitel aufgeteilte Darstellung der eigentlichen Lektüre des GER vorzuschalten.

Kapitel 3 richtet das Schlaglicht auf ein weiteres zentrales Dokument, das **Europäische Sprachenportfolio (ESP)** [47-64], dessen Erarbeitung analog zum GER aus einer Expertentagung 1991 in Rüschlikon hervorgegangen ist und im Jahre 2000 vom Europarat verabschiedet wurde: Das Dokument besteht aus 1) einem Sprachenpass, 2) einer Sprachenbiographie und 3) einem Dossier; alle drei Teile werden detailliert und mit Arbeitsmaterialien illustriert vorgestellt. Sodann werden Initiativen in Deutschland und zwei prototypische Ansätze zur Implementierung des ESP in den Unterricht skizziert. Obgleich der Einsatz des ESP durch die Akzentuierung der Selbstbeurteilung die Persönlichkeit des Lerners aufwertet und die Lehrer-Schüler-Interaktion optimiert, muss Leupold konstatieren, dass das Interesse am Einsatz des ESP im Sekundarstufenbereich in den letzten Jahren geringer geworden ist.

Die Schulsprachenpolitik des Europarates sowie insbesondere der ‚PISA-Schock' aus dem Jahre 2001 sind nicht ohne Wirkung auf die Bildungspolitik der KMK geblieben, die mit dem Abfassen von **länderübergreifenden Bildungsstandards** reagiert hat (Kapitel 4, [65-78]). Mit den Bildungsstandards erfolgt eine konsequente Neuorientierung: Die traditionelle „Inputorientierung" wird von einer „Outputorientierung" abgelöst, die nicht mehr Ziele, Inhalte und methodische Grundsätze, sondern mittels sog. „Kann-Beschreibungen" zu erreichende Kompetenzen umreißt. Leupold zeigt allgemeine Merkmale der Bildungsstandards auf, referiert die wesentlichen Kritikpunkte und widmet sich ausführlich den Bildungsstandards für die erste Fremdsprache (Englisch/ Französisch) für den Hauptschulabschluss (BHS) sowie für den Mittleren Bildungsabschluss (BMB).

Da Bildungsstandards lediglich Kompetenzkataloge für das Ende eines Lehrgangs bereitstellen, sind nach wie vor **länderspezifische Vorgaben (Bildungspläne, Rahmenlehrpläne, Lehrpläne)** zur Präzisierung der Alltagsarbeit unabdingbar (Kapitel 5, [79-91]), in denen Lernziele formuliert und Lerninhalte ausgewiesen werden, damit die Kumulierung von Teilkompetenzen schließlich zu den in den Bildungsstandards geforderten Endkompetenzen (A2 nach Klasse 9, B1 nach Klasse 10) führen. Anhand von Einzelaspekten ausgewählter Ländervorgaben zeigt Leupold, dass die einzelnen Bundesländer in unterschiedlicher Weise auf die Herausforderungen reagiert haben. Wünschenswert wäre lediglich eine stärkere Verzahnung der länderübergreifenden Bildungsstandards und länderspezifischen Reaktionen mit den koexistierenden und zum Teil im Vorfeld des GER und der Bildungsstandards konzipierten Lehrplänen (z.B. für Rheinland-Pfalz: Französisch als erste Fremdsprache (1985), Französisch als zweite Fremdsprache (2000)) gewesen.

Das sechste und letzte Kapitel thematisiert die **Neuorientierung und Perspektiven des Französischunterrichts** [93-135]. Als wichtige Dimensionen für die neue Ära der Output- und Kompetenzorientierung werden die formale und inhaltliche Strukturierung des Unterrichts, die Inhalte des Unterrichts, Aufgabenentwicklung und Leistungsmessung näher beleuchtet. Die Ausführungen werden stets an konkreten Aufgaben exemplifiziert und mitunter mit den vorangegangen Kapiteln vernetzt (Schaubild S. 100 und S. 73).

Im **Schluss** [138] zieht Leupold ein kurzes Fazit aus seiner Darstellung und zeigt Chancen sowie Gefahren auf, die sich für den Französischunterricht aus den jüngsten Veränderungen ergeben können. Jedem Kapitel sind am Ende Aufgaben beigegeben, deren Lösungsschlüssel sich hinter den Literaturhinweisen [150-159] findet. Die Aufgaben tragen dazu bei, dass die Lektüre neben der rezeptiven Komponente zu einer aktiven Auseinandersetzung mit der Thematik führt. Die Lektüre würde noch flüssiger verlaufen, wenn die freilich interessanten Fußnoten jeweils am Seitenende und nicht am Ende der gesamten Darstellung angebracht wären. Ferner wäre eine Ausweitung auf die Sekundarstufe II mit Ausführungen u.a. zu den *Einheitlichen Prüfungsanforderungen für das Abitur (EPA)* und zur Fortführung des Unterrichts nach dem Erreichen respektive Nichterreichen der in den Bildungsstandards fixierten Kompetenzen von Interesse gewesen.

Band 2: *Französischunterricht als Lernort für Sprache und Kultur. Prinzipien und Praxisbeispiele.* 110 p.

Die in Band 1 skizzierten veränderten Rahmenbedingungen erfordern, dass der moderne Französischunterricht intensiv reflektiert wird und sodann die entsprechenden Konsequenzen gezogen werden. Der Autor beschreibt grundlegende Prinzipien guten Unterrichts und verzahnt seine Überlegungen mit Praxisbeispielen.

Im ersten Kapitel, **Französischunterricht: ein Fach „à géometrie variable"** [9-20], werden zunächst eine Aspekte aus der Praxis des Französischunterrichts behandelt (u.a. Frübeginn, Mündlichkeit *versus* Schriftlichkeit, Wortschatzvermittlung). Eine Profilierung des Französischen, die freilich mit Chancen wie Grenzen verbunden ist, wird notwendig, um zum einen auf dem „Binnenmarkt" den Mehrwert gegenüber anderen Schulsprachen unter Beweis zu stellen und zum anderen, um der immer stärkeren Konkurrenz von außerschulischen Anbietern mit kommerziellem Interesse die Stirn zu bieten und die Schule als d e n Lernort für das Französische zu stärken, da hier neben Spracherwerb auch die Entwicklung der Persönlichkeit sowie die Motivierung für das Sprachenlernen insgesamt fokussiert werden. Abschließend wird auf die Verknüpfung des Französischunterrichts mit Sprachenpolitik einerseits und Fachdidaktik andererseits hingewiesen.

In seiner **Charta guten Französischunterrichts** (Kapitel 2, [21-39]) beschreibt Leupold konstitutive Merkmale eines fachdidaktisch durchdachten, methodisch anregenden und lernintensiven Unterrichts. Die Charta umfasst 20 Dimensionen: 1) der Beitrag des Französischunterrichts (FU) zu einem modernen Bildungskonzept, 2) FU im Rahmen eines Mehrsprachigkeitskonzepts, 3) FU als Instanz kultureller Vielfalt, 4) die Ausbildung unterschiedlicher Kompetenzbereiche, 5) ein modernes Verständnis vom Lernen, 6) Lernerorientierung als Beitrag zur Ausbildung der Persönlichkeitskompetenz, 7) die Bedeutung der Lernumgebung, 8) Lehrkompetenz als Garant eines lernintensiven und motivierenden Unterrichts, 9) die Auswahl der Themen und Inhalte, 10) oder fächerübergreifendes und bilinguales Lernen, 11) FU als Ort kommunikativer Sprachverwendung, 12) FU als Ort interkulturellen Lernens, 13) FU als Ort, wo das Lernen gelernt wird, 14) ein professioneller Umgang mit Fehlern, 15) gezielter Methodeneinsatz, 16) Fremd- und Selbstevaluation, 17) Lernentwicklung durch anerkannte Abschlüsse, 18) das Lehrwerk, direkte Kommunikationsanlässe und das Internet, 19) der Schüleraustausch als zentrales Moment des Unterrichts und 20) Lernen im FU über die Schule hinaus. Im **Anhang** finden sich eine Zusammenfassung der Charta auf einer Doppelseite [112-113] sowie eine sprachlich vereinfachte Fassung, die zur Elternberatung herangezogen werden kann [114-115].

Das dritte Kapitel liefert **Praxisbeispiele** [41-100] zur Charta, die exemplarisch Gestaltungsmöglichkeiten für einen lernintensiven und motivierenden Lehr- und Lernprozess aufzeigen [42]. Die Darstellung orientiert sich an den in den Bildungsstandards ausgewiesenen Kompetenzen: 1) funktionale kommunikative Komptenzen (Hör- und Hör-/Sehverstehen, Leseverstehen, Sprechen, Schreiben, Sprachmittlung), 2) Verfügung über sprachliche Mittel (Wortschatz, Grammatik, Aussprache und Intonation, Orthographie), 3) interkulturelle Kompetenzen und 4) methodische Kompetenzen. Zunächst werden jeweils relevante Passagen aus den Bildungsstandards für den Hauptschulabschluss und den Mittleren Schulabschluss zitiert und illustriert; es folgen fachdidaktische Anmerkungen und konkrete Praxisbeispiele.

Der Band wird nicht zuletzt Dank der Ausgewogenheit zwischen theoretischen Grundsatzüberlegungen und anschaulichen Beispielen seinem Ziel gerecht, Lehrende zu kreativem und ideenreichem Arbeiten zu motivieren, aus dem ein lernerorientierter und lernintensiver Unterricht erwächst, der die Schülerinnen und Schüler begeistert.

Band 3: ***Textarbeit im Französischunterricht. Aufgaben entwickeln – Motivation fördern.*** **127 p.**

Texte sind seit jeher ein zentrales Medium im Fremdsprachenunterricht. Standen bis zur von Viëtor initiierten Reformwende in den 80er Jahren des 19. Jh. klassische Texte im Zentrum des Unterrichts, so rückten mit der „Kommunikativen Wende“ nach den 70er Jahren des 20. Jh. vermehrt auch Sachtexte als authentische Dokumente ins Blickfeld. U.a. durch die Neuen Medien hat sich der Textsortenbegriff in jüngster Vergangenheit erweitert, so dass auch Hypertexte, Hörtexte und Mischformen im Unterricht eingesetzt werden.

Der Aufbau des Buches erfolgt in zwei Großkapiteln: **I. Dimensionen der Arbeit mit Texten im Französischunterricht** (Kapitel 1, [11-36]) und **II. Repräsentationen und didaktisches Potential von Texten** (Kapitel 2-6, [37-119]). In Kapitel 1 erläutert Leupold zunächst die drei Grundfunktionen von Texten im Fremdsprachenunterricht (Repräsentation sprachlicher und kultureller Realität, Grundlage für das Erlernen der Fremdsprache & Instanz zur persönlichen Wissenserweiterung und Stellungnahme) und leitet sodann aus den vier

Kompetenzbereichen des GER (Wissens-, Handlungs-, Lern- & Persönlichkeitskompetenz) und den drei Kompetenzbereichen der Bildungsstandards (funktionale kommunikative, interkulturelle & methodische Kompetenz) sechs Zieldimensionen der Textarbeit ab: die enzyklopädische, ästhetische, interkulturelle, sprachpraktische, motivationale und textanalytische Dimension. Die aus den Kompetenzen abgeleiteten Dimensionen bleiben solange leere Hülsen, wie sie nicht mit konkreten Inhalten gefüllt werden; daher kommt der Inhaltsdimension bei der Selektion von Texten eine entscheidende Rolle zu, was einige Bundesländer, wie z.B. Hamburg, veranlasst hat, in Rahmenplänen verbindliche Inhaltslisten festzulegen [23-24], wobei deren genaue Fixierung zu einem Schulcurriculum parametergeleitet durch die Fachkonferenzen vor Ort zu erfolgen hat. Für einen fruchtbaren Einsatz eines Textes im Unterricht ist neben dem Inhaltsgehalt schließlich auch die Güte der übungs- und aufgabengeleiteten (Typ 1 & Typ 2) Aktivitäten ausschlaggebend, die aus motivationalen Gründen nicht allein an den Deskriptoren zu „Texte verarbeiten" des GER ausgerichtet sein dürfen.

Im zweiten Großkapitel stellt Leupold am Beispiel diverser Textsorten vielfältige Anregungen für die Textarbeit vor; in Kapitel 2 geht es um die **Erläuterung des Analyserasters** [38-40] der Folgekapitel (Kapitel 4-6): Zunächst wird der entsprechende Text mit der Angabe des Anforderungsniveaus gemäß GER abgedruckt, didaktisch situiert und auf sein Potential für einen Einsatz im Unterricht hin untersucht. Sodann werden Aussagen über die notwendigen Voraussetzungen auf der Lernerseite getätigt und mögliche Zielsetzungen vorgestellt. Es folgen methodische Anregungen sowie Übungs- und Aufgabenvorschläge (Typ 1 & Typ 2).

Da bis in die Gegenwart die ersten Lernjahre durch Lehrbuchtexte geprägt sind, richtet sich der Fokus zu allererst auf **Le texte didactisé du manuel** (Kapitel 3, [40-44]): Anhand eines Textes zu *Vacances en Provence* aus dem Lehrwerk *Facettes 1* zeigt Leupold auf, dass es insbesondere in dieser Phase wichtig aber auch möglich ist, den Unterricht motivationsfördernd und prozessorientiert auszurichten. Die folgenden Kapitel widmen sich den **Textes non littéraires** (Kapitel 4, [45-57]: *Le fait divers, L'article de presse*), **Textes visuels** (Kapitel 5, [58-82]: *L'image, La publicité, L'infographie, La Bande dessinée*) und **Textes littéraires** (Kapitel 6, [83-119]: *La chanson, La nouvelle, Textes poétiques, Le* *théâtre, Le roman*). Immer wieder werden zusätzlich zu der oben beschriebenen Struktur in Schaukästen textsortenspezifisches Vokabular sowie Analysestrategien bereitgestellt, die auch für die Arbeit mit anderen Texten der gleichen Sorte gewinnbringend eingesetzt werden können. Jedes Unterkapitel wird mit bibliographischen Hinweisen beschlossen, die dem interessierten Leser die Möglichkeit zu einer vertiefenden Beschäftigung mit der jeweiligen Thematik geben.

Der Band zeigt auf, wie vielfältig, offen und motivierend Textarbeit im Französischunterricht unter Berücksichtigung aktueller sprachenpolitischer Dokumente wie GER und Bildungsstandards gestaltet werden kann und zielt darauf ab, dass Lernende neben dem Interesse am Bildungswert der Texte insbesondere auch Spaß am Umgang mit ihnen finden und „texbegierig“ [122] werden. Dieses Ziel ist erreicht, wenn sie Interesse an privater Lektüre fremdsprachlicher Texte finden, die freilich zur Motivationsförderung in den Unterricht zurückgeführt werden sollte.

Band 4: ***Spielerische Aktivitäten im Französischunterricht (inkl. CD). Rätsel, Lieder, Reime, Spiele.*** **109 p.**

Dass sich erfolgreicher Unterricht durch ein Wechsel*spiel* von Spannung und Entspannung auszeichnet und dass Monotonie und Leistungsdruck durch positive Lernerfahrungen entgegengewirkt werden muss, gilt mithin als Gemeinplatz. Doch gibt es in einer Zeit, in der Fremdsprachenunterricht vom GER und seinen Niveaustufen sowie von outputorientierten Bildungsstandards geprägt ist, überhaupt noch Raum für spielerische Aktivitäten? Diese Frage bejaht Leupold ohne Einschränkung im einleitenden Kapitel **Französischunterricht heute: Chance und Herausforderung für eine Neubestimmung** [9-14], da sich Unterrichtsqualität durch die Summe ungezählter gut geplanter und sowohl lernintensiv als auch motivierend erlebter Einzelstunden auszeichnet. Für eine dem modernen Bildungskonzept verhaftete Fremdsprache wie dem Französischen wäre eine Degenerierung zu einem „teaching to the test“, eine Ausrichtung an Testformaten der zentralen Evaluierungen, die für spielerische Aktivitäten keinen Raum mehr lässt, fatal; denn gerade Rätseln und Spielen, zugegebener Maßen sekundäre Quellen für die Ausbildung der sprachlichen Kompetenzen, sind essentieller Bestandteil einer modernen Lernkultur.

Im zweiten Kapitel folgen **Didaktische Anmerkungen zu spielerischen Aktivitäten** [15-21]: Nach einer Begriffsklärung wird die Bedeutung spielerischer Aktivitäten für das Lernen, den Lerner, die Lerngruppe, das Lernklima sowie den Spracherwerb skizziert. Hierbei hebt Leupold hervor, dass implizites Lernen durch spielerische Aktivitäten und unbewusstes Erleben der Zielsprache höchst effizient ist und eine positive Einstellung zur Sprache und zum Lernen zu fördern, emotionale wie kognitive Elemente zu integrieren und schließlich Sprachbewusstsein auszubilden vermag.

Auf **Formen spielerischer Aktivitäten** richtet sich das Augenmerk im dritten Kapitel [23-64]. Leupold illustriert, dass RÄTSEL (*Charade, Rebus, Mots croisés, Devinette en situation*), A LA RECHERCHE DE ... , COMPTINES, CHANTS ET CHANSONS, SPIELE (*szenisches Spiel, Gruppenspiele, Kartenspiele, Würfelspiele*) und GERÄUSCHKULISSEN ihren festen Sitz in einem Unterricht haben, in dem die Lernenden intrinsisch motiviert sind, Spaß am Umgang mit der Fremdsprache haben und Spannungsgefühle erleben. Zu den Beispielen, die z.T. zur „mémoire collective" gehören, wie bestimmte *comptines* [34] oder die Fabel *Le Corbeau et le Renard* [81], z.T. aber auch vom Autor selbst konzipiert sind, wie die Spiele *Sports de glisse* [56-59] oder *Excursion à vélo* [62-63], finden sich auf der beiliegenden CD authentische Hörtexte und Spielpläne.

Die konkreten Unterrichtsvorschläge werden ergänzt durch einen umfangreichen **Materialfundus** (Kapitel 4, [65-98]), der sich auch für die Nutzung in spontan zu haltenden Vertretungsstunden anbietet, da hier Spiele und Rätsel für alle Niveaustufen vereint sind. Eine Auflistung von **Internetressourcen** (Kapitel 5, [99-101] verweist auf relevante Links. Im **Schluss** unterstreicht Leupold die Bedeutung des Selbstbildes für den Lernerfolg und plädiert dafür, dass sprachenpolitische Entscheidungen mit spielerischen Phasen, die eine emotionale Offenheit fördern, zu einem Gesamtkonzept konvergieren: Bevor „man ein ‚Rien ne va plus' konstatieren muss, gilt es, der Devise ‚Faites vos jeux' durch praktisches Handeln Raum zu geben" [104].

Band 5: *Französischunterricht planen, durchführen, beurteilen. Hilfen für den Berufsalltag.* 125 p.

Im fünften Band wendet sich Leupold insbesondere an LehrerInnen, die am Beginn ihrer Tätigkeit stehen und bietet ein reichhaltiges und ansprechendes Repertoire, das ihnen den Einstieg in den Berufsalltag erleichtert: Zunächst beschäftigt er sich allgemein mit dem **Arbeiten in neuer Umgebung** (Kapitel 1, [11-25]) und geht auf das Verhältnis zwischen Fremdsprachen und Schulprofil sowie auf Erstkontakte mit der Schulleitung, den KollegInnen, dem Sekretariat, dem Hausmeister, den Eltern und nicht zuletzt der Klasse ein, wobei der **Begegnung mit der Klasse** im Folgenden noch ein eigenes Kapitel gewidmet wird (Kapitel 4, [75-83]), in dem neben dem ersten Kennenlernen auch Grundsätze der Lehrer-Schüler-Interaktion sowie die Bedeutung von Stimmführung und nonverbalem Verhalten behandelt werden.

Interdisziplinäre **Orientierungen für den Lehrprozess** finden sich in Kapitel 2 [27-35]: Vor der Aufnahme des Unterrichts hat die Lehrperson als Eckpunkte ihrer Tätigkeit administrative Vorgaben zur Kenntnis zu nehmen, fachdidaktische Grundlagen zu reflektieren sowie pädagogische Sensibilität auszubilden. Von besonderem Interesse für das Unterrichtsgeschehen sind die **Überlegungen zur Planung einer Einzelstunde** (Kapitel 3, [37-74]). Hier werden zentrale Planungsmerkmale beleuchtet wie die Platzierung der Einzelstunde und deren Strukturierung, Kompetenzbeschreibung und Outputorientierung (vgl. Band 1). Ferner werden allgemeine Überlegungen zum methodischen Vorgehen (Hinführung, Sprachverwendung, etc.) sowie zum Einsatz von Medien (von der Tafel bis zum Computerraum) angestellt, die einhergehen müssen mit einer passenden Sozialform. Als besonders innovativ und ggf. für die Referendarsausbildung, die sich freilich auch den neuen Rahmenbedingungen anpassen muss, wegweisend sehe ich Leupolds Vorschlag zur Stundenplanung unter Berücksichtigung von Verlaufsalternativen, die nicht mehr lernzielorientiert einen eindimensionalen vertikalen Verlauf einer Stunde antizipiert, sondern ausgehend von den Kompetenzbereichen der Bildungsstandards den Unterricht gleichsam „rückwärts“ plant [41-45].

Als besondere **Herausforderungen durch den Unterrichtsalltag** [Kapitel 5, [85-93] wird häufig die Selbstorganisation des Lehrenden angesehen. Leupold zeigt auf, welche organisatorischen Hinweise an die Klasse zu geben sind, welche Rituale einen reibungslosen Unterrichtsablauf begünstigen und wie ein verantwortungsbewusster Umgang mit Ordnungsmaßnahmen zu erfolgen hat. Letztendlich ist der Alltag jedoch auch geprägt von unvorhergesehen Ereignissen, denen es professionell zu begegnen gilt, um Zeitprobleme zu vermeiden, die zu fundamentalen Schwachstellen wie nicht erfolgter oder unzureichender Ergebnissicherung führen. Als wichtiges Scharnier zwischen Lernenden, Eltern und Lehrperson widmet Leupold zu Recht der **Planung und Durchführung von Klassenarbeiten** ein eigenes Kapitel (Kapitel 6, [95-104]) und geht u.a. auf deren Korrektur, Benotung und Rückgabe ein. Zur Qualitätssicherung und -verbesserung von Unterricht darf heute auf eine umfassende **Unterrichtsevaluation** nicht verzichtet werden, die durch die Lehrkraft selbst, durch die Lernenden oder durch KollegInnen erfolgen kann (Kapitel 7, [105-109]).

Die Ausführungen werden begleitet durch diverse (grau unterlegte) Checklisten und Reflexionsbeispiele, die einen wichtigen Beitrag zur Planung sowie zur Evaluierung von Unterricht leisten können. Im Anhang finden sich Internetadressen zu relevanten Institutionen, eine Zusammenstellung des wichtigsten Vokabulars zu *Le français en classe*, eine Übersicht der sechs einschlägigen Fachzeitschriften zur kontinuierlichen Fortbildung sowie eine nach Bundesländern gegliederte Dokumentation der geltenden Schulgesetze.

In eindrucksvoller Weise gelingt es dem Autor, fachdidaktische Aspekte mit allgemein bildungswissenschaftlichen Fragestellungen sowie jahrelanger persönlicher Praxiserfahrung zu verzahnen. *In toto* liegt so ein in der Didaktik des Französischen bislang einzigartiger Band vor, der präventiv zu einer Vermeidung bzw. Minimierung typischer „Anfangsfehler" in den ersten Unterrichtsversuchen (und Lehrproben!) und somit zu einer Professionalisierung der Lehrertätigkeit und zugleich zu einer Stärkung des eigenen Selbstvertrauens führen kann. Daher ist die Lektüre jedem Kollegen vor dem Eintritt in den Schuldienst mit großem Nachdruck zu empfehlen.

MICHAEL FRINGS (TRIER)

Mentz, Oliver & Nix, Sebastian & Palmen, Paul. edd. 2007. *Bilingualer Unterricht in der Zielsprache Französisch. Entwicklung und Perspektiven.* Tübingen: Narr 2007, 320 p.

Beinahe vierzig Jahre sind vergangen, seit 1969 am Hegau-Gymnasium Singen (Baden-Württemberg) im Sinne des Elysée-Vertrages der erste bilingual deutsch-französische Zug eingerichtet wurde. Inzwischen werden solche Ausbildungsgänge an etwa achtzig Schulen angeboten, wobei sich Schwerpunkte in den grenznahen, westlichen Regionen abgezeichnet haben (v.a. Nordrhein-Westfalen, Rheinland-Pfalz, Saarland, Baden-Württemberg). War im Bereich des bilingualen Sachfachunterrichts zunächst das ursprünglich mit dem Ziel der Wiederversöhnung und der Völkerverständigung im Sinne des Partnersprachenprinzips entstandene deutsch-französische Modell dominierend – tatsächlich hat es europaweit Vorbildwirkung gezeigt –, so sind die bilingualen deutsch-französischen Züge, wenn auch weiterhin im Aufwind, seit den 1990er Jahren vom bilingualen Sachfachunterricht Englisch in quantitativer Hinsicht überholt worden. Umso dringlicher war und ist die Aufgabe, eine Standortbestimmung vorzunehmen und den Wert des bilingualen deutsch-französischen Sachfachunterrichts gerade auch in Abgrenzung zu bilingualen Ausbildungsrichtungen mit Englisch (ggf. neu) zu bestimmen. Die vorliegende Aufsatzsammlung wendet sich an „Bildungspolitik und -forschung, [...] Lehrkräfte und [...] Eltern" [16] und möchte „Anstöße für eine weitere Beschäftigung und Vertiefung des Themas in der bildungspolitischen, schulischen und wissenschaftlichen Praxis" geben [18]. Sie ist somit nicht allein mit wissenschaftlichen Kriterien zu beurteilen; es ist indes angesichts des Veröffentlichungsortes, der renommierten Reihe „Giessener Beiträge zur Fremdsprachendidaktik", zu hoffen, dass sie das Publikum, auf das sie wohl am meisten wirken könnte, nämlich Bildungspolitiker und die schulischen Führungsebenen, auch tatsächlich erreicht.

Der Band ist in fünf Sektionen untergliedert: „I. Rahmenbedingungen des Bilingualen deutsch-französischen Bildungsgangs" [23-68: Beiträge Mäsch, Schön und Mentz], „II. Methodisch-didaktische Aspekte des bilingualen Unterrichts mit der Zielsprache Französisch" [71-134: Beiträge Palmen, Golay, Meißner], „III. Der Bilinguale deutsch-französische Bildungsgang im internationalen Kontext" [137-169: Beiträge Geiss, Mohr, Rücker], „IV. Zum Ertrag des Bilingualen deutsch-französischen Bildungsgangs: drei Meinungen" [181-209: Beiträge Wetzel, Knorn, Charmeil], „V. Der Bilinguale deutsch-französische Bildungsgang im Kontext anderer bilingualer Angebote" [213-273: Beiträge Neulen-Hüttemann & Camboni, Caspari & Neveling & Werner, Küster-Ruth, Möllmann, Wittenbrock).

In Sektion I wird zunächst sehr sachkundig und grundlegend von Nando Mäsch, einem langjährigen Wegbereiter und Begleiter der bilingualen deutsch-französischen Züge, in deren historische Entwicklung eingeführt [23-40], bevor im zweiten Beitrag des Bandes Eduard Schön, Fachleiter für Geschichte mit bilingual deutsch-französischer Profilbildung am Studienseminar Leverkusen, Organisationsrahmen und Inhalte bilingualer deutsch-französischer Zusatzausbildung im Referendariat insbesondere in Nordrhein-Westfalen, aber auch in Rheinland-Pfalz und Baden-Württemberg, skizziert und damit gleichzeitig Schwerpunkte eines historischen bilingualen Sachfachunterrichts andeutet, u.a. untergliedert in „[s]pezifisch deutsche Gegenstände und Probleme" [46, z.B. das Heilige Römische Reich], „[s]pezifisch französische Gegenstände und Probleme [46f., z.B. die Rolle des Französischen Hofes im „Prozess der Zivilisation" (nach Elias)] sowie „Deutsch-französische Kontakte und Konflikte" [47f.] und „Umgang mit Geschichte" [48, z.B. „Erinnerungskultur"]. Hierauf stellt Olivier Mentz Teilergebnisse seiner großangelegten Untersuchung zum bilingual deutsch-französischen Sachfachunterricht[1] vor, welche die subjektive Wahrnehmung der Rahmenbedingungen durch Lehrkräfte betreffen [51-68]. Aus Sicht der Lehrer wird neben den – inzwischen auch in empirischen Studien belegten [vgl. 51f.] – positiven Effekten auf fremdsprachlichen und sachfachlichen Lernzuwachs der Schüler wie auch auf die Qualität der eigenen Berufswahrnehmung immer wieder auf den Mangel an Fortbildungsangeboten sowie auf ausbleibende Honorierung ihres besonderen Arbeitsaufwands verwiesen [65].

In Sektion II führt der Vorsitzende der *Arbeitsgemeinschaft der Gymnasien mit zweisprachig deutsch-französischem Zug in Deutschland*, Paul Palmen, in

---

1 Vgl. Mentz, Olivier. 2004. „Bilingualer Unterricht mit der Zielsprache Französisch: Eine Untersuchung über die aktuelle Situation in Deutschland", in: *Französisch heute* 2, 122-133.

„Methodisch-didaktische Besonderheiten des bilingualen Sachfachunterrichts [...] aus der Perspektive der Schulpraxis“ ein [71-85]. Danach erörtert David Golay exemplarisch die Problematik der Leistungsbewertung im bilingualen Bildungsgang („Sachfachlicher Leistungsnachweis im bilingual deutsch-französischen Geographieunterricht in der Sekundarstufe I: Ergebnisse einer empirischen Studie und deren Folgerungen für die Praxis“ [87-114]. Franz-Joseph Meißner plädiert schließlich dafür, den bilingualen Bildungsgang mit Elementen der Interkomprehensionsschulung zu bereichern [„Interkomprehensionsdidaktik – eine Möglichkeit der Erweiterung bilingualer Bildungsgänge“, 115-134]. Die drei Beiträge stellen jeweils äußerst anregende Ausgangspunkte für die vertiefende didaktische Beschäftigung mit bilingual deutsch-französischem Lernen und Lehren dar: Während man den Aufsatz von Palmen als „Prolegomena“ zu einer zu schreibenden Didaktik und Methodik des bilingual deutsch-französischen Unterrichts lesen kann [vgl. 72, 74], liefert Golay mit dem (Teil-)Resümee seiner Dissertation ein Beispiel, wie wissenschaftliche Begleitung – hier freilich in Form von Aktionsforschung – z.B. aus Sicht einer Sachfachdidaktik aussehen könnte und leitet daraus einen Katalog unterrichtsmethodischer Empfehlungen „für den bilingualen Sachfachunterricht in der Startphase“ ab [107-111]. Die Ausführungen Meißners wiederum liefern nicht nur ein beeindruckendes Beispiel, wie Forschungsreferat mit sprachenpolitischer Argumentation und, auf der Sachebene, Anliegen des bilingualen deutsch-französischen Sachfachunterrichts mit Mehrsprachigkeitsdidaktik verbunden werden können, sondern zeigen aus diesem Ansatz heraus Perspektiven auf, wie einerseits ein besonders fruchtbares Feld für die Interkomprehensions- bzw. für die Mehrsprachigkeitsdidaktik erschlossen werden und v.a. wie andererseits der bilingual deutsch-französische Unterricht durch ein weiteres distinktives, den Sachfachunterricht in englischer Sprache bei weitem übertreffendes Merkmal noch attraktiver gestaltet werden könnte.

Sektion III stellt ein in sich weniger kohärentes Florilegium dar – was den Wert der einzelnen Beiträge freilich nicht schmälert. Peter Geiss, der deutsche Herausgeber des beachtenswerten deutsch-französischen Geschichtsbuchs *Histoire/Geschichte*, das in seiner französischen Version durchaus auch Einsatz im traditionellen deutschen Französischunterricht der Oberstufe finden könnte, liefert in einem „Werkstattbericht" Hintergründe über Entstehung und Konzeption des 2006 gleichzeitig bei Nathan und Klett erschienenen dritten Bands des Lehrwerkes [137-153]. Dieser liest sich als von einer konkreten Erfahrung ausgehende spannende Auseinandersetzung eines Historikers u.a. mit Facetten der Geschichtswahrnehmung in beiden Ländern [141-143] sowie insbesondere mit den beiden Unterrichtskulturen und Erziehungs- bzw. Bildungskonzeptionen, die hier miteinander in Einklang gebracht werden mussten [144-149]. Das Verdienst des Beitrags von Joachim Mohr [„Deutsch-französische Förderprogramme als Motor für bilingualen Sachfachunterricht", 155-169], Koordinator einer entsprechenden Arbeitsgemeinschaft der KMK, besteht insbesondere darin, mit der Arbeit des *Gemeinsamen Entwicklungs- und Kooperationsprogramms für zweisprachige Bildungsgänge mit deutsch-französischem Profil* (EKP) eine seit 1995/96 bestehende wichtige Institution vorzustellen, welche die Rahmenbedingungen des bilingual deutsch-französischen Sachfachunterrichts (vgl. Sektion I.) seitdem wesentlich mitbestimmt. Die weniger vertiefenden Abschnitte zu Abi-Bac, Voltaire- und Brigitte-Sauzay-Programm wirken an dieser Stelle eher aufgesetzt und wären u.U. entbehrlich. Von einem Einzelbeispiel geht Ursula Rücker in ihrer Darstellung „Betriebspraktika bilingualer Schüler in Frankreich und Deutschland: ein Plus für Schule und Beruf" [171-178] aus; sie kann entsprechend anschaulich berichten und leitet aus ihren Erfahrungen einen Katalog von „Erfolgsbedingungen und Voraussetzungen für Schülerbetriebspraktika in Frankreich und Deutschland" [174ff.] ab, der Schulen, die erstmalig Praktikumsaustausch durchführen – was keineswegs auf „Bili-Schulen" beschränkt sein muss – eine erste Orientierung bieten kann.

Ähnlich subjektiv geprägt, aber umso anschaulicher, eröffnet Anne Wetzel die vierte Sektion des Bandes, indem sie ihren Werdegang von der Schülerin eines bilingualen deutsch-französischen Zuges über deutsch-französisches Parlamentspraktikum und DAAD-Lektorat zur persönlichen Referentin der Generalsekretärin des Conseil Régional Nord-Pas de Calais darstellt [181-187], und Harald Knorn berichtet über „Bilinguale[n] Sachfachunterricht aus Sicht der Eltern" [189-201]. Gil Charmeil wiederum skizziert seine Erfahrungen als französischer Abi-Bac-Prüfer [203-209] und stellt dabei Reflexionen zum Vergleich der Arbeitsweise in beiden Schulsystemen an, welche die Ausführungen von Peter Geiss (s.o.) ergänzen.

Sektion V hingegen versammelt fünf Beiträge, die über das Angebot der traditionellen bilingualen Züge an Gymnasien hinausgehen, diese aber vorbereiten bzw. ergänzen können: Die beiden Beiträge über Französisch als 1. Fremdsprache an Grundschulen in Baden-Württemberg (sog. „Rheinschiene") und an den vier deutsch-französischen Standorten der Staatlichen Europa-Schule in Berlin [Hildegard Neulen-Hüttemann & Marlis Camboni: „Der frühe Fremdsprachenunterricht ab Klasse 1 in Baden-Württemberg als Basis für bilinguales Unterrichten", 213-229 und Daniela Caspari & Christiane Neveling & Bettina Werner: „Erfahrungen mit dem bilingual deutsch-französischen Angebot an Grundschulen in Berlin", 231-245] können als anschauliche Aufsätze zur Einführung in die Beschäftigung mit frühem Französischlernen dienen und repräsentieren gleichzeitig noch berechtigte Hoffnungen, dass andere Sprachen als Englisch im Bereich des frühen Fremdsprachenlernens weiter bestehen können. Gaby Küster-Ruth stellt Möglichkeiten von bilingual deutsch-französischer Ausbildung an Realschulen in Hessen vor, ein Modell, das sicherlich auch für andere Bundesländer Anregungen liefern könnte [247-262]. Silke Möllmann hingegen präsentiert kurz ein Konzept bilingualer Module und exemplifiziert es an den Schularten Gymnasium und kaufmännisches Berufskolleg [263-273], während Rolf Wittenbrock die Schulform Deutsch-französisches Gymnasium (mit den Standorten Saarbrücken, Freiburg im Breisgau und Buc bei Versailles) aus der sachkundigen Perspektive eines Schulleiters beschreibt [275-292], Vorzüge und Defizite des Konzepts abwägt und Anregungen zu seiner Weiterentwicklung gibt, wenn auch weitere Gründungen Deutsch-französischer Gymnasien angesichts jüngerer Alternativkonzepte (z.B. Abi-Bac) realistischerweise kaum zu erwarten sind. Der Band wird von einer Liste der Schulen mit bilingualem deutsch-französischem Angebot [295-317] und einem Autorenverzeichnis [319f.] beschlossen. Letzteres gibt einen Einblick in die Erfahrungshintergründe der Autorinnen und Autoren und hilft so, die einzelnen Beiträge in ihrem Entstehungskontext zu begreifen.

Übersichten wie die der Seiten 295-317 sind insofern nur bedingt brauchbar, als sie – trotz sorgfältigster Recherche – mitunter fehlerbehaftet bleiben. So kann etwa das genannte Gymnasium in Bamberg [299] – bedauerlicherweise – weder einen bilingualen Zug noch Abi-Bac anbieten. Andererseits wäre es wünschenswert, dass in diese Liste auch alle anderen an der Förderung des bilingualen deutsch-französischen Unterrichts beteiligten Einrichtungen und Institutionen, nicht zuletzt Universitäten und Studienseminare, aufgenommen worden wären. Anstelle des oben angesprochenen Schulverzeichnisses, oder aber ergänzend zu ihm, wäre eine Bibliographie zu bisher erschienenen Einzelveröffentlichungen zu Didaktik und Methodik des bilingualen Unterrichts Französisch an dieser Stelle – vgl. den Hinweis des Vorwortes, dass es „sich um die erste in Deutschland erschienene Publikation ausschließlich zu diesem Thema handelt“ [18] – äußerst verdienstvoll gewesen.

Eine solche Bibliographie hätte auch um eine einschlägige Sitographie ergänzt werden können, die außer auf die passim durchaus genannten Angebote der Arbeitsgemeinschaft der Gymnasien mit zweisprachig deutsch-französischem Zug in Deutschland (www.franz-biling.de) oder des Hessischen Bildungsservers (http://lernen.bildung.hessen.de/bilingual/franz/nouv/) zumindest auch auf die erstaunlicherweise nicht genannte, äußert verdienstvolle Seite www.deuframat.de (Universität Marburg) hätte verweisen können (u.U. wäre auch ein Verweis auf die jeweiligen Bibliographien auf den beiden erstgenannten Seiten hilfreich und ausreichend gewesen).

Ein wenig bedauerlich scheint auch, dass außer im Beitrag Golay [87-114] – und sporadisch in anderen Beiträgen, etwa Mentz [51f.] – die punktuell durchaus bereits erfolgte wissenschaftliche Begleitung des bilingualen Bildungsganges kaum zu Wort kommt. Exemplarisch sei nur an die Dissertation Helbig erinnert.[2] Im Bereich der Formalia fallen die eigentümliche – aber konsequente – Einrückung im Fußnotentext sowie einige redaktionelle Mängel in den Bibliographien zu einzelnen Beiträgen [39f.: Redundanzen und Chronologie, 132f.: Chronologie] auf.

Die Veröffentlichung ist – dem Untertitel des Bandes entsprechend – v.a. historisch und bildungspolitisch ausgerichtet und daher gerade auch für eine am Prozess der Schulentwicklung beteiligte Leserschaft sowie für die Bildungspoli-

---

2 Helbig, Beate. 2001. *Das bilinguale Sachfach Geschichte. Eine empirische Studie zur Arbeit mit französischsprachigen (Quellen-)Texten*. Tübingen: Stauffenburg.

tik im Allgemeinen interessant, besonders auch, um Anregungen durch Einblicke in die Verhältnisse der jeweils anderen Bundesländer zu gewinnen; daneben kann sie Studierenden zur Sensibilisierung und Einführung in die Thematik zur Lektüre nahe gelegt werden. Weiteren fachdidaktischen Forschungen kann sie als Grundlage insbesondere im historischen und administrativ-organisatorischen Bereich dienen; hier sind v.a. die Beiträge Mäsch, Mentz und Mohr wie auch jene der Sektion V hervorzuheben. Auch in weiteren Beiträgen finden sich für die Geschichte und Entwicklung der bilingual deutsch-französischen Züge relevante Hinweise (z.B. Palmen, 71ff.).

Essentiell im Diskurs um die bilingualen deutsch-französischen Züge scheint die Feststellung Olivier Mentz': „Die Zielsprachen Englisch und Französisch können und dürfen nicht nach demselben Prinzip betrachtet werden. Vielmehr muss es darum gehen, die einzelnen Sprachen in ihrer jeweils anderen Funktion zu sehen (Englisch als Arbeitssprache vs. Französisch als Partnersprache) und dadurch eventuell auch zu völlig unterschiedlichen Konzeptionen in Bezug auf das bilinguale Lehren und Lernen zu kommen." [54, vgl. Mentz 2004, wie Anm. 1].

Eine der Schlussfolgerungen des Beitrags von Eduard Schön kann für die bilingualen deutsch-französischen Züge insgesamt Gültigkeit beanspruchen und sollte gerade auch die Bundesländer, in denen diese bisher weniger stark vertreten sind, zur Förderung der bilingualen Ausbildungsgänge motivieren: Diese können grundlegend „dazu beitragen, das Fach Französisch vor allem in der Oberstufe qualitativ und quantitativ zu stabilisieren" [49]. Dabei werden auch die Anregungen Meißners zu einer Erweiterung des bilingual deutsch-französischen Unterrichts um Elemente der (romanischen) Interkomprehension zu berücksichtigen sein.

Für die Schulentwicklung und die Profilbildung einzelner Schulen dürfte in Zeiten einer mancherorts drohenden Nivellierung des gymnasialen Niveaus die wiederholte Feststellung interessant sein, dass bei Anwesenheit bilingualer deutsch-französischer Klassen „eine Anhebung der Qualität der Schülerklientel" spürbar ist [57].

DANIEL REIMANN (BAMBERG/EICHSTÄTT)

Munteanu Colán, Dan. 2005. *Breve historia de la lingüística románica.* Madrid: Arco Libros, 172 p.

In einer Zeit, die in den meisten europäischen Ländern eine Umorganisierung des Studienablaufes mit sich bringt, ist es wichtig, dass es Lehrbücher gibt, die das, was in einem Fach bislang erreicht worden ist, in überschaubarer und für Anfänger fasslicher Weise aufbereiten, denn eines muss klar sein: Der didaktische Aufbau des Lernprozesses wird neu gestaltet; es wird nicht etwa das Fach neu erfunden. In dieser Situation ist zunächst einmal das hier anzuzeigende Buch von Dan Munteanu Colán von Herzen zu begrüßen, denn eine kurze und aktuelle Geschichte der sprachwissenschaftlichen Romanistik fehlte bisher – man musste vorlieb nehmen mit den einführenden Kapiteln bei Tagliavini, Vidos oder Gauger & Goebl & Windisch oder mit der für Anfänger zu ausführlich und zudem trotz der Überarbeitungen durch Posner und Bahner längst veralteten Analyse von Iorgu Iordan. Ohne eine Basiskenntnis der Fachgeschichte sollte eigentlich niemand seine Studien in einem Teilbereich der Romanistik abschließen, und zumindest für die Studierenden des Spanischen liegt jetzt mit dem vorliegenden Werk eine aktuelle Einführung von vernünftigem Umfang vor.

Der Aufbau des vorliegenden Buches ist wohltuend traditionell: Eine „Introducción“ [9-36] gibt eine Beschreibung des Gegenstandsbereiches und der Charakteristika der Romanistik, das Zentralkapitel „Historia de la lingüística románica“ [37-121] gibt, in drei große Blöcke („período precientífico“, „método histórico-comparativo, naturalismo, positivismo historicista y antipositivismo“ [39-40]) mit ihren Abzweigungen (wie Sprachgeographie und Soziolinguistik) unterteilt, ein Panorama des Nach-, Mit- und Nebeneinanders von Methoden, und ein weiteres Kapitel [123-150] rekapituliert die verschiedenen Ansätze zur Klassifikation der romanischen Sprachen. Ein Abschlusskapitel [151-163] stellt „Las aportaciones de la lingüística románica al pensamiento lingüístico actual“ heraus.

In der Einleitung ist die Unterscheidung zwischen Linguistik und Philologie wichtig [13]:

> La lingüística estudia los hechos de lengua o de lenguaje, mientras la filología se interesa por la información cultural transmitida por el texto. Por eso, no siempre es efectivo y aconsejable trazar una línea de demarcación muy rígida entre lingüística y filología. La interdependencia de las mismas es innegable. Sus objetivos y planteamientos no son los mismos, los enfoques son diferentes, cierto, pero siempre complementarios.

Im deutschen Bereich muss man noch weiter gehen: Philologie ist da nicht nur die Wissenschaft vom Bereitstellen und Zugänglichmachen von Texten, sondern in weiterem Sinne die analysierende und vermittelnde Beschäftigung mit kulturellen Leistungen (vgl. den Namen der Standesvertretung der Gymnasiallehrer, „Philologenverband", oder „Sportphilologe" als Bezeichnung für den gymnasialen Sportlehrer). In dem Sinne ist die Sprachwissenschaft, wie auch die Literaturwissenschaft und die Landeskunde, eine Unterabteilung der Philologie, wie es ja auch der traditionellen Fachstruktur deutscher Universitäten entspricht: „romanistische Sprachwissenschaft" ist ein Zweig des Gesamtfaches „romanistische Philologie". Für den deutschen Bereich ist also der Weg, die Philologie zu einer Hilfswissenschaft der Linguistik zu machen und umgekehrt [13-14], nicht ohne weiteres gangbar. Die Lehrerausbildung spiegelt das wider: Fachlehrer an Gymnasien können nur ausgebildete Philologen sein, nicht etwa gut trainierte Linguisten ohne ein spezifisches Studium literarischer oder kulturkundlicher Aspekte.

Bei der Behandlung des „período precientífico" war natürlich auf die konzeptuelle Entwicklung der Sprachtheorie in Antike und Mittelalter einzugehen, wo – mit Ausnahme von Dante und den provenzalischen Sprachlehrern, die im Kapitel zur Renaissance mitbehandelt werden [50-52] – kein konkreter Bezug auf die romanischen Sprachen genommen wurde. Dennoch ist es gerade am Anfang des Studiums wichtig, die antiken Wurzeln der europäischen Sprachanalyse zur Kenntnis zu nehmen, und die Darstellung, die Dan Munteanu Colán von der „gramática de la palabra" [44] des Dionysios Thrax und von den Lateinern Donat und Priscian gibt, ist in all ihrer Kürze das Prägnanteste, das je darüber geschrieben wurde. Etwas kurz ist die Linguistik der Aufklärung abgehandelt, obwohl sie doch für sprachwissenschaftliche Theorien der siebziger Jahre des 20. Jahrhunderts eine wichtige Inspirationsquelle verkörpert.

Dass bei der Darstellung der romanistischen Sprachwissenschaft des 19. und 20. Jahrhunderts die Setzung von Schwerpunkten unvermeidlich ist, liegt auf der

Hand. Die Vorliebe von Dan Munteanu Colán richtet sich auf das, was er mit Malkiel als „época de oro de la lingüística románica“ [77] bezeichnet, also die Zeit zwischen 1880 und 1935, als die Junggrammatiker, inkarniert in der Person von Wilhelm Meyer-Lübke, das Feld beherrschten, aber auch divergierende Ansichten anderer Romanisten (Schuchardt, Ascoli, Vossler, Salvioni, Bartoli, Menéndez Pidal) in der Romanistik zur Anwendung kamen. Es war eine Zeit, in der die Begriffe „romanistische Sprachwissenschaft“ und „allgemeine Linguistik“ nahezu zusammenfielen: „En el seno de la lingüística romance se alcanzan cimas inauditas, nacen y desarrollan orientaciones, métodos y conceptos de particular interés para la romanística, la lingüística general y la teoría del lenguaje“ [94]. Golden days ...

In den verschiedenen, von Dan Munteanu Colán mit großem didaktischen Geschick dargestellten Strömungen des Strukturalismus hatten dann romanistische Fragestellungen noch einen hohen, wenn auch keineswegs mehr tonangebenden Stellenwert. In den verschiedenen Ausprägungen des Generativismus gibt es noch Einzelstudien zu Problemen in romanischen Sprachen, aber eine eigentliche zur Romanistik zu zählende Ausprägung ist nicht zu finden. Obwohl der Autor sich redliche Mühe gibt, den verschiedenen Ausprägungen der Theorien von Noam Chomsky gerecht zu werden, ist doch das Schlussurteil über den Generativismus vernichtend: „La radicalización de éste, en el último período, condujo a un distanciamiento cada vez mayor entre la lingüística histórica y románica y los planteamientos generativistas“ [113]. Bei den neuen Entwicklungen der Linguistik hingegen, beispielsweise in der Soziolinguistik [113-121], ist die Romanistik ein gefragter und akzeptierter Partner. Dass hier, vor allem in der historischen Soziolinguistik, ein weitaus größeres Zukunftspotential der Romanistik als in den ariden Schematismen der Generativisten liegen wird, ist offenkundig: „La sociolingüística [...] se aleja del formalismo de los modelos estructural y generativista, así como de la rigidez de los neogramáticos. [...] La sociolingüística analiza fundamentalmente la heterogeneidad, los razgos lingüísticos diferenciadores de los varios registros dentro de los sociolectos, la motivación de los distinciones entre los mismos, y los factores sociales que favorecen el cambio“ [116]. Alles in allem: ein Katalog der alten Tätigkeitsfelder der Romanistik in neuer Optik.

Das zweite große Kapitel stellt die verschiedenen Versuche der „Clasificaciones de las lenguas románicas“ [123-150] dar, wobei klar ist, dass „hasta hoy día no existe ninguna clasificación unánimemente aceptada“ [123]. Der überwiegende Teil der Darstellung ist den „Clasificaciones genéticas“ gewidmet [124-137], die von Friedrich Diez (1836) bis Miguel Vallés (2000) reichen. Neben der auf phonetischen Kriterien begründeten Zweiteilung in Ost- und Westromania und der Unterteilung nach vier oder fünf Regionalräumen (Balkanromania, Italoromania, Galloromania, Iberoromania, evtl. Raetoromania) haben Theorien, die einer mittelmeerischen Romania continua die abweichenden Typen des Rumänischen und Französischen zur Seite stellen, den größten Anklang – aber, wie gesagt, von einer mehr oder weniger allgemein akzeptierten Einteilung, wie sie im Falle der Germania oder Slavia vorliegt, ist man noch weit entfernt. Noch schlechter sieht es bei den „Clasificaciones tipológicas“ [137-144] aus: Weder die morphologisch ausgerichteten Einteilungsversuche noch die Gliederungen nach syntaktischen Kriterien sind wirklich überzeugend, und angesichts der Tatsache, dass die romanischen Sprachen (mit Ausnahme des Rumänischen und, das sei hinzugefügt, auch des gesprochenen Französischen) einen „Sprachbund“ bilden, gilt, dass „la tarea de la tipología en el dominio románico está lejos de acabarse“ [144]. Es folgt eine – sicherlich leicht zu erweiternde – Übersicht über die romanischen Idiome, deren Status, eigene Sprache oder Dialekt einer anderen Sprache, umstritten ist.

Mit einer versöhnlichen und positiven Note endet der Band: Dan Munteanu Colán sieht die Krise der siebziger und achtziger Jahre, als Strukturalismus und vor allem Generativismus einerseits und Romanistik andererseits nicht immer leicht zusammenfanden, als überwunden an [153]:

> Lo que consideramos el resurgir de la lingüística románica coincide, en nuestra opinión, precisamente con la superación de la exclusiva perspectiva sincrónico-descriptiva, errónea y limitada, y el reconocimiento inequívoco de la importancia de la diacronía para la sincronía y del maridaje de los dos enfoques para la ciencia del lenguaje.

Damit hat der Autor dieser schönen Einführung sicher recht, aber nach Meinung des Rezensenten liegt die Gefahr für eine gedeihliche Zukunft der Romanistik jedoch anderswo, nämlich in der zunehmenden Vereinzelsprachlichung der *per definitionem* doch sprachübergreifenden Romanistik: Ein Nebeneinander guter

Analysen zum Französischen, Italienischen, Spanischen usw. ist noch längst keine Romanistik, denn sie ist ohne einen sprachübergreifenden Blick undenkbar.

JOHANNES KRAMER (TRIER)

Overmann, Manfred. 2005. *Emotionales, transnationales, hyper-, tele- und multimediales Fremdsprachenlernen. Mit praktischen Beispielen für den Französischunterricht.* Frankfurt et al.: Lang (Internet Communication; 6), 197 p.

Manfred Overmann legt eine Arbeit vor, die Ausführungen zur Neurobiologie, zum Konstruktivismus und zum emotionalem Lernen für die didaktische Theorienbildung, konkrete unterrichtspraktische Vorschläge zum medialen Einbezug von *TV5* sowie aufgearbeitete Multimedia-Module umfasst.

Im ersten Abschnitt werden neueste Erkenntnisse der Hirnforschung entfaltet. Ausgehend von der Hypothese, dass „Leib und Seele, Körper und Geist, Emotion und Kognition“ eine „unauflösbare Einheit eines biochemischen Prozesses“ bilden, „als dessen Produkt auch das Bewusstsein aufgefasst werden muss“ (12), stellt Overmann dar, dass kognitive Zustände und Affektion nicht voneinander getrennt betrachtet bzw. gedacht werden können. Daraus ergeben sich Konsequenzen für die Didaktik: die grundlegende Berücksichtigung der untrennbaren Einheit von Kognition und Emotion für den Unterricht, z.B. bei der Verarbeitung von Wörtern und Bildern (42ff.), der Memorisierung und Aktivierung von Wissen (44ff.), der Lernförderung durch Bewegung und Musik (46ff.) oder beim Lernen als Konstruktionsprozess in komplexen Situationen (S. 51ff.).

Spannend sind dabei die Darstellungen zu Erkenntnissen der Neurobiologie, die eine Absage an die Existenz des freien Willens bedeuten (24ff.) und damit ein zentrales philosophisches Problem betreffen. Inwieweit diese Erkenntnisse für die alltägliche Lebenspraxis tragfähig sind, wird sich erst noch zeigen müssen. Eine Umsetzbarkeit, die Freiheit, Verantwortung und Schuldfähigkeit des Menschen in Frage stellt – sei es vor Gericht oder in der Schule – erscheint mir persönlich nicht praktikabel.

Im zweiten Abschnitt geht es um Hypertexte im Unterricht, d.h. u.a. um lerntheoretische Begründungen, didaktische Perspektiven insbesondere im Blick auf die Literaturdidaktik und auf Möglichkeiten der Abgrenzung von linearen Lehrwerken.

Nach den sehr theoretischen und zum Teil schwer lesbaren Ausführungen ist der dritte Abschnitt konkret auf den Einbezug des französischsprachigen Fernsehsenders *TV5* ausgerichtet, der als Fenster zur Frankophonie einen Beitrag zu Interkulturalität und transkultureller Kommunikation liefern könnte. Dabei geht Overmann ausführlich auf die didaktischen Säulen von *TV5* (100ff.) ein, die Michel Boiron entwickelt hat: Lernen anhand authentischer Sprache von Anfang an, Bezugnahme auf nicht-sprachliche Informationen, Nutzung sehr kurzer Dokumente, vielfältige Bearbeitung televisueller Dokumente, Fokus auf unterschiedliche Arbeitsaufgaben je nach Niveau der Lernenden, Förderung des Verstehens (nicht des Nicht-Verstehens) und schließlich die Berücksichtigung von Alternativen bei Ausfall der Technik im Unterricht.

Der letzte Abschnitt ist ebenfalls konkret auf die Unterrichtspraxis ausgelegt und umfasst vier Multimedia-Module zu *La guerre d'Algérie* (125ff.), *Etre et avoir* (145ff.), *Le Gone du Chaâba* (155ff) sowie *Déjeuner du matin* (169ff). Die konkreten didaktisch-methodischen Vorschläge zu den einzelnen Unterrichtseinheiten umfassen jeweils die Präsentationen des Gegenstands, didaktisch-methodische Überlegungen, Aufgabenstellungen und Arbeitsaufträge. Darüber hinaus sind auch Hinweise zu ergänzenden Websites im Internet aufgeführt. Gerade diese letzten Abschnitte dienen zur konkreten Unterrichtsvorbereitung und dürften für Lehrkräfte interessant und hilfreich sein.

Insgesamt ist die Publikation von Overmann sehr breit angelegt und umfasst ein Spektrum von theoretischen Ausführungen zur Neurobiologie, Philosophie und Erziehungswissenschaft bis zu konkreten unterrichtspraktischen Didaktisierungsvorschlägen. Trotz dieser Breite und einer stellenweise schweren Lesbarkeit bzw. Zugänglichkeit dürften seine Überlegungen zu emotionalem, transnationalem, hyper-, tele- und multimedialem Fremdsprachenlernen für zahlreiche Leserinnen und Leser von Interesse sein.

CHRISTIANE FÄCKE (AUGSBURG)

Polzin-Haumann, Claudia. 2006. *Sprachreflexion und Sprachbewusstsein. Beitrag zu einer integrativen Sprachgeschichte des Spanischen im 18. Jahrhundert.* Frankfurt a.M. et al.: Lang (Bonner romanistische Arbeiten; 91), XIII + 476 p.

„Mit starren, oberflächlichen Klassifikationsschemata kann die Komplexität des geistig-politischen Klimas, innerhalb dessen die Sprachreflexion sich vollzieht, nur ungenügend erfaßt werden" (104). Dieser Satz ist nicht die *conclusio* der hier vorliegenden Bonner Habilschrift, aber vielleicht die wichtigste (von sehr zahlreichen) Erkenntnis(sen), mit denen Claudia Polzin-Haumann in ihrem knapp 500-seitigen Œuvre aufwartet. Sie befasst sich darin mit einer Phase, die in der historisch orientierten sprachwissenschaftlichen Romanistik ein Stiefmütterchendasein führt: dem 18. Jahrhundert – genau genommen der Phase von 1700 (Machtübernahme der Bourbonen) bis 1808 (dem Jahr, in dem mit dem Einmarsch der Franzosen die *Guerra de la Independencia Española* beendet wurde).[1] Als „Hauptanliegen" definiert die Verfasserin die „Analyse der Sprachreflexion in ihrer Einbindung in bestimmte historische Konstellationen unter ausdrücklicher Berücksichtigung der Vielfalt der Ansätze im Unterschied zu der gemeinhin auf akademische Sprachpflege zentrierten Erforschung des 18. Jahrhunderts" (9).

Gerade die Phase der *ilustración* in Spanien wurde sowohl im deutschen Sprachraum wie auch in der Hispanophonie sehr zaghaft angegangen, und wenn, dann in der Regel von Literaturwissenschaftlern; als für die Sprachwissenschaft zentrale Epoche wurde sie bisher nicht recht wahrgenommen. Die mangelnde

[1] Allerdings wird hier wieder deutlich, dass es der lateinamerikanischen Linguistik in Europa einfach nicht gelingen will, ihre bemerkenswerten Erkenntnisse so zu platzieren, dass diese ihre verdiente Rezeption erfahren würden; ich verweise in diesem Zusammenhang insbesondere auf den Sammelband Elvira Arnoux y Carlos Luis (comps.), *El pensamiento ilustrado y el lenguaje.* Vol.2 de la *Historia de las Políticas e Ideas sobre el lenguaje en América Latina.* Buenos Aires, Eudeba, 2003, und da speziell die Aufätze von Elvira Arnoux, *El análisis del discurso en el pensamiento gramatical ilustrado: Jovellanos lector de Condillac*, 65-99, und María Imelda Blanco, *Tras las huellas del pensamiento ilustrado: la Gramática Argentina de Rufino y Pedro Sánchez*, 163-203. Aus der Literwissenschaft wäre José E. Santos, *El discurso dieciochesco español: pensamiento y paradoja en Jovellanos, Cadalso y Forner* (Hispanic Literature; 72). Lewiston, NY: Mellen 2002, zu nennen.

Befassung mit dem 18. Jahrhundert hat sicher mannigfache Gründe. Zum einen wurde der intrahispanische Diskurs lange von Menéndez Pelayo und seinen Epigonen geprägt, die so reaktionär katholisch waren, dass sie nicht nur die Aufklärung an sich ablehnten, sondern darüber hinaus noch im 20. Jahrhundert lobende Worte für die Inquisition fanden. Zum anderen kann man die spanische *ilustración* wohl denn auch nur als „Aufklärung" in Anführungszeichen verstehen, fehlte ihr doch jeglicher Ansatz einer vernunftgesteuerten Auseinandersetzung mit dem Katholizismus (der ja sämtliche damaligen Bildungs- und Kulturinstanzen prägte).[2] Das jedoch hat keinerlei Auswirkung auf die sprachwissenschaftliche *Relevanz* des Themas, wie wir – verstärkt in den letzten Jahren und nun u.a. dank des vorliegenden Werkes – konstatieren können: Das 18. Jahrhundert ist geprägt von einer Vielzahl von sprachpflegerischen, deskriptiven, idealistischen und anderen Werken, die sich explizit oder implizit mit so „modern" anmutenden Themen wie Sprachausbau, Sprachkontakt, Minderheitensprachen, Verhältnis gesprochene Sprache zu geschriebener Sprache u.a. befassen, andererseits auch die konfliktreiche Koexistenz des Spanischen mit Latein, Französisch (in geringerem Grad auch Italienisch, Portugiesisch und Englisch) und nicht zuletzt auch seinen eigenen Variationstypen problematisieren – da spielt es in vorderster Linie keine Rolle, ob einer den *ilustrados* oder den *no-ilustrados* zuzuzählen ist (zumal viele der Autoren im Verlaufe des Jahrhunderts ihren Standpunkt wechselten).

Schauen wir uns ein wenig den Aufbau des Werkes an: In Kapitel I *Einführung in Themenstellung und Aufbau der Arbeit* [1-10] werden die Linien abgesteckt: *Sprachreflexion* wird einen bei der Lektüre als „breites Spektrum an untersuchten muttersprachlichen Äußerungen" [2] begleiten, die „historiographische Schablone" mit einer Fokussierung auf das Wirken des *Real Academia* soll so „durchbrochen" werden [3]. Dies geschieht verbunden mit einer „gründlichen Methodenreflexion", die „Ansätze aus der Sozio-, der Pragma- oder der Textlinguistik rezipiert" und auf Modelle der germanistischen und italianistischen Sprachwissenschaft zurückgreifen kann [3]. Durch die „Vertikalisierung der Varietätenlinguistik" [4] kann eine der heiligen Dichotomiekühe der historischen

2 Kritisiert wurde bisweilen die quantitative Wucherung des Klerus, der Glaube an sich wurde jedoch nicht in Frage gestellt.

Sprachwissenschaft, die Trennung in interne und externe Sprachgeschichte, wenn schon nicht geschlachtet, dann doch zumindest erweitert werden, indem ein erweitertes Modell mit der Berücksichtigung sich verändernder gesellschaftlicher Faktoren, Kommunikationsbedingungen und neu entstehender Textsorten dagegengestellt wird, das anschaulich vor Augen führt, dass so manch eine Sprachgeschichte ohne Berücksichtigung der Kulturgeschichte besser nicht geschrieben würde. In diesem Kapitel findet auch der für die Arbeit zentrale Aspekt der „Metasprache", die Standortzuweisung durch einen Autor, erste Erwähnung [4].[3] Des weiteren wird bereits hier auf „drei große Spannungsfelder" verwiesen, die später exhaustiv untersucht werden: den Komplex *Nationalsprache, Norm und Diasystem* (Makroebene), den Bereich *Sprachentwicklung, Sprachgeschichte und Sprachprinzipien* sowie *Schwerpunkte der Sprachreflexion* (i.e. ‚Reichtum', Ausbau, Pflege, Normierung, Mikroebene) [7f.].

‚Sprachgeschichte' ist ja an sich schon ein komplexes Lexem: Ähnlich wie eine andere klassifikatorisch ‚schwierige' Teildisziplin, die Wortbildung, werden als solche sowohl die *observata* und *observanda* wie auch die *observatio* selbst (samt *interpretatio*) beschrieben. Weiterhin ist ‚Sprachgeschichte' in der Romanistik ein zweischneidiges Schwert – wird sie doch oft als Argument für die Zusammengehörigkeit dieser so ‚deutschen' Disziplin beschreiben – mit allen Segnungen und dem ganzen Ballast, den sie seit Diez mit sich bringt bzw. schleppt. Claudia Polzin-Haumann hat sich mit allen zu erwartenden Einwänden befasst, ohne daraus eine defensive Grundstruktur zu entwickeln. Ihre Antwort ist mehrstufig und dadurch überzeugend: saubere methodische Abstützung, sorgfältig ausgewähltes Corpus, angemessene Präsentation, souveräne Analyse und kluge Interpretation (womit dann auch in ihrer Arbeit das Desiderat der Aufklärer erfüllt ist: *bueno*, *propio*, *docto*).

---

[3] Das wird später präzisiert: „Metasprache ist, über die Terminologie im engeren Sinne hinausgehend, als ein Komplex zu verstehen, der Aufschluß [sic] über verschiedene Teilbereiche ermöglicht, die den Autor und seine metasprachliche (grammatikographische, orthographietheoretische, sprachhistorische, sprachkritische etc.) Aktivität betreffen." [64] – Die alte Rechtschreibung ist übrigens durchgängig bewahrt, eine metasprachliche Markierung seitens der Autorin, die der Leser wohl als sprachpflegerische Reflexion hinzunehmen hat, die ich gleichwohl nicht nachvollziehen kann ...

Die Qualität der Studie wird insbesondere befördert durch die Entscheidung für äußerst heterogene Textsorten: Das von Polzin-Haumann gewählte Corpus umfasst neben ‚erwartbaren' „wichtigen Grammatiken", Orthografietraktaten oder Rhetoriken auch Tagebücher (immerhin von Jovellanos), „Antibarbari" oder – besonders ergiebig – Beiträge in Periodika. Auch auf literaturhistorische Abhandlungen, traduktologische Werke oder öffentliche Reden wird zurückgegriffen. Die Autorin selbst beschreibt gerade ‚Paratexte' – den eigentlichen metasprachlichen Dokumenten beigefügte Texte wie Vorworte oder Begleitworte [127] – als „wichtige Quelle" [131]. Die untersuchten Autoren reichen von Jovellanos über Mayans i Siscar, Feijoo, Sarmiento und Capmany bis hin zu Hervás y Panduro, Forner und Cadalso (die Anordnung der Autoren ist von mir, sie ist chronologisch wie systematisch sinnfrei, dokumentiert aber irgendwie zugleich ihre potenzielle Anordnung in diesem Werk wie ihre in Einzelpunkten kon-, dann wieder divergierenden Positionen).

Die Vielfalt der im 18. Jahrhundert erörterten Themen kann hier nur skizziert werden, es muss eine Reduktion auf gebündelte Aspekte erfolgen. Ein Dorn im Auge war den ‚Aufklärern' der ‚barocke Sprachverfall', das Verhältnis der Volkssprache zum Latein sowie das Verhältnis des Kastilischen zu seinen Kontaktsprachen im Inneren (Galegisch, Asturisch, Katalanisch[4]) wie außerhalb der Grenzen (das leidige Probleme der Gallizismen); es traten nun aber auch varietätenspezifische und identitäre Fragestellungen sowie eine Diskussion um die ‚Angemessenheit' vermehrt auf – modern ausgedrückt könnten man von einem Bewusstsein für das Spannungsfeld zwischen Status- und Corpusplanung sprechen. Die Ziele der Autoren sind entweder philologischer (also für ‚Kollegen' bestimmt) oder pädagogisch-didaktischer Natur, bisweilen rein polemischer Intention. Vier Fallstudien zu ausgewählten Einzelproblemen – Artikel, Pronomina, Verb(morphologie), Orthografieregeln – illustrieren anschaulich, dass es zwar (auch) im 18. Jahrhundert vielen Grammatikern in erster Linie um Dichotomien (richtig x falsch; angemessen x unangemessen; gebildet x ungebildet) ging, dass aber die Wertung keineswegs einheitlich erfolgte: Plädierten die einen

4 Es muss hier festgehalten werden, dass viele der wichtigsten Autoren des 18. Jahrhunderts streng genommen keine Spanier (i.e. Kastilier) waren: Feijoo war Galicier, Jovellanos Asturier (der sich darüber hinaus dem Mallorquinischen zuwandte), Mayans i Siscar Valencianer, Capmany Katalane.

für Einheitlichkeit, unterstrichen andere die Kraft der Vielfalt, kritisierten viele scharf die Gallizismen, wandten einige wenige ein, dass der Einfluss des Französischen auch seine Vorteile – u.a. für den Wissenschaftlichkeitsbetrieb an sich! – habe. Keine Einigung auch weit und breit zu Stadt vs. Land, die Respektierung von Alloglotten oder gar die Rolle des *común*, *corriente* oder *vulgar* – Diskussionen, die unter dem methodischen Schutzmantel sprachwissenschaftlicher Schulen bis heute den (para-, meta-) linguistischen Diskurs (fast) aller iberoromanischen Länder prägen.

Der Autorin gelingt es – auch wenn dies manch einem redundant erscheinen mag – durch Zwischenresümees immer wieder den Blick auf das Wesentliche zu lenken und zugleich Brücken zu den sich anschließenden Kapiteln zu schaffen. So verliert man bei der Materialvielfalt und der Fülle der gelieferten Informationen nie den Faden, sondern wird sicher ans Ziel geleitet. Die Ergebnisse werden ausführlich zusammengefasst [405-421], die Spannungsverhältnisse in den analysierten Sprachdiskussionen noch einmal addiert: alt x neu; Tradition x Innovation; Zentrum x Peripherie; *uso* x *razón*; diastratisch basierte Norm x diasystematische Varietät; rationalistisch x sensualistisch; partikularistische x universalistische Sprachbetrachtung [419] – die Sehnsucht nach Dichotomie scheint der Romanistik inhärent zu sein, auch wenn die Autorin die mobilen Schnittmengen unablässig aufgezeigt hat.

Extrem wenige Schnitzer (es sind so wenige, dass sie hier dokumentiert werden können: eine nicht abgeschlossene Parenthese [39], ein fehlendes Komma [278], ein Satzfehler: *eine wirklich Kontur* [79], ein Dreher im Spanischen: *corrputores* [157], ein Tippfehler: *Gareces* [417]) machen die Lektüre zum Vergnügen. Die einzige Oberflächlichkeit, die meine – in diesem Falle formale – Begeisterung trübt, ist das offensichtlich mit etwas heißer Nadel gestrickte Literaturverzeichnis, in dem beispielsweise die Arbeiten von Bär 1999 (zitiert pp. 46, 125), Krauss 1967 (p. 109), Montesinos 1972 (pp. 104, 113) oder Argote 1725 (p. 160) fehlen. Zur Diskussion sind m.E. darüber hinaus zwei Dinge zu stellen: das etwas starre Diasystem Coseriuscher Prägung (diatopisch, diastratisch, diaphasisch), das einige Aspekte, die hier durchaus erwähnt werden, nicht adäquat wiedergeben kann (wie diagenerationell[5], diagenerisch[6]), und das die Frage, ob nicht ein etwas lesefreundlicherer „Autorenüberblick“ mit Kurzbiografien dem Werk gut getan hätte, da einen als Leser dann und wann doch die eine oder andere Zuordnungsunsicherheit befällt.

Das kann aber die sonstige – jetzt schlicht inhaltlich basierte – Begeisterung über das vorliegende Werk nicht beeinträchtigen, dessen Verdienst es allemal ist, mithilfe einer angemessenen und innovativen Materialgrundlage eine exemplarische Aussage über die Sprachreflexion(en) im Spanien des 18. Jahrhunderts zu treffen. Claudia Polzin-Haumann selbst sieht die Chancen und die Grenzen der Empirie: Zum einen scheint das elektronische Corpus CORDE bei weitem nicht zu halten, was sich die corpus-freudige Fachwelt erhofft,[7] zum anderen lagern (insbesondere wenn auch die ‚Laienlinguistik‘ berücksichtigt wird!) noch zahllose ungehobene Schätze in nationalen und regionalen Bibliotheken.

Es ist ausgeschlossen, im Rahmen einer Rezension die Ergebnisse dieser Studie auch nur ansatzweise zu referieren – zu divergierend sind die Ergebnisse –, diese muss sich der Leser schlicht selbst erarbeiten. Das Buch ist also nichts für Forscher, die auf komplizierte Fragen einfache Antworten erwarten. Herausgekommen ist im Grunde, dass man alles so oder so sehen kann, dass der eine anders denkt als der andere, keiner jedoch so, dass man ihn einfach klassifizieren könnte, dass sich die Aktanten nicht nur gegenseitig, sondern bisweilen auch selbst widersprechen – gerade das aber ist eine wichtige Erkenntnis, die das 18. Jahrhundert für unser 21. Jahrhundert beisteuert: Irgendwie war jede Diskussion schon mal da, abschließend klären lässt sich nichts. Und das hat absolut nichts mit postmoderner Beliebigkeit zu tun … Ein absolut überzeugendes und empfehlenswertes Buch!

JOACHIM BORN (GIESSEN)

---

[5] Etwa in den zitierten Klagen von Garcés über die „incauta y malograda juventud“ [175] oder in der Zielgerichtetheit auf junge Schüler bei Jaramillo [132f.].

[6] Etwa die Anmerkungen zu dem „häufig weiblichem Sprechen zugeschriebenen *idioma Culti-ladino*“ [224]

[7] So ließen sich z.B. keinerlei Belege für u.a. *anti-ilustrado*, *novator* oder *innovador* finden, selbst das viel zitierte und häufig verwendete *afrancesado* taucht ganze zwei Mal auf [94].

Sauer, Helmut. 2006. *Dissertationen, Habilitationen und Kongresse zum Lehren und Lernen fremder Sprachen. Eine Dokumentation.* Tübingen: Narr (Gießener Beiträge zur Fremdsprachendidaktik), 203 p.

Die vorliegende Dokumentation unternimmt den Versuch, die Geschichte der Fremdsprachendidaktik nach dem Zweiten Weltkrieg nachzuzeichnen, wobei einerseits der Schwerpunkt auf die Fachinhalte und andererseits auf die Entwicklung der Disziplin Fremdsprachendidaktik gelegt wird. Zweifelsohne sind Qualifikationsschriften, die einen wichtigen Teil der Forschungsleistung darstellen, hier eine ergiebige Quelle für die Thematik „Lehren und Lernen von Fremdsprachen". Zur Informationsgewinnung hat Helmut Sauer zum einen einschlägige Fachzeitschriften und zum anderen Publikationsorgane, die die Fachwelt über Studium und Forschung an Hochschulen informieren, herangezogen.

Zunächst werden Dissertationen und Habilitationen an deutschen Hochschulen, deutschsprachige, die an Hochschulen außerhalb Deutschlands entstanden sind und einige englischsprachige, die in Deutschland veröffentlicht wurden, chronologisch in einer annotierten Bibliographie (Dissertationen: 11-73, Habilitationen: 129-137) sowie nach Hochschulorten aufgelistet (Dissertationen: 75-114, Habilitationen: 138-142) erfasst. Den aufgenommenen und zum großen Teil gesichteten Dissertationen werden „kurze beschreibende und auch wertende Sätze" (9) zur Seite gestellt, die von der Prämisse ausgehen, dass Fremdsprachendidaktik als Theorie auf die Optimierung der Praxis zielt.

Im Anschluss an die Übersichten zu den Dissertationen skizziert Sauer die Geschichte der Fremdsprachendidaktik bzw. der Sprachlehrforschung nach, indem er auf der Basis der Qualifikationsarbeiten folgende Periodisierung (115-127) vornimmt und kommentiert: 1.) Von dem Vorläufer von 1843 bis in die Zeit nach dem Zweiten Weltkrieg, 2.) die 1960er Jahre und 1970er Jahre als Übergangsphase und 3.) die Zeit seit 1980, also die letzten 25 Jahre. Aus dieser Darstellung leitet der Autor die nachstehenden Empfehlungen ab: Ergebnisse von komplexen und auch nicht selten umfangreichen Arbeiten sollten „elementarisiert, operationalisiert, verfügbar gemacht werden" (127). Ein zentrales Problem in der Fremdsprachendidaktik – ebenso wie in allen anderen Wissenschaftszweigen ist der Wissensverlust. Hier regt der Autor an, neue dokumentierende Möglichkeiten zu nutzen, um „gute Forschungsergebnisse besser bekannt zu machen, zu sichern und vor dem Verlorengehen zu schützen“ (127). Gerade diese Anregung hätte in der vorliegenden Dokumentation besser umgesetzt werden können, indem für die westdeutschen Teile auch eine thematische Anordnung der Werke realisiert und/oder eine digitale Version der Bibliographie auf CD beigegeben worden wäre, die eine Stichwort- und Schlagwortsuche ermöglicht hätte, so dass die Bibliographie auch als Rechercheinstrument für künftige Arbeiten aktiv(er) hätte eingesetzt werden können.

Lobenswert ist die Tatsache, dass Sauer auch die Dissertationen und Habilitationen in der DDR bis 1990 aufgenommen hat (143-151), die nur selten in Buchform veröffentlicht worden sind aber, auch wenn sie einen engen Bezug zur Sowjetunion und nur geringen Einfluss auf Westdeutschland hatten, für ein gesamtdeutsches Panorama unerlässlich sind, zumal der Fremdsprachendidaktik in der DDR ein größeres Gewicht beigemessen wurde als in der Bundesrepublik. Im Gegensatz zu den Qualifikationsarbeiten in Westdeutschland ist hier die thematische Anordnung erfolgt; dafür fehlen allerdings die Titel der Arbeiten, so dass der Leser z.B. „nur“ sehen kann, dass Heide Schrader im Jahr 1985 in Berlin promoviert hat, aber nicht erfährt, zu welchem Thema.

Abgesehen von Dissertationen und Habilitationen lässt sich die Entwicklung der Fremdsprachendidaktik auch am Engagement der Fachverbände und deren Aktivitäten in Tagungen, Konferenzen und Kongressen nachzeichnen, so dass selbige in ihrer diachronen Dimension in einem gesonderten Kapitel aufgenommen werden (153-189). Eine weitere Möglichkeit, den Themenkreis „Lehren und Lernen fremder Sprachen“ und dessen Entwicklung zu beleuchten, wären sicherlich auch die Lehrveranstaltungen an den Hochschulen gewesen, deren Erfassung jedoch den Rahmen der Studie gesprengt hätte.

Wenngleich Publikationen wie die vorliegende *per se* keinen Anspruch auf Vollständigkeit erheben dürfen, so ist der Autor seinem Ziel, „die Schnelllebigkeit unserer Zeit durch die Einbringung der historischen Dimension bewusst zu machen“ (189) gerecht geworden. Konkret für den an didaktischen Fragen interessierten Romanisten bietet der Band einen Blick über den romanistischen Tellerrand hinaus und kann nicht nur retrospektiv die Geschichte der Fremdsprachendidaktik skizzieren sondern auch prospektiv als Ideenquelle für Schwerpunkte in Forschung und Lehre dienen.

MICHAEL FRINGS (TRIER)

Stemmler, Susanne & Skrandies, Timo. edd. 2007. *Hip-Hop und Rap in romanischen Sprachwelten. Stationen einer globalen Musikkultur.* Frankfurt a.M. et al.: Lang, 222 p.

Die wissenschaftliche Betrachtung des Phänomens Hip-Hop ist seit einigen Jahren keine Marginalie mehr. Die Programme der Romanistentage bezeugen auch im Bereich der romanistischen Sprach- und Literaturwissenschaft ein gesteigertes Interesse an populärkulturellen Themen im Allgemeinen und der Rap- und Hip-Hop-Kultur im Besonderen. Rapmusik ist für die zeitgenössische Forschung dabei in vielerlei Hinsicht von Interesse: Sie drückt die Globalisierungs- und Migrationsproblematiken unserer Gegenwart aus, sie ist Sprachrohr für diejenigen, denen man im öffentlichen Diskurs oft kein Gehör schenkt und ist deshalb Träger von wichtigem und oft verdrängtem landeskundlichen Wissen. Der Performanzaspekt und die sprachliche, mediale und geographische Hybridität des Hip-Hop laden zudem zu einer kulturwissenschaftlich orientierten und interdisziplinären wissenschaftlichen Beschäftigung ein.

Susanne Stemmler und Timo Skrandies widmen sich in ihrem Buch *Hip-Hop und Rap in romanischen Sprachwelten* diversen Ausprägungen der Hip-Hop-Kultur in der Romania. Ziel des Buchs scheint weniger eine Synthese des romanischen Raps und Hip-Hop zu sein, als die Vorstellung einer Reihe von hochinteressanten Fallstudien, in denen jeweils französischer, algerischer, okzitanischer, italienischer, kubanischer und allgemein lateinamerikanischer Rap im Zentrum stehen. Die Perspektiven der Beiträge sind dabei sowohl linguistisch als auch literaturwissenschaftlich geprägt. Auffallend ist jedoch, dass die Beschäftigung mit Hip-Hop die Grenzen zwischen den Fächern sprengt. Eine Untersuchung von Hip-Hop kann, wie der Band von Stemmler & Skandries eindringlich zeigt, nie ausschließlich linguistisch oder literaturwissenschaftlich geprägt sein; die Artikel sind im besten Sinne kulturwissenschaftlich ausgerichtet, indem sie neben den sprachlichen und poetisch-ästhetischen Eigenheiten der Texte auch die kulturellen Implikationen, die komplexen Biographien der Künstler, die daraus resultierende Verortung der Kunst, das Performanzmoment des Hip-Hop und vieles andere berücksichtigen.

Mit einem instruktiven einleitenden Artikel führt Susanne Stemmler in die romanische Aneignung des eigentlich US-amerikanischen Kunstdiskurses des Hip-Hop ein und liefert einen Überblick zur Hip-Hop-Forschung im Bereich der Romania. Darauf folgen die Einzelanalysen beginnend mit einer Untersuchung von Angela Leona Oster über deutsch- und französischsprachige Rap-Liebeslieder. Der Artikel macht deutlich, dass die Beschäftigung mit Hip-Hop noch immer unter einem Legitimationsdruck zu stehen scheint. Ausgangspunkt ihrer Überlegungen ist zunächst der von Literaturwissenschaftlern häufig geäußerte Vorwurf, dass die „Textqualität des Hip-Hop zu wünschen übrig lässt“ [33]. In ihrem Artikel mit dem Titel „Die intermediale Palimpsest-Poetologie des Hip-Hop“ beweist Angela Leona Oster allerdings, dass das poetische Potential der Rap-Texte auch durch die „flankierenden intermedialen Diskursivitäten (Musik und Visualität“) [34] entfaltet wird. Damit führt sie eine der wichtigsten Thesen der Hip-Hop-Forschung an und liefert zugleich ein Plädoyer für eine ganzheitliche Betrachtung des Hip-Hop, der eben nicht nur Text ist. Die *namedropping*-artige Nennung von Hans Blumenberg, Aristoteles und Roland Barthes in wenigen Zeilen ihres Schlusskapitels zeigt aber auch, dass eine Untersuchung von Raptexten stets dazu verführt, Populärkultur über Gebühr mit „kanonisierten“ Theoretikern zusammenzuführen, um sie dadurch zu „adeln“. Dieses Verfahren wird auch in Mathias Vicherats Artikel manifest, der französischsprachigen Rap mit einleitenden Zitaten von Paul Verlaine, Victor Hugo, Jean-Jacques Rousseau oder Blaise Pascal verknüpft.

Monika Sokol untersucht das spannende Thema der europäischen Aneignung des US-amerikanischen Hip-Hop-Diskurses, indem sie untersucht, wie die im amerikanischen Hip-Hop leitmotivischen Diskurse der „realness“ und des „gangsterism“ im Kontext des romanischen Hip-Hop modifiziert werden. Das Thema der lokalen Aneignung des US-amerikanischen globalen Phänomens Hip-Hop steht auch im Zentrum anderer Beiträge: Mustafa Maluka berichtet von der algerischen Aneignung US-amerikanischer Raptexte. Ausgehend von der

Identifizierung mit Botschaften der amerikanischen Gruppe Public Enemy entwickelt sich eine eigenständige Hip-Hop-Szene in Algier, die zu einem wichtigen engagierten, jugendkulturellen Diskurs avanciert. Bettina Kluge untersucht Formen des lateinamerikanischen Rap anhand von Phänomenen wie Sprachwahl und Codeswitching; Arno Scholz stellt ein Inventar des italoromanischen Dialektraps vor.

Einen wahrlich originellen Beitrag liefert Fernand Hörner, der die Bedeutung des Wortes „Original“ im gleichnamigen, gemeinschaftlich produzierten Song der Fantastischen Vier und Sens Unik untersucht. Der Artikel zeigt, dass Rapper mit ihrem besonderen Sprachgefühl, ihrer Kreativität und ihrer unterschiedlichen Herkunft das poetische Potential aus einem einzigen Wort destillieren können. Dies wirkt dem häufig geäußerten Vorwurf entgegen, Raptexten sei durch ihr beschränktes Vokabular ein literarisch-ästhetischer Charakter verwehrt.

Eva Leitzke-Ungerer untersucht das Potential von Rap und Raggamuffin für den Französischunterricht am Beispiel okzitanischer Künstler. Okzitanische Rapmusik kann demnach auf motivierende Weise als Träger landeskundlichen Wissens den Schülern den Status des Okzitanischen sowie den Charakter Frankreichs als Mehrsprachenstaat deutlich machen.

Kerstin Störl untersucht mit der Frage nach „afrikanischen Wurzeln“ einen weiteren zentralen Aspekt der Hip-Hop-Forschung. Als Beispiel dient ihr der kubanische Hip-Hop. Eine interessante Erkenntnis ihres Artikels ist, dass die Suche nach regionalen, geographisch verortbaren Besonderheiten in der per se hybriden Mischform Hip-Hop äußerst schwierig ist.

Der Band von Stemmler & Skandries zeigt, dass Hip-Hop in all seinen Facetten ein äußerst fruchtbarer Gegenstand sein kann, der die Romanistik kulturwissenschaftlich erweitern kann. Dass in den Artikeln häufig die gleichen Hip-Hop-Forscher zitiert werden (Dietmar Hüser, Eva Kimminich, Gabriele Klein & Malte Friedrich, Arno Scholz & Jannis Androutsopoulos) zeigt, dass sich bereits eine kanonisierte Hip-Hop-Foschung mit synthetisierenden Standardwerken konstituiert hat. Zu diesen ist der Band von Stemmler & Skandries eine spannende, lesbare und instruierende Ergänzung.

THORSTEN SCHÜLLER (MAINZ)

ZEITSCHRIFTENSCHAU

Die *Zeitschriftenschau* im vorliegenden Band setzt inhaltlich nahtlos an der Zeitschriftenschau von ZRomSD 1,2 (2007) an. Sie gibt einen Überblick über aktuelle Publikationen in zehn Fachzeitschriften zur Didaktik der Romanischen Sprachen der letzten beiden Quartale. Zusammengestellt wird die *Zeitschriftenschau* von einem Team ausgewiesener Fachleute aus Forschung und Praxis (s.u.). Die Kurztexte zu den einzelnen Beiträgen wurden selbst verfasst oder stellen (wörtliche) Übernahmen, Paraphrasierungen bzw. Adaptionen ins Deutsche von Abstracts aus den jeweiligen Zeitschriften selbst dar. Titel, die über eine Zeile hinausgegangen wären, finden sich verkürzt dargestellt.

FRANZÖSISCH:

SPANISCH:

ITALIENISCH:

SPRACHEN ÜBERGREIFEND:

Praxis Fremdsprachenunterricht Englisch – Französisch – Russisch

Die Top Ten *der Fremdsprachendidaktik*

Die Jahrtausendwende ist vollzogen, doch woran sollen wir uns in diesen Zeiten didaktischer Umbrüche, methodischer Innovationen, pädagogischer Verunsicherung orientieren? Allerorten werden ultimative Hitlisten aufgestellt: die 10 größten Romane, die 10 besten Universitäten usw. Warum sollte die Fremdsprachendidaktik gegen diesen *Ranking*-Virus immun sein und ihrerseits nicht auch eine *Top-Ten-Chart* der einflussreichsten didaktischen Leit-Konzepte aufstellen?

Engelbert Thaler (4/2007, 3-5)

Sinnvolles Üben – kommunikationsorientiert

Trotz der herausragenden Bedeutung des Übens für die angestrebte dauerhafte Verankerung im Gedächtnis spielen entsprechende Analysen und Vorschläge in der neueren Fachliteratur eine untergeordnete Rolle. Der Beitrag erläutert anhand einiger Beispiele für die Unterrichtspraxis, wie Übungen in den kommunikativen Fremdsprachenunterricht einzuordnen sind und wie sie gestaltet werden können, damit positive Effekte erzielt werden. Überdies stellt Inez De Florio-Hansen eine kommentierte Auswahlbibliographie zu „Sinnvolles Üben – kommunikationsorientiert" bereit (61-62), die untergliedert ist in 1) Allgemeine Beiträge zum Thema „Üben", 2) Üben im Fremdsprachenunterricht und 3) Übungstypologien.

Inez De Florio-Hansen (4/2007, 6-11 & 61-62)

Schulung des Hör-Seh-Verstehens

Hör-Seh-Verstehen ist omnipräsent und von hoher kommunikativer Relevanz. Um eine gezielte Schulung dieser Kompetenz zu ermöglichen, müssen mehrere Fragen geklärt werden: Welche Komponenten sind beim Hör-Seh-Prozess beteiligt? Welche Kriterien erleichtern der Lehrkraft die Auswahl geeigneter Hör-Seh-Texte? Welche Übungsdimensionen sind zu berücksichtigen? Wie könnte eine typische Hör-Seh-Stunde ablaufen? Welche Übungsformen bieten sich an? Wo finde ich geeignete Materialien?

Engelbert Thaler (4/2007, 12-17)

Die Grammatik ist vergleichend, von der Muttersprache her zu betreiben!

Die Muttersprache ist der größte Aktivposten des Schülers beim Fremdsprachenerwerb. Es gibt nur einen Bereich, in dem die muttersprachliche Mitgift alles andere als ein Segen ist: unser muttersprachlich geprägtes Hören. Die Defizite beim hörenden Unterscheiden fremder Lautungen können für viele das Lernen zur Qual machen. Es gilt daher, Lehrtechniken zu erfinden, die das Potential der Muttersprache für die Fremdsprachen maximal in Dienst nehmen.

Wolfgang Butzkamm (4/2007, 18-22)

Konsequente Lernerorientierung im Grammatikunterricht?

Grammatikarbeit ist ein neuralgischer Moment in der Schüler-Lehrerinteraktion und führt nicht selten auf beiden Seiten zu Frust. Und dabei soll die Grammatik doch eine Hilfestellung beim Erwerb der Kommunikationsfähigkeit bieten. Wie kann der Frust weitgehend vermieden werden? Was ist zu tun, um die Effektivität der methodischen Anstrengungen zu erhöhen? Der Beitrag gibt eine alltagstaugliche Antwort auf die gestellten Fragen: eine konsequente Schülerorientierung.

Manfred Arendt (4/2007, 23-27)

Üben mit dem Computer

Übung macht den Meister – aber benötigt man dazu unbedingt Computer? Er kann eine große Hilfe sein, wenn man weiß, wie man ihn gewinnbringend einsetzt: So ist z.B. zu beachten, dass die Funktionen *computer as tutor* und *computer as tool* unterschiedliche Zielsetzungen haben. Ferner sollten Kriterien wie Authentizität, interkulturelle kommunikative Kompetenz, Aufgabenorientiertheit, Interaktion, *electronic literacy*, *focus on meaning* Berücksichtigung finden.

Thomas Raith (4/2007, 28-33)

Écouter, ça s'apprend ... en agissant. Trainingsvorschläge für die Sek I

Hörverstehen lässt sich nicht nur medial vermittelt trainieren. Im einsprachigen und aufgabenorientierten Unterricht gibt es vielfältige Möglichkeiten einer interaktiven und ganzheitlichen Schulung des Hörverstehens. Ein neuralgischer Punkt in der Praxis ist jedoch, dass oft nicht klar ist, ob Hörverstehen getestet oder trainiert wird. Die Autoren geben gezielte Hinweise für eine saubere Trennung der beiden Phasen und präsentieren Trainingsvorschläge für die Sekundarstufe 1.

Marie-Cécile Duclerq & Peter Winz-Luckei (4/2007, 50-53)

Selbst- und Partnerbeurteilung, Teil II

Wer in seiner Klasse Lernerautonomie und eigenverantwortliches Lernen fördern möchte, muss es seinen Schülern auch gestatten, bei der Beurteilung erbrachter Leistungen ihre Meinungen und Sichtweisen einzubringen. Der Beitrag zeigt, wie (Meta)Evaluation mit geringem Mehraufwand dazu beitragen kann, dass Bewertung transparenter und gerechter erscheint und die Schüler gleichzeitig ihre sprachlichen, inhaltlichen, methodischen und sozialen Kompetenzen erweitern können.

Monika Wilkening (5/2007, 8-12)

Ein Plädoyer für die* langage des jeunes : *Ki veu kozer ? Tchatcher ...

« Moi, je le trust pas. » « Putain, moi, je le kiffe grave. Il est canon. » « C'est vraiment trop con. » – Was ist denn das für ein Französisch? Jugendsprache. Auch das noch. Muss das denn im Französischunterricht sein? Die meisten empfinden die *langage des jeunes* als seltsam, überflüssig oder einfach falsch. Der Beitrag zeigt auf, dass Jugendsprache aus vielfachen Gründen Raum im Französischunterricht geben werden sollte.

Almut Keller (5/2007, 41-45)

Les jeunes face à une société en rapide évolution

Die Welt, in der wir leben, ist in ständigem Wandel begriffen. Die Jugendlichen von heute entscheiden einmal, wie unsere Gesellschaft geprägt sein wird. Und darum sollte darüber gesprochen werden. Der Beitrag bietet dazu inhaltliche, methodische und terminologische Hilfen an. Im Mittelpunkt steht eine Unterrichtsgestaltung, die sich zwar einersseits nach einem konkreten kommunikationsfördernden Modell mit vier Schwerpunkten ausrichtet, die jedoch andererseits bei aller Konzentration auf Inhaltliches genug Spielraum für die flexible Anpassung an die individuelle Lerngruppe lässt.

Herbert Huber (5/2007, 46-51)

Was können die fremdsprachlichen Bildungsstandards der KMK leisten?

Standardisierung im Bildungswesen schürt nicht selten Angst. Dabei wird oft übersehen, welche positiven Impulse, welche Hilfestellung, welche Freiheiten und damit auch Verantwortung bei der Umsetzung der Bildungsstandards den Beteiligten zukommen. Auf dieses Potential geht der Beitrag ein und zeigt auf, welche Kompetenzen in den Standards beschrieben werden, wie die Beschreibungen (Deskriptoren) die Diskussion um Anforderungen und Erwartungen an das Können der Lernenden anregen können und wie die Deskriptoren in der Unterrichtspraxis als Referenzmittel genutzt werden können.

Claudia Harsch & Dorothea Nöth (6/2007, 2-6)

Bewertung interkultureller Kompetenzen: die Quadratur des Kreises?

Die interkulturellen Komptenzen müssen ebenso wie die linguistischen im Rahmen des Fremdsprachenunterrichts bewertet werden, um sicherzustellen, dass sie ihren verdienten Platz behalten bzw. erhalten. In diesem Zusammenhang wird die Frage aufgeworfen, ob und wie interkulturelle Kompetenz bewertet werden kann.

Karin Vogt (6/2007, 7-11)

Korpusbasiertes Lernen

Schon der Begriff „Korpuslinguistik“ erweckt den Eindruck einer wissenschaftlichen Disziplin, die von den Aufgaben, Sorgen und Interessen eines normalen Sprachlehrers sehr weit entfernt liegt. Der Beitragt zeigt auf, dass ein solcher Eindruck der Sache vielleicht nicht so ganz gerecht wird, und dass wir es mit einer relativ jungen Disziplin zu tun haben, die in der Tat auch für den Sprachunterricht über das Potential verfügt, neue und interessante Wege zu erschließen.

Geoff Perrin (6/2007, 12-16)

Das Korpus im Klassenzimmer

Nach gut 40 Jahren moderner korpuslinguistischer Forschung ist die Relevanz korpuslinguistischer Ergebnisse und Methoden auch für den Unterricht vielerorts herausgestellt worden. Stützen sich zwar mittlerweile alle modernen Lehrwerke auf korpuslinguistische Erkenntnisse, und greifen Lehrende vermehrt auf Korpora zurück, so scheint das Korpus aber bisher noch nicht den Schritt ins

Klassenzimmer selbst vollzogen zu haben. Zwei Unterrichtsskizzen zeigen, wie korpuslinguistische Arbeitsweisen (mit relativ geringem Aufwand) für Lernende selbst fruchtbar gemacht werden können.

Rolf Kreyer (6/2007, 17-21)

Wie viel Grammatik braucht der Mensch?

Diese bereits vor 50 Jahren von K. Gaiser erörterte Frage stellt sich erneut in einem Zeitalter der Komptenzorientierung und der damit verbundenen „dienenden Funktion“ der Grammatik. Lehrende müssen bei der Unterrichtsplanung ständig zu obiger „Wie-viel“-Frage Position beziehen. Die vorliegenden Forschungsergebnisse können zwar nicht allzu viele „ultimative“ Ratschläge geben; sie helfen aber, das komplexe Variablengeflecht, in dem sich der Grammatikunterricht befindet, überschaubar und besser nachvollziehbar zu machen.

Horst Raabe (6/2007, 22-26)

Zum Vokabellernen befähigen: Lernstrategien vermitteln

Vokabellernstrategien im Fremdsprachenunterricht sind für den Erwerb der Fremdsprache unerlässlich. Wortschatz in semantischen Einheiten bildet die Grundlage für die Entwicklung jeglicher Kommunikation. Im Beitrag wird über Ergebnisse und Erfahrungen mit ausgewählten Konsolidierungsschritten berichtet. Empfehlungen für die Entwicklung von Bausteinen eines Vokabellerntrainings sollen den Lehrenden Hilfen für ihren Unterricht geben.

Sylwia Adamczak-Krysztofowicz & Antje Stork (6/2007, 27-31)

Le slam – *gesprochene Poesie im Französischunterricht*

Haben Sie *poésie slam* schon einmal im Französischunterricht eingesetzt? Sie besitzt ein großes Potential für einen kreativen, motivierenden und kommunikationsorientierenden Unterricht in der gymnasialen Oberstufe. Falls Sie selbst noch keinen Slam-Wettbewerb erlebt haben: Klicken Sie auf eine der angegebenen Webseiten und lassen Sie sich mitreißen von dieser noch jungen poetischen Bewegung.

Jürgen Mertens (6/2007, 44-48)

Der fremdsprachliche Unterricht Französisch

Bildungsstandards: Rundum-Sanierung auch für den Französischunterricht?
Bedeutet die Einführung bundesweit geltender Bildungsstandards eine Neuorientierung auch für den Französischunterricht als zweite Fremdsprache? Was gilt es beim Aufbau von Kompetenzen zu beachten? Mit welchen Chancen, Risiken und Nebenwirklungen muss gerechnet werden? Dem Basisartikel, der hervorhebt, dass Unterricht mehr und anders ist als Kompetenzerwerb, gibt der Autor eine Auswahbibliographie zu „Bildungstandards anwenden" bei (7).

Andreas Nieweler (88/2007, 2-7)

Bildungsstandards: die Kastanien im Feuer
Welchen Sinn und Zweck haben die KMK-Bildungsstandards vor dem Hintergrund bildungspolitischer und fremdsprachendidaktischer Entwicklungen? Der am Berliner Institut zur Qualitätssicherung (IQB, www.iqb.hu-berlin.de/) tätige Autor skizziert Umsetzungsmöglichkeiten der Bildungsstandards auf den verschiedenen Ebenen der am Bildungssystem Beteiligten (Lernende, Unterrichtende, Eltern, Schulverwaltung / Bildungsplanung / Unterstützungseinrichtungen) und gibt Anregungen für die individuelle Unterrichtsentwicklung.

Bernd Tesch (88/2007, 8-13)

Ecoutez! Standardorientierte Schulung und Überprüfung des Hörverstehens
Wie lässt sich das Hörverstehen kriterien- und standardorientiert schulen? In Erweiterung der Kompetenzstufen des *Gemeinsamen europäischen Referenzrahmens (GeR)* werden hier Deskriptoren vorgeschlagen: Diese beschreiben die Fertigkeiten des Hör- und Hörsehverstehens vom Anfänger bis zum Experten und bringen sie in eine Progression. Verschiedene Aufgabenbeispiele machen deutlich, wie dies in der Praxis funktioniert. Dabei werden einschlägige Testkriterien berücksichtigt.

Hans Bächle (88/2007, 14-23)

Bildungsstandards: foire aux questions. Fragen und Antworten
Ein Kasten, der einen Überblick über einige der wichtigsten bildungspolitischen Geschehnisse seit der Veröffentlichung des *GeR* (2001) gibt, bereitet den Boden

für die folgende *foire aux questions* – eine Sammlung der am häufigsten gestellten Fragen von Lehrerinnen und Lehrern. Die Fragen sind in vier Gruppen unterteilt: Unterricht, Kompetenzgedanke, Aufgaben/Tests, Diagnose/Evaluation. Die Antworten sollen helfen, im Unterrichtsalltag von der Theorie über die kritische Reflexion zur Unterrichtspraxis zu gelangen.

Alexander Kraus & Marie-Françoise Vignaud (88/2007, 24-27)

***Kompetenzorientiert unterrichten mit* Le Petit Nicolas**

„On se conduit en homme, hein?" – Der kleine Nick und Bildungsstandards: Wie passt das zusammen? Ganz einfach: Die Lerner erarbeiten kompetenzorientiert eine Episode aus dem neuen Geschichtenband. Die Aufgaben sind auf die vier Grundfertigkeiten ausgerichtet. Deswegen findet man in diesem Beitrag in Anlehnung an den *GeR* produktive wie auch rezeptive, mündliche wie auch schriftliche Aktivitäten. Eine sinnvolle und abwechslungsreiche Einheit zur Ergänzung der Lehrbucharbeit ab dem dritten Lernjahr (Niveau A2).

Silke Hörberg (88/2007, 28-34)

Die Lücke schließen. Versuch eines Kompetenzmodells zur Textarbeit

Wie lässt sich die Lücke schließen, die Referenzrahmen und Bildungsstandards im Bereich des Umgangs mit (literarischen) Texten hinterlassen? Dieser Beitrag erstellt konkret und anschaulich ein eigenes Kompetenzstufenmodell und schlägt Fertigkeitsbeschreibungen auf den Niveaustufen A1 bis C2 vor. Auf der Grundlage eines Friot-Textes wird illustriert, wie Schülerinnen und Schüler vom Ausgangstext zu eigenen Zieltexten gelangen und gleichzeitig ein Verständnis für fremdkulturelle Welten erlangen.

Otto-Michael Blume (88/2007, 36-43)

Qualitätsentwicklung & -sicherung. Gütekriterien von Tests & Testaufgaben

Bleiben Klassenarbeiten und Klausuren in einem komptenzorientierten Französischunterricht wie sie waren? Welche neuen Gütekriterien zur Überprüfung von Lernerergebnissen kommen auf uns zu? Dieser Frage geht der Testexperte nach und beschreibt aus Sicht der Wissenschaft Kriterien für formelle und informelle Tests: Objektivität, Reliabilität, Validität, Normierung/Standardisierung, Fairness, Authentizität, Rückwirkung auf den Unterricht, Aufgabentrennschärfe, Transparenz, Ökonomie, Praktikabilität und Nützlichkeit.

Rüdiger Grotjahn (88/2007, 44-46)

Von Wölfen und Menschen. Kompetenzorientiertes Unterrichten

Wie man mit einer *fiche d'écriture*, mit einer *fiche de correction* und schließlich mit einer *fiche d'évaluation* so arbeiten kann, dass die Lerner kriterienorientiert rezeptive und produktive Fertigkeiten erwerben, wird am Beispiel einer Unterrichtsreihe zum Thema *Des loups et des hommes* gezeigt. Am Ende der Einheit stehen Schülerprodukte sowie eine Selbsteinschätzung der erworbenen Kompetenzen. Die Kann-Formulierungen des *GeR* wurden für diese Unterrichtsreihe umformuliert.

Kristine Deharde (88/2007, 47-51)

Komptenzorientiert unterrichten in den Neuen Sprachen

Über die Sinnhaftigkeit und das Innovationspotential der Bildungsstandards wurde bereits viel geschrieben und diskutiert – und dennoch herrscht bei Schulentwicklern, Aus- und Fortbildnern, Multiplikatoren und Lehrkräften noch immer Ratlosigkeit hinsichtlich ihrer konkreten Umsetzung in Schule und Unterricht. Der Beitrag stellt die Eckpunkte eines hessischen Qualifizierungsprogramms vor; eine ausführliche(re) Darstellung des Programmes findt sich unter http://afl.bildung.hessen.de/projekte/kuns.

Anette Fritsch & Alexander Kraus (88/2007, 52-55)

Mort de rire

Wer lacht wo wie über was? Lacht der Deutsche sich auch „kringelig", wenn der Franzose sich vor Lachen „zusammenfaltet"? Es lassen sich viele Gemeinsamkeiten, aber auch Unterschiede des Humors in den beiden Nachbarländern feststellen. Sicher ist: Es wird viel gelacht, wenn der Humor Einzug hält in den fremdsprachlichen Unterricht. Dem Basisartikel schickt die Autorin eine Auswahlbibliographie zur Thematik hinterher, die u.a. auch auf DVDs und Internetseiten verweist (6). Ferner ist dem Themenheft eine DVD mit Videosequenzen, Audiotracks und Dateien zum Ausdrucken beigegeben.

Valérie Boisson-Zaric (89/2007, 2-5)

Drôles les Français? Besonderheiten des französischen Humors

Worüber lacht man in Frankreich? Was macht das Besondere des französischen Humors aus und welche Humoristen bringen die Franzosen am meisten zum Lachen? Angefangen bei Rabelais über Muriel Robin bis zu Jamel Debouzze: Die Autorin lädt ein auf eine spannende Zeitreise durch die Geschichte des Lachens in Frankreich.

Valérie Boisson-Zaric (89/2007, 8-12)

Le rire sur grand écran. Etienne Chatiliez' Komödie Tanguy

Tanguy wohnt mit 28 Jahren noch bei seinen Eltern, leert regelmäßig den Kühlschrank und Weinkeller und trägt auch sonst wenig zu einem harmonischen Miteinander bei – bis die Eltern nichts mehr unversucht lassen, den Sohn zum Auszug zu bewegen ...

Valérie Boisson-Zaric (89/2007, 14-17)

Un mot pour rire. Witze, Wortspiele und Rätsel im Französischunterricht

Humor in den Französischunterricht integrieren – aber wie? Dieser Beitrag zeigt einige Beispiele, wie sich mit Witzen, Wortspielen und Rätseln interessante und abwechslungsreiche Sequenzen gestalten lassen, die zum Mitlachen einladen. Die Unterrichtsvorschläge sind auch für Vertretungsstunden geeignet.

Valérie Boisson-Zaric (89/2007, 18-20)

***Pourquoi tu ris? Auf der Suche nach dem* effet comique**

Warum lacht *La vache qui rit ?* Und warum finden wir es lustig, wenn der hinterlistige Kater dem etwas dummen Hund gemeine Streiche spielt? Dieser Beitrag liefert interessante Grundlagen über den Effekt des Komischen sowie Anregungen für den (humorvollen) Unterricht. Als authentische Dokumente dienen eine Werbung, ein Friot-Text und eine BD.

Marie-Françoise Vignaud (89/2007, 21-25)

Un gars, une fille. Eine Unterrichtseinheit mit Chouchou und Loulou

Chouchou et Loulou sind *un gars, une fille*. Alberne Streiche, Kindereien und Rangeleien sind bei ihnen an der Tagesordnung – so auch im Sketch *A la mai son*, als Loulou Chouchou bereits zum Frühstück einen Streich spielt ...

Valérie Boisson-Zaric (89/2007, 26-28)

Le Petit Nicolas et sa clique. Ein Beispiel aus der franz. Jugendliteratur

Der kleine Nick bringt schlechte Noten nach Hause und darf zur Strafe nicht ins Kino. Dass er zu Hause jedoch eine Quizfrage aus dem Radio richtig beantwortet, beeindruckt seinen Vater, der ihm daraufhin den Kinobesuch erlaubt ... Dieser Beitrag liefert Aufgaben zum Hörtext *1611-1673*. Entdecken Sie außerdem den Kleinen Nick und seine Freunde im Internet.

Valérie Boisson-Zaric (89/2007, 29-31)

Peut-on rire de tout? Rassismus & Fremdenfeindlichkeit m. Mitteln d. Komik

Die Deutschen: brutal, grob, plump, dickköpfig und Bier trinkend … Darf man über Rassismus lachen? Der Beitrag zeigt, wie man diesem Thema humorvoll begegnen kann, ohne dabei die Ernsthaftigkeit außer Acht zu lassen. Mit verschiedenen Mitteln der Komik werden Stereotypen bewusst gemacht, über die gerne gelacht werden darf.

Otto-Michael Blume (89/2007, 32-37)

Diam's recherche un mec mortel. Ein Rap über die Suche n. d. Traumpartner

Diam's sucht ihren Traummann – und scheitert dabei an ihren eigenen Ansprüchen. Über diesen aktuellen Rap lassen sich bei hoher Lernmotivation das Thema Liebe und die eigenen Vorstellungen vom idealen Partner auf amüsante Wiese in den Unterricht einbinden. Ein Videoclip lädt zusätzlich zum Schmunzeln ein – probieren Sie es einfach aus und nicht nur die Lernenden werden Spaß haben!

Valérie Boisson-Zaric (89/2007, 38-41)

Lernstrategie: Wörternetze

Neu gelernte Wörter haben unsere Schülerinnen und Schüler häufig schon nach kurzer Zeit wieder vergessen. Der Beitrag stellt mit der Wörternetz-Strategie eine Alternative zu zwei- oder dreisprachigen Wörterlisten vor und zeigt auf, wie Wortschatzarbeit effektiver gestaltet werden kann. Die Strategie wurde auf der Basis der Repräsentations- und Ordnungsformen des mentalen Lexikons entwickelt und hat sich empirisch als sehr behaltenswert erwiesen. Dem Basisartikel folgt eine Auswahlbibliographie zur Thematik [9].

vgl. ferner: Neveling, Christiane. 2004. *Wörterlernen mit Wörternetzen. Eine Untersuchung zu Wörternetzen als Lernstrategie und als Forschungsverfahren.* Tübingen: Narr (Gießener Beiträge zur Fremdsprachendidaktik).

Christiane Neveling (90/2007, 2-8)

***Netze kreativ nutzen. Kreatives Schreiben zum Thema* pollution**

Bei der freien Sprachproduktion fehlen unseren Schülerinnen und Schülern oft die Worte. Der Autor präsentiert eine Unterrichtsreihe von etwa drei Stunden zum Thema *pollution*, die wie folgt aufgebaut ist: Ordnungsprinzipien entdecken, Elaboration der Wörternetze, Präsentation der Wörternetze, kreative Schreibübung. Auch in der Klassenarbeit wird die Strategie aufgegriffen.

Clemens Krüger (90/2007, 10-15)

Puis-je t'interroger? Ein Interview schreiben

Bei der Wortschatzarbeit sollten die neuen Wörter möglichst in einen Bedeutungskontext eingebettet werden. Auf der Grundlage eines selbst erstellten Wörternetzes, das den Lernenden ermöglicht, unterschiedliche Wörter zu lernen, schreiben Schülerinnen und Schüler sodann ein Interview.

Doris Christl (90/2007, 16-19)

Was heißt denn* im Internet surfen*? Wörternetze & franz. Computersprache

Travailler sur ordinateur oder *se connecter à Internet*: Typisierte Wortverknüpfungen besitzen eine erhebliche fremdsprachendidaktische Bedeutung. Am Beispiel der französischen Computersprache werden hier zunächst Teilnetze erstellt, die sodann in einem Gesamtwörternetz aufgehen. Durch die, zugegeben zeitintensive Kombination aus Computerarbeit und Wörternetzen kann die Autonomie der Lernenden gefördert werden.

Wolfgang Pütz & Christiane Neveling (90/2007, 20-27)

L'Etat, c'est moi! Wörternetze im bilingualen Sachfachunterricht

Bilingualer Unterricht ist in aller Munde. Man erhofft sich dadurch ein besseres und schnelleres Erlernen der Fremdsprache. Am Beispiel des Absolutismus' zeigt der Beitrag in den gewohnten Schritten *Wörterliste erstellen*, *Wörternetze konstruieren*, *Üben und Testen*, dass Wörternetze im binlingualen Sachfachunterricht Geschichte (aber auch im Regelunterricht Französisch) dazu einen Beitrag leisten können.

Ulrich Schmieder & Christiane Neveling (90/2007, 28-31)

Oscar et la dome rose. *Wörternetze zur Vorbereitung einer Lektürearbeit*

Wenn in der Sekundarstufe I selbständiges, strategiengelenktes Wörterlernen nicht ausreichend geübt wird, kann das *plaisir de lire* einer authentischen Lektüre zu einem frustrierenden Erlebnis werden. Am Beispiel von Eric Emmanuel Schmidts Werk *Oscar et la dame rose* wird aufgezeigt, wie Wörternetze *avant* bzw. *pendant la lecture* die Erarbeitung von Langtexten erleichtern können.

Dörthe Schäfer (90/2007, 32-36)

***Silence – violence – dépendance. Wörternetze zu* Le silence de la mer**

Auf höherem Lernniveau sind Lerner ohne Lehrwerk und vorgegebene Wortkorpora auf sich alleine gestellt. Spätestens jetzt sind Lernstrategien unabdingbar. Die Autorin zeigt am Beispiel von *Le silence de la mer*, wie Wörternetze erfolgreich angewendet werden können.

Daniela Mangliers-Lach (90/2007, 38-41)

FRANZÖSISCH HEUTE

Schülermotivation und Unterrichtsalltag im Fach Französisch

Der Beitrag von Lutz Küster basiert auf einer Erhebung, die in einem Seminar zu *Schülermotivation und Unterrichtsalltag* an der Berliner Humboldt-Universität entwickelt und unter Französischlernern der Klassen 9 bis 11 durchgeführt wurde. Motivation und Unterrichtsalltag stellen als Fazit der Studie für viele der befragten Schüler eher „einen Gegensatz als eine harmonische Einheit dar“. Über diesen Gemeinplatz hinaus liefert die Untersuchung jedoch auch lohnende Anregungen für diejenigen, die diese Wahrnehmung nicht als unveränderbar hinnehmen möchten.

Lutz Küster (3/2007, 210-226)

L'impact du CECR dans les méthodes françaises de FLE

Der Gemeinsame europäische Referenzrahmen (GeR) ist als Lern-, Lehr- und Evaluationsgrundlage aus der Fremdsprachendidaktik nicht mehr wegzudenken. Isabelle Gruca geht in ihrer Studie der Frage nach, inwiefern sich die Richtlinien und Grundsätze des GeR, beispielsweise im Hinblick auf die Berücksichtigung von Lernerzentriertheit und Handlungsorientierung, in französischen FLE-Lehrwerken widerspiegeln.

Isabelle Gruca (3/2007, 227-238)

Ein neuer Wortschatztest für deutsche Französischlerner

Siepmann und Holterhof stellen ein zielgruppenspezifisches Testverfahren vor, das durch die Orientierung an überprüfbaren Standards Lernenden und Lehrenden eine konkrete Rückmeldung zum Kompetenzstand im Bereich des Wortschatzlernens geben soll, was ihrer Meinung nach bislang in der universitären Fremdsprachausbildung vernachlässigt wurde. Sie betonen dabei die Notwendigkeit, ein verbindliches und überprüfbares Wortschatzniveau für Zwischenprüfungs- und Staatsexamenskandidaten festzulegen, da nur Lehrpersonen mit umfassendem Wortschatz den Anforderungen modernen Französischunterrichts gewachsenen seien.

Dirk Siepmann & Barbara Holterhof (3/2007, 239-257)

Die direkte Methode im Rahmen der neusprachlichen Reformbewegung

Marcus Reinfried wirft einen historischen Blick auf das als direkte Methode bekannt gewordene Prinzip und Verfahren, im Fremdsprachenunterricht möglichst konsequent die Zielsprache zu verwenden. Er geht der Frage ihrer Genese nach und untersucht auf unterschiedlichen Ebenen, welche Voraussetzungen und Begründungen ihr Nährboden gegeben haben. Dabei fokussiert er die Zeit der neusprachlichen Reformbewegung im deutschsprachigen Raum.

Marcus Reinfried (3/2007, 258-274)

Theater – Verstehen durch Zeit und Raum

Theater war und ist ein bedeutsamer Kultur- und Identitätsträger in der spanischsprachigen Welt und gehört somit stets zu den Konstanten in Rahmenrichtlinien, Lehrplänen oder curricularen Vorgaben des Spanischunterrichts. Theaterstücke aus verschiedenen Ländern und Jahrhunderten motivieren und aktivieren Lernprozesse. Sie besitzen eine überschaubare Länge und die Präsentation der Handlung in Dialogstruktur erleichtert die Aneignung und das Verständnis des Textes. Neben nicht-sprachlichen Interpretationsansätzen bieten sie ein breites Spektrum an binnendifferenzierenden Arbeitsweisen.

Roswitha Strickstrack-García (18/2007, 4-9)

***Lope de Vega:* La dama boba (1613). *Ein Theaterstück aus dem* Siglo de Oro**

La dama boba gehört zusammen mit *Fuenteovejuna* und *Peribáñez* zu den Meisterwerken des umfangreichen Gesamtwerkes des Autors. In der heiteren Komödie vermischen sich Elemente von Komödie und Tragödie. Ein turbulentes Intrigenspiel verbunden mit ethischen Grundfragen bietet viele Anlässe zu Vergleichen mit heutigen Vorstellungen und Verhaltensweisen. Ferner werden die verschiedenen Personen des Stückes charakterisiert; eine spielerische Umsetzung einzelner kurzer Szenen ist denkbar.

Verena Klaar (18/2007, 10-13)

La casa de Bernarda Alba – *ein aktueller Klassiker*

Das Werk, das inzwischen als Meisterwerk von Federico García Lorcas (1898-1936) dramaturgischem Schaffen gilt, ist als letztes Theaterstück des Autors als quasi dritter Teil der durch *Bodas de sangre* und *Yerma* initiierten Triologie im Jahre 1936 entstanden und wurde 1945 uraufgeführt. Die Behandlung des Stückes erlaubt einen zeitgenössischen Blick auf die damalige spanische Gesellschaft. Der Konflikt zwischen autoritärer und repressiver Ordnung, der Drang nach persönlicher Freiheit und der Selbstmord junger Frauen sind immer aktuell.

Jutta Buchholz (18/2007, 14-19)

***Sancha Sinisterra*: Terror y miseria en el primer franquismo**

Das 2003 veröffentlichte Theaterstück, besteht aus einer lockeren Folge von neun Einzelbildern. Es erzählt von den unterschiedlichen Menschentypen und deren Überlebensstrategien in den ersten Jahren nach dem spanischen Bürgerkrieg: Die Auseinandersetzung mit dieser Zeit in Form eines politischen Theaterstückes lädt zum Nachspielen, zur kreativen Erweiterung und zur Stellungnahme ein. Als Zusatzmaterial bietet sich die DVD des Friedrich-Verlages (2006) an, eine Aufzeichnung der Aufführung des Laientheaters *Teatro del Común* unter der Regie des Autors im Rahmen der *Jornadas Hispánicas 2005*.

Ina Steggewentz & Christiane Nolte (18/2007, 20-32)

La Malinche: *Der mexikanische Autor Víctor Hugo Rascón Banda im SU?*

La Malinche (2000) – ein Stationendrama mit 37 Einzelbildern, das die Zeit der *conquista* mit der aktuellen Situation Mexikos verbindet und zu einer kritischen Auseinandersetzung mit dem *malinchismo* beiträgt, gehört – wie es die Frage in der Überschrift signalisiert, nicht zu den Standardinhalten des Spanischunterrichts und bedarf gesonderten Begründungen, welche die Autorinnen überzeugend liefern. Methodisch wird v.a. mit expliziten und impliziten Verfahren der Textanalyse gearbeitet.

Mechthild Schaeper & Petra Wirtz-Kaltenberg (18/2007, 33-47)

Navidad – *Theater im Anfangsunterricht*

Von der Beobachtung ausgehend, dass gerade in der Unterstufe Schülerinnen und Schüler sich gerne und mit viel Engagement ‚in Szene setzen', bietet sich die Überlegung an, das Theaterspielen zum Inhalt einer Unterrichtseinheit zu machen. In dem Theaterstück *Navidad*, einem Mosaik aus westlichen Klischeebildern zum Thema Weihnachten, können die Lernenden auf humorvolle Weise in drei Szenen ihre schauspielerischen Fähigkeiten und ihre sprachlichen Fertigkeiten unter Beweis stellen.

Gisela Kanngießer-Krebs (18/2007, 48-53)

Standards – oder: ¿No hay bien que por mal no venga? ...

Bildungsstandards sind an Lernergebnissen orientiert. Sie zielen auf messbare Kompetenzen, die Auskunft über die Qualität von Unterricht geben. Der Artikel schildert, worauf Standards für Spanisch zurückgreifen und wie sie überprüft werden können, welche Widersprüche und Probleme sich durch die Standardisierung des Fremdsprachenunterrichts ergeben und welche Tendenzen im Umgang mit Standards sich für das Fach Spanisch ableiten lassen.

Kathrin Sommerfeldt (19/2007, 4-11)

Keine Angst vor Standards! Oder: Paradigmenwechsel tun nicht weh

Ein Erfahrungsbericht zum Umgang mit standardisierten mündlichen und schriftlichen Prüfungen des *Internationalen Baccalaureats* zeigt Impulse auf, die Standards für die Unterrichtsentwicklung haben können. Ein Beispiel für den Spanischunterricht verdeutlicht die Bewertungspraxis und ermutigt, standardisierte Prüfungen als Chance zu begreifen.

Gudrun Keunecke (19/2007, 12-16)

La evaluación en los tiempos de los estándares

Der Beitrag, der Evaluierung als Hilfe für alle Seiten und nicht als Hindernis oder Hürde begreift, stellt Formen der Evaluierung vor, bei denen sich der Lehrer konsequent an den Kompetenzen der Schüler orientiert und so Vorteile eines summativen und kriterienorientierten Systems nutzt. Konkrete Umsetzungen dieses Verfahrens werden anhand von Tagebucheinträgen, Rollenspielen und Power-Point-Präsentationen illustriert.

Encina Alonso (19/2007, 17-22)

Mündliche Schulaufgaben. Der GER & die Erstellung kalibrierter Aufgaben

Drei Beispiele zeigen, wie sowohl monologisches Sprechen als auch mündliche Interaktion je nach Lernstand an verschiedenen Themenbereichen durch mündliche Schulaufgaben zunächst aufgewertet und in der Folge auch durch qualifizierte Einzel-, Partner- oder Gruppenprüfungen getestet werden können. Die Grundlage dafür bildet der *Gemeinsame europäische Referenzrahmen für Sprachen* (GER).

Christine Wlasak-Feik (19/2007, 24-30)

Vergleichsarbeiten im Fach Spanisch

Vergleichsarbeiten helfen, Lernstände und Lernentwicklungen der Schüler zu überprüfen, Rückschlüsse für die eigene Unterrichtsentwicklung zu ziehen und leisten so einen Beitrag zur Qualitätssicherung. Der Beitrag veranschaulicht anhand Auszügen einer Hamburger Vergleichsarbeit aus dem Jahre 2006, wie mit Aufgaben zu den Bereichen Textverständnis, sprachliche Mittel und kreative Textproduktion eine sinnvolle Evaluation von Schülerleistungen durchgeführt werden kann.

Josefa Rodríguez Ojea & Susanne Wischhusen (19/2007, 31-37)

DELE – Diplomas de Español como Lengua Extranjera

Der Artikel stellt die weltweit anerkannten DELE-Diplome vor, schildert, wo sie absolviert werden können, was auf die Prüflinge zukommt und wie man Schüler auf die unterschiedlichen Anforderungsniveaus vorbereiten kann (z.B. in einer DELE-AG). Der Erwerb des DELE verschafft den Schülern Vorteile in Beruf und Alltag und erleichtert ihnen auch den Einstieg in die neuen Bachelor- und Masterstudiengänge, die größtenteils den Nachweis eines bestimmten Eingangsniveaus, meist B1, verlangen.

Nicole Garcia-Grizelji (19/2007, 38-41)

El PEL: puente entre la clase y el Marco Común

Der Beitrag präsentiert, wie die Deskriptoren des Gemeinsamen europäischen Referenzahmens bei der Arbeit mit dem *Europäischen Sprachenportfolio / Portfolio Europeo de Lenguas* gewinnbringend im Unterricht, zur Autoevaluierung und zur metalinguistischen Ausbildung der Lernenden eingesetzt werden können. Es werden Regeln für die Arbeit mit dem Sprachenportfolio sowie Kriterien zur Evaluierung des Dossiers aufgestellt.

Daniel Cassany (19/2007, 42-46)

HISPANORAMA

Fremdverstehen durch textanalytische und produktionsorientierte Verfahren

Am Beispiel des *Un calor tan cercano* von Maruja Torres (1997) stellt der Artikel Ansätze zum Interkulturellen Lernen mit literarischen Texten vor: Mithilfe der Romanfiguren sollen die Lerner einen Perspektivwechsel vollziehen und sich in das Spanien zur Zeit des Franquismus hineinversetzen. Drei Arbeitsblätter mit Romanauszügen und Arbeitsaufgaben zeigen, wie ein schülerorientierter Umgang mit Literatur aussehen kann.

Ruth Moormann (118/2007, 81-84)

Das Europäische Portfolio der Sprachen (EPS)

Der Artikel stellt eine Studie zu den praktischen Erfahrungen im Umgang mit dem Europäischen Porfolio der Sprachen in der Grund- und Sekundarschule vor. Lehrer und jüngere Schüler stehen der Portfolioarbeit mehrheitlich positiv gegenüber, während die Akzeptanz unter den Sekundarschülern deutlich geringer ausfällt.

Lena Bellingrodt (118/2007, 85-88).

ITALIENISCH – ZEITSCHRIFT FÜR ITALIENISCHE SPRACHE UND LITERATUR

Lo sviluppo della competenza cinesica

Ausgehend von der Tatsache, dass die nonverbalen Anteile der Kommunikation mindestens ebenso wichtig sind wie die verbalen, plädiert die Autorin für die Integration des Mediums Film in den Unterricht des Italienischen als Fremdsprache. Anhand einer Szene des Filmes *Mimì metallurgico ferito nell'onore* zeigt sie, dass bestimmte Elemente der nonverbalen Kommunikation kulturspezifisch sind, insbesondere die so genannten konventionalisierten Gesten oder Embleme. Ziel ihrer Ausführungen ist eine Sensibilisierung der Italienischlehrer für eine verstärkte Berücksichtigung italienischer Alltagsgesten im Unterricht.

Nicoletta Santeusanio (58/2007, 98-110)

Siti utili per l'insegnamento dell'italiano

Daniel Reimann stellt in dieser Rubrik zwei Online-Sprachkurse vor, die den Fokus auf den Erwerb rezeptiver Kompetenzen legen. Der unter www.isb.bayern.de (→ Fächer → Italienisch → Materialien → Materialsammlung „Rezeptivkurs Italienisch") zu findende Rezeptivkurs Italienisch bietet nach Grammatikkapiteln geordnete Materialien, die sich auch für den punktuellen Einsatz im Sprachunterricht eignen. Die bekannte Online-Komponente des an der Universität Frankfurt am Main koordinierten EuroComRom-Projektes (www.eurocomrom.de) fördert explizit einen rezeptiven Spracherwerb über die Entwicklung von Lesestrategien, wobei auch das Hörverstehen in Grundzügen geschult werden kann.

Daniel Reimann (58/2007, 112-113)

DIE NEUEREN SPRACHEN

Die Zeitschrift *Die Neueren Sprachen* wird laut Information von Konrad Schröder vom 14.12.2007 ab 2008 und in Form eines Jahrbuches erscheinen.

ZEITSCHRIFT FÜR FREMDSPRACHENFORSCHUNG

The presence of English in Germany

Der Autor stellt zunächst die wachsende Präsenz des Englischen in Deutschland und Europa sowohl in der Umgangs- und Standardsprache als auch im wissenschaftlichen Diskurs fest. Er widerspricht der Annahme von Soziolinguisten, die diesen Umstand durch die Verbreitung des Englischen als „Weltsprache" erklären. Werner Hüllen geht zurück in das 18. Jahrhundert um seine Annahme zu stützen, dass die Verbreitung des Englischen auf unserem Kontinent vor allem durch ein kulturelles und politisches Interesses der Europäer zu dieser Zeit zu erklären ist. Hüllen beschreibt Englischunterricht in seiner historischen Dimension in Deutschland (Ende 19. Jahrhundert) als Kulturkundeunterricht und nicht als kommunikativ ausgerichteten Sprachunterricht und plädiert dafür, diese Sichtweise auch heute nicht aus den Augen zu verlieren.

Werner Hüllen (18,1/2007, 3-26)

Deutsch als eine dritte Sprache lernen

Martha Gibson und Britta Hufeisen stellen in diesem Beitrag am Beispiel von Deutsch als zweite oder dritte Sprache Überlegungen zur Tertiärsprachenproblematik aus Sicht der Psycholinguistik und der Fehleranalyse an. Dabei vergleichen sie im Stil einer Metastudie die Ergebnisse zweier Experimente und kommen zu dem Schluss, dass die Einstellung der „Lernenden zu ihrem eigenen Lernen und zu ihrer Mehrsprachigkeit" entscheidend zu sein scheint. Die erfolgreicheren Lerner des Deutschen als Zweit- oder Drittsprache akzeptieren ihre Mehrsprachigkeit und nutzen diese konstruktiv.

Martha Gibson & Britta Hufeisen (18,1/2007, 27-42)

Anpassung von Skalen und Deskriptoren des GER

Karin Vogt stellt in diesem Beitrag das Forschungsprojekt „Kompetenzprofile" am Beispiel des berufsorientierten Fremdsprachenlernens vor. Am Anfang steht eine Kritik am Skalensystem des GER und das daraus folgende Desiderat der Anpassung von Skalen und Deskriptoren auf der Grundlage des GER. Dies geschieht im genannten Forschungsprojekt, welches sich im Untersuchungsdesign in Teilen an einem Schweizer Projekt orientiert, dessen Ergebnisse in den Referenzrahmen eingeflossen sind. Die vorläufigen Ergebnisse des Projektes „Kompetenzprofile" bestätigen die Kritik an den Skalen und Deskriptoren des GER und führen zu fremdsprachlichen Kompetenzprofilen für drei Berufe.

Karin Vogt (18,1/2007, 43-66)

Performanzphänomene in gesprochenen Lernerenglisch

Auch dieser Beitrag beschäftigt sich mit der Englischen Sprache. Sandra Götz beschreibt eine korpusbasierte Pilotstudie zur Analyse der gesprochenen Lernersprache. Dabei steht der Vergleich von Performanzphänomenen im *Louvain International Database of Spoken English Interlanguage* (LINDSEI-Ger) mit dem muttersprachlichen Vergleichskorpus *Louvain Corpus of Native English Essays* (LOCNESS) im Vordergrund. Das Ziel ist die detaillierte Beschreibung der Lernersprache hinsichtlich Abweichungen von der Muttersprachlernorm.

Sandra Götz (18,1/2007, 67-84)

Fremdsprachen Lehren und Lernen

Bilingualer Sachfachunterricht in Europa: Versuch eines Überblicks

Der Beitrag leistet den Versuch eines systematischen Überblicks zum Ausbauzustand des bilingualen Sachfachunterrichts an Schulen im europäischen Ausland, wobei zunächst Organisationsformen, Ziele und Inhalte, methodische Ansätze, Aspekte der Bewertung und Zertifizierung sowie der Lehrerbildung im Vordergrund stehen und dann ein Ausblick auf Probleme bei der Implementierung und Perspektiven (EU-Programm für Lebenslanges Lernen) erfolgt.

Dieter Wolff (36/2007, 13-29)

Bilingualer Sachfachunterricht in Deutschland: eine Bilanz

Der Aufsatz ergänzt die oben genannte Überblicksdarstellung insofern, als hier die Entwicklung und der gegenwärtige Stand des bilingualen Sachfachunterrichts in Deutschland untersucht werden. Einleitend werden die Geschichte der Angebote, die beteiligten Sprachen (in den Anfängen Französisch, heute oft Englisch) und die Organisationsformen näher betrachtet, bevor Anregungen zu einer die Praxis bereichernden theoretischen Fundierung der Interaktion von bilingualem Unterricht und begleitendem Fremdsprachenlernen gegeben werden.

Wolfgang Zydatiß (36/2007, 30-47)

Sachfachunterricht in der Fremdsprache: die Perspektive der Lehrerbildung

Frank G. Königs nimmt eine kritische Bestandsaufnahme der Lehrerbildung im Bereich CLIL (Content and Language Integrated Learning) gerade vor dem Hintergrund des Bologna-Prozesses vor und stellt interessante Überlegungen an, wie bestehende Defizite innerhalb des derzeit gegebenen Rahmnes überwunden werden könnten (Forschungsmaster (z.B. in Unterrichtsforschung) vs. Anwendungsmaster, der z.B. im Profil „Sachfachunterricht in der Fremdsprache“ erworben werden könnte).

Frank G. Königs (36/2007, 48-62)

Der Braunschweiger Master-Lehramtsstudiengang mit Schwerpunkt CLIL

Claus Gnutzmann stellt in „Der neue Braunschweiger Master-Lehramtsstudiengang Englisch – Schwerpunkt *Bilingualer Sachfachunterricht/Content and*

Language Integrated Learning" einen Master-Studiengang näher vor, der bei der Ausgestaltung entsprechender Angebote im Bereich der romanischen Sprachen Anregungen geben könnte.

Claus Gnutzmann (36/2007, 64-75)

Videographische und diskursanalytische Betrachtungen von / zu CLIL

Der auf das Englische bezogene Beitrag zeigt u.a. grundsätzliche methodische Perspektiven zur Nutzung von Videoaufzeichnungen in der Lehrerbildung auf und plädiert für einen differenzierten Einsatz von Unterrichtsaufzeichnungen. Innerhalb des Untersuchungsfeldes werden Interaktionsmuster auf drei verschiedenen Ebenen herausgearbeitet: CLIL-spezifische, sachfachspezifische und lehrer- bzw. lernersprachenspezifische; die Interdependenz von Sprach- und Sachfacharbeit wird verdeutlicht.

Rita Kupetz (36/2007, 76-94)

Fach, Sprache, Interaktion – Eine Drei-Säulen-Methodik für CLIL

Den Versuch, ein theoretisch fundiertes Methoden-Modell des bilingualen Sachfachunterrichts zu entwickeln, unternimmt Andreas Bonnet (Englisch-Chemie): (Fremd-)Sprachliche Kompetenz, Fachliche Kompetenz und Interaktionale Kompetenz sind die drei Säulen, auf denen die in seinem Modell zentrale Bedeutungsaushandlung basiert. Für jede dieser drei Säulen werden „Grundprobleme und Prinzipien" sowie „Methodische Maßnahmen" vorgestellt, bevor eine übersichtliche „methodische Landkarte des CLIL-Unterrichts" entworfen wird.

Andreas Bonnet (36/2007, 126-141)

Bilingualer Unterricht Darstellendes Spiel – Alles nur „Theater"?

Bilingualer Unterricht Darstellendes Spiel muss Zielsetzungen, Inhalte und Methoden des Sprachunterrichts mit denen des Darstellenden Spiels vereinen. Die Autorin vermerkt kritisch, dass Funktion und Wirkungsweise von Theater beim Einsatz des Darstellenden Spiels im Fremdsprachenunterricht (hier v.a. Englisch, DaF) oft nicht reflektiert werden. Im Anschluss stellt sie einen integrativen dramapädagogischen Lehr-/Lernansatz vor.

Heike Wedel (36/2007, 159-179)

Struggling to Come to Grips with Multiple Language Learning

Der Beitrag stellt der Versuch dar, sich aus anglistischer Perspektive sprachübergreifend dem Konzept der „Mehrsprachigkeit“ zu nähern. Romanistische Forschungserträge (v.a. Meißner) werden eher holzschnittartig resümiert, doch bietet der Beitrag auch der romanistischen Sprachlehrforschung eine Spiegelung der eigenen Erkenntnisinteressen in einem weiter gefassten Kontext. Englisch wird im Sinne z.B. Leitzke-Ungerers als Sprungbrett für eine andere Sprachenfamilien umfassende individuelle Mehrsprachigkeit gefordert.

Eberhard Klein (36/2007, 217-233)

Mehrsprachigkeit – ein realistisches Lernziel?

Die Rubrik „Pro und Contra“ stellt zwei Stellungnahmen zu der Frage gegenüber, ob es eine eigene „Didaktik der Mehrsprachigkeit“ geben kann: Michael Legutke („Contra“) geht davon aus, dass es Aufgabe der einzelsprachlichen Didaktiken sei, auf mehrsprachige Lernbiographien ausgerichtete, konkrete Konzepte zu entwickeln. Insofern nähert sich sein Standpunkt durchaus der umsichtig affirmativen Position Meißners („Mehrsprachigkeitsdidaktik ist eine Transversaldidaktik, welche die einzelsprachlichen Didaktiken ergänzt, sie aber weder ersetzen kann noch will.“).

Franz-Joseph Meißner & Michael Legutke (36/2007, 234-235)

FREMDSPRACHEN UND HOCHSCHULEN

FuH 79/80 (2007) lag bei Redaktionsschluss noch nicht vor und wird in *ZRomSD* 2,1 (Oktober 2008) besprochen.

Eingegangene Schriften

Bausch, Karl-Richard & Burwitz-Melzer, Eva & Königs, Frank G. & Krumm, Hans-Jürgen. edd. 2007. *Textkompetenzen. Arbeitspapiere der 27. Frühjahrskonferenz zur Erforschung des Fremdsprachenunterrichts.* Tübingen: Narr (Gießener Beiträge zur Fremdsprachendidaktik), 212 p.

Der Tagungsband der 27. Frühjahrskonferenz, die vom 15.-17. Februar 2007 im Schloss Rauischholzhausen stattfand, geht Fragen der Rezeption und Produktion von Texten im Fremdsprachenunterricht nach. Das Hauptaugenmerk liegt auf der Bedeutung von Texten für die Entwicklung unterschiedlicher Kompetenzen in der Fremdsprache und auf den Funktionen, die Texte dabei übernehmen können oder sollen. Die im Band versammelten Beiträgen diskutieren insbesondere die folgenden vier Leitfragen:

1. Welche Bedeutung haben die Begriffe ‚Textrezeption' und ‚Textproduktion' in Ihrem Konzept von Fremdsprachenunterricht?
2. Bestimmen Sie in diesem Zusammenhang das Verhältnis von Mündlichkeit und Schriftlichkeit im (fortgeschrittenen) Fremdsprachenunterricht. Inwieweit führt das Begriffspaar ‚Textrezeption und Textproduktion' über den klassischen Fertigkeiten-Ansatz hinaus.
3. Welche forschungsmethodischen Zugänge können Ihres Erachtens zu einer empirischen Grundlage für Textrezeption und Textproduktion beitragen?
4. Welche didaktischen und methodischen Veränderungen sind Ihrer Auffassung nach aus den Begriffen ‚Textrezeption und Textproduktion' für den Fremdsprachenunterricht abzuleiten bzw. zukünftig zu erwarten?

Behrent, Sigrid. 2007. *La communication interalloglotte. Communiquer dans la langue cible commune.* Paris: L'Harmattan, 282 p.

Studierende treten während ihres Auslandsstudiums in Kontakt mit Studierenden aus anderen Ländern und kommunizieren mit ihnen in der gemeinsamen Zielsprache. Wie funktioniert diese Interaktion in einer Sprache, die kein Studierender als Muttersprache erworben hat, aber nun alle Gesprächsteilnehmer lernen wollen? Wie helfen sich die Studierenden untereinander; verbessern sie sich? Erklären Sie – im Vergleich zu Muttersprachlern – sprachliche Phänomene anders? Wie sprechen sie über ihre Zielsprache? Und was lernen sie durch diese Art von Kommunikation? Diesen und weiteren Fragen geht Sigrid Behrent, aktuell Geschäftsführerin des Zentrums für Sprachlehre an der Universität Paderborn, anhand eines Korpus nach, das zum Großteil aus der *Cité universitaire internationale de Paris* stammt. An zahlreichen Phänomenen belegt sie Besonderheiten dieser Kommunikationssituation, für die sie den Terminus „interalloglotte Kommunikation" einführt, und zeigt deren Potential für den Spracherwerb auf.

Vgl. ferner: Behrent, Sigrid. 2008. „Mehrsprachigkeit als Ressource in Gesprächen in der gemeinsamen Zielsprache", in: Frings, Michael & Vetter, Eva. edd. *Mehrsprachigkeit als Schlüsselkompetenz? Theorie und Praxis in Lehr- und Lernkontexten.* Stuttgart: ibidem (RomSD; 17), 277-290.

Dahmen, Wolfgang & Schlösser, Rainer. edd. 2007. *Sexaginta. Festschrift für Johannes Kramer.* Hamburg: Buske (Romanistik in Geschichte und Gegenwart; 16), 454p.

Mit Johannes Kramer feiert ein Wissenschaftler Geburtstag, auf den das Etikett Romanist in vollem Umfang zutrifft und doch gleichzeitig viel zu eng ist. Zum Studium von Altphilologie, Geschichte und Niederlandistik gesellte sich erst im fortgeschrittenen Stadium die Romanistik hinzu. Nach einer grästischen Dissertation und einer Reihe von Staatsexamina fiel die Entscheidung zugunsten der Romanistik und führte zur Habilitation im Bereich des Ladinischen, das ein Schwerpunkt seiner Arbeit blieb. Gleichzeitig markiert sie Johannes Kramers Hang zu (geographischen und thematischen) Rändern der alten und neuen Romania. Seine erste Liebe zur Altphilologie – vorzugsweise auf dem Gebiet der Papyrologie – ist bis heute lebendig, und von den 26 Büchern, mehr als 350 Aufsätzen und ungezählten Rezensionen, die Johannes Kramer bis heute verfasst hat, entfällt ein nicht unerheblicher Teil auf diesen Bereich. Dennoch haben sich in dieser Festschrift fast ausnahmslos Romanisten – Kollegen, Weggefährten, Schüler und Freunde – zusammengefunden, um Johannes Kramers „sexaginta" zu feiern. Die Breite seiner Lehr- und Forschungstätigkeit hat es nicht ratsam erscheinen lassen, den Band thematisch einzuschränken: In der Buntheit seiner Beiträge spiegelt sich die Vielseitigkeit des Jubilars am besten wider.

Fäcke, Christiane & Hülk, Walburga & Klein, Franz-Josef. edd. 2008. *Multiethnizität, Migration und Mehrsprachigkeit. Festschrift zum 65. Geburtstag von Adelheid Schumann.* Stuttgart: *ibidem* (Romanische Sprachen und ihre Didaktik; 14), 394p.

Die Festschrift versammelt 23 Beiträge zu den zentralen wissenschaftlichen Schwerpunkten der Siegener Romanistin. Mit den im Titel genannten Begriffen verbinden sich nämlich wesentliche Fragestellungen und Problemfelder der aktuellen, interkulturell ausgerichteten Kulturwissenschaft und der kulturwissenschaftlich basierten Fremdsprachendidaktik, die literartur- und sprachwissenschaftliche Konzepte ebenso umfassen wie die Reflexion auf landeskundliche Denkmuster und Vorschläge zu interkulturellem Lernen. Zusammen verdeutlichen die Beiträge den Erkenntnisgewinn, der aus der Verknüpfung unterschiedlicher fachlicher Perspektiven und Disziplinen resultiert. So bilden sie nicht zuletzt ein schönes Denkmuster des Lernens überhaupt.

Kramer, Johannes. 2007. *Vulgärlateinische Alltagsdokumente auf Papyri, Ostraka, Täfelchen und Inschriften.* Berlin & New York: de Gruyter (Archiv für Papyrusforschung; 23), 182p.

Von den wenigen antiken Zeugnissen zum Vulgärlateinischen findet sich wiederum nur eine geringe Zahl auf originalen Schriftträgern. Einige davon werden in dem vorliegenden Band vorgestellt, jeweils zusammen mit Bibliographie, Edition, Übersetzung, Nachzeichnung des Schriftbestandes sowie einem ausführlichen sprachlichen Kommentar. Die Sammlung enthält vier Nummern mit Briefen (ChLA 43, 1241c; Tab. Vindol. 2, 310; P. Mich. 8, 471; O. Bu Njem 76-79), eine Soldatenliste (SB 22, 15638), fünf pompejanische Graffiti, zwei Inschriften aus dem Rheinland (CIL 13, 7645; Gauthier Nr. 45), drei zweisprachige Dokumente (SB 3, 6304; P. Amh. 2, 26; Folium Parisinum) und den Anfang der Appendix Probi.

Pöckl, Wolfgang & Rainer, Franz & Pöll, Bernhard. [4]2007. *Einführung in die romanische Sprachwissenschaft.* Tübingen: Niemeyer (Romanistische Arbeitshefte; 33), 197 p.

Neben der Neuerscheinung *Romanische Sprachwissenschaft* von Gabriel & Meisenburg (Rez. in diesem Heft) tritt im Jahr 2007 auch einer der Klassiker neu formiert auf: die *Einführung von die romanische Sprachwissenschaft* von Pöckl, Rainer und Pöll in der vierten, durchgesehenen Auflage (1990: Erstauflage, 2003: dritte, neu bearbeitete Auflage). Die Einführung gliedert sich in insgesamt 13 Unterrichtreichtseinheiten, die – dem knappen Stundenkontingent von Einführungsveranstaltungen Rechnung tragend – jeweils aus drei Säulen bestehen, deren Inhalte parallel ausgebaut werden sollen: praktische Fertigkeiten, theoretisch-methodische Grundlagen und enzyklopädische Informationen. Zu bedauern ist lediglich, dass den Aufgaben am Ende der jeweiligen Kapiteln kein Lösungsschlüssel beigegeben ist (vgl. hier das exemplarische Vorgehen von Müller-Lancé (2006): *Latein für Romanisten*). Positiv hervorzuheben ist indes die dazugehörige Audio-CD, die die Sprachskizzen durch akustische Eindrücke bereichert und direkt über die Autoren bezogen werden kann (Bernhard.Poell@sbg.ac.at).

PROFIL

PROF. DR. ANDREAS GRÜNEWALD

Juniorprofessor für Didaktik der romanischen Sprachen
mit dem Schwerpunkt Spanisch
an der Fakultät 4 der Universität Hamburg

Mit dem Erscheinen der *Zeitschrift für Romanische Sprachen und ihre Didaktik* wird der Verzahnung und Interdisziplinarität der Fremdsprachendidaktiken und der romanistischen Fachwissenschaften Rechnung getragen – eine sehr begrüßenswerte Initiative, bei der alle beteiligten Disziplinen profitieren können. Über die Gelegenheit mich den Leserinnen und Lesern dieser Zeitschrift mit meinem „Profil" vorstellen zu dürfen, habe ich mich sehr gefreut.

Am Anfang meines akademischen Werdegangs steht das Studium der Fächer Französisch und Spanisch an der Universität Hamburg mit dem Abschluss des Ersten Staatsexamens (1996). Mein damaliger Schwerpunkt war die Sprachwissenschaft und hier vor allem die linguistische Pragmatik und die Soziolinguistik. Nach Abschluss des Studiums war ich zunächst im Rahmen einer Projektassistenz in einem medienwissenschaftlichen europäischen Forschungsprojekt im Fachbereich Linguistik an der Universität Hamburg tätig, bevor ich in der Hansestadt Bremen das Referendariat für das Lehramt an Gymnasien (SII/SI) für die Fächer Französisch und Spanisch antrat (1998). Im Rahmen des Vorbereitungsdienstes machte ich eine Zusatzausbildung im Bereich des Einsatzes digitaler Medien im Unterricht. Meine Affinität zu Computer und Internet konnte ich sehr gut in mein schulisches Wirken integrieren, und so begann ich noch während des Referendariats die systematische Implementierung digitaler Medien in den Fremdsprachenunterricht näher zu untersuchen. Daraus gingen erste, zumeist unterrichtspraktisch orientierte Veröffentlichungen hervor.[1] Im Anschluss an das Referendariat wurde ich als Studienrat an einem Bremer Wirtschaftsgymnasium eingestellt, wo ich weitere drei Jahre tätig war. In dieser Zeit übernahm ich die Fachberatung Französisch beim Bildungsserver Lehrer-Online, ein Projekt von Schulen ans Netz (BMBF) und begann als Berater und Autor der neuesten Generation von Lehrwerken beim Klett Verlag (Französisch und Spanisch) tätig zu sein. Meinen Schwerpunkt digitale Medien konnte ich bei der Konzeption und Beratung von heute mehrfach prämierter Lernsoftware einbringen.

Im Sommer 2002 ergab sich die Möglichkeit der Bewerbung auf eine Stelle als wissenschaftlicher Mitarbeiter im Bereich der Didaktik der romanischen Sprachen an der Universität Bremen am Lehrstuhl von Prof. Dr. Michael Wendt. Bei Stellenantritt begann ich auch mit der Arbeit an meiner Promotion zum Thema „Multimedia im Spanischunterricht“.[2] Im Zentrum meines Erkenntnisinteresses in dieser Untersuchung stand der Motivationsverlauf bei den Schülerinnen und Schülern sowie deren subjektive Einschätzungen zum Lernfortschritt während des computergestützten Spanischunterrichts. Durch die plötzliche Erkrankung meines Doktorvaters Michael Wendt und dessen Tod im Jahr 2004 wurde die Betreuung der Arbeit von Prof. Dr. Klaus Zimmermann (Bremen) und Prof. Dr. Lutz Küster (HU Berlin) übernommen. Die subjektwissenschaftliche Orientierung der Arbeit führte zu einem qualitativ-empirischen Forschungsdesign, das einmündete in ausführliche Einzelfalldarstellungen und Analysen, in denen es möglich war, individuelle Lernprozesse und Motivationsverläufe zu rekonstruieren. Die Publikation wurde in der vergangenen Ausgabe dieser Zeitschrift besprochen, und mich freut es, das abschließende Wort der Rezensentin an dieser

---

[1] Z.B.: (2001): „Ein virtueller Spaziergang in Paris“, in: Donath, Reinhard: *CD-Rom im Fremdsprachenunterricht.* Stuttgart: Klett, 53-60 oder (2001): „Internet im Spanischunterricht: Tarea de Internet – Barcelona“, in: *Hispanorama* 94, 19-21.

[2] Grünewald, Andreas. 2006. *Multimedia im Fremdsprachenunterricht: Motivationsverlauf und Selbsteinschätzung des Lernfortschritts von Schülern der Sek. II im computergestützten Spanischunterricht. Dissertationschrift.* Frankfurt a.M.: Peter Lang (Kolloquium Fremdsprachenunterricht)

Stelle wiedergeben zu können: „Zukünftige fachdidaktische Studien zur Mediennutzung im Fremdsprachenunterricht können hier vielfach Anregungen finden zur Fortentwicklung der Forschungsmethodologie und der theoretischen Konzepte".[3]

Während meiner Tätigkeit als wissenschaftlicher Mitarbeiter mit sehr hohem Lehrdeputat (10 SWS) nahm ich auch Aufgaben in der akademischen Selbstverwaltung wahr. Unter anderem engagierte ich mich im neu gegründeten *Zentrum für Lehrerbildung*, da ich in der Neustrukturierung der Lehramtsstudiengänge die Beteiligung der Fachdidaktiken als besonders wichtig ansah. Die Ausbildung von zukünftigen Fremdsprachenlehrerinnen und -lehrern an der Universität ist nach meinem Verständnis nur auf Basis eines soliden theoretischen und wissenschaftlich abgesicherten Fundamentes möglich, welches ständiger Reflexion durch Praxiserfahrung unterworfen sein muss. In diesem Sinne verstehe ich auch die Aussage Herbarts:

> Im Handeln nur lernt man die Kunst, erlangt man Takt, Fertigkeit, Gewandtheit, Geschicklichkeit; aber selbst im Handeln lernt die Kunst nur der, welcher vorher im Denken die Wissenschaft gelernt, sie sich zu eigen gemacht, sich durch sie gestimmt und zukünftige Eindrücke, welche die Erfahrung auf ihn machen sollte, vorbestimmt hatte (Herbart 1802/1982[4]).

Dabei geht es in der universitären Phase der Lehrerbildung nicht um das Training von Berufsfertigkeiten und Lehrtechniken, sondern vielmehr um die Verbindung von theoretischen und (schul-)praktischen Anteilen und damit um die Reflexion der erarbeiteten theoretischen Grundlagen zu den in der (Schul-)Praxis gemachten Erfahrungen. Für diese Sicht habe ich mich stets im Rahmen der Modularisierung der Lehramtsstudiengänge, die ich zunächst in Bremen und später dann in Hamburg begleitet habe, eingesetzt. Sie spiegelt sicher auch meinen Werdegang als zunächst forschender Praktiker und später dann praktizierender Forscher wider.

---

3 Schrader, Heide. 2007. Rezension zu „Multimedia im Fremdsprachenunterricht. Motivationsverlauf und Selbsteinschätzung des Lernfortschritts im computergestützten Spanischunterricht", in: *ZRomSD* 1/2, 158f.

4 Herbart, Johann Friedrich. 1802/1982. *Pädagogische Schriften.* Bd. 1: *Kleinere pädagogische Schriften.* Stuttgart 2. Aufl. (= Pädagogische Texte).

Im Frühjahr 2006 nahm ich das Angebot der Universität Bremen auf eine Lebenszeitstelle als akademischer Rat in der Funktion eines Lektors im Bereich der Didaktik der romanischen Sprachen mit einer Lehrverpflichtung von 16 SWS an. Während meiner Tätigkeit als wissenschaftlicher Mitarbeiter und später als akademischer Rat im Bereich der Didaktik der romanischen Sprachen an der Universität Bremen hat sich das Spektrum meiner Arbeits- und Forschungsschwerpunkte naturgemäß erweitert. Neben dem Schwerpunkt im Bereich der digitalen Medien (z.B. Herausgabe eines Themenheftes in der Reihe *Fremdsprachlicher Unterricht Spanisch* 2003[5]) trat seit 2003 die Mitherausgabe des France-Mail-Forum, eine frankophone, kosmopolitische Internetzeitung (www.france-mail-forum.de), die Mitarbeit an der neuen *Fachdidaktik Französisch*, die 2006 beim Klett Verlag erschien[6], die Erarbeitung einer spanischen Übungsgrammatik zum autonomen Lernen (2006)[7], die Beschäftigung mit den Themen Audiovisualität im Fremdsprachenunterricht und Fremdsprachenlernmotivation. Zum letztgenannten Schwerpunkt habe ich als Herausgeber die Reihe „Cinemateca – Filmhefte für den Spanischunterricht“ ins Leben gerufen, in der seit 2006 insgesamt 7 Hefte erschienen sind.[8]

Seit dem 01.04.2007 bin ich an der Universität Hamburg als Juniorprofessor für die Didaktik der romanischen Sprachen mit dem Schwerpunkt Spanisch tätig. Ich freue mich sehr darüber, dass ich die Möglichkeit bekommen habe, auf der bundesweit ersten (Junior-)Professur mit dem Schwerpunkt Spanischdidaktik an der Weiterentwicklung einer qualitativ hochwertigen Spanischlehrerausbildung mitwirken zu dürfen. Die Einrichtung einer solchen Professur ist aus meiner Sicht eine logische Konsequenz aus der Entwicklung der Studierenden- und Schülerzahlen für das Fach Spanisch im norddeutschen Raum und steht keinesfalls in Konkurrenz zur Französischdidaktik, sondern stellt einen konsequenten Schritt in der Professionalisierung der Lehrerbildung dar.

---

5 Grünewald, Andreas. ed. 2004. „Neue Medien im Unterricht“, Reihe *Der Fremdsprachliche Unterricht Spanisch* 6. Seelze: Friedrich Verlag.

6 Nieweler, Andreas. ed. 2006. *Fachdidaktik Französisch*. Klett-Verlag: Stuttgart. Beiträge darin von Grünewald, Andreas: „Film und Video im Fremdsprachenunterricht“; „Planung und Organisation von Unterricht“; „Offener Unterricht“; „Neue Medien und E-Learning“.

7 Grünewald, Andreas. 2006. *Aktuelle Grammatik Spanisch*. Clave E/LE: Madrid.

8 Es sind bisher zu sieben Spiel- und Dokumentarfilmen Filmhefte entstanden, die neben der Druckversion auch als PDF-Dokumente vorliegen: www.andreasgruenewald.de/filmhefte.

An meiner neuen Wirkungsstätte an der Universität Hamburg konnte ich zusammen mit Frau Prof. Dr. Adelheid Hu die *Norddeutschen Studientage zur fremdsprachendidaktischen Forschung* ins Leben rufen, an denen in tragender Rolle die Universitäten Hamburg, Bremen und Berlin (HU und FU) beteiligt sind, darüber hinaus aber alle interessierten Forscherinnen und Forscher eingeladen sind. Das Ziel dieser Studientage ist die Vernetzung der fremdsprachendidaktischen Forschung und der Austausch zu aktuellen Themen und Forschungsprojekten.

In der jüngsten Vergangenheit habe ich mich mit sprachwissenschaftlichen und fachdidaktischen Forschungsarbeiten zum mentalen Lexikon und die daraus resultierenden Implikationen für eine effektive Wortschatzarbeit im Spanischunterricht beschäftigt.[9] Die Auswertung einer Untersuchung der Wortschatzvermittlung in aktuellen Spanischlehrwerken (Übungstypen, lexikalische Strategien usw.) ist in Arbeit. Zugleich arbeite ich in meinen bisherigen Forschungsschwerpunkten weiter. Im Bereich der digitalen Medien untersuche ich derzeit Blended-Learning Modelle in der Lehrerbildung.[10] Auch die Verbindung des computergestützten Fremdsprachenunterrichts mit motivationalen Aspekten verfolge ich weiter.[11]

Ein dringliches Anliegen ist die Herausgabe (zusammen mit Prof. Dr. Lutz Küster, HU Berlin) und Erstellung einer Fachdidaktik Spanisch. Ich sehe in diesem Projekt schon lange ein Desiderat, das ich mit Antritt der Juniorprofessur in Hamburg in Angriff genommen habe. Die Fachdidaktik Spanisch wird beim Klett-Kallmeyer Verlag in der gleichen Reihe wie die erfolgreiche Englisch- und Französischdidaktik erscheinen.

---

[9] Grünewald, Andreas. 2007. „Wortschatzarbeit im Fremdsprachenunterricht", in: *Hispanorama* 116/2, 63-71 sowie 2007 mit Rovirò, Barbara: „La enciclopedia mental y las implicaciones para el trabajo de vocabulario en la enseñanza de las lenguas extranjeras", in: *Zeitschrift für Romanische Sprachen und ihre Didaktik*, in diesem Heft.

[10] Im Druck: „Entwicklung berufsbezogener mediendidaktischer Kompetenzen in der Lehrerausbildung", Reihe Hochschuldidaktische Schriften; im Druck: „Blended-Learning Seminare in der Lehrerbildung", AKS-Tagungsband.

[11] Im Druck: „Untersuchung der Schülermotivation und Lernprozessorganisation im aufgabenorientierten Computereinsatz am Beispiel eines Webquests", Tagungsband zum mediendidaktischen Kolloquium Heidelberg.

Ich freue mich auf meine Aufgaben als wissenschaftlicher Beirat der Deutschen Gesellschaft für Fremdsprachenforschung und hoffe trotz aller Aktivitäten noch genügend Zeit mit meiner Familie (drei Söhne im Alter von 8, 5 und 1,5 Jahre) verbringen zu können.

LEHRVERANSTALTUNGEN

Lehrveranstaltungen: Didaktik der Romanischen Sprachen (WS 07/08)

Aachen
Fachdidaktik Französisch (Theorie) (Meusemann)
Schulpraktische Studien: Fachdidaktik Französisch (Bardt)
Stimmprophylaxe für LehramtsanwärterInnen (Neuschäfer-Rube, Ballero Flores)
La literaturas en la clase de español (González de la Llana)
Didaktik des Spanischen (Ahlers)
Fachdidaktik Spanisch nach Maßgabe des Lehrplans Spanisch NRW (Wilneder)

Augsburg
Chanson et enseignement du FLE (Méron-Minuth)
Genderfragen im Italienischunterricht (Fäcke)
Neuere Entwicklungen in Fremdsprachendidaktik und Fremdsprachenunterricht (Fäcke)
Lateinamerika im Spanischunterricht (Fäcke)
Einführung in die Fachdidaktik Französisch (Méron-Minuth)
Einführung in die Fachdidaktik Italienisch (Fäcke)
Einführung in die Fachdidaktik Spanisch (Méron-Minuth)

Bamberg
Einführung in die Didaktik der romanischen Sprachen (Frz., It., Span.) (Michler)
Tutorium zur Einführung in die Didaktik der romanischen Sprachen (Schobel)
Analyse von Lehrwerken für den Französisch- und Italienischunterricht (Michler)
Unterrichtsmethoden, Lern- und Arbeitstechniken im Spanischunterricht (Michler)
Studienbegleitendes Unterrichtspraktikum (Michler)
Begleitseminar zum Unterrichtspraktikum (Michler)
Übung für Examenskandidaten (Michler)

Berlin (Freie Universität)
Didaktik der französischen Sprache und Literatur: Vorbereitungsseminar (N.N.)
Betreuung des Praktikums (Frz.)(Neveling-Koeppen)
Nachbereitung des Praktikums (Frz.)(Caspari)
Problemfelder der Praxis: Arbeit mit Lehrwerken in der Primarstufe (Frz.)(Caspari)
Colloquium für Doktorand/inn/en und Examenskandidat/inn/en (Frz.)(Caspari)
Examenscolloquium für Prüfungskandidat/inn/en in Didaktik des Französischen, Italienischen und Spanischen (Schiffler)
Begleitseminar zum ESPO-Studiengang II (Bergfelder-Boos)
Geschichten erzählen in der fremden Sprache: Unterrichtsanalyse II (Frz.)(Bergfelder-Boos)
Aspekte der französischen Literatur und ihrer Didaktik am Beispiel der "Littérature de jeunesse" (Caspari)
Didaktik der italienischen Sprache und Literatur: Vorbereitungsseminar (Schulpraktische Studien) (Otten)
Betreuung des Praktikums (It.)(Otten)

Nachbereitung des Praktikums (It.)(Otten)
Handlungs- und produktionsorientierte Verfahren beim Umgang mit Texten im Italienischunterricht (Otten)
Didaktik der spanischen Sprache und Literatur: Vorbereitungsseminar (Rössler)
Betreuung des Praktikums (Span.)(Rössler)
Nachbereitung des Unterrichtspraktikums Spanisch (Rössler)
El filme en la clase de ELE (Rössler)
Problemfelder der Praxis: Umgang mit Lehrwerken im Spanischunterricht (Rössler)

Berlin (Humboldt-Universität)
Vorbereitung auf das Fachpraktikum Französisch (Plikat)
Fachpraktikum Französisch (Plikat)
Literatur im Französischunterricht - Begründungen und Perspektiven (Küster)
Examenskolloquium Fachdidaktik Französisch und Spanisch (Küster)
Vorbereitung auf das Fachpraktikum Spanisch (Jansen)
Fachpraktikum Spanisch (Jansen)
Motivation und Motivieren im Spanischunterricht (Küster)

Bielefeld
Schulpraktische Studien (Zöfgen)
Introduction à la didactique du français langue étrangère (Zöfgen)
Frühes Fremdsprachenlernen: enseignement précoce des langues étrangères (Dausendschön-Gay)
Dictionnaires et dictionnairique (Zöfgen)

Bochum
Theorien und Methoden der fremdsprachlichen Literaturdidaktik (Scholler)

Bonn
Fachdidaktik I: Einführung in die schulische Sprachlehr- und Lernforschung (Pfromm)
Fachdidaktik II (Pfromm)
Schulpraktische Studien I: Analyse von Unterrichtsmitschnitten (Pfromm)

Bremen
FD1 - Lernen reflektieren (Abendroth-Timmer, Bellingrodt)
Fremdsprachendidaktik im Überblick (Abendroth-Timmer)
Kreative Elemente im Französischunterricht (Buddemeier)
FD1 - Lernen reflektieren (Abendroth-Timmer, Bellingrodt)
Digitale Lehr- und Lernmedien in der Schule (Berndt)
Digitale Kommunikationsmedien in der Schule (Berndt)
Smartboards, Podcasts und mobile Technologien - Ideen für einen kreativen Einsatz in der Schule (Berndt)
Fachsprachen Spanisch (Muñoz Vicente)
Medien und Präsentationstechniken im Fremdsprachenunterricht Spanisch (Roviró)
Fremdsprachendidaktik im Überblick (Roviró)

Chemnitz

Approches didactiques des compétences linguistiques et interculturelles en classe de français (Vignaud-Leupold)
La didattica delle competenze linguistiche ed interculturali nell'apprendimento della lingua italiana (Vignaud-Leupold)

Dresden

La Francophonie en Saxe - Séminaire médiatique (Trulès)
Einführung in die Didaktik romanischer Sprachen, Kulturen und Literaturen (Jansen)
Die Karibik - eine Region im Fremdsprachenunterricht (Jansen)
Wortschatz - strukturelle und didaktische Aspekte (Jansen)
Schulpraktische Übungen (Jansen)

Duisburg-Essen

Einführung in die Fachdidaktik (Vacher)
Phänomenologie und Didaktik literarischer Texte (Stolze)

Eichstätt

Französisch im Leistungskurs (Martin)
Staatsexamensvorbereitung. Klausurkurs (Martin)
Histoire de l'Europe (Depuis l'antiquité jusqu' à la Renaissance)(Martin)
Repetitorium für die mündliche Staatsexamensprüfung (Martin)
Führungskompetenz (FK)(Martin)
Internet- und Projektkompetenz (IPK)(Martin)
Histoire de l'Europe (III): L'Europe après 1945 (Martin)
Didaktik des Italienischen (Reimann)

Erlangen

Grundkurs Fachdidaktik Französisch (Haberzettl)
Unterrichtsbeobachtung und Unterrichtsanalyse (zum studienbegleitenden fachdidaktischen Praktikum Französisch) (Jechnerer)
Übung im Hauptstudium zur Fachdidaktik Spanisch (Robles Zayas)
Übung zum studienbegleitenden fachdidaktischen Praktikum Spanisch (Robles Zayas)

Frankfurt

Bilinguales Lehren und Lernen: Fachinhalte auf Französisch (Ambrosius)
Entwicklung und Beurteilung produktiver Sprachkompetenz (Stratilaki, Schrader)
Entwicklung und Beurteilung rezeptiver Sprachkompetenz (Schrader)
Entwicklung und Beurteilung rezeptiver Sprachkompetenz (Schrader)
EuroComprehension: Romanische Sprachen sofort lesen können (Klein, Stegmann)
Inhaltsorientierter Unterricht (Klein)
Inhaltsorientierter Unterricht. Fokus: "América Latina" (Winning)
Nachbereitung des Herbstpraktikums 2007 (Klein, Ambrosius, Winning)
Schulische Mehrsprachigkeitskonzepte in Deutschland: Theorie und Unterrichtspraxis (Birken-Silverman)
Sprachlernprozesse und ihre Unterstützung (Stratilaki, Schrader)

Sprachlernprozesse und ihre Unterstützung (Méndez-Burguillos)
Ungesteuerter und gesteuerter Erst- und Zweitspracherwerb (Birken-Silverman)
Vorbereitung des Frühjahrspraktikums 2008 (Winning, Klein)
Ziele und Inhalte des Spanischunterrichts - Objetivos y contenidos en E/LE (Zenga-Hirsch, Schrader)

Freiburg
Fachdidaktik Französisch (Thoböll)
Praktische Einführung in die Fachdidaktik Französisch (Lämmle)
Fachdidaktik Spanisch (Barnikol)

Freiburg (PH)
Einführung in die Fachdidaktik (Kühn)
Comment créer un cours de FLE ? (Schäfer; Schindler)
Tomi Ungerer – un artiste bilingue (Kohl)
Umgang mit Texten für die Grundschule (Schäfer)
Umgang mit Texten – Jeux de planches (groupe théâtre) (Mentz)
Le Portfolio européen des langues (Leupold)

Gießen
Einführung in die Didaktik der romanischen Sprachen (Meißner)
Übung zur Vorlesung "Einführung in die Didaktik der romanischen Sprachen" (Schröder-Sura)
Didaktische Fachsprache (Französisch/Spanisch) (van der Zander)
Feministische Bewegungen in Frankreich seit 1970 im Französischunterricht (van der Zander)
Linguistische Fragen zum Französischunterricht in der Lehr- und Lernperspektive (van der Zander)
Entwicklung durch Lernkompetenz durch Mehrsprachigkeitsdidaktik (Meißner)
Vorbereitung und Durchführung des Schulpraktikums (Meißner, Zander)

Göttingen
Einführung in die Fachdidaktik Französisch in nicht-schulbezogenen Vermittlungszusammenhängen (Martinez)
Einführung in fachdidaktische Fragen Spanisch in schulbezogenen Vermittlungszusammenhängen (Tichauer Moritz)
Creation d'un manuel éléctronique dans le contexte du Cadre européen commun de référence (N.N.)
La sequence didactique – le Quebec (N.N.)
Seminar mit schulpraktischen Anteilen Franzosisch (N.N.)
Einführung in die Fachdidaktik Spanisch in schulbezogenen Vermittlungszusammenhängen:Introducción a la didáctica del castellano (Tichauer Moritz)

Halle-Wittenberg
Autonomes Lernen im Fremdsprachenunterricht (Leitzke-Ungerer)
Einführung in die Fremdsprachendidaktik für Romanisten (Leitzke-Ungerer)

Kolloquium Fachdidaktik Romanistik (Leitzke-Ungerer)
Schulpraktische Übungen Französisch mit Begleitseminar (Leitzke-Ungerer)
Sprache und Musik im Französisch-, Spanisch- und Italienischunterricht (Leitzke-Ungerer)
Begleitübung zur Einführungsvorlesung in die Didaktik des Fremdsprachenunterrichts (Bender)
Einführung in die Unterrichtspraxis Spanisch / Italienisch am Gymnasium (Bender)
Schulpraktische Übungen Italienisch (Bender)
Schulpraktische Übungen Spanisch (Bender)

Hamburg
Multimedia und digitale Medien im Fremdsprachenunterricht: Konzepte, Anwendung und Unterrichtspraxis (Grünewald)
Vorbereitung zum ISP Oberstufe. Fachdidaktische Grundlagen für das Schulpraktikum und das Referendariat: Unterrichtsfächer Französisch/Spanisch (Grünewald)
Integriertes Schulpraktikum Oberstufe (Grünewald)

Hannover
Fachdidaktik auf dem Prüfstand der Praxis (Bürgel)
Planung und Analyse von Französischunterricht (Bürgel)

Heidelberg
Fachdidaktik Französisch (Walter)
Fachdidaktik Italienisch (Erdmann)
Fachdidaktik Spanisch (van Kahlden)

Heidelberg (PH)
Introduction à la didactique du français langue étrangère (Minuth)
Les nouveaux médias dans l'enseignement du français langue étrangère (Zeidler)
Enseignement précoce du français langue étrangère et éducation bilingue (Minuth)

Jena
Einführung in die Fremdsprachendidaktik (Reinfried)
Bilder und Bildgeschichten im Fremdsprachenunterricht (Reinfried)
Hauptseminar Didaktik (N.N.)
Schulpraktische Übung mit Unterrichtsversuchen im Gymnasium (Rusteberg, Dittrich)
Wortschatzvermittlung und -erwerb (Reinfried)
Die Grundfertigkeiten und ihre Ausbildung im elementaren Fremdsprachenunterricht (Reinfried)

Karlsruhe (PH)
Pédagogie du projet M5C (Schlemminger)
Pédagogie du projet M6B (Pelchat)
Didactique de l'enseignement bilingue : « La classe à l'opéra » (Schlemminger)

Kassel
Theorie und Praxis des Fremdsprachenunterrichts (Frz.) (Torres)

Schulpraktische Studien (Besse)
Blockpraktikum (Besse)
Europäischer Referenzrahmen und Sprachenportfolio (Franz., Ital.)(De Florio-Hansen)
Innovationen im FU I (Franz.)(De Florio-Hansen)
Innovationen im Fremdsprachenunterricht (Span.)(Torres)
Sprachlehr- u. -lernmedien I (Franz.)(De Florio-Hansen)
Lernerautonomie (Franz., Ital.)(DE Florio-Hansen)

Kiel
Französisch/Italienisch „Interkulturelles Lernen im Fremdsprachenunterricht" (Hoinkes)
Begleitübung zum 2. Praktikum Französisch „Lehrbucharbeit" (Fitting)
Begleitübung zum 2. Praktikum Französisch/Italienisch (Holzscheiter)
Fachdidaktik und Landeskunde Frankreich - Civilisation française et didactique du français (Fitting, Krause)
Begleitübung zum 2. Praktikum Spanisch (Büscher-Grotehusmann)
Begleitübung zum 2. Praktikum Spanisch – Ausgewählte Themen zum Spanischunterricht: Planen – Durchführen – Auswerten (Ilardia Lorenzen)
Fachdidaktik und Landeskunde Spanien – La sociedad española contemporánea (Ilardia Lorentzen)
Fachdidaktik und Landeskunde (Holzscheiter)
Begleitübung zum 2. Praktikum Italienisch/Französisch (Holzscheiter)
Fachdidaktik und Landeskunde Italien "Dal fumetto al cartone animato" (Bravi)

Köln
Francais langue étrangère (FLE): Éléments de didactique pour préparer le stage en situation (Pütz)
Didactique du lexique en FLE (Pütz)
Didactique de la littérature en FLE (Pütz)
Didactique de la civilisation française (Pütz)
Analyse du stage en situation: Outils de didactique et enseignement du FLE (Pütz)
Fachdidaktik Italienisch (Jenkner)
Fachdidaktik Spanisch: Vorbereitung und Begleitung fachspezifischer Schulpraktika (Imbach)
Fachdidaktik Spanisch: Tema de la secuencia: Inmigración (Imbach)
Fachdidaktik Spanisch: Nachbereitung Fachpraktikum (Imbach)

Koblenz-Landau
Le développement des idées pédagogiques en France (Stein)
Lehrmaterialanalyse (Mordellet-Roggenbuck)
La didactique du plurilinguisme (Mordellet-Roggenbuck)

Ludwigsburg (PH)
Introduction à la didactique du français (Mertens)
Colloque didactique (Mertens)

Mainz
Le théâtre en France (Klün)
Fachdidaktik des Spanischen (Brill)

Mannheim
Fremdsprachenunterricht in Grenzregionen – Deutschunterricht im Elsass, Französischunterricht in Baden-Württemberg und Rheinland-Pfalz (Theis)
Interkomprehension in romanischen Sprachen (Theis)
Fachdidaktik Französisch (Sieckmeyer)
Fachdidaktik Spanisch (Rebolledo-González)

Marburg
Fachdidaktische Übung Französisch/Italienisch (Lameli)
Fachdidaktische Übung für Tutoren (Sprachwissenschaft)(Beck-Busse et al.)
Fachdidaktische Übung für Tutoren (Literaturwissenschaft)(Beck-Busse et al.)
Atelier multimedia / Expression orale II (Köhling)
Schulpraktische Studien II, Teil 1: Vorbereitung auf das Schulpraktikum (Lameli)
Aspekte der Fachdidaktik Spanisch (Carrasco)

München
Einführung in die Didaktik der französischen Sprache (Pokorny-Wieckert)
Theorie und Praxis des Französischunterrichts an Gymnasium und Realschule (Pokorny-Wieckert)
Kolloquium zum studienbegleitenden Praktikum (Pokorny-Wieckert)
Leistungserhebung (Pokorny-Wieckert)
Repetitorium für Staatsexamenskandidaten (Pokorny-Wieckert)
Theorie und Praxis des Spanischunterrichts (Ochs)
Kolloquium zum studienbegleitenden fachdidaktischen Studium (Ochs)
Theorie und Praxis des Italienischunterrichts am Gymnasium: Aufbaukurs (Pokorny-Wieckert)

Münster
Vorbereitung auf das Block- bzw. Kernpraktikum im Herbst 2008 (Thiele)
Einführung in die Didaktik der romanischen Sprachen (Frz., Ital. und Span.) (Thiele)
Literatur und Film im Französisch- und Spanischunterricht (Thiele)
Literatur im Spanischunterricht (Thiele)

Osnabrück
Didactique du francais – Films et littérature (Fastenau)
Fremdsprachendidaktik (Schwerpunkt Französisch)(N.N.)

Paderborn
Fachpraktikum Französisch (Gehler)
Neue Medien im Fremdsprachenunterricht (Gehler, Keßler)
Fachpraktikum Spanisch (Husemann)

Potsdam
Einführung in das Unterrichten anderer Sprachen (N.N.)
Documents authentiques (Mutet)
Kommunikativ handeln im Fremdsprachenunterricht (Becker)
Sprachmitteln in der interkulturellen Kommunikation (Becker)
Planung und Gestaltung von Französisch- und Spanischunterricht (Lenz)
Planung und Gestaltung Französischunterricht – Schulpraktische Studien Französisch (Lenz)
Planung und Gestaltung von Spanischunterricht – Schulpraktische Studien Spanisch (Lenz)

Regensburg
Einführung in die Didaktik der romanischen Sprachen (Zieglmeier)
Repetitorium Fachdidaktik Französisch (Zieglmeier)
Begleitveranstaltung zum studienbegleitenden Praktikum Französisch (Zieglmeier)

Rostock
Literaturdidaktik (Borowicki)
SPÜ Lehrämter (Mäbert)
Fachdidaktik: Simulation globale (Gonzáles-Vangell)
Einführung in die Fachdidaktik im Spanischunterricht: Las destrezas (Muñoz Saavedra)

Saarbrücken
Vor- und Nachbereitung des fachdidaktischen Schulpraktikums im Fach Französisch (Schwandt)
Literaturdidaktik: Übung zum Hauptseminar "Balzac et le roman parisien" (Weber-Lenkel)
Vor- und Nachbereitung des fachdidaktischen Schulpraktikums Italienisch/Spanisch (Maschlanka)

Trier
Authentizität im Französisch-, Italienisch- und Spanischunterricht (Frings)
Didactique et "E-learning" (Demeulenaire)

Tübingen
Chansons d'hier et d'aujourd'hui en cours de français (Alamargot)
Filme im Spanischunterricht (Peck)

Würzburg
Aktuelle Konzepte und Methoden des Fremsprachenunterrichts (Greiner)
Grundprobleme der Fachdidaktik Französisch (Greiner)
Grundprobleme der Fachdidaktik Spanisch (Reimann)

Wuppertal
Kreativität im Französischunterricht (Winz)
„Ziel des Unterrichtens ist es, ein bestimmtes Lernen zu ermöglichen" (Oeklers) - über fremdsprachliche Lehr- und Lernprozesse (Schmelter)
Vom Lehren und Lernen romanischer Sprachen – eine Einführung (Schmelter)
Förderung von Lese- und Schreibprozessen im Französischunterricht (Nowotnick)
„Plutost la teste bien faicte que bien pleine" (Montaigne) – Von den subjetiven Theorien zur wissenschaftlich begründeten Praxis des Fremdsprachenunterrichts (Schmelter)

AUTORENVERZEICHNIS:

Barme, Dr. Stefan (Trier)	s.barme@t-online.de
Born, Prof. Dr. Joachim (Gießen)	joa-born@t-online.de
Dauster, Dr. Judith (Saarlouis)	judith@dauster.eu
Endruschat, PD Dr. Annette (München)	Annette.Endruschat@freenet.de
Fäcke, Prof. Dr. Christiane (Augsburg)	Christiane.Faecke@phil.uni-augsburg.de
Frings, Dr. Michael (Trier)	frings@uni-trier.de
Fritz, Dr. Jochen (Hamburg)	jochenfritz@web.de
Grünewald, Prof. Dr. Andreas (Hamburg)	Andreas.Gruenewald@erzwiss.uni-hamburg.de
Jansen, Dr. Silke (Dresden)	Silke.Jansen@mailbox.tu-dresden.de
Klump, Dr. habil. Andre (Mainz)	klump@uni-mainz.de
Kramer, Prof. Dr. Johannes, (Trier)	kramerj@uni-trier.de
Reimann, Dr. Daniel (Bamberg/Eichstätt)	danielreimann@yahoo.it
Reutner, PD Dr. Ursula (Augsburg)	ursula.reutner@phil.uni-augsburg.de
Rössler, Dr. Andrea (Berlin)	roessler@ngi.de
Roviró, Bàrbara (Bremen)	roviro@uni-bremen.de
Schöpp, Frank (Wiesbaden)	schoepp@uni-mainz.de
Schüller, Dr. Thorsten (Mainz)	schuellt@uni-mainz.de
Scotti-Rosin, Prof. Dr. Michael (Mainz)	scotti@uni-mainz.de
Vignaud, Marie-Françoise (Bourg-la-Reine)	mfvignaud@t-online.de
Wochele, Dr. Holger (Wien)	holger.wochele@wu-wien.ac.at

Romanische Sprachen und ihre Didaktik (RomSD)

Herausgegeben von Michael Frings und Andre Klump

ISSN 1862-2909

1 *Michael Frings und Andre Klump (edd.)*
Romanische Sprachen in Europa. Eine Tradition mit Zukunft?
ISBN 3-89821-618-7

2 *Michael Frings*
Mehrsprachigkeit und Romanische Sprachwissenschaft an Gymnasien?
Eine Studie zum modernen Französisch-, Italienisch- und Spanischunterricht
ISBN 3-89821-652-7

3 *Jochen Willwer*
Die europäische Charta der Regional- und Minderheitensprachen in der Sprachpolitik Frankreichs und der Schweiz
ISBN 3-89821-667-5

4 *Michael Frings (ed.)*
Sprachwissenschaftliche Projekte für den Französisch- und Spanischunterricht
ISBN 3-89821-651-9

5 *Johannes Kramer*
Lateinisch-romanische Wortgeschichten
Herausgegeben von Michael Frings als Festgabe für Johannes Kramer zum 60. Geburtstag
ISBN 3-89821-660-8

6 *Judith Dauster*
Früher Fremdsprachenunterricht Französisch
Möglichkeiten und Grenzen der Analyse von Lerneräußerungen und Lehr-Lern-Interaktion
ISBN 3-89821-744-2

7 *Heide Schrader*
Medien im Französisch- und Spanischunterricht
ISBN 978-3-89821-772-9

8 *Andre Klump*
„Trajectoires du changement linguistique“
Zum Phänomen der Grammatikalisierung im Französischen
ISBN 978-3-89821-771-2

9 *Alfred Toth*
Historische Lautlehre der Mundarten von La Plié da Fodom (Pieve di Livinallongo, Buchenstein) und Col (Colle Santa Lucia), Provincia di Belluno unter Berücksichtigung der Mundarten von Laste, Rocca Piétore, Selva di Cadore und Alleghe
ISBN 978-3-89821-767-5

10 *Bettina Bosold-DasGupta und Andre Klump (edd.)*
Romanistik in Schule und Universität
Akten des Diskussionsforums „Romanistik und Lehrerausbildung: Zur Ausrichtung und Gewichtung von Didaktik und Fachwissenschaften in den Lehramtsstudiengängen Französisch, Italienisch und Spanisch" an der Johannes Gutenberg-Universität Mainz (28. Oktober 2006)
ISBN 978-3-89821-802-3

11 *Dante Alighieri*
De vulgari eloquentia
mit der italienischen Übersetzung von Gian Giorgio Trissino (1529)
Deutsche Übersetzung von Michael Frings und Johannes Kramer
ISBN 978-3-89821-710-1

12 *Stefanie Goldschmitt*
Französische Modalverben in deontischem und epistemischem Gebrauch
ISBN 978-3-89821-826-9

13 *Maria Iliescu*
Pan- und Raetoromanica
Von Lissabon bis Bukarest, von Disentis bis Udine
ISBN 978-3-89821-765-1

14 *Christiane Fäcke, Walburga Hülk und Franz-Josef Klein (edd.)*
Multiethnizität, Migration und Mehrsprachigkeit
Festschrift zum 65. Geburtstag von Adelheid Schumann
ISBN 978-3-89821-848-1

15 *Dan Munteanu Colán*
La posición del catalán en la Romania según su léxico latino patrimonial
ISBN 978-3-89821-854-2

16 *Johannes Kramer*
Italienische Ortsnamen in Südtirol. La toponomastica italiana dell'Alto Adige
Geschichte – Sprache – Namenpolitik. Storia – lingua – onomastica politica
ISBN 978-3-89821-858-0

17 *Michael Frings und Eva Vetter (edd.)*
Mehrsprachigkeit als Schlüsselkompetenz: Theorie und Praxis in Lehr- und Lernkontexten
Akten zur gleichnamigen Sektion des XXX. Deutschen Romanistentages an der Universität Wien (23.-27. September 2007)
ISBN 978-3-89821-856-6

18 *Dieter Gerstmann*
Bibliographie Französisch
Autoren
ISBN 978-3-89821-872-6

Abonnement *RomSD*

Hiermit abonniere ich die Reihe **Romanische Sprachen und ihre Didaktik** (RomSD) **(ISSN 1862-2909)**, herausgegeben von Michael Frings und Andre Klump,

❒ ab Band # 1

❒ ab Band # ___

❒ Außerdem bestelle ich folgende der bereits erschienenen Bände:
#___, ___, ___, ___, ___, ___, ___, ___, ___, ___, ___, ___

❒ ab der nächsten Neuerscheinung

❒ Außerdem bestelle ich folgende der bereits erschienenen Bände:
#___, ___, ___, ___, ___, ___, ___, ___, ___, ___, ___, ___

❒ 1 Ausgabe pro Band ODER ❒ ___ Ausgaben pro Band

Bitte senden Sie meine Bücher zur versandkostenfreien Lieferung innerhalb Deutschlands an folgende Anschrift:

Vorname, Name: ______________________________

Straße, Hausnr.: ______________________________

PLZ, Ort: ______________________________

Tel. (für Rückfragen): _______________ *Datum, Unterschrift:* _______________

Zahlungsart

❒ *ich möchte per Rechnung zahlen*

❒ *ich möchte per Lastschrift zahlen*

bei Zahlung per Lastschrift bitte ausfüllen:

Kontoinhaber: ______________________________

Kreditinstitut: ______________________________

Kontonummer: _______________ Bankleitzahl: _______________

Hiermit ermächtige ich jederzeit widerruflich den *ibidem*-Verlag, die fälligen Zahlungen für mein Abonnement der Reihe **Romanische Sprachen und ihre Didaktik** (RomSD) von meinem oben genannten Konto per Lastschrift abzubuchen.

Datum, Unterschrift: ______________________________

Abonnementformular entweder **per Fax** senden an: **0511 / 262 2201** oder 0711 / 800 1889
oder als **Brief** an: *ibidem*-Verlag, Julius-Leber Weg 11, 30457 Hannover oder
als **e-mail** an: **ibidem@ibidem-verlag.de**